李新宇学术文集

贰

作家作品评论

李新宇 —————————— 著

山西出版传媒集团 北岳文艺出版社
BEIYUE LITERATURE & ART PUBLISHING HOUSE
·太原·

图书在版编目(CIP)数据

李新宇学术文集 / 李新宇著. 一太原:
北岳文艺出版社,2020.5
ISBN 978-7-5378-6179-3

Ⅰ. ①李… Ⅱ. ①李… Ⅲ. ①中国文学 - 文学研究 -
文集 Ⅳ. ①I206-53

中国版本图书馆CIP数据核字(2020)第057363号

李新宇学术文集·作家作品评论

李新宇◎著

//

项目负责人
范 戈

责任编辑
范 戈

封面设计
张永文

印装监制
郭 勇

出版发行:山西出版传媒集团·北岳文艺出版社
地址:山西省太原市并州南路57号
邮编:030012
电话:0351-5628696(发行部) 0351-5628688(总编室)
传真:0351-5628680
网址:http://www.bywy.com E-mail:bywycbs@163.com
经销商:新华书店
印刷装订:山西人民印刷有限责任公司

开本:710mm ×1000mm 1/16
总字数:2688千字
总印张:159.5
版次:2020年5月第1版
印次:2020年5月山西第1次印刷
书号:ISBN 978-7-5378-6179-3
总定价:498.00元(全6卷)

1993年，在长江上

刊载作者学术文章的部分刊物

目 录

第一辑

第二辑

第三辑

第一辑

《芙蓉镇》人物论

古华的长篇小说《芙蓉镇》是一部值得重视的作品。据我个人的看法，在获得第一届茅盾文学奖的六部作品中，《芙蓉镇》是最好的一部。

不同的小说有不同的偏重，有的偏重于写人，有的偏重于写事。《芙蓉镇》偏重于写人，通过人物的性格和命运表现历史，表现作家对生活的思考。作为一部长篇小说，它的人物比较少。小说中有名有姓的人物只有九个：胡玉音、秦书田、谷燕山、黎满庚、李国香、王秋赦、杨民高、黎桂桂、秦谷军。但在这其中，杨民高、黎桂桂都笔墨甚少，秦谷军到小说结束时也还只是一个七岁的孩子，也没有占用多少笔墨。如此一来，小说着力写的人物只有六个。

作者对人物的设计可谓独具匠心，每一个人物都承载着各自的功能，表达着不同的主题，互相无法替代，但相互之间又紧密相连，结成了复杂的关系，因而最终共同指向一个总的主题。因此，面对这部小说，我们只要抓住了人物，就把握了小说的根本。

这部小说的主题不难概括，它以湘西农村芙蓉镇为背景，以胡玉音的命运为主线，通过一系列人物的悲欢故事，揭示了从“四清”到“文革”十几年中人妖颠倒、是非混淆的历史谬误，揭示了极“左”政治对人性的摧残、扭曲和对人们生活的破坏，对当代历史进行了深刻反思。而这一切，都是通过一个个人物的描写实现的。

一、胡玉音

这是一个美丽的女人，也是一个温柔、善良、热情的女人，还是一个勤劳能干的女人。打开小说，阅读几页，就可以看到这样的描写：

> 近年来芙蓉镇上称得上生意兴隆的，不是原先远近闻名的猪行牛市，而是本镇胡玉音所开设的米豆腐摊子。胡玉音是个二十五六岁的青年女子。来她摊子前站着坐着蹲着吃碗米豆腐打点心的客人，习惯于喊她“芙蓉姐子”。也有那等好调笑的角色称她为“芙蓉仙子”。说她是仙子，当然有点子过誉。但胡玉音黑眉大眼面如满月，胸脯丰满，体态动情，却是过往客商有目共睹的。镇粮站主任谷燕山打了个比方：“芙蓉姐的肉色洁白细嫩得和她所卖的米豆腐一个样。”她待客热情，性情柔顺，手头利落，不分生熟客人，不论穿着优劣，都是笑脸迎送：“再来一碗？添勺汤打口干？”“好走好走，下一圩会面！”加上她的食具干净，米豆腐量头足，作料香辣，油水也比旁的摊子来得厚，一角钱一碗，随意添汤，所以她的摊子面前总是客来客往不断线。

关于她的美丽，小说没有多少正面描写。我们感觉她很美，大多是通过小说中其他人物的感觉和议论而获得的。比如，李国香第一次见到胡玉音，就暗暗吃惊，“原来‘米豆腐西施’的脸模长相，就是一张招揽顾客的广告画！更不用讲她服务周到、笑笑微微的经营手腕了。这些该死的男人！一个个就和馋猫一样，总是围着米豆腐摊子转……”王秋赦在自欺欺人地编造自己遇到狐狸精的时候，是这样说的：“那份标致，那份妖媚，除了镇上卖米豆腐的胡玉音，再没一个娘们能相比。”村上出了“反标”，有人把怀疑目标引向了胡玉音，公安员亲自暗访，对胡玉音的印象是：“米豆腐姐子无论从哪个侧面看都是一表人才，笑笑微微的，待人热情和气，一口一声：‘大哥’‘兄弟’，服务态度比我们多数国营饮食店的服务员不知要好到哪里去了呢！”

美丽、热情而又善良，这是胡玉音形象给人的基本印象。然后，开篇第一章，我们就看到了一个无助的少女，一个因心地善良而让人心疼的少女。她与黎满庚从小在一起长大，青梅竹马，成为情侣，相亲相爱。但是，这美好的初恋却很快成了一段伤心往事。原因是黎满庚参军了，复员后到区政府当了民政干事。作为党员，在那个特定的年代，他遇到了“要党籍还是要老婆”的选择。为了自己的政治前途，他满怀痛苦地抛弃了家庭出身不纯的胡玉音。胡玉音眼睁睁看着自己的恋人离他而去，却对他没有一点儿埋怨。她把自己的初恋埋葬，从此把恋人当作哥哥。小说第一章就使我们看到了这位美丽善良的少女所受的伤害，使我们看到了她内心深处那个永远无法愈合的伤口。然而，她谁都不怨，只怨自己“命不好”。

在三年困难过后经济调整的背景上，胡玉音开始经营米豆腐生意。她说话温柔，待客热情，时时表现出她的善良和忍让。我们从小说中可以看到：“不分生人熟人，不分穿着优劣，都是笑脸相迎相送。”“就是骂人，胡玉音眼睛里也是含着温柔的微笑，嗓音也和唱歌一样的好听。对那些常到她摊上来的主顾们，她有讲有笑，亲切随和得就像待自己的本家兄弟样的。”对于王秋赦那种只吃豆腐不给钱的人，她心里虽然不高兴，却仍然赔着笑脸，热情接待。对于劳动改造的右派分子秦书田，她的原则是“瘦狗莫踢，病马莫欺”，不但不像一些人那样取笑他、欺负他，而且在给他盛米豆腐的时候特别照顾，“香料和佐料还特意下得重一点”。即使是在李国香打上门来兴师问罪的时候，她也仍然是心平气和地说好话。由此，我们已经看到了她的善良。她不会伤害别人，即使受到别人的伤害，也都是逆来顺受，息事宁人。

与此同时，我们不难看到她的勤劳和能干。小说写道：“胡玉音做生意是从提着竹篮筐卖糠菜粑粑起手，逐步过渡到卖蕨粉粑粑、薯粉粑粑，发展成摆米豆腐摊子的。她不是承袭了什么祖业，是饥肠辘辘的苦日子教会了她营生的本领。”她早起晚睡，精心经营，努力创造自己的美好生活。辛勤劳作终于换来了财富。她富了，不仅能够吃饱穿暖，还盖起了新房。她的成功使我们看到了一个发家致富、追求美好生活的故事。一个善良的女人，依靠自己勤劳的双手，依靠自己的苦心经营，终于创造了自己美好的生活。

面对胡玉音的发家致富，到底应该怎么看？这是胡玉音新房子落成时粮站主任谷燕山的讲话：“同志们！今天，咱都和主人一样高兴，来庆祝这幢新楼房的落成！一对普通的劳动夫妻，靠了自己的双手，积蓄下款子，能盖这么一幢新楼房，说明了什么问题呢？劳动可以致富，可以改善生活。咱不要苦日子，咱要过幸福生活。这就是社会主义制度的优越性，咱共产党领导的英明！这是今天大家端着酒杯，吃着鸡鸭鱼肉，应当想到的第一点。第二一点，大家都是在一个镇子上住着，对这幢新楼房和它的主人，咱应当抱什么态度呢？是羡慕，还是嫉妒？是想向他们看齐，还是站在一旁风言风语？我觉得应当向他们看齐，应当向这对勤劳夫妇学习。当然不是叫咱人人都去摆摊子卖米豆腐。发展集体生产和家庭副业，门路多得很！第三一点，咱不是经常讲要建成社会主义、进入共产主义吗？我想共产主义社会嘛，坐着是等不来的，伸着手也没有人给……”

但是，谷燕山的讲话并不能代表干部们的普遍认识，比如那个国营饮食店经理李国香，就认定了这是资本主义势力的抬头。

胡玉音的好日子时间极短，因为政策说变就变。1964年，社会主义教育运动开始了，李国香率领工作组进驻芙蓉镇，立即使胡玉音这样的勤劳致富者陷入深深的苦难。她的劳动成果成了“走资本主义道路”的铁证。新盖的楼房被没收，成了“芙蓉镇阶级斗争现场展览会”。而且许多人都受她牵连。谷燕山因为卖给她碎米头子，就成了“盗卖国家大米，支持资本主义”，因而被看管起来，不能“下楼”。黎满庚也因为支持她搞资本主义而被送到县里反省学习。胡玉音的丈夫忍受不了折磨，自杀身亡。她自己则被戴上了“新富农”的帽子，成了专政的对象，扫街，挂黑牌，批斗，罚跪，承受种种非人的折磨。

一个善良的人，一个勤劳致富的人，只因为致富，就这样被抛到苦难的深渊，一年又一年。

生活充满了苦难，但生命之火并没有熄灭。胡玉音与秦书田一起扫街，一起被批斗，同病相怜，相濡以沫，终于产生了感情。他们相爱了，并且要求结婚。这一切本无可非议，但在那个年代，权力不受任何限制，小小支部书记就可以剥夺人们结婚的权利。她与秦书田的结婚申请不被批准，大队还送来了白对联：“两个狗男女，一对黑夫妻。”他们只能成为一对不合法的“黑鬼夫妻”。而当他们未经登记就住到一起的时候，等待他们的则是夫妻两人被双双判刑。她被判处三年徒刑，只是因为怀有身孕，才监外执行；而秦书田却被判处十年徒刑。她曾经感到无法活下去，想要自杀，是母性使她顽强地活了下来。她生下了她与秦书田的孩子，但孩子是不合法的“黑孩子”，所以没有户口，也没有口粮，只好长期两人吃一人的口粮，生活异常艰难。小说写了胡玉音遭受的种种折磨，最惨的是李国香下令让民兵用铁丝穿起她的乳房。这种做法，在“文革”中算不了什么稀奇事。在无边的苦难中，胡玉音曾一次次地问自己：“你是个坏女人？你害过人？在镇上，你有什么生死对头？没有啊，没有！玉音在镇上蚂蚁子都怕踩得，脸都很少和人红，讲话都没有起过高腔，小娃儿都没有欺负过一个。你为人并不势利、刻薄，吝啬钱财，当初还周济过不少人……那又是为哪样啊？你不害人，不恨人，不势利，没有生死对头，人家还要整你、恨你、斗你？把你当作世界上最下作、最卑贱的女人？使你走路都抬不起头，人前人后扬不起脸，连笑都要先看看四周围……你是作了什么孽啊，要落得这样苦命，得到这样的报应！”

直到1979年春天，镇革委派人来找她去，由过去整过她、把她划作富农成分的人通知她：你的成分搞错了，扩大化，给你改正，恢复你的小业主成分，楼屋产权归还，暂时镇革委还借用。听到这些话，“她都吓蒙了，双手捂住眼睛，不相信，不相信，不可能，不可能！这是在白日做梦……泪水从她手指缝缝里流下来，流下来，但没有哭出声。她不敢松开捂着眼睛的双手，害怕睁开眼睛一看，真是个梦！”小说同时写道：“她正经当了十四五年的富农婆，挨了那么多斗打，罚了那么多跪，受了那么多苦罪，怎么是搞错了？红口白牙一句话，搞错了！而且他们也爱捉弄人，当初划富农的是这些人，如今宣布划错了的也是这些人。这些人嘴皮活，什么话都讲得出，什么事都做得出。他们总是没有错。是哪个错了？错在哪里？”

因为正是极“左”政治与邪恶势力一起践踏和摧残了美好事物。

综观胡玉音的故事，不难得出这样一个结论：这是一个因勤劳致富而遭罪的故事，一个好人受难的故事，一个真善美被摧残的故事。这样的故事构成了一种控诉，控诉那个年代的极“左”政治。小说对胡玉音所有美丽、善良、温柔、热情和勤劳的描写，所有对她所受的折磨的描写，都构成了对极“左”政治的控诉。同时，它又是一种批判和否定，因为面对这样一个故事，善良的读者自然会站在胡玉音一边，为她无辜遭罪而抱不平。面对胡玉音的遭遇，人们不能不想这样两个问题：是什么使胡玉音这样的好人陷入苦难？答案只有一个，就是那个年代的政治。那么，胡玉音有什么过错吗？答案也非常清楚：因为她勤劳致富想过好日子。胡玉音的丈夫黎桂桂是一个老实巴交“三锤砸不出一个响屁”的人，面对当时的政策，却曾总结过几句颇能概括那个时代的顺口溜：“死懒活跳，政府依靠；努力生产，政府不管；有余有赚，政府批判。”而且凭他朴素的感觉，得出过这样的结论：“我们恐怕原先就没想到，新社会，不兴私人起楼屋。”可是，一个把勤劳致富看作罪恶的年代，一种不许人们过好日子、不许人们追求美好生活的政治，是好的吗？这本身就构成了对极“左”政治的有力批判。

同时，通过胡玉音的悲剧，我们还可以理解那个年代中国经济濒于崩溃、人民陷于绝对贫困的原因。胡玉音所代表的，是劳动人民创造美好生活的积极性。从某种意义上说，这种积极性是天生的，是未被扭曲的人们都有的。只要有这种积极性，无须什么引导，无须什么帮助，人们就会尽一切可能，创造自己尽可能美好的生活。而且，只要不干扰和破坏，人们就能够创造美好的生活。可是，一种政治力量却以残酷的手段打击了这种积极性，破坏了社会发展的生机，干扰了人民创造美好生活的努力，从而把几亿人拖入长期的贫困和苦难之中。这种政治的罪恶是可以饶恕的吗？一个正常的社会能继续剥夺胡玉音们靠自己的双手创造美好生活的权利？这是历史反思的意义。

二、秦书田

秦书田是下放到芙蓉镇劳动改造的右派分子。他做过州立中学的音乐教师和县歌舞团的编导，吹拉弹唱，琴棋书画，样样拿得起放得下。1957年，他因为搜集民歌而被以“利用民歌反党”的罪名被划为右派，开除公职，下放农村劳动改造，成为芙蓉镇的一员。

作为右派，他属于“黑五类”，处于被管制改造的地位，过的是非人的生活。可是，他却表现出一种特别的性格，“穷快活，浪开心，活作孽”。他的行为有些滑稽，但正是这滑稽透露了时代的信息，折射出生活的面影。他一到芙蓉镇，就要求干部把他头上的“右派分子”帽子改为“坏分子”帽子。理由是他从来没有反党、反社会主义，因而不是右派；但他却与两个女演员发生过不正当男女关系，所以应该是“坏分子”。主动交代这些不光彩的事，这看上去有点荒唐。但这种行为却反映出当时人们对政治问题的恐惧。因为在那个年代，“坏分子”尽管可能是道德败坏、品质恶劣，但与右派相比，却不是“危险的敌人”。其实，支部书记并没有改换帽子的权力，这一点支书未必不清楚，但他心里想：“坏分子，右派分子，半斤八两，反正是一箩蛇，还不都一样。”就在一个群众会上说他是“坏分子”。结果，他在五类分子中似乎获得了优越性。支书指定他做五类分子的头头，开会时由他通知，训话时由他传人。他仿佛受到了重用，表现非常积极。

> 每逢大队要召集五类分子汇报、训话，只要叫一声：“秦癫子！”秦癫子就会立即响亮答应一声：“有！”并像个学堂里的体育老师那样双臂半屈在腰间摆动着小跑步前来，直跑到党支书面前才脚后跟一并，来一个“立正”姿势，右手巴掌平举齐眉敬一个礼：“报告上级！坏分子秦书田到！”接着低下脑壳，表示老实认罪。黎满庚和大队干部们起初见了他的这套表演颇觉好笑，后来也就习惯了。“秦癫子，竖起你的耳朵听着！晚饭后，全体五类分子到大队部门口集合！”
>
> “是！上级命令，一定完成！”他立即来一个向后转，又像个体育老师那样小跑步走了。晚上，他准时把五类分子们集合到大队部门口的禾坪上，排好队，点好名，报了数，一律低下脑壳，如同一排弯钩似的，才请大队领导查点……

他有足够的知识，天上地下，古今中外，可谓无所不知，无所不晓。他不是那种不敢说、不敢动的右派，而是看上去无所用心，说起来滔滔不绝。从先有蛋还是先有鸡，到美国共产党为什么不上山打游击，美国工人为什么不起义，他都讲给社员听，而且不时捎带几句马列主义、唯物史观，显得他的见解无不符合马克思主义。

镇上出了“反标”，李国香兴师动众要抓“反革命”，公安局来查对笔迹，人们大都胆战心惊。“只有坏分子秦书田，还多从女经理手里讨了一张纸，右手左手，写出来的字都是又粗又大，端端正正，和印板印出来的一样，把两张纸都写满了。”他之所以如此坦荡，有一个原因：芙蓉镇满满的标语都是他写的，公安员完全可以到街墙、石壁上去对他的笔迹。他还自己作词，自己作曲，谱写了《五类分子之歌》："五类分子不死心，反党反国反人民，公社民兵紧握枪，谁敢捣乱把谁崩……"开会时，他硬是要教着五类分子唱，"但五类分子们态度顽固，死也不肯开口，加上大队支书黎满庚也笑着制止，才作罢。"他这么做的结果，是镇上的干部群众都不讨厌他，甚至忘了他是"阶级敌人"，孩子们竟然喊他"秦癫子叔叔"。到了"四清"运动中，工作组长李国香首先拿他开刀，把他为胡玉音的新房子写的那副对联"勤劳夫妻发社会主义红财，山镇人家添人民公社风光"说成反动对联，"人民公社是天堂，是乐园，本身就是无限风光，怎么要让私有制来添社会主义的风光？这是想变天！同志们，这是反社会主义，反党。这么一副反动对联，公然用大红纸写了贴在我们镇上！……同志们，可不要小看了写写画画呀，这常常是阶级敌人向党、向社会主义进攻的一种武器，一种手段！"同时杀鸡给猴看，敲打谷燕山、黎满庚等干部的阶级路线问题。秦书田本来不服气，但王秋赦一巴掌打来，他浑身哆嗦，求救似的看了一眼台下的大队支书黎满庚，而此时的黎满庚自身难保，哪里顾得上他。于是，他扑通一声跪了下去。

到了"文革"时期，五类分子在工地上劳动。午饭按规定是每人三两。太阳底下，劳动强度大，三两米当然不够。黑鬼们纷纷要求加饭。监督他们的小将想出了一个惩治他们的办法：加饭可以，但必须跳一段"黑鬼舞"。一些人宁愿挨饿也不愿跳。而秦书田却按照要求跳了起来："但见他：一手举着饭钵，一手举着筷子，双手交叉来回晃动，张开双膝半蹲下身子，两脚一左一右地向前跳跃，嘴里则合着手足动作的节拍，喊着：'牛鬼蛇神加钵饭，牛鬼蛇神加钵饭，牛鬼蛇神加钵饭……'五类分子们被他吓傻了，食堂的大师傅流下了眼泪，但小将们乐坏了，拍着巴掌大声叫好：'秦癫子，再来一次！你每天跳三次，就算改造好了！'"

作为五类分子，他多年被批斗、被侮辱，却总是似乎很快活，表现很积极。好像生活并不痛苦和沉重。民兵来喊他去开批斗会，他就像出工一样，脸不发白心不颤，泰然前往。牵他去挂牌游街，他也是熟门熟路，总是走在全大队五类分子的前头，俨然就是个持有委任状的黑头目。接受批斗总是不等人吆喝就扑通一声先跪下，低下头做出老实认罪的姿态。人家打他的左脸，他就等着右脸还有一下。革命群众和干部认为他不顽固，而有点自尊心的人则看不起他。在开始的时候，胡玉音就觉得他“下作”。

通过这些描写，我们已经看到了秦书田这个形象的特别之处。在此之前，新时期文学已经出现过一些“右派分子”形象，比如《天云山传奇》中的罗群、《人啊，人！》中的何荆夫、《布礼》中的钟亦成等，这些形象大都有点英雄色彩，比如虽蒙冤受屈而赤诚不改、坚持真理、一身正气等。而古华笔下的秦书田显然不是那样的人物。他很油滑，似乎没有骨气，更谈不上什么崇高理想和坚定信仰。但仔细想，这种性格的内涵是复杂的。对于他的这种表现，小说中说：“有的人讲他伪装老实，假积极，其实是红薯坏心不坏皮；有的人讲他鬼不像鬼，人不像人，穷快活，浪开心，活作孽；也有的人讲，莫看他白天笑呵呵，锣鼓点子不离口，山歌小调不断腔，晚上却躲在草屋里哭，三十几岁一条光棍加一顶坏分子帽，哭得好伤心。还有民兵晚上在芙蓉河边站哨，多次见他在崖岸上走过来，走过去，是想投河自尽？……”这段话透露了一些秘密。他若癫若狂，油滑乐天，穷开心，似乎没心没肺，这只是一种表象，是他求生的手段。正因为这样，他在严峻的环境中最大限度地处理好了他与环境的关系，因而可以少吃许多苦头。从这个意义上说，秦书田性格是正常性格在强大环境压力之下发生的一种畸变。在这种性格背后，隐藏了为生存而扭曲自我的巨大伤痛。这也是一种深刻的悲剧。

同时，小说也表现了他性格的另外一些侧面。首先，他乐于助人，富于同情心。村上有人病了，他“打起飞脚就跑”，翻山越岭请来医生。他很善良，而且细心，当被划为新富农的胡玉音在深夜奔向坟岗的时候，他悄悄跟去，从死亡线上把她救了回来。他身陷逆境，却对落难女子胡玉音有深切的同情。他负责为五类分子写黑牌子，自己的牌子做得特别大，却不给胡玉音的牌子上打红×。村里让他塑“狗像”，他挑来泥巴，为村里的五类分子一一塑了像，却偏偏“忘掉”了胡玉音。因为他不忍心伤害一个孤苦女人的自尊心，宁愿自己被批斗。他的油滑不仅用于保护自己，有时候也能为大家做点好事。比如，镇上二十二名五类分子到公社参加批判会，大会散了，押送他们的民兵却早已自己回了村。五类分子不能乱说乱动，更不敢擅自离开。是秦书田以滑稽的方式向着空空的主席台请示，然后宣布解散回家，使芙蓉镇的五类分子避免了烈日的暴晒。胡玉音病了，他喂汤喂饭，含着眼泪一遍遍唱“你是个聪明姐”，以古老的民歌鼓舞她活下去的勇气。

而且，通过一些细节还可以发现，秦书田事实上并不老实，并没有被改造得完全逆来顺受。这从他作弄王秋赦的情节可以清楚地看到。清晨扫街，偶然的机会让他发现了王秋赦与李国香私通，于是在李国香住处的门口小做手脚，让王秋赦天亮溜出来时滑倒摔伤。他终于出了一口气，却又巧卖人情，骗得了王秋赦的信任。当他与胡玉音的结婚申请不被批准并且换来一副白对联的时候，他不但不生气，而且高兴地贴出了那副白对联。因为他在白对联上那侮辱性的句子中看到了可钻的空子：“两个狗男女，一对黑夫妻。”黑夫妻也是夫妻，这就意味着干部们已经承认他们是夫妻了。两人于是堂而皇之地开始了共同生活。

他一直装疯卖傻，油滑以求生存。但到了关键时刻，我们却看到了他的另一面。当他的一切表演都不能改变最后命运的时候，当王秋赦终于把他送进监狱的时候，他一反常态，第一次直起腰骨，不肯跪下，甚至不肯低头。宣判大会上，他再也不是过去的样子，而是显示了他的铮铮铁骨。他与胡玉音互相示意：活下去，像牲口一样也要活下去。

总之，这个形象是独特的，因为生存环境的逼迫，他有装疯卖傻以求生存的一面，也有真诚善良的一面；有麻木的一面，也有机智的一面；有委曲求全的一面，也有不屈的一面。他的性格既矛盾又统一，显示了极“左”政治统治之下的残酷斗争对美好人性的摧残和扭曲。

三、王秋赦

这是一个地道的农村无产者。小说开篇对他的描写是：

> 吃米豆腐不数票子的人物还有一个，就是本镇上有名的“运动根子”王秋赦。王秋赦三十几岁年纪，生得圆头圆耳，平常日子像尊笑面佛。可是每逢政府派人下来抓中心，开展什么运动，他就必定跑红一阵，吹哨子传人开会啦，会场上领头呼口号造气氛啦，值夜班看守坏人啦，十分得力。等到中心一过，运动告一段落，他也就像个泄了

气的皮球。

如果考察他的阶级成分，他比贫下中农还优一等，是雇农，在土改前真是“上无片瓦，下无一垅”，是地道的赤贫。“他王秋赦是个十足成色的无产阶级。查五服三代，他连父母亲都没有出处，不知是何年月从何州县流落到芙蓉镇这省边地角来的乞丐孤儿。更不用提他的爷爷、爷爷的爹了。自然也没有兄嫂、叔伯、姑舅、岳丈、外公等等复杂的亲戚朋友关系。真算得是出身历史清白，社会关系纯洁。”他因此而在土改中被定为“土改根子”，成为革命依靠的力量。可是，这个无产者好逸恶劳，带有各种卑劣的思想意识和生活习惯。小说写道：“依他的口才、肚才，本来可以出息成一个制服口袋上插金笔的‘工作同志’的。但刚从‘人下人’翻做‘人上人’时没有经受住考验，在阶级立场这块光洁瓦亮、照得见人影的大理石台面上跌了一跤：工作队派他到本镇一户逃亡地主家去看守浮财，他却失足落水，一头栽进象牙床，和逃亡地主遗弃的小姨太太如鱼得水，仿佛这才真正尝到了‘翻身’的滋味。”

王秋赦尽管栽了跟头，但胜利果实还是分到了头一等。他分得了四时衣裤、全套铺盖、两亩水田、一亩好地，还分得了一栋位于本镇青石板街的吊脚楼。这吊脚楼本是一个山霸早先逢圩赶集时宿娼纳妓的别墅，里头描龙画凤金漆家具一应俱全。可是，小说中有这么一笔至关重要：王秋赦什么都要，唯独忘记了要求分给他农具和耕牛。果然，那些东西对他来说是不需要的，因为他本来就没打算使用农具。土改之后，“两三年下来，他田里草比禾深，土里藏得下鼠兔。后来他索性算它个毬，门角落的锄头、镰刀都生了锈。他开始偷偷地、暗暗地变卖土改时分得的胜利果实，箱箱柜柜的，都是人民币。……他上馆子，下酒铺，从不敢大吃大喝，大手大脚，颇为紧吃慢用，细水长流，却也吃喝得满脸泛红，油光嘴亮，胖胖乎乎地发了体。”当过去与他一样贫穷的人们买水牛、添谷仓的时候，王秋赦却重新现出了土改翻身前的破落相。“本镇上的居民们给他取下了几个外号：一是‘王秋赊’，一年四季赊账借钱度日；一是‘王秋蛇’，秋天的蛇在进洞冬眠前最是忌动，懒蛇；一是‘王秋奢’，讲他手指缝缝流金走银，几年工夫就把一份产业吃花尽了。”面对新的贫富悬殊，他由眼红产生妒恨，终日梦想的是："娘卖乖！要是老子掌了权，当了政，一年划一回成分，一年搞一回土改，一年分一回浮财！"为此，他躺在家里盘算着谁该划为地主，谁该划为富农，等待着新的社会动荡。

这种人是在任何社会都会有的，好逸恶劳，梦想通过抢劫或均贫富改变自己的贫困地位，而不是通过自己的劳动创造财富。在一般情况下，这种人的梦想是很难实现的，但在特殊的政治背景上，这种人却具有了某种神圣性。他的破衣破帽、破锅烂碗，成了他保持阶级本色的象征，被拿到阶级教育展览馆，对青少年进行阶级教育。他生活贫困，因而成为救济的重点，每年都要给予救济粮和救济款。他一个单身汉，住着一栋空落落的吊脚楼，房舍宽敞，因而县里、区里下来的工作同志一般都愿到他这楼上住。这些干部们下乡都讲究阶级感情，看到王秋赦土改翻身后婆娘都讨不起，仍是烂锅、烂碗、烂灶，床上仍是破被、破席，仍是贫雇农，一边感叹农村出现的两极分化，一边忘不了对王秋赦给予救济。时间长了，王秋赦养成了习惯，认为如果政府不救济他，就是忘记了阶级路线，就是"丢社会主义的人，出社会主义的丑"。有一年冬天，救济晚了一些，王秋赦跑到公社去找公社书记说："上级首长啊，1959年公社搞阶级斗争展览会，要去的我那件烂棉衣，比我如今身上穿的这件还好点，能不能开了展览馆的锁，给我斟换一下啊?"这还了得！公社书记为了表示自己的阶级感情，立即把大衣脱下来给王秋赦穿上。可是，这一切，却进一步培养了他好逸恶劳、等吃白食的毛病。

王秋赦不是劳动者，如果不是合作化和人民公社，他的地都荒了，长不出粮食，他吃什么？但是，他很幸运，赶上了合作化和人民公社，吃饭的问题就解决了。而且，他虽然不是劳动者，却是政治运动健儿。只要搞运动，他就如鱼得水，打铜锣，吹哨子，下通知，喊口号，保卫会场，站岗守夜，解送犯人，他都干得热火朝天。他需要政治运动，政治运动也需要他。如果没有政治运动，王秋赦就无法实现他的梦想；如果没有王秋赦这样的群众，政治运动也就开展不起来。所以，当"四清"运动开始时，王秋赦"再来一次土改"的梦想终于成了现实。

李国香率领的"四清"工作组来到了芙蓉镇，他这个"土改根子"马上变成了"运动根子"，不但与运动一拍即合，而且创造性地发挥了作用。

“四清”工作组到来，扎根串连发动群众，自然要首先找到他。他关心的问题是：“这次运动要不要划阶级成分？”“清经济这一条，要不要清各家各户的财产？”当他听到工作组长李国香说要“政治账经济账一起算”时，他兴奋了，立即表态：

> “好好！这个运动我拥护！哪怕提起脑壳走夜路，我都去！”
>
> 王秋赦呼的一下站了起来，兴奋得心都在怦怦跳。娘卖乖！哈哈，早些年曾经想过、盼过，后来自己都不相信会再来的事，如今说来就来！乖乖，第二次土改，第二次划成分，第二次分浮财……看看吧！王秋赦有先见之明吧？你们这些蠢东西，土改时分得了好田好土，耕牛农具，就只想着苦吃勤做，只想着起楼屋，置家产，发家致富……哈哈，王秋赦却是比你们看得远，仍是烂锅烂灶烂碗，当着“现贫农”，来“革”你们的“命”，“斗”你们的“争”！他一时浑身热乎乎、劲鼓鼓的，情不自禁一把抓住了女组长的双手臂：
>
> “李组长！我这百多斤身胚，交给工作组了！工作组就是我亲爷娘，我听工作组调遣、指挥！”

他在运动中表现积极，而且能够创造性地发挥，深得上级赏识，因而在“四清”运动之后就当上了支部书记。到了“文化大革命”时期，他更上一层楼，去大寨取经，学来了“三忠于”“四无限”“早请示”“晚汇报”“一天三祝愿”，并且四处传经送宝，宣讲极“左”政治经：“千条万条，突出政治第一条，阶级斗争是根本，老三篇天天读是关键，忠于领袖是标准。”

他头脑膨胀，忘乎所以，加上文化水平、政治阅历有限，错估了形势，竟在各地讲用时鹦鹉学舌地声讨走资派，连汤带水地批判了靠边站的县委书记杨民高和公社书记李国香。可是，他们很快官复原职了。为挽回败局，王秋赦就要向杨书记表一表忠心。通过李国香，他知道了杨书记爱吃冬笋。到哪里去开冬笋呢？当然不用买。王秋赦的办法是以“打击投机倒把、堵塞资本主义道路”为名，派出民兵小分队，包围集市，宣布紧急戒严，令赶集者只能进、不能出，将冬笋一律没收。为什么单单没收冬笋？这需要有个理由，但这理由并不好找。王秋赦的办法很绝：一边是没收冬笋，另一边是

“一个小道消息透露出来，说是新近山里侦破了一个反动组织，叫笋壳党。反革命分子们把秘密文件匿藏在冬笋壳里进行反革命联络。所以这一圩上撒下了天罗地网。”“那些丢失了冬笋的人，哪里还顾得上那点子经济损失？只恨不得生出一双翅膀来，飞离圩场这是非之地。”

王秋赦当夜就带了冬笋进城，终于挽回了杨书记的信任。因为他的革命工作的确进行得有声有色，所以受到上级重视，很快当上了公社革命委员会副主任。

考察王秋赦的一生，有一个突出的特点就是与极“左”政治共浮沉。是极“左”政治把他托上了芙蓉镇政治的风口浪尖，极“左”政治思潮越是泛滥，王秋赦就越是得势，而一旦极“左”政治路线得到抑制和纠正，王秋赦就失势了。在这部小说的结尾，时代正在拨乱反正、平反冤假错案。胡玉音要平反了，秦书田要平反了，王秋赦说：“老子在台上一天，你们就莫想平反！”可是，时代的变化不以他的意志为转移，最后他终于发疯，在街上高喊：“千万不要忘记呵！”“‘文化大革命’五六年又来一次呵！”“阶级斗争，一抓就灵啊！”

通过小说的描写，人们不难看到王秋赦恶劣的品质和肮脏的灵魂，也不难看到他的性格所包含的破坏性。作为一个无产者，经济地位决定了他本能地盼望革命和动荡以改变自己的生活现状。因为自身的穷困，他有对剥削者和压迫者的愤恨，有翻身过好日子的欲望，因而表现出很强的革命性。在破坏一个旧世界的时候，它所具有的力量是一般本分农民所没有的。所以，在革命的时候，他往往成为最主动、最激烈的先锋，成为革命依靠的力量。但是，王秋赦这样的无产者性格中却有另一个重要的侧面：他好逸恶劳，品质恶劣，思想意识极为腐朽。他仇恨地主山霸，同时也羡慕地主山霸，全部的革命理想不过是夺取地主山霸的财产和女人，翻身成为新的地主山霸。因此，他们的革命只是取而代之，而不会带来历史进步。

与此同时，由于他们游手好闲，好逸恶劳，不能为社会创造财富，也不能为自己创造美好的生活。他们是旧世界的破坏者，却不是新世界的建设者。因此，即使在一次翻天覆地的革命中翻身之后，他们仍然会重新沦落为赤贫。正因为这样，他们就总希望破坏秩序，改变现状，再来一次革命。所以，像王秋赦这样的人，永远是革命或动荡的力量，而不可能是社会走向稳定和繁荣的力量。与建设者胡玉音相比，小说留给人们的思考是：在建设时期，社会应该依靠胡玉音们还是依靠王秋赦们？很明显，应该依靠的是胡玉音这样的建设者。但是，那段历史却恰恰做了相反的选择，信赖并依靠王秋赦们，打击和镇压胡玉音们，因而给人民生活和社会的发展造成了严重危害。小说对王秋赦这一形象的塑造，重要的贡献之一，就在于使人们看到了时代的这种错误选择，同时看到了极“左”政治的社会基础。

四、谷燕山

粮站主任谷燕山在作品中是作为一个“右倾”务实的干部形象塑造的。自从披着老羊皮袄、穿着大头鞋随南下大军来到芙蓉镇，就在这里扎下来做地方工作。他入乡随俗，北方话改成镇上人人听得懂的本地“官话”，还习惯了吃整碗的五爪辣、羊角辣、朝天辣，习惯了吃蛇肉、猫肉和狗肉。他长相有点凶，刚来时，只要双手一叉在街当中一站，就吓得娃娃们四下里逃散。然而，时间长了，镇上人知道，他是“长了副凶神相，有一颗菩萨心”。

战场上负伤，使他永远丧失了性功能。这当然是镇上无人知晓的隐秘，但人们能够看到的是，他结过一次婚，但女人很快离去，从此一直过着单身生活，而且拒绝一切好心人的介绍，也拒绝了所有女人对他的表示。可是，这个单身男人并不孤独，原因在于：“芙蓉镇上那些半大的男伢妹娃，多半都认了他做‘亲爷’。他也特喜欢这些娃儿。因之他屋里常有妹娃嬉戏，床上常有男伢打滚。什么小人书、棒棒糖、汽车、飞机、坦克、大炮，摆了一桌，摊了一地。他还代有的娃娃交书籍课本费，买铅笔、米突尺什么的。据镇上的几位民间经济学家心算口算，他大约每月都把薪水的百分之十几花在这些‘义崽义女’身上了。镇上的青年人娶亲或是出嫁，也总要请他坐席，讲几句有分量又得体的话。他也乐于送一份不厚不薄的贺礼。镇上有的人家甚至家里来了上年纪、有身份的客人，办了有鳞有爪的酒菜，也习惯于请他作陪，并介绍：‘这是镇上谷主任，南下的老革命……’好像以此可以光耀门庭。随着岁月的增长，老谷的存在对本镇人的生活，起着一种安定、和谐的作用。有时镇上的街坊邻里，不免要为些鸡鸭猫狗的事闹矛盾，挂在人们口边的一句话也是：‘走走！去找老谷，喊他评评理，我怕他不骂你个狗血喷头才怪呢！'”

从这样的描写不难看出，这是一个好干部。唯一让人不解的是，作家不知为什么让他丧失了性功能。这种设计当然不会是随意的，肯定有用。比如，它一下子就洗清了关于谷燕山与胡玉音关系是否正常的嫌疑。除此之外，性功能的丧失是否还有寓意？比如后继无人，似乎也值得考虑。

在小说中，谷燕山所做的重要的事，首先是卖给胡玉音碎米谷头子，支持胡玉音卖米豆腐。在他看来，胡玉音的行为是正当的，而且是为社会主义增光的。这从他在胡玉音新房建成时的讲话可以看到。但是，即使在“四清”运动到来之前，围绕这件事，已经展开了激烈的斗争。由于李国香的汇报，县商业局给芙蓉镇圩场管理委员会下达了一个盖有鲜红大印的打字公文：“查你镇近几年来，小摊小贩乘国家经济困难时机，大搞投机贩卖，从中牟利。更有不少社员弃农经商，以国家一、二类统购统销物资做原料，擅自出售各种生熟食品，扰乱市场，破坏人民公社集体经济。希你镇圩场管理委员会，即日起对小摊贩进行一次认真清理。非法经商者，一律予以取缔。”公文的后面还附有县委财贸办的批示：“同意。”还有县委书记杨民高的批示：“芙蓉镇的问题值得注意。”面对这样的文件，谷燕山还曾经试图抵抗。他对黎满庚说：“你干妹子是个弱门弱户。有我们这些人在，就要护着他们过安生日子……我明后天进城去，找几位老战友，想想法子，把母胡蜂请走……”这里的“母胡蜂”是指当时的国营饭店经理，后来的“四清”工作组组长李国香。

可是，由于政治形势的大背景，他的斗争显然失败了。“四清”工作组进驻芙蓉镇之后，扎根串连，调查研究，整理了他的材料，于是有了县委组织部和县粮食局下发的公文：“鉴于芙蓉镇粮站主任谷燕山丧失阶级立场，盗卖国库粮食，情节严重，性质恶劣，令其即日起停职反省，交代问题。”“盗卖国库粮食”，并非空穴来风，因为李国香给他算了一笔账：每圩从打米厂批卖六十斤碎米谷头给“芙蓉姐子”做米豆腐生意，两年多来，他拿一万多斤大米支持了“资本主义”。根据工作组给县委的报告，是鉴于谷燕山严重丧失阶级立场，长期助长乡镇资本主义势力，建议开除他的党籍，遣送回乡劳动。但县委的一些老同志念及他是个南下干部，在这之前没有犯过错误，这次虽然认错态度不好，检讨不深刻，但还是要给出路，才决定给予党内严重警告、降薪一级的处分。谷燕山就这样迎来了“文化大革命”。

在“文革”时期，谷燕山成了芙蓉镇有名的“醉汉”，所以并没有受到多少冲击。可是，这个醉汉却自有他的清醒。他知道，“斗个没完，整个没完，年复一年。有的人眼睛都熏红了，心都成了铁，以斗人整人为职业。”这都是为了什么？他弄不明白，但他知道这不正常。通过作家的描写，我们看到的是谷燕山身上所保留的朴素的人情味儿。他没有李国香那么高的阶级斗争觉悟，而且压根就不赞成那种阶级斗争。当胡玉音和秦书田结为“黑鬼夫妻”的时候，他是唯一前去祝贺的人，而且为他们主婚。当秦书田被送进监狱，而胡玉音自己一人在家临产的时候，是他前去照顾，而且在风雪中把她送进了医院。正因为这样，胡玉音对他的感激无以言表。当医生问孩子是否取了名字的时候，胡玉音的回答是：“谷军。”让儿子姓了谷燕山的姓。一直到“四人帮”倒台，秦书田即将刑满回家之际，谷燕山才在孩子的名字前面又加上他的姓，成了“秦谷军”。

“文革”结束，拨乱反正之后，他被任命为芙蓉镇党委书记。他是小说中的正面人物，但作者对他没有拔高，而是写出了他的全部朴素，着力表现他身上的人性的闪光。

五、李国香

作为一个艺术形象，这也是一个成功的典型。透过李国香，我们可以看到极“左”政治思潮盛行之时那些弄潮儿，看到他们的所谓政治觉悟，看到他们的所谓坚定立场和斗争艺术。

李国香本是县商业局的人事干部，县委财贸书记杨民高的外甥女，全县商业战线以批资本主义出名的女将。早在1958年，她就献计献策，由县工商行政管理局放出了一颗“工商卫星”：对全县小摊小贩进行了一次突击性大清理。她的事迹上省报，因而成为县里的红人，入了党，提了干。可惜的是，正当要被提拔为县商业局副局长时，她去医院打胎，不得不交代出肚里孽种的来历，泄露了她与县委财办主任的私情。为了爱护典型，秘事当然被严格控制在极小的范围内。负责给她堕胎的女医生也很快被安排到千里之外的洞庭湖区搞“血防”去了。但李国香还是要暂时受点委屈，从县城下到芙蓉镇饮食店来当经理。

她出场时已经是三十二岁，却仍是单身。小说对这位女经理的描写用笔较多，详细地叙述了她的恋爱经历：李国香二十二岁参加革命工作，在挑选对象这个问题上，真叫尝遍了酸甜苦辣咸。她初恋谈的是县兵役局一位肩章上一颗“豆”的少尉排长，可是那年月时髦姑娘们流行的歌诀是：一颗“豆”太小，两颗“豆”嫌少，三颗“豆”正好，四颗“豆”太老。她很快就和“一颗豆”吹了。不久找了位“三颗豆”，可是上尉连长刚和乡下的女人离了婚，身边有个孩子，于是拉倒。第三次爱情是闪电式的，很快就结束了。1956年，党号召向科学进军，她就找了个知识分子，并且有了“百日之恩”，可是这位眼镜先生第二年被划成右派分子。“她像走夜路碰见了五步蛇，赶忙把跨出去的脚缩了回来。”因此，不知不觉十年青春过去了，她在政治上越来越红，而在个人生活方面却越来越不走运。小说写道：“人一变丑，心就变冷。积习成癖，她在心里暗暗嫉妒着那些有家有室的女人。”而且特别妒忌漂亮女人。也许，这正是她与胡玉音特别过不去的重要原因。

更为可惜的是，她找不到男人，曾经降格以求热烈追求谷燕山。却没有想到，谷燕山这个单身汉却像一截湿木头，怎么也点不着。李国香只好放下自尊采取积极行动，结果却在这个四十多的单身汉面前碰了壁。这让她满怀仇恨，报复谷燕山，同时寻找原因，想到了那个“米豆腐西施”胡玉音。这就使她决心把胡玉音和谷燕山一起打翻在地。

而这一切，竟然都是无产阶级政治，都以阶级斗争的形式表现了出来。她刚刚来到芙蓉镇，就对镇上的自由市场有一种特殊的敏感。关注各种饮食小摊经售的形形色色零星小吃，看它究竟如何与自己的国营饮食店争夺顾客。当她发现胡玉音的米豆腐生意是那样红火时，不是考虑如何改善自己的服务，而是马上做出这样的反应：“这还了得？小摊贩竟来和国营店子抢生意？”马上就准备收了胡玉音的摊子。只是因为当时的政治气候尚不成熟，谷燕山等人使她的愿望没有实现。

在“四清”没有开始之前，我们已经看到了李国香的阶级斗争觉悟。是她发现了厕所里的“反动标语”，并立即上报。是她和王秋赦向公安员反映：“莫看芙蓉镇地方小，人口不多，但圩场集市，水路旱路，过往人等鱼目混珠，龙蛇混杂。就是本镇大队戴了帽、标了号的‘地、富、反、坏、右'分子，也有二十几个；出身成分不纯、社会关系复杂、不戴帽的内专对象及其亲属子女，就更不止这个数。圩镇上的人，哪个不是旧社会吃喝嫖赌、做生意跑码头过来的？有几个老实干净的人？还有就是镇上的国家干部和职工，党团员，也成年累月和这些居民厮混在一起，藤藤蔓蔓，瓜葛亲朋，拜姊妹结老表，认干爹干娘，阶级阵线也早就模糊不清了。”在查“反标”的过程中，她先是认为秦书田可疑，被公安员否定了；又提出胡玉音可疑，也被公安员否定了。实在没有别的线索，她又给公安员出了主意：通过各级党团组织，出政治题目，发动群众写文章谈对三面红旗的认识，让全镇凡是有点文墨的人，都写出一纸手迹来查对。

面对胡玉音的豆腐摊子，她到县里提出了取缔小摊贩的建议。县里根据当时中央、省、地有关开放农村集市贸易的政策精神，觉得小摊小贩不宜一律取缔，但既然基层干部反映强烈，便做出了对芙蓉镇小摊贩进行重新登记并发放临时营业许可证的决议。因为此时芙蓉镇的权力仍然在黎满庚、谷燕山和税务所长等人的手里，重新登记没有搞垮胡玉音，反而让她得到了一张营业证。李国香变本加厉，再次向县里报告。于是，在杨书记的头脑中，终于形成一个芙蓉镇小集团的草图：米豆腐西施（父为青洪帮，母为妓女，新生资产阶级）——黎满庚（大队支书，严重丧失阶级立场）——谷燕山（粮站主任，腐化堕落）——秦书田（反动右派）——税务所长（阶级异己分子）……

作家特别写了她那坚定的阶级立场和强烈的阶级感情。她作为“四清”工作组长住进王秋赦的吊脚楼，小说有这样一段描写：

> 歪斜的楼屋，荒芜的院子，使李国香组长深有感触，感到自己的责任重大啊，解放都十四五年了，王秋赦这样的“土改根子”还在过着穷苦日子，并没有彻底翻身。这是什么问题？三年苦日子，城乡资本主义势力乘机抬了头啊。不搞运动，不抓阶级斗争，农村必然两极分化，还是富的富，穷的穷，国变色，党变修，革命成果断送，资本主义复辟，地主资产阶级上台，又要重新进山打游击，搞农村包围城市……当李国香在楼下火塘里看到王秋赦的烂锅烂灶缺口碗，都红了眼眶掉了泪！多么深厚的阶级情感……

她所领导的“四清”工作组的工作方法是很值得注意的。它采用的是先扎根串连、整理材料、组织队伍，再发动群众的方式。她发现和培养“运动根子”的方法，她调查研究的办法，都是值得关注的。那是多年积累的政治经验，显示着称职的工作能力。比如对胡玉音卖米豆腐剥削人民的材料的取证，她先问胡玉音：“从1961年下半年起，芙蓉镇开始改半月圩为五天圩。这就是讲，一月六圩，对不对？”胡玉音点点头。“到今年2月底止，一共是两年零九个月，也就是说，一共是三十三个月份，正好，逢了一百九十八圩，对不对？”胡玉音点点头。然后她说：“你每圩都做了大约五十斤大米的米豆腐卖。有人讲这是家庭副业，我们暂且不管这个。一斤米的米豆腐你大约可以卖十碗。你的定价不高，量也较足。这叫薄利多销。你的佐料香辣，食具干净，油水也比较厚。所以受到一些顾客的欢迎。你一圩卖掉的是五百碗，也就是五十块钱，有多无少。一月六圩，你的月收入为三百元。三百元中，我们替你留有余地，除掉一百元的成本花销，不算少了吧？你每月还纯收入两百元！顺便提一句，你的收入达到了一位省级首长的水平。一年十二个月，你每年纯收入二千四百元！两年零九个月，累计纯收入六千六百元！”由此可见，这个人的确很能干，头脑清醒，办事干练，很有工作能力。

把全镇各家各户的情况基本摸清了，群众还没有发动起来，于是就从忆苦思甜、回忆对比入手，激发社员群众的阶级感情。她的具体措施有三：一是吃忆苦饭，二是唱忆苦歌，三是举办阶级斗争展览。再加之开大会制造声势，于是芙蓉镇的“四清”运动搞得轰轰烈烈，打倒了黎满庚、谷燕山以及税务所长等干部，重新给胡玉音划了成分，使她戴上了“新富农”的帽子。于是，芙蓉镇被列为全县革命化的典型，李国香则成为“活学活用毛主席著作积极分子”和“标兵”。不久，因革命需要年轻有为的女闯将，她被提拔担任了县委常委兼公社书记。为了巩固“四清”成果，她大部分时间仍住在芙蓉镇。这也就是那个年代时兴的“蹲点”。

“文革”开始，李国香惊惶了几天，但立即就站到了运动的前列，积极领导革命。她首先在芙蓉镇抓出了税务所长等几个“小邓拓”，把“小邓拓”和五类分子们串在一起，进行了几次“牛鬼蛇神大游斗”。有人跳出来造反，贴她的大字报。她查出了供销社主任、信用社会计是“黑后台”，立即组织所谓革命群众进行反击，抓出了几个“假左派，真右派”。可是，在全国大串联的红卫兵小将，却像天兵天将似的突然出现在芙蓉镇。他们因为有中央首长的支持，踢开党委闹革命，当然不买李国香的账。小将们对李国香进行了一次突击搜查。走资本主义道路的证据倒是没有发现，却发现了让小将们脸红而且无法容忍的东西。于是，小将们把一双破鞋挂在了李国香的脖子上，游街示众，从此让她与“黑五类”为伍，与秦书田们一起劳动改造。“文革”中的事就是这样复杂，古华没有像一些人那样写到造反派小将就把他们全往坏处写，而是比较忠实于历史真实，写出了他们于荒唐之中也做过的一些大快人心的事。这里值得注意的是李国香在被打入“黑五类”时的表现：她一再解释：“红卫兵小将、战友、同志！肯定是闹误会了。”她一次又一次找红卫兵们申辩：“我怎么会和他们五类分子、牛鬼蛇神搞到一起？我从来就没有当过右派。1957年，我在县商业局搞专案抓右派。1959年，我参加县委反右倾。1964、1965两年，我是工作组组长，揪五类分子，抓新富农，斗老右派……我从参加革命工作起，就是个左派，真正的左派！所以小将、战友、同志们，你们抓我，肯定是闹误会了，是新左派抓了老左派……”这倒是真的。她从来都是左派。但是，历史于荒唐中出现的公正，小将们不管这些：“哈哈！她妈的，破鞋！不要脸！你还有口讲什么左派？”无论李国香过去怎样左，在他们眼里，也仍然是腐败堕落的修正主义分子。所以，李国香必须与秦书田、胡玉音及地主富农们一起劳动。当秦书田大跳“黑鬼舞”的时候，李国香也必须同样跳，被逼无奈，她只好请求，允许她像狗一样爬到打饭的窗口。应该说，李国香的如此命运正是她自己参与制造的。她们是一个劲地向左转，左了又左，终于培养出了比自己更左的力量。她们自己以整人为乐事，后来自己却也被整。这也算是“因果报应”。

然而，李国香这样的干部注定了是打不倒的。因为她善于审时度势，能够及时调整自己。何况，在老左派与新左派之间，并无不能跨越的鸿沟。小将们的运动过去之后，她很快就爬了起来，成为公社革命委员会主任。“四人帮”倒台后，她在全县三级扩干大会上控诉极“左”路线，讲得许多人都落了泪。于是她步步高升，县委常委分工，由她负责落实平反冤假错案和给地主富农摘帽的工作。她想不通，接受不了，担心的是：“今后革命还有什么对象？拿谁来当活靶子？离开了阶级斗争这个纲，今后农村工作怎么搞?”她的脑子里有一个隐隐约约的看法：变了，修了，复辟了。对此，小说写道：“她白天若无其事，不动声色，晚上却犯了睡觉磨牙齿的毛病，格格响。”这些描写，在那个转折关头，也具有很大的代表性。

总之，李国香是一个很有能力的干部，直接制造了芙蓉镇的苦难。她是极“左”政治的得力干将，是极“左”潮流的积极推动者。这个形象具有极大的认识价值，可以为历史存档。透过这个形象，我们可以认识极“左”思潮泛滥时期那些走红的干部，看到他们的观念，他们的思维，他们的工作方法，看到他们的一切给中国人民带来的灾难。古华的可贵之处还在于，他深刻地看到了这样的干部并没有与那个时代一起过去。有他们在，隐患就仍然存在。

评论界对李国香的生活作风问题曾有所争议。也许，对私生活的描写和评判并非必要。由此透露的是作家对政治人物进行道德涂抹的做法，这在当代文学中是普遍的。反面人物往往伴随着道德堕落，而道德堕落又往往要在不正当的男女关系方面做文章。其实，作为一个三十多岁而没有结婚的女人，有婚外的性关系，并不值得大惊小怪。如果在西方，或者在“五四”时期或30年代的中国，作家们是不会这样写的。但是，考虑到中国当代读者的阅读习惯，作者进行这样的描写，是不难理解的。同时，从她十几年的两性关系经历，也显示了这种政治人物在婚姻恋爱方面的观念和选择配偶的标准，反映了那个年代，也丰富了她的性格。

六、黎满庚

黎满庚是个什么人呢？整体上看，他不算坏，应该是个好人、老实人，属于比较善良、比较老实的农村干部。因为他的善良和老实，所以不可能一帆风顺，尤其是在极“左”思潮膨胀的时期，他的官运是不会好的。但他的性格也注定做不了英雄，不可能成为极“左”政治的抵抗者，不可能为了真理和正义去做牺牲。小说没有把他写成英雄，而是写出了一个普通人，有普通人的弱点，也有普通人的长处。关于这个人物，小说主要写了他几件事：

第一件事是他为了政治前途而牺牲了与胡玉音的美好爱情。他与胡玉音本是青梅竹马，一起长大，后来相爱。他喜欢胡玉音，胡玉音也喜欢他。可是，他是党员，当时还是国家干部。杨民高书记对他说："小黎，根据《婚姻法》，搞对象你有你的自由。但是党组织也有党组织的规矩。你可以选择：要么保住党籍，要么去讨客栈老板的小姐做老婆！"经过一番思想斗争，黎满庚牺牲了爱情，选择了政治前途。于是，他与胡玉音由恋人变成了兄妹。他为胡玉音的深情所感动，曾经发誓要一生一世保护胡玉音。

第二件事是1964年社会主义教育运动来临之际，胡玉音为安全起见，把一千五百元现金托他保管。妻子知道之后，跟他吵了一架。他思之再三，最后还是背叛了胡玉音，背叛了他在芙蓉河岸边立下的保护胡玉音的誓言，向县委工作组交出了胡玉音的钱。

忠诚与背叛，在黎满庚那里总是纠缠在一起。第一次忠诚于组织，背叛了爱情；第二次，他又忠诚于组织，背叛了兄妹情谊。在组织和个人、革命和爱情面前，他总是理性战胜感性，革命排斥了私情。他不加考虑地把组织看得重于一切，盲从到了愚昧的地步，从来没有考虑过这个所谓的"组织"执行的是什么路线。他没有这个能力，所以只有服从。

但是，我们同时也可以看到，他不是一个没有感情的人。他发誓要一生一世保护胡玉音，并非虚情假意，而是内心感情的真实流露。在"四清"到来之前，他也的确是这么做的。直到后来，秦书田进了监狱，胡玉音自己带着孩子艰难生活，他虽然不能像谷燕山那样去帮助她，但从他对玉音的孩子的态度，也可以看到他的内心。只是在政治大势之下，他的确没有力量保护自己心爱的人。他如果硬要保护，势必为胡玉音做出牺牲，那样他就成为英雄，而不再是黎满庚了。

《芙蓉镇》通过这六个人物的塑造，已经比较全面地展现了一个时代的政治风云，反映了中国人走过的一段曲折道路。

1984年10月　曲阜

《人啊，人！》纵横谈

一、作者及写作背景

作者戴厚英，1938年生，安徽颍上人，1956年考入华东师范大学中文系，1960年毕业后分配到上海作家协会工作，“文革”后调至复旦大学上海分校中文系任教，同时开始文学创作，主要作品有《诗人之死》《人啊，人！》《锁链，是柔软的》等。

1960年2月25日，中国作家协会上海分会召开以“高举毛泽东思想红旗，批判资产阶级文艺思想”为主题的大会。这个会开了四十九天，直到4月13日才宣告闭幕。在这个大会上，来自华东师范大学中文系的一个女学生因为批判她的老师而名声大噪。她就是戴厚英。她被作为“文艺理论的新生力量”写入大会纪要，登载在中国文联的机关刊物《文艺报》上，因而名扬全国。因此，她被借调到上海作家协会文学研究室，毕业后即被分配于此从事理论批评工作。

从表面上看，戴厚英是那个年代的积极分子，但她的内心并非没有矛盾。她的父亲因为对统购统销政策发表意见而被划为“右派分子”，她的叔父因为被冤枉而自杀，这使戴厚英“追求进步”的行为具有了更多的含义。在她参加工作并被作为“新生力量”培养之际，她从安徽探亲归来，曾对人讲起家乡饿死人的惨状，因此受到批评和警告。

“文革”前夕，戴厚英曾经是上海市委写作组的成员，并且被派到北京参加过批判田汉的写作班子，写过不少批判文章。用她自己的话说，那时候她的脑袋没有长在自己的脖子上，成了别人的打手。但在“文革”开始时，她已经离开那个后来大名鼎鼎的写作组。北京之行没有导致她进一步攀升。

“文革”开始之后，戴厚英曾经作为造反组织的头头而风云一时，也曾因为参与“炮打张春桥”事件而被整。一起事件对她产生重要影响，这就是她与著名诗人闻捷的一场恋爱。当时的闻捷已经被打倒，一个是改造者，一个被改造者，却因为种种原因而相爱了，虽然时间很短，总共不过100天，但他们之间产生了很深的感情。他们的恋爱被视为“阶级斗争的新动向”，被强行拆散，闻捷遭到批斗，而且因此而自杀身亡。这对戴厚英是一个巨大的打击，也使她在痛苦中产生了脱胎换骨的变化。从此，她再也不是那个痛批人道主义和人性论的女学生。

“文革”过去之后，戴厚英调入复旦大学上海分校（今上海大学）中文系任教，痛定思痛，她开始反省，并写下自己的思索和感悟，先是写出了《诗人之死》，接着又写了《人啊，人！》。

《人啊，人！》的创作有一个特殊的背景：由于“左”倾思潮的影响，人情、人性和人道主义在当代中国长期没有合法地位。它被判给了资产阶级，受到一次又一次的批判。1956到1957年间，在双百方针提出的背景上，人们曾经试图恢复它在文学中的地位，因而有了巴人的《论人情》、钱谷融的《论文学是人学》等文章，但旋即被批判。从此之后，人情、人性和人道主义成为文学表现的禁地。“文革”结束之后，面对人性被扭曲、人的价值与尊严被践踏、人的自由和权利被剥夺的现实，人们试图修复人与人之间的正常关系，寻回人的价值与尊严。因此，在控诉极“左”政治的同时，中国大地上出现了一股张扬人情、人性和人道主义的思潮。《人啊，人！》正是在这个背景上出现的。

《人啊，人！》发表之后，引起了强烈的反响和争议。戴厚英成为中国文坛上高扬人情、人性和人道主义的一面旗帜。她因此而受到猛烈的批判，也受到热烈的赞美。

二、故事中心：从孙悦说起

《人啊，人！》是一部风格比较独特的作品。它以C城大学为背景，写了一系列知识分子各自的人生坎坷和彼此的复杂关系，反映了从“反右”到“文革”再到思想解放运动这一段历史生活，控诉了“左”倾路线给人们带来的深重灾难，揭示了人为的“阶级斗争”对人情、人性的扼杀和扭曲，表现了“文革”刚刚结束之时中国社会存在的复杂的矛盾和斗争，对人情、人性和人道主义发出了热切的呼唤。

小说采用了一种新的艺术表现形式，不追求情节的连贯和缜密，也不追求形象描绘的具体和细腻，而是不断转换叙事角度，采用回忆和内心独白的方式，致力于人物灵魂的刻画。作者让几个主要人物轮流担当生活的观察者和小说的叙述者，让他们自己打开自己的心灵，展示自己的内心，同时采用了某些意识流的手法，写感觉，写幻想，写梦境，较好地揭示了人物的精神世界。可以说，整部作品既富于思想性，又充满诗意，显示了鲜明的个性特点。

不过，对于读者来说，这种写法却增加了把握作品的难度，因为作品中的完整故事、人物关系都需要我们自己清理和连缀。而且，几个人物分头叙述，每个人都有自己的故事，中心线索并不明显。应该说，小说是以孙悦作为主要线索进行结构的，而且她的故事占用篇幅最多。但是，孙悦并不是最主要的人物，小说主题也并不是主要由她所体现。然而，她却承担了连结人物和故事的功能，因为这种位置，我们的阅读无法不首先关注这个人物。

她是C城大学中文系总支书记，是一个美丽、善良、正直的女人，但她的人生道路很不平坦。

在50年代中期，她和青梅竹马的男友赵振环一同跨入C城大学。那时候，她是个极其单纯的女孩，并且不久就显示出多方面的才能：学习成绩优秀，不断在校刊上发表散文和诗歌，而且是学校体操队队员、系话剧团团员、周末舞会上的活跃分子。她因此而被各个年级的男生注意，成了他们追求的对象。何荆夫是在迎新生的时候认识孙悦的，因为第一次见面他就被她吸引了。在此后的日子里，何荆夫从关注孙悦、接近孙悦到狂热追求孙悦。

但孙悦没有接受何荆夫的追求，因为她与赵振环从上小学就在一起，青梅竹马，她不愿背弃自己的初恋，不愿做一个忘恩负义、朝秦暮楚的人。为此，她公开宣布了自己与赵振环的恋爱关系。何荆夫尊重她的选择，却无法放弃对她的爱，只有在日记里不断倾诉对她的爱。

就在这时，他们迎来了1957年那场反右运动。在大鸣大放中，校党委书记奚流以“鸣放是压倒一切的政治任务”为由，不许华侨学生小谢出国探望生病的母亲。何荆夫为此贴出大字报，批评奚流缺少起码的人情味。大字报在校园里引起很大反响，有一千多人在上面签名，孙悦也签了名。不久，反右运动开始了，孙悦受到组织批评，为签名一事做了检讨。而何荆夫则因此被划为“右派分子”，开除学籍，遣返乡下。就在批判何荆夫的时候，他的日记作为罪证材料被摘抄公布。日记中对孙悦的深爱使孙悦的内心受到强烈冲击。何荆夫被遣送下乡前夕，她与何荆夫在一片灌木丛单独见了面，并且突然在他的脸上吻了一下，然后急忙离去。此后，她曾经一次次单独去那片灌木丛。由此可见，她虽然忠于她与赵振环的恋爱关系，但还是被何荆夫的感情所打动，内心充满矛盾。这时候的孙悦事实上面临着两种选择。但是，在反右的大背景上，各方面的条件都使她不可能选择已经被打成“右派分子”的何荆夫。

与爱情上的矛盾一样，孙悦在思想中同样充满矛盾。她热爱党，热爱新中国，积极追求进步，虔诚地信仰时代流行的价值。但是，正如奚流对她的评价：“受18、19世纪资产阶级文学影响太深，充满小资情调。”她要追求进步，就必须对自己头脑中的资产阶级思想进行改造。后来，孙悦在全系学生大会上现身说法，对自己进行了深刻的检查和批判，认为自己在阶级斗争中不坚定，甚至差一点就与一个“右派分子”恋爱，“是受了人道主义、人性论的影响”。她因为深刻的自我检查而受到奚流的表扬，并且在大学毕业时被留校任教。在此后的日子里，她成为奚流的忠实追随者。

“文化大革命”开始，孙悦被作为奚流的“铁杆保皇派”揪了出来，但她毫无怨言，因为在她的眼里，奚流是党的化身，又是德高望重的长者，所以心甘情愿。即使被挂上“奚流姘头”的牌子站在奚流旁边被批斗，她也仍然坚信总有一天会真相大白，泼在自己满身的这些污水会被洗去。但是，当造反派把奚流写给有夫之妇陈玉立的肉麻情书当众宣读时，当她听到奚流对一个鄙俗的女人表示“我愿做你的一条狗”时，当奚流承认这信的确是他所写时，她精神上的一根支柱倒塌了。她带着一身脏水被下放到一所中学。与此同时，生活上的打击紧接而来：她的丈夫抛弃了她。大学毕业时，赵振环被分配到千里之外的A省日报当记者。虽然他们一毕业就结了婚，但因为孙悦“C城大学党委书记姘头”的名声使赵振环感到丢脸，加之另一个女人的介入，赵振环离开了孙悦。

离婚之后，孙悦带着女儿生活，伴随她的是种种痛苦和困惑。

“四人帮”垮台后，奚流官复原职，孙悦也被从中学调回，担任中文系党总支书记。但是，此时的孙悦对奚流已经没有崇拜。她看到的奚流再也不是过去那个值得信赖的党的化身。她开始与奚流争辩，甚至在党委会上公开顶撞奚流。孙悦与奚流的关系变化包含了丰富的内容。孙悦本来以为，经过“文化大革命”的教训，奚流也许有所改变，但她没有想到官复原职之后的奚流只关心自己的权位。这使她非常失望，甚至后悔调回大学来。

在爱情上，孙悦又一次面临选择：赵振环在跟她离婚之后与冯兰香结了婚，但很快就后悔了，这时正坚决要与冯兰香离婚，并且希望孙悦能够重新接受他。何荆夫的右派问题得到平反，回到母校工作。经过二十年的坎坷和苦难，他比原来更深沉，也更敏锐。他深邃的思想使迷惘中的孙悦看到了亮光。她无法抗拒何荆夫对她的吸引力，渴望与何荆夫结合，但由于过去的那段历史，又对他有一种负罪感，自尊心使她难以轻松面对。

这一切，都使孙悦的内心矛盾重重。无论在爱情上还是思想上，她都面临重新选择。事实上，这正是一个历史的转折时期不少人都面临的选择。

由于何荆夫的《马克思主义与人道主义》一书遇到的阻挠，孙悦更清楚地看到了奚流的真面目，也更进一步了解了何荆夫。她感到自己不能再一次失去他，更不能再让他一个人孤独地承受一切，而应该与他并肩搏斗。最后，孙悦终于与何荆夫站到了一起。

通过孙悦人生道路和精神历程的描写，我们看到了她的发展变化过程。这个过程主要是一个重新选择的过程，也是一个找回自我的过程。孙悦是一个善良正直的人，也是一个严肃认真的人。但在过去，她一直相信组织，信任领导，却没有独立思考的能力，缺少怀疑的精神和创造的勇气，安于做“驯服工具”。坎坷的生活给她留下了创伤，也使她有所醒悟；政治的多变曾使她无所适从，也培养了独立思考的能力。最后，她终于找回了自我，找回了属于自己的爱，并且在思想上走向了时代前列。这是一个变化的人物，在她的身上，带有作家自己的某些影子。对于那一代人来说，孙悦有很大的代表性。

三、时代矛盾：何荆夫与奚流之间

小说虽然以孙悦为叙事中心，但她只是矛盾两极中间的人物。这矛盾的两极是由何荆夫与奚流构成的。分析作品的矛盾结构不难发现，更重要的人物是作为1957年的“右派分子”和“文革”结束后思想解放运动的先锋的何荆夫，和思想僵化、坚持极“左”路线的奚流。时代的主要矛盾发生在他们之间。他们的矛盾并不是个人之间的恩怨，不是过去作品中常见的阶级斗争或路线斗争，也不是当时文学所流行的改革与保守的斗争。何荆夫与奚流的矛盾是围绕着人情、人性和人道主义展开的，而且以此贯穿始终。小说从“人情味儿”的呼唤被扼杀开始，到人道主义的呼唤再次被阻挠结束，构成了一条矛盾主线，以这条主线为中心，表现了二十多年的历史生活。

1957年，何荆夫贴大字报批评校党委书记奚流，是因为他缺少人情味。正在鸣放开始的时候，华侨学生小谢要请假出国探望生病的母亲。奚流以“鸣放是压倒一切的政治任务”为由，不许小谢出国，并且要求他与资产阶级的母亲划清界限。小谢想不通，以大字报的形式公布了奚流与他的谈话。何荆夫为小谢鸣不平，写了题为《希望奚流同志多一点人情味》的大字报。因此，他成了“右派分子”，罪名是：“用资产阶级人性论反对党的阶级路线，用修正主义的人道主义取消阶级斗争，用造谣中伤攻击党的领导。”

他为此而饱经苦难，却进一步体察了泯灭人性的力量给千千万万人带来的剧痛，坚定了对人情、人性和人道主义的探索和呼唤。打成右派分子之后，何荆夫被送回农村，成了一个没有户口、没有工作、没有粮油关系的流浪者，成了“烧炭的老何”“盖房子的老何”“背石头的老何”“拉车的老何”……流浪了大半个中国。但他没有被打倒，而且始终坚持他的“错误”。家庭、亲人和周围人们的苦难生活使他进一步思索。他要重新认识生活，要探索社会发展的规律，要寻找当代政治生活中不正常现象的社会根源和历史根源。随着对下层人民生活苦难的深入了解，他不再为个人的不幸而苦恼，开始思考千千万万人的共同命运。他始终没有忘记人性和人道的问题，面对时代的苦难，他要寻求答案，因而带着信念和责任走过了漫漫长夜，并且成为一个执着的探索者。

“文革”结束之后，他的冤案得以平反，被调回母校工作。饱经磨难的他表现着鲜明的特征：

首先，他毫不计较个人的恩怨，表现了浓重的人道主义精神。他主动登门拜访曾以一张大字报几乎置他于死地的许恒忠，并且给予真诚的帮助。当他得知孙悦早已与赵振环离婚时，心中重新燃起了爱情的希望，但为了使赵振环与孙悦能够破镜重圆，他还是压抑了自己的爱情，真诚地希望他们能够重归于好。他爱孙悦，但他尊重孙悦的选择。因为他知道：“上帝给了我爱别人的权利，可没有给我剥夺别人爱的权利。”他不满于奚流的思想僵化和官僚作风，但仍然不念旧怨，真诚地希望他能够总结教训，改变过去的做法。他和他的家庭屡遭不幸，但他的态度是“谁也不恨”，时时处处以真诚和善良待人。小说的这种描写，使我们看到了一个真正的人道主义者。作者写出这样一个人物，显然寄托了她的人格理想。说到底，这个理想并不新鲜，仍然是那个关于人情、人性、人道的理想，那个关于自由、平等、博爱的旧梦。不过，它在中国文学中已经绝迹几十年。

其次，他一心致力于马克思主义与人道主义的理论探索。小说对何荆夫的描写着重揭示的是他的精神。而这种精神的揭示更多的是通过他对人道主义的思考进行的。回到C城大学的何荆夫不仅行为上处处体现着人道主义，而且正在撰写一本题为《马克思主义与人道主义》的专著。他根据自己的经历和感受总结历史的经验教训，试图阐述这样一种理念：“马克思主义与人道主义并不是水火不相容的。马克思主义包含了人道主义，是最彻底、最革命的人道主义。”在他看来，人都有一种天性，比如，对性爱的追求，对自由、平等的渴望，这都是不应被压抑的。每一个人都应该成为“我自己”，人与人之间应该相亲相爱，而不应该相互仇视，更不应该人为地制造阶级斗争。

经过长期努力，何荆夫终于写成一本题为《马克思主义与人道主义》的专著。然而，他的观点触动了奚流等人，因而专著的出版受到奚流千方百计的阻挠。

作为C城大学的党委书记，奚流在小说中是一个思想僵化、品质恶劣的人物。

在1957年的反右运动中，他以“发现问题早，反击早，对右派分子的打击力度大，与右倾思想斗争坚决，打右派毫不手软”著称，把C城大学百分之十的学生打成了右派分子，并且公报私仇，把给他提意见的学生小谢、何荆夫等都打成了右派。因此，他成了全国高等院校中有名的反右英雄。在日常工作和生活中，他表面道貌岸然，满嘴革命辞藻，而事实上却是一肚子男盗女娼，结党营私，拉帮结伙，全力维护个人的权力。他在“文革”中受到冲击，未必不是咎由自取。在这一点上，戴厚英表现了独到的见解，她没有把“文革”中的造反派写成小丑，也没有把受冲击的老干部都写成蒙难的英雄。

“文革”过去之后，奚流官复原职，却仍然思想僵化，坚持“左”的路线，因而成为阻碍历史前进的力量。对于“文化大革命”，他所记住的只是个人恩怨，却没有任何反思，不能从中吸取教训。许恒忠在“文革”中成了造反派，在批斗大会上公布过奚流写给有夫之妇陈玉立的情书，所以迟迟得不到解脱，连写文章批判“四人帮”的权利也被剥夺。游若水在“文革”中权力比许恒忠大得多，表现也恶劣得多，但因为能够效忠于奚流，却连检查也不用写，就当了党委办公室主任。当孙悦对这种做法提出异议时，他只是从个人的恩怨出发，认为孙悦辜负了他的希望，并且叹息道：“我一恢复工作就把你从中学里调回来，让你负责一个系。想不到……”

他对知识分子一直存有偏见和戒备，因为“知识的权力越大，他的权力就越小”。他在一本杂志上看到一篇题为《知识就是力量》的文章，就大大嘲弄了一通：“知识就是力量，这口号真新鲜。这作者连起码的常识都不懂。推动历史前进的是什么？是人民！是阶级斗争！还有党！知识就是力量，我们的事业就该由知识分子领导了！工人阶级摆在什么位置？人民群众摆在什么位置？”当有人告诉他知识就是力量这句话的出处时，他说：“这就更清楚了，资产阶级的口号我们可以照搬吗？”

他坚持“左”的思想路线，与改革开放的时代要求格格不入，无法接受“文革”结束之后拨乱反正的现实。在他看来，“自从号召解放思想、开展关于真理标准的讨论以来，整个方向、路线都出了偏差。”“这样下去的话，国家要乱了，党要修了，就像斯大林逝世后的苏联一样。”“问题就出在这批知识分子身上。每当我们纠正错误，调整政策的时候，就有知识分子跳出来从右边进行干扰。”正因为这样，他以坚持党的领导和反对资产阶级自由化为名，拼命阻挠思想解放，随意剥夺公民的权利。许恒忠在刊物上发表了一篇批判“四人帮”的文章，他让系总支书记一定要管一管，许恒忠发表文章，一定要向组织汇报。他千方百计地阻挠何荆夫著作的出版，到党委会上去讨论是否允许何荆夫出书的问题。有人提出：“这是出版社的事，我们无权过问。何荆夫同志也有他的出版自由。”他的回答是：“是这样吗？那么我们就来讨论一下，百花齐放，百家争鸣是不是要实行资产阶级自由化？我们党还要不要领导？”

面对他在反右运动中“反击早，对右派分子的打击力度大，划的右派学生多”的历史，他的儿子问过他：“这些都是记在你的功劳簿上的资本。可是这一页的背面是什么啊？爸爸，你想过吗？”他没有想过。即使想过了也不愿否定。但他儿子想到了，在这一页的背面，正是他的残忍导致的悲剧：“这一页的背面是受害人的血泪！那个华侨学生小谢，为了维护党和国家的声誉，始终不把不能出国探亲的真实原因告诉母亲。母亲一封又一封信骂他不孝，他都忍受了。平反了，他认为可以把真相告诉母亲了。可是，母亲想到自己对儿子的长期误解，受不了刺激，疯了！……你整天想的是捞回这十年的个人损失，却不想弥补自己给人民造成的损失。别人经过十年的动乱得到了巨大的精神财富，而你反而失去了不少宝贵的东西。你的思想越来越空虚、僵硬、庸俗……”

然而，他总能安慰自己，理由是：一个时代有一个时代的政策，他不过是执行上级的指示，不是他个人的责任，等等。这种态度，在“文革”结束之后的中国，也是很有典型性的。

在何荆夫与奚流之间，矛盾冲突的焦点是明显的：何荆夫认为：“要尊重人，尊重人的个性，培养和加强人的尊严。……在我们今天的社会上，人的自尊心不是太强了，而是太弱了。”奚流认为：“尊重个性？什么是个性？共产党员就要做党的驯服工具。要是每一个人都有自己的观点，自己的个性，那党的路线还怎么贯彻？”何荆夫认为：“中国仍然需要反对封建主义。”奚流认为：“反封建，反封建，这又成为时髦的东西了。我们当初打土豪劣绅不就是反封建？难道我们流血牺牲干了一辈子革命，连封建主义也没有打倒吗？荒唐！”何荆夫努力探讨人性，张扬人道主义。奚流不停地感叹：“人道主义，人道主义！批判多少次了，人们还是要谈人道主义。大家相亲相爱，一律平等，不要动不动就搞阶级斗争，想得多美！我不去斗人，人家就要来斗我。人啊，人！人都是这个样子啊！整天斗还斗不好，不斗更不得了！”

这是一条人道主义与反人道主义的线索。在这条矛盾对立的线索上，何荆夫并不是孤立的。在小说中，干部队伍也并不都是奚流那样的缺少人情味儿的人。小说写了一个总支书记章元元。在反右运动中，她因为“包庇右派学生”而被免职下放。她之所以倒霉，因为她与奚流不同，不能以铁石心肠把学生们送入地狱。奚流点名把何荆夫打成右派，她坚决不同意。她的理由很简单：“是我动员他们鸣放的，现在又由我把他们打成右派，这不是故意陷害他们吗？再说，他们都是孩子。”在何荆夫被打成右派遣送回乡的时候，她去为他送行，师生相拥而哭。她与奚流的分歧引起了一场辩论，但她只能骂奚流是“扼杀青年的刽子手”，却不能改变她的失败命运。她被说成是一只“抱窝的母鸡”，孵化右派并包庇右派，因此而受到处分。在她病危期间，奚流去看她，被她赶了出来。她说：“要是你还有良心，就把那些年轻人一个一个都给我找回来！”可是，那些年轻人中，已有几个永远回不来了。因此，章元元留下遗嘱不准奚流参加她的追悼会。这样的故事告诉我们，革命干部本来并不缺乏美好人性，但由于极“左”政治的大气候，他们被淘汰，历史的舞台留给残暴者尽情表演。

从人物各自的命运和遭遇可以看到，这部内容似乎杂乱的小说，事实上是一个人性被摧残和扭曲的故事，也是一个人性在挣扎和艰难复苏的故事。通过作家的描写，我们看到了人性的悲剧，看到了极“左”政治人为地制造阶级、分裂家庭、践踏人的尊严、泯灭人性的种种罪恶，同时也看到了黑暗背景上的人性闪光，看到了人们对人道主义的坚守和维护。面对何荆夫与奚流的矛盾，小说的倾向性十分鲜明。正是通过这样的审美选择，小说对极“左”政治进行了有力的批判，对人情、人性和人道主义发出了深情的呼唤。

四、关于人道主义

小说中关于人道主义思想的直接表达主要表现在这样几处：

一是小说第八节中关于雨果《九三年》的议论。何荆夫来找孙悦，发现孙悦在读《九三年》。他马上想起在流浪中遇到他的中学老师的情景。他的老师因为给学生介绍《九三年》，被以“宣扬反动的人道主义，攻击无产阶级专政”的罪名划为右派，因而离开了讲台而到街头卖西瓜。他问何荆夫是否读过《九三年》，接着就是下面的对话：

> “我读过。在大学里读的。在革命与反革命决战的时候，雨果想调和斗争，靠人的天性解决阶级矛盾，这只能是一种幻想。革命军将领郭文放走了反革命的叔祖，确实犯了罪。雨果却歌颂他。”我说。
>
> “你这观点是对的。可是雨果的理想里有没有一点合理的因素，你说？忘了吗？想想看。喏喏喏，这一页。”他像当年一样，对学生循循善诱。
>
> “革命的目的难道是要破坏人的天性吗？革命难道是为了破坏人的家庭，为了使人道窒息吗？绝不是的。‘我要人类的每一种特质都成为文明的象征和进步的主人；我要自由的精神，平等的观念，博爱的心灵。’这是主人公郭文的话，也是雨果的思想。你说，一钱不值吗？”老师问我。
>
> “不。雨果提出的问题很有意思。可惜他的理想在资本主义社会里不能实现。资产阶级革命是为了取封建阶级的地位而代之。他们的自由、平等、博爱只能是虚伪的。”我回答老师。
>
> “但是无产阶级能不能把它变为真实的呢？”老师的两道眉挑得很高，额头闪闪发亮。
>
> “我想是能够的，老师！我们共产主义者不是要解放人类吗？马克思说过：‘无神论是通过宗教的扬弃这个中介而使自己表现出来的人本主义，共产主义则是通过私有财产的扬弃这个中介而使自己表现出来的人本主义。’‘无神论的博爱最初还是哲学的、抽象的博爱，而共产主

义的博爱则从一开始就是现实的、直接追求实效的博爱。’马克思划清了资产阶级人道主义和无产阶级人道主义的界限，并没有否定人道主义本身呵！”

“说得好！来，吃西瓜！我们已经消灭了反动派，改变了所有制形式，为什么还要人们斗来斗去，难道还要消灭八百万人吗？……”

二是何荆夫与孙悦的对话。何荆夫翻阅孙悦所读的《九三年》，看到他的老师曾经指给他看的那两段下面也被画了红线。他问孙悦是否欣赏那两段话。孙悦说：“我已经与资产阶级人道主义划清了界限，难道还会栖到这棵树上来？”何荆夫问道：“有没有无产阶级的人道主义呢？”然后自己做了回答：

有，孙悦，有呀！读读马克思、恩格斯的著作吧！多读几遍，你就会发现，这两位伟人心里都有一个“人”，大写的“人”。他们的理论，他们的革命实践，都是要实现这个“人”，要消灭一切使人不能成为“人”的现象和原因。可惜，我们有些自称信仰马克思主义的人，只记住了他们的手段，忘记或丢掉了他们的目的。似乎革命的目的就是消灭人的个性，破坏人的家庭，把人与人用各种围墙阻隔起来。我们消灭了封建的经济等级，却又人为地制造出许多政治等级来。我属黑八类，你是臭老九。我们的孩子就是可以教育好的子女。人还没有生下来，帽子已经戴上，这还是唯物主义吗？

这都是作品中人物的思考。当然，作者对它是赞同的。作为作家思想更直接的表达，集中表现于《人啊，人！》后记，它提供了作品思想的佐证，为我们理解这部小说提供了打开大门的钥匙：

二十年前，我从上海华东师范大学提前毕业，踏上了多风多浪、多灾多难的文坛。盲从和无知，给了我自信和力量，我自以为已经掌握了马列主义的基本原理，正确地理解了社会、理解了人。我站在讲台上，大声地宣读根据领导意图写成的讲稿，批判我的老师所宣传的人道主义。我说："我爱我师，但我更爱真理！"满堂的掌声使我陶醉，我为自己成为这样的"战士"而感到自豪。

二十年后的今天，我写起小说来了。我要在小说中宣扬的，正是我以前所批判过的某些东西；我想在小说中倾吐的，正是我以前要努力克制和改造的"人情味"。这对于我来说真是具有讽刺意味的事情。

哲学家只要用一句话就能说明我的这个变化：经历了一次否定之否定。我不是哲学家，而只是一个有着正常的感觉器官的普通人。所以，我看到的是命运。祖国的命运、人民的命运，我的亲人和我自己的命运。充满血泪的、叫人心碎的命运啊！还有，我看到的是一代知识分子所走过的曲折的历程。漫长的、苦难的历程啊！

我曾经是一个热诚而又单纯的青年，头脑里除了热爱党，热爱新中国，努力学习，为人民服务之外，再也没有别的东西了。我对党和社会主义的感情是十分真诚的。这是因为，祖国的解放给我提供了一条我家祖祖辈辈不曾有人走过的道路，我成了我的家族中第一个读书的女孩子，第一个受完高等教育的人。社会主义和共产主义的美好前景，又是那样吸引着、鼓动着我的年轻的心灵。我坚定地相信：我们的事业是正义的，我们的前途是光明的，我们的道路是平坦的。我无忧无虑，无私无畏，心里充满了温暖和友爱。

1957年，我的头脑里多了一根弦：阶级斗争。1966年，我的头脑里又多了一根弦：路线斗争。

我曾经努力理解并且在头脑里"绷紧"这两根弦。我做过"大批判"的"小钢炮"，当过"红司令"的"造反兵"。我曾经虔诚地相信：人世间的一切都是阶级斗争。年年、月月、天天，都不能忘记阶级斗争。

然而，我毕竟是人，我的感觉还没有麻木，因而能够感到道路的坎坷，看见人们身上的血迹，脸上的泪痕。这"人们"包括我自己和我的亲人。虽然，我不敢也不愿意去怀疑那一条极"左"路线，但是，我感觉到良心的蠕动，听得见灵魂的呻吟。我常常在心底里对自己发问：我们的斗争会不会过头？我们有没有冤枉好人？有没有必要在中国的国土上无时无刻、无休无止地挑动"阶级斗争"和"路线斗争"这两根弦？

随着揭发“四人帮”斗争的深入，我知道了许多原来不知道也不能想象的事情。猛然间，我感到心中的神圣在摇晃，精神上的支柱在倒塌。我什么也看不清了。我常常一个人发呆发愣，痛哭，叫喊。我多么想抓住我曾经信奉过的神祇和那些努力在我心里塑起神像的人们来问一问：以往所发生的这一切都是真的吗？为什么在当时你们是另一种说法？是有意隐瞒，还是有一个“认识过程”？

我的灵魂在一段时期内处在黑暗中。

关于实践是检验真理的唯一标准的讨论，把我从黑暗引向光明。我明白了，不论是人、是鬼、还是神，都被历史的巨手紧紧地抓住，要他们接受实践的检验。都得交出自己的账本，捧出自己的灵魂。都得把双手伸在阳光下，看看那上面沾染的是血迹还是灰尘。我微如芥末。但在历史面前，所有的人一律平等。账本要我自己去结算。灵魂要我自己去审判。双手要我自己去清洗。上帝的交给上帝。魔鬼的还给魔鬼。自己的，就勇敢地把它扛在肩上，甚至记得在脸上！

于是，我开始思索。一面包扎身上滴血的伤口，一面剖析自己的灵魂。一页一页地翻阅自己写下的历史，一个一个地检点自己踩下的脚印。

终于，我认识到，我一直在以喜剧的形式扮演一个悲剧的角色：一个已经被剥夺了思想自由却又自以为是最自由的人；一个把精神的枷锁当作美丽的项圈去炫耀的人；一个活了大半辈子还没有认识自己、找到自己的人。

我走出角色，发现了自己。原来，我是一个有血有肉、有爱有憎，有七情六欲和思维能力的人。我应该有自己的人的价值，而不应该被贬抑为或自甘堕落为“驯服的工具”。

一个大写的文字迅速地推移到我的眼前：“人”！一支久已被唾弃、被遗忘的歌曲冲出了我的喉咙：人性、人情、人道主义！

我如梦初醒。虽然是冷汗未干，惊魂未定，但总是醒了。我要向同类宣告我的清醒，于是写小说。前年我写了第一部长篇小说《诗人之死》，今年写了这部《人啊，人!》。这两部小说的共同主题是“人”。我写人的血迹和泪痕，写被扭曲了的灵魂的痛苦的呻吟，写在黑暗中爆出的心灵的火花。我大声疾呼“魂兮归来”，无限欣喜地记录人性的复苏。①

五、批评界的争议

《人啊，人！》出版之后很快就引起了争论。争论几起几落，持续了相当长的一段时间。由于特殊的时代背景，这场争论包含了丰富的思想文化内涵。

主要的争论围绕人道主义和人性论展开。对人、人性、人道主义的思考和探索是该小说的主要价值之所在。它所受到的批判和赞美也主要由于这一点。

在小说所描写的生活中，围绕何荆夫的《马克思主义与人道主义》一书，人们有截然不同的看法。从奚望所代表的年轻一代，到孙悦所代表的正在痛苦和迷惘中觉醒的中年人，再到出版社的总编辑，都对人道主义给予了热情的肯定与赞美。他们之所以肯定，原因在于他们对于现实苦难的感受，在于他们对于人道的渴望。而以奚流为代表的一派人则对何荆夫的观点持反对立场，并且竭力阻挠著作的出版。他们给何荆夫的罪名是：“第一，反对阶级用阶级斗争学说，鼓吹阶级调和；第二，提倡抽象的自由、平等、博爱，实际是要我们爱敌人；第三，鼓吹抽象的人性和人情，反对对人进行阶级分析；第四，鼓吹个人主义、个性解放。”

在现实生活中，在文学评论界，围绕小说发生的争论与小说中的情况大致相同。肯定和赞美的观点基本与孙悦和奚望一致，也就是与何荆夫基本一致；而批判者的观点则与奚流、游若水等人的观点基本相同。《人啊，人！》虽然是一部小说，但书里书外的矛盾和斗争紧密相连。关于这部作品的论争，正是作品中所展示的矛盾和冲突的延续。肯定的意见对作品本身几乎没有超越，因而不必多说；批判的观点却比小说中的表现更为深入，也更为明确。

在反对“资产阶级自由化”和“清除精神污染”的背景上，批评文章大

①戴厚英：《人啊，人！》，花城出版社1980年，第351—353页。

多数认为作者对人道主义的探索得出的结论是错误的。他们认为，马克思主义与人道主义是不一致的，有时是“水火不相容”的。作者站在抽象的人道主义立场上观察和思考历史与现实的问题，并且把人道主义作为救世良方，这不仅行不通，而且是有害的。

有人说：“小说大加赞美的主人公何荆夫，所鼓吹、所身体力行的人道主义，约而言之，就是‘我谁也不恨’，‘人与人之间都相亲相爱’；就是‘尊重个性’，‘无限赞美独特的个性’；就是一个人与另一个人进行交往，而不在‘人’之外附加任何条件。换句明白的话，这种普遍的爱加上个性自由和人的平等交往，也就是自从18世纪西方出现启蒙主义者以来，人们就从资产阶级思想家那里听腻了的，以抽象人性论作为基础的关于‘自由、平等、博爱’的人道主义说教。”“在阶级差别和社会分工仍然存在的历史阶段，在现实生活中仍然存在社会主义的敌人、破坏社会主义的秩序的各种刑事犯罪分子的年代，小说作者竟然认为就可以做到《人啊，人！》的主人公何荆夫所标榜的一切人无条件的平等交往、相亲相爱，做到尊重所有人的个性的自由发展，而不问其是否有利于社会主义，那岂不是从马克思主义世界观上倒退，并制造思想混乱吗?”①

有人认为：“在社会主义制度下，如果用抽象的人的名义，把个人尊严、个人自由、个人价值抬到至高无上的地位，除了给无政府主义和极端个人主义开方便之门，还能起什么积极作用呢?”②

有人认为：“何荆夫所谓‘马克思主义的人道主义’是把个人和组织对立起来的，他所谓的要把人从‘迷信’‘盲从’‘精神桎梏’中解放出来，并不是仅仅指的要从封建主义思想、教条主义的束缚中解放出来，而是他们那个独特的‘个性’要从‘共性’的束缚中解放出来，也就是‘人道主义’的何荆夫要从‘反人道主义’的奚流那里解放出来。这种个性解放，究竟要把人引向哪里?”③

---

①张炯：《“从黑暗引向光明”了吗——评〈人啊，人〉的后记》，《文艺报》1984年第1期。

②梁珊仁：《小说〈人啊，人〉再剖析》，《解放日报》1984年1月5日。

③纪熤：《再评小说〈人啊，人!〉》，《文汇报》1983年11月25日。

批评者大都指责作者否定阶级斗争、宣扬抽象的人道主义、宣扬资产阶级的自由、平等和博爱。但在事实上，从小说中体现思想的何荆夫形象看，无论它是优点还是缺点，至少有两点是值得注意的：一、何荆夫没有否定阶级斗争。他的观点是："为了消灭阶级压迫和剥削而去从事阶级斗争，是必要的、高尚的、伟大的；为了搞阶级斗争而去人为地制造阶级、分裂人民和家庭，则是荒唐的、残忍的。前者解放了人民，后者损害了人民。前者真正把人民当作'人'，后者只是把人民当作会说话的工具。"二、何荆夫也没有宣扬抽象的人道主义，在当时的语境下，他没有忘记批判资产阶级人道主义的虚伪性。他说："资产阶级人道主义只是肯定和实现少数人的个性，而要多数人为少数人牺牲，过着非人的生活。这种人道主义无疑是虚伪的。然而，还有另一种人道主义，那就是马克思主义的人道主义，它要解放全人类，要每一个人都成为自由的、独特的个体。"

那么，何荆夫的人道主义是什么呢？正如孙悦所感到的："荆夫讲的人道主义是要彻底地解放全人类。不但把人从阶级剥削和压迫中解放出来，而且从形形色色的桎梏中解放出来，从迷信中解放出来，从盲从中解放出来，并且越来越多地摆脱动物性。他反对把阶级斗争当作目的，反对夸大社会主义社会的阶级斗争，导致对人民群众的伤害和分裂。他认为社会主义社会应该有更广泛的民主、自由和平等。他要求不但从物质上而且从精神上把每一个公民当作人，尊重他们的权利和个性。"

从众多的批评文章看，反对者主要是反对宣扬抽象的人道主义，反对宣扬永恒的、抽象的人类之爱，尤其反对以人道与反人道的思维去观察和评判历史，反对把人道主义当作救世良方。由此可见，无论怎样批判人道主义和人性论，还没有人敢于理直气壮地宣称自己反人道，也没有人敢于承认自己不要人性。这本身就透露了这些词语的某种力量。

六、思想界的相关研究

《人啊，人！》的问题在文坛上不是孤立的，在理论界也不是孤立的。它是结束"文革"之后中国社会出现的一股社会思潮在文学中的反映。几乎与小说的发表同时，理论界也对人、人性、人道主义表现了极大的重视。自

1980年年初开始，在短短几年的时间里，全国社会科学报刊上就发表了近千篇文章。人民出版社相继出版了《人性、人道主义问题讨论集》《人是马克思主义的出发点——人性、人道主义论集》《关于人的学说的哲学探讨》等论文集。关于人道主义的研究在理论界逐步成为热点。

其实，马克思主义与人道主义的关系并不是一个新的话题，而是在世界上早已存在争议的问题。自20世纪30年代马克思的《1844年经济学—哲学手稿》公开发表以来，特别是第二次世界大战之后，西方学术界就围绕这个问题开始了研究。有人认为1844年手稿是马克思主义的高峰，因而在此基础上论述马克思与人道主义的关系，有人则强调社会关系和阶级斗争理论，反对用早期马克思取代和否定成熟时期的马克思，有人致力于以人道主义阐释马克思主义，有人则反对把马克思主义人道主义化。各种不同的观点很难形成共识，而且形成不同的派别，为此而反复论争。

但是，在西方学界对此进行热烈讨论的时候，中国的学术界、思想界却不可能参与讨论，更不可能形成论争。众所周知，当代中国自50年代就开始反复批判资产阶级人道主义，并且在1957年、1960年和1963年出现过几次批判高潮。从50年代到“文革”结束之前，在近三十年的历史上，只要提到人道主义，就要斥之为“资产阶级人道主义”“反动地主、资产阶级的人道主义”。不容置疑的权威观点认为，人道主义是资产阶级的，与马克思主义是根本对立的。在这种情况下，谁如果承认人道主义，谁就是资产阶级唯心主义，谁就背叛了马克思主义；谁如果阐述人道主义与阶级斗争的一致性，谁就是阶级调和论和阶级投降主义；谁如果认为共产主义世界观中包含着人道主义，也会被认为是把共产主义混同于虚伪的人道说教。因此，当时的人们不可能对人道主义与马克思主义的关系进行思考。

直到“文革”结束之后，在思想解放运动的推动下，人们才开始思考这个问题。由于“文革”时期极“左”政治对人的价值和尊严的漠视，饱尝人的价值失落的人们对这个问题的研究必然带有鲜明的时代特征。在现实条件下，他们不约而同地选择了这样一种思路，即在马克思主义与人道主义的关系上做文章。

他们认为，马克思主义虽然对抽象的人道主义进行过批判，但只是批判它的虚伪性，并没有否定人道主义本身。因此，把马克思主义与人道主义完全对立起来，把人道主义判给资产阶级，这本身就是极“左”思潮的一种表现。

他们认为，马克思主义与人道主义并不是对立的。马克思主义不仅包含了人道主义，而且是“彻底的人道主义”和“真正的人道主义”。因此，不应该把马克思主义与人道主义完全对立起来。他们都没有离开马克思主义而谈人道主义，而且大都反对把马克思主义融化到人道主义之中，反对把马克思主义归结为人道主义。他们努力在马克思主义的经典著作中寻找人道主义的内容，把马克思主义的努力目标解释为人的解放。他们认为马克思主义与人道主义都把人作为目的，尊重人的价值与尊严，为人的解放而努力，把人放在高于一切的地位。从这个意义上说，马克思主义虽然与人道主义选择了不同的路径，但最高目标是一致的。他们认为：“当马克思开始作为一个共产主义者踏上自己的发展道路时，他最关心的也正是人的问题。他对资本主义社会里的人的处境和地位的深刻分析，以及对未来共产主义社会里的人的展望，都是贯穿着一种把人的价值放在第一位的人道主义精神。”他们认为，社会主义革命的目的决不是以一个阶级的统治代替另一个阶级的统治，而是把一切人从阶级统治中解放出来。如果从马克思主义中抽掉了人道主义，它就可能走向反面，“变成目中无人的冷冰冰的僵死教条，甚至可能会成为统治人民的一种新的异化形式”。[①]

这场讨论在1983年进入高潮。其代表性的标志是王若水的《为人道主义辩护》和周扬的《关于马克思主义的几个理论问题的探讨》两篇文章。《为人道主义辩护》一文发表于1983年1月17日的《文汇报》。文章对以下五个问题进行了论述：一、“什么是人道主义”，二、“人道主义只能是资产阶级的意识形态吗”，三、“从费尔巴哈到马克思”，四、“从青年马克思到老年马克思”，五、“社会主义需要人道主义”。对于第一个问题，文章认为人道主义最简单的原则就是重视人的价值。各种人道主义对人的价值的理解可能有不同，但只要重视人的价值，那么所有的区别就只是一种人道主义与另一种人道主义的区别，而不是人道主义与非人道主义、反人道主义的区别。对于第二个问题，文章认为人道主义不是资产阶级的专利，在历史上也

①汝信：《人道主义就是修正主义吗?》，《人民日报》1980年8月15日。

不仅只是起过反封建的作用，而是同时也可以反对资本主义。因此，不能把人道主义看作资产阶级的意识形态。对于第三个问题，文章认为马克思虽然批判了费尔巴哈的人道主义，但并没有从根本上否定人道主义，而是把人道主义发展到一个新的阶段。马克思和费尔巴哈都把人放在最高地位，不承认在人之上还有一个更高的本质。马克思与费尔巴哈的区别在于，费尔巴哈只反对意识形态领域的虚幻的超人的力量，而马克思则进而反对一切把人贬低为非人的现实的社会关系。由此可见，马克思只是与历史唯心论彻底决裂，而不是与人道主义决裂。文章最后认为，社会主义需要马克思主义的人道主义。

同年3月，为纪念马克思逝世一百周年，一个学术报告会在北京举行，周扬做了一个长篇报告。报告的第四部分是“马克思主义与人道主义的关系”。周扬认为，当代中国理论界过去对人道主义与人性的认识“走过一段弯路”，“在一个很长的时间内，我们一直把人道主义一概当作修正主义批判，认为人道主义与马克思主义绝对不相容，这种批判有很大片面性，有些甚至是错误的。……在理论与实践上，都带来了严重后果。”他说：“我不赞成把马克思主义纳入人道主义的体系之中，不赞成把马克思主义全部归结为人道主义，但是，我们应当承认，马克思主义是包含着人道主义的。当然，这是马克思主义的人道主义。”他强调说：“人是我们建设社会主义物质文明和精神文明的目的，也是我们一切工作的目的。生产本身不是目的，阶级斗争，人民民主专政本身也不是目的。过去，许多同志把这一点忘了。”①

理论界的这些见解，与小说《人啊，人！》中何荆夫的观点是基本一致的。

然而，正像小说中所描写的一样，人们的见解不可能是一致的。尤其是这个问题，因为它涉及当时的意识形态，可能会影响人们对当代中国一系列社会运动的认识，所以，认识的分歧和对立是必然的。对人道主义的思考与呼唤是针对片面强调阶级斗争、漠视人的价值与尊严、摧残和扭曲人性的做法而提出的。但在我们的现实中，正与拨乱反正和解放思想都会遇到阻力一

①周扬：《关于马克思主义几个理论问题的探讨》，《人民日报》1983年3月7日。

样，那些非人的做法也不是所有人都愿意改变的。强调马克思主义包含人道主义，目的是把人道主义与马克思主义相连接，使人道主义在中国获得合法地位。但是，这种合法地位的获得显然并非容易事。关于这一点，我们从奚流的表现就可以看到。

因此，在理论界的探讨中，不同的见解也是存在的。反对者认为，马克思主义和人道主义是两种不同的思想体系，二者之间的根本分歧不能混淆。他们仍然坚持批判人道主义，认为它是一种历史唯心主义的思想体系，是资产阶级的。他们认定人道主义者所谓肯定人的价值、维护人的尊严和权利，都是虚伪的。这些观点的突出特点，是继承了当代中国过去几十年的见解。

另一种见解是在对立的双方持折中的态度。认为对人道主义应该具体分析，既不要笼统地肯定，也不要笼统地否定。对于马克思主义与人道主义的关系，也在对立的双方取中，不承认马克思主义是人道主义，但共产主义最终能使人得到自由发展，因而具有人道主义因素。这些观点都是可以忽略不计的。值得注意的是胡乔木1984年1月27日发表于《人民日报》的长篇文章《关于人道主义和异化问题》。它的特别之处是把人道主义分为两个不同的层面：一是作为世界观和历史观的人道主义，一是作为伦理原则和道德规范的人道主义。对于前者，文章认为它与马克思主义的历史唯物主义是根本对立的，因而是不能接受的。对于后者，则是可以接受的。因此，“社会主义的人道主义是作为伦理原则和道德规范的人道主义，它立足在社会主义的经济基础上，同社会主义的政治制度相适应，属于社会主义的伦理道德。作为一种伦理原则，它是以马克思主义世界观和历史观为基础的。”也就是说，在社会主义中国，人道主义是可以肯定的，也是可以接受的，但只能是“救死扶伤，实行革命的人道主义”中的那个“人道主义”，而不是作为世界观和历史观的人道主义。

人道主义最初是以人文主义的名目出现的。在文艺复兴时期，它一出现就成了当时社会的主潮，针对中世纪神学以神为中心贬低人的价值、蔑视世俗生活、推行禁欲主义倾向，提出以人为中心的思想，要求尊重人的价值和尊严，维护人的自由和权利，肯定人的世俗生活。在法国大革命中，人道主义以“天赋人权”的口号反对封建专制主义，追求自由、平等和博爱，催生了《人权和公民权利宣言》和美国宪法。呼唤人道主义的人们所呼唤的，正是这个人道主义。而讨论中的分歧证明，这个人道主义要在中国发扬，仍然不会一帆风顺。

正因为这样，戴厚英的《人啊，人！》才引起那么多的争议。

1985年7月　曲阜

英雄自我及其抒情方式

——也说北岛的诗

谈论新时期中国诗歌，不能不首先面对北岛。尽管舒婷、顾城等都各具特色，但如果没有北岛，就无法显示它特有的风骨。如果说舒婷为新诗贡献的是她的情和意，是南国女儿所特有的那份哀怨与温馨，而北岛献给中国当代诗歌的，是他的骨骼和思想。他的诗集中表现了一代人对现实的质疑和思考，体现着诗歌抒情主人公形象的历史性转换。使北岛成为北岛而且让他人无法取代的，主要是他作为悲剧英雄的抒情自我形象和生僻的意象及组合方式。

北岛的诗以深沉、冷峻和凝重显示了自己独特的风貌，集中表现了那一代人所特有的悲愤和沉思，最鲜明、最突出地显示了朦胧诗的批判精神。从某种意义上说，诗人的成功，并不取决于驾驭语言文字的能力，而是取决于激情与胆识，取决于历史给予的机会。而机会永远属于有准备的人。而北岛恰恰有了各方面的准备。作为一个较早的觉醒者，黑暗和痛苦的体验在他的心灵上打下深深的烙印。荒谬的岁月使他学会了怀疑，怀疑使他习惯了以冷峻的目光注视现实，以受骗者的警惕和戒备审视生活。在他的眼里，一切伪饰都纷纷脱落，鲜花盛开之处往往是一个骗局，生活处处呈现着狰狞和严酷。《回答》一诗的流传，已使北岛的形象成为一种定格：

卑鄙是卑鄙者的通行证，

高尚是高尚者的墓志铭。
看吧，在那镀金的天空中，
飘满了死者弯曲的倒影。

冰川纪过去了，
为什么到处都是冰凌？
好望角发现了，
为什么死海里千帆相竞？
我来到这个世界上，
只带着纸、绳索和身影。
为了在审判之前，
宣读那些被判决的声音：
告诉你吧，世界，
我——不——相——信！
如果你脚下有一千名挑战者，
那就把我算作第一千零一名。

我不相信天是蓝的；
我不相信雷的回声；
我不相信梦是假的；
我不相信死无报应。
如果海洋注定要决堤，
就让所有的苦水都注入我心中；
如果陆地注定要上升，
就让人类重新选择生存的顶峰。

新的转机和闪闪星斗，
正在缀满没有遮拦的天空，
那是五千年的象形文字，
那是未来人们凝视的眼睛。

北岛的诗充满对荒谬现实的怀疑、揭露和指控。他的笔下没有多少亮丽的生活情景和美好的事物。美好只在人们的内心深处和理想世界，而现实总是那样不可信任，充满着欺骗、威胁、冷酷和丑恶。这种特定岁月铸就的目光给他的诗带来了针砭现实的锐利锋芒，也给他的诗带来了灰冷的色调："一支支枪口和花束／排成树林，对准情人的天空"（《祝福》），"到处是残垣断壁／路，怎么从脚下延伸"（《红帆船》）。透过冷峻的目光看生活，生活是丑陋而严酷的。丑陋而严酷的生活使北岛对其产生了深深的戒备和势不两立的情绪。这不仅表现在"文革"时期创作的作品中，而且在结束十年动乱而进入新时期之后，北岛也没有如人们所期盼的那样从怀疑和悲愤中解脱出来，因而也没有产生与新的时代生活的亲近感。他似乎已经形成了一种心理，一种警惕和反抗的习惯，在这种心理和习惯的支配之下，他的情感与现实世界常常显得不太调和。在生活中，他感受更多的是丑恶、欺骗和束缚，他看到的多是阴暗的图景。外在的现实与他内心所追求的人性境界总是相距甚远。

面对这样一个世界，作为诗歌抒情主人公，他常常表现出一种决绝的否定态度，一种毫不妥协的反抗精神，以及"横眉冷对"的姿态。这个抒情自我没有欢歌笑语，没有天真烂漫，有的只是众人皆睡我独醒的凝眉苦思，而且还有随时准备慷慨赴死的悲壮。因此，他的自我带有一种英雄主义的悲壮色彩。在不少诗篇中，我们都可以看到这样的句子：

> 宁静的地平线
> 分开了生者和死者的行列
> 我只能选择天空
> 决不跪在地上
> 以显示刽子手们的高大
> 好阻挡那自由的风
>
> ——《宣告》

我站在这里
代替另一个被杀害的人
没有别的选择
在我倒下的地方
将会有另一个人站起
我的肩上是风
风上是闪烁的星群

——《结局或开始》

即使明天早上
枪口和血淋淋的太阳
让我交出自由、青春和笔
我也绝不会交出这个夜晚
我决不会交出你
让铁条分割我的天空吧
只要心在跳动，就有血的潮汐

——《雨夜》

同时，这种英雄主义又常常表现为悲天悯人的情绪，挟带着强烈的忧患意识和牺牲精神，使他的诗产生了一种动人的悲壮力量。他以冷峻的目光注视苦难的现实，心中必然充满悲愤之情。与这种悲愤之情相伴随的，往往是为人民、为真理、为理想和为未来献身的精神。正是一种对于苦难的悲悯和献身的悲壮感使诗歌产生了特有的艺术力量。这是比较典型的诗句：

以太阳的名义
黑暗在公开地掠夺
沉默依然是东方的故事
人民在褪色的壁画上
默默地永生
默默地死去

呵，我的土地
……
如果鲜血会使你肥沃
明天的枝头上
成熟的果实
会留下我的颜色

——《结局或开始》

在表达的层面上，北岛刻意追求属于自己的方式。他认为："诗歌面临着形式的危机，许多陈旧的表现手段已经远不够用了，隐喻、象征、通感，改变视角和透视关系、打破时空秩序等手法为我们提供了新的前景。"他试图打破时空秩序，重新组合意象，使诗歌的空间感凸出，并增添诗的流动感和意象的跳跃。他把电影蒙太奇的手法引入自己的诗中，造成意象的撞击和迅速转换，激发人们的想象力来填补大幅度跳跃留下的空白。他强调对现实世界的感觉，并直接表现这种感觉。如："在镀金的天空中，飘满了死者弯曲的倒影"，"尸骨在夜间走动"，"千万个幽灵从地下／长出一棵孤独的大树"，这是对现实感觉的符号记录，而不是想象。这样的感觉意象以蒙太奇手法组合在一起，在他的诗歌中形成了一种生僻奇崛的意象组合。

北岛惯用象征和隐喻。与传统诗歌中的象征大不相同，他不满足于某个象征形象的寻找而追求诗的整体象征。他的隐喻的喻体更加不确定，很难从中寻找确指。如《迷途》，"鸽子的哨音"，"高高的森林"，"迷途的蒲公英"，"蓝灰色的湖泊"，"深不可测的眼睛"，这些意象组成一个整体隐喻结构，暗示出"迷"和"寻"的纵向轨迹，但寻觅的对象到底是什么，却是不确定的。再如《触电》："我曾和一个无形的人／握手，一声惨叫／我的手被烫伤／留下了烙印／当我和那些有形的人／握手，一声惨叫／他们的手被烫伤／留下了烙印／我不敢再和别人握手／总是把手藏在背后／可当我祈祷／上苍，双手合十／一声惨叫／在我的内心深处／留下了烙印。"《生活》："网。"它非常单纯，却给诗的理解带来了多种可能性。这样的诗使习惯于寻找具体谜底的读者感到晦涩难懂。

如此形象，如此艺术，引起争议是必然的。但一切争论都无关大局，因为它一旦出现，一切都已无法改变，北岛是划时代的诗人。在我们这个时代，说到诗人，理所当然要首先想到北岛。

歌唱吧，我们会唱歌的鸢尾花

——鼓浪屿访舒婷

南国的春天脚步快，早春二月，小麦已经抽穗，木棉树及时地举起了它那红硕的花朵。乘着温馨的风，我与贺立华、于清才、魏健四人从厦门大学来到鼓浪屿，访问了沉默几年却为读者所关心的诗人舒婷。

鼓浪屿是美丽的，绿树红楼，浪花簇拥，海鸥飞翔，点染出无限情趣；日光岩默然而立，像沉思人世沧桑，又像向着海上朝阳深情倾诉。人口拥挤的弹丸小岛，给人的印象却不是闹市的烦闷，而是清新、恬静和优美。鼓浪屿是著名的音乐之乡，今天虽未闻悠扬的琴声，却隐隐有醉人的琴韵缭绕；鼓浪屿是诗的岛屿，未到诗人家，心弦已被浓郁的诗情所打动，美丽的鼓浪屿，我禁不住要问：是你的乳汁和泪滴哺育了我们的诗人，赋予她多情的诗心，还是我们的诗人给了你诗的灵魂，使你如此富于诗意？

从1982年到现在，舒婷的沉默已有三年。我们当然理解，诗人的沉默，决非意志消沉，决非因文坛上阵阵寒潮的袭击而变得怯懦。为信仰而沉默，为追求而沉默，为忠实于自己的心灵、为不辜负朋友们的希望而沉默，在特定的环境里，本身就是一种发言，一种比发言更有力量的抗议和争辩。一个人的生活有了变化与转折，感情和经验也进入新的领域，用以表现感情和经验的艺术作品面临岔口，沉默既是积蓄力量、沉淀思想，在抛物线之后还有个选择新方位的问题。但无论如何，一去几年无音讯，不能不使那些引为知音的同代人焦虑、惦念，甚至怅然若失。人们有种种担心和猜测：她会不会沉溺于家庭生活而从此失去了诗的广阔天地？她会不会一举震惊诗坛之后从此搁笔不再写诗？的确，冷静地想，舒婷在当代诗歌发展史上的地位已定，写下去成败难测。但即使她也像不少诗人那样成名之后就走下坡路，朋友们依然不愿她离开诗坛。今天，我们可以告诉读者，舒婷表示：她决不会从此搁笔，而是力求多写一点。

从舒婷的诗中，可以感受到她那种对美好爱情的向往与对温情的依恋。她是一个善良的女性，具有南国女儿的柔情和永远值得歌咏的母爱。她已是一个两岁男孩的母亲，像我们多数人一样，对独生儿子非常宠爱。无论有什么客人，孩子总是相陪的，如果客人只顾与大人说话而忽略了这个小主人，他就会很不高兴。家里没请保姆，孩子由舒婷自己带。虽然确如她所说的，请保姆不容易，伺候保姆也很难，但更重要的原因大概还是母亲对孩子的依恋之情。当话题集中到孩子身上，谈论她这三年来的“杰出诗篇”时，舒婷愉快地笑了：“当然，对于我来说，他比任何一首诗都宝贵。”谁又不是如此呢！诗人，不是不食人间烟火的英雄，而是活生生的普通人。

舒婷的诗自问世以来众说纷纭。曾有批评说她的诗感情陈旧，是倒退的，是可悲的“一代人”的感情。也有批评说她的诗歌自我形象的特征是孤独、沮丧、悲凉、绝望，是远离群众的个人主义的“小我”面对着流光溢彩的生活海洋悲吟哭诉。甚至有人曾经厉声斥问：“宣扬什么主题？抒发的是哪一阶级的思想感情？”在批“崛起”的声浪中，她的《流水线》等又再次受到上纲上线的批评，舒婷的诗到底怎么样？她不愧为经历了动乱和创伤的一代青年的歌者。她的诗的抒情自我形象是一个具有极大典型性的多侧面整体。苦难中有过悲哀和迷惘，但更多的是思索、渴望与追求。从她的诗中可以听到一代青年觉醒和前进的足音。在最黑暗的岁月，她就表示愿做“呼唤黎明的使者”，为此“决不犹豫，决不后退，决不发抖”。在粉碎“四人帮”之初的徘徊时日，她有过“也许有一个约会，至今尚未如期”的苦闷。但在三中全会之后，她虽然感到“海上的气息／被阻隔在群山那边／但山峰绝非有意／继续掠夺我们的青春”，但还是“我们歌唱太阳，也被太阳歌唱着”。在历史的转折时期，她向人们传递了青年一代思想的信息：“每一个路口那吻别的嘴唇上／所一再默许的／已不仅仅是爱情。”在斗争面前，她并不是一个怯懦者，而是以她的诗给人以鼓舞和力量，当“黑色的墙耸动着逼近”的时候，她唱出的声音是：“站在我的肩上，亲爱的，你要勇敢些。”“海鸥还会归来，太阳已穿过西半球的经纬。明天，澄静的早潮将在我们的身边开满白蔷薇。”

舒婷的诗充满对祖国和人民的深情。这一点从《祖国啊，我亲爱的祖国》《风暴过去之后》《土地情诗》等作品中可明显看出。显然，一些对于舒婷诗作的指责是不够公允的。谈到几年来诗歌评论界的情况和一些青年朋友的担心，舒婷的爱人说：“舒婷不大受影响。她相信自我感觉，不容易为批评所动。她一般不读评论，批评的、赞扬的都不大看。”如果这是事实，这种态度当然不宜盛赞。但这不正常的行为在特定的荒谬环境中却未必荒谬。我们的批评常常喜欢戴了有色眼镜，拿了扭曲的尺子，动不动就是指责、呵斥，而且喜欢以导师自居，为作家诗人们指引方向。可是，如果你真听他的话，却常常会葬送自己的才华。几十年来，毁于这种批评的诗人已经不少了。

当谈到有的报刊透露说舒婷要改写小说时，舒婷说：“怎么可能呢！只是偶一为之，我是写诗的，而且写一篇半篇小说也是当诗来写。”的确，读《人民文学》发表的《午夜钟声》感受正是如此。那含蓄的意蕴和情味与其说是小说不如说是诗和童话。她毕竟是诗人。

由于赶车回上海，话犹未尽我们即匆匆告别。记得三年前诗人曾经预约：

> 和鸽子一起来找我吧
> 在早晨来找我
> 你会从人们的爱情里
> 找到我
> 找到你的
> 会唱歌的鸢尾花

现在是1985年春天，一个明媚的早晨已经到来，但愿再不会有“寒流解散船队如屠杀蝴蝶”，但愿“双桅船”的水手也不必只是在岸边“抚弄闲置的舵把与风桅”。三年积蓄，必将开出绚丽的花朵。

作为同代人，我爱舒婷的诗，但我已隐隐感到诗的“舒婷时代”终结的信息，因为一代更年轻的诗人已提出了新的挑战。我高兴，为诗的发展，也真诚地希望舒婷们脚步不停地向前迈进。

尽情地歌唱吧，我们的会唱歌的鸢尾花！

1985年3月　厦门

论《人生》的社会主题

路遥的中篇小说《人生》，无疑是一部优秀作品，可以说是近几年小说创作的重要收获。它涉及社会、人生、爱情、道德等一系列重要主题，与我们的生活息息相关，所以，批评界对它的关注至今热度不减，因为被搬上银幕，热议再次形成高潮。不过，从众多的评论看，人们关注的重点却集中在高加林的奋斗和他对刘巧珍的负心，人们把更多的同情给予刘巧珍，而对高加林则给予更多的批判。争议也集中在高加林这个形象，集中在他个人奋斗的道路，他的道德与不道德，或者是思想的健康与不健康。有人称他为“当代陈世美”，有人则说他是《红与黑》中的于连。辩护者则认为他的个人奋斗无可指责，理由是“他在爱情问题上是相当严肃的，他对巧珍的感情真实得令人无可置疑，但他被实现个人愿望的可能性引起的骚动同样真实得令人无可置疑。”[①]争议的纵深发展，则无疑走向了对个人主义的不同看法。

这样一来，小说似乎真成了一个“痴情女子负心汉”的故事。不错，《人生》的确写了这样的故事，巧珍是地道的“痴情女子”，高加林也的确是“负心汉”。不过，路遥在这个小说中所要表现的，却绝不仅仅是“痴情”与“负心”，而是有更为深广的社会生活内容。作家描写高加林、刘巧珍的爱情悲剧，写他们的悲剧命运，用意并不只是要对高加林进行道德审判。关于这一点，路遥自己事实上已经说得很明白。《人生》中写道：“一个人应该有理想，甚至应该有幻想，但千万不能抛开现实生活，去盲目追求实际上还得

①蔡翔：《高加林和刘巧珍——〈人生〉人物谈》，《上海文学》1983年第1期。

不到的东西。尤其是对于刚踏入生活道路的年轻人来说，应该是一个重要的认识。可是，社会也不能回避自己的责任。我们应该真正廓清生活中无数不合理的东西，让阳光照亮生活的每一个角落；使那些正在生活十字路口的年轻人走向正轨，让他们的才能得到充分的发展，让他们的理想得以实现。”这段话以“可是”为界分为前后两层意思，前面可以说是对高加林的遗憾或指责，后面却是对社会的期待。

所以，眼下的评论显然是不够的。因为面对这样一部作品，只把目光停留在“痴情女子负心汉”而进行道德的评判，实在是对作者的一种辜负。因为路遥是关心社会的，他关心的并非只是青年恋爱中的道德问题，而是有对社会问题的广泛观察和深入思考，这是评论界不应忽视的。

一、高加林悲剧的成因

高加林是小说着力刻画的主要人物。在小说中，他走过了一条“奋斗—受挫—挣扎—飞升—跌落”的人生曲线，最终以悲剧告终。他的这条人生曲线很有意思，包含了许多社会内容。我们不妨沿着他的人生脚印做一些具体考察，看看他的人生悲剧是如何铸成的。

高加林是高家村为数不多的高中生，高考落榜，回村当了小学民办教师。在小说中，我们没有看到他因高考落榜而产生多大痛苦，似乎毕业回乡并非难以接受。原因很明显，他毕竟是农民的儿子，祖祖辈辈生活在农村。更为重要的是，他做了小学民办老师。对于这个位置，他是满意的。如果没有别的事件发生，他本可以比较安稳地做他的教师，在本地找一个妻子，过一种虽在农村却比一般农民优越的生活。可是，好景不长，大队支书高明楼的儿子也高中毕业落榜回乡了，利用权势顶替了高加林，高加林只好回家种地，真正成为农民。这里需要特别指出的是，小说的描写说明，高加林并不鄙视农民，而只是心里从来没有做农民的准备。“他十几年拼命读书，就是为了不像他父亲那样一辈子当土地的主人（或者按他的另一种说法是‘奴隶’）。”所以，失掉老师工作，给他带来极大的精神痛苦。因为在他看来，这个工作既不必参加繁重的体力劳动，又有时间读书学习，搞他所热爱的文学创作，同时，民办老师还是农村唯一有希望转为国家正式职工的职业，所以是他实现美好理想进入另一个世界的跳板。凭他的才华，通过考试转正是有希望的。但是，他的这个理想被干部们以权谋私的不正之风吹跑了。这件事的打击使高加林非常痛苦，也点燃了他要强好胜的心理。小说明确写道：

> 假若没有高明楼，命运如果让他当农民，他也许会死心塌地在土地上生活一辈子！可现在，只要高家村有高明楼，他就非要比他更有出息不可！要比高明楼他们强，非得离开高家村不行！……

由此可见，正是干部的不正之风打破了高加林本来的人生道路设计，把他抛到一种难以接受的处境，并同时严重地刺激了高加林，使他为出人头地而决心离开农村。

但是，因现实的刺激而产生的离开农村的想法只是想法而已，根据现实条件，这理想的实现几乎没有可能。这一点，高加林是清楚的。所以，他已经成为农民。出于自尊，他拼命刨地，即使弄得满手都是血泡；他进城卖馍，尽管放不下架子拉不下脸，一上午一个也没有卖掉，但他努力了，他在努力让自己适应农民的生活。因为他知道，自己已经是农民，应该面对现实。

更为重要的是，就在他最困难的时候，他得到了刘巧珍纯真的爱情。尽管在开始时他还有点犹豫，认为自己“根本不是谈情说爱的时候”，甚至觉得和一个没有文化的农村姑娘恋爱，就意味着将被拴在土地上做一辈子农民，但面对巧珍火热的爱情，他还是接受了，而且开始了一段快乐的生活。从某种意义上说，接受刘巧珍的爱情，意味着他准备死心塌地在农村过农民的日子。当然，作为一个知识青年，他必然有矛盾，所以有时想起曾经有的理想，心中也会隐隐作痛。但这是人生的正常状态，是大多数人都有的，多数人就是带着那样的心痛而营建自己现实的生活。如果没有别的事情发生，高加林也许会与巧珍那样生活下去，结婚生子，日子长了，那些梦想即使偶尔在心中出现，也不会再破坏他的生活。如果那样，高加林与刘巧珍生活在一起，可谓有失也有得，尽管一些理想飘逝了，但它显然不是人生悲剧。

这期间当然还有一些东西会使高加林的内心产生波动，比如他与刘巧珍进行“卫生革命”引起的风波，会使他觉得农民的愚昧和落后难以忍受；比如他到城里淘粪在克南妈面前受到的屈辱，也会再度激发他一定要到城市生活的情绪；但是，情绪只是情绪，愿望毕竟是愿望，现实终归是现实，所以这些刺激都不会从根本上改变一个人的命运。许多人都是在难以忍受中学会忍受的，也有许多人是在屈辱中习惯屈辱的，高加林并没有什么特别之处，最终自然会逐渐心平气和，忍受自己乡亲们的愚昧和落后，也能忍受城市人或高高在上的各色人物给予的屈辱。如果那样，还有高加林的人生悲剧吗?

所以，高加林人生悲剧的主要成因不是别的，而是他的叔叔从新疆转业回来当了地区劳动局的局长，县劳动局长为讨好上司而主动开后门把高加林安排到县委通讯组当了记者，使他不再是农民，而成了国家干部；使他离开农村而进了城市。正是人生境遇的这种变化，使他离开了刘巧珍，而且最终失去了刘巧珍。这是高加林悲剧的一半。

高加林进城之后一路顺风，成绩引人注目。在县广播站当广播员的老同学黄亚萍狂热地爱上了他。黄亚萍与刘巧珍相比，一城一乡，一工一农，一洋一土，一个有文化，一个不识字，这对高加林是个考验。高加林的全部可指责之处都在于他没有经受住这个考验。他犹豫了。他爱巧珍，懂得那种纯真感情的可贵，但是，黄亚萍却可以为他铺平在城市的生活道路，而且可以帮助他实现更远大的理想。我们如果要指责高加林，值得指责的大概也只有这一点，他为了自己的理想和前途，没有珍惜美好的爱情。经过反复的思索和权衡，他决定与黄亚萍一起到大城市去实现他的宏伟理想。为此，他痛苦地骂自己是混蛋，没有良心，但最后的决定却是宁愿昧良心、做浑蛋，而且反复警告自己："不要软弱！为了远大的前途，必须做出牺牲！有时对自己也要残酷一些！"于是，他抛弃了刘巧珍，准备与黄亚萍在城市实现自己的远大理想，建设自己的幸福生活。如果不出意外，高加林虽然在良心上应该有愧，但他的人生却不是悲剧。

高加林与黄亚萍的相爱却威胁到了他们的老同学克南。在学校里，黄亚萍就喜欢高加林而不喜欢克南，但高加林是农民的儿子，毕业后回到农村去了；克南却与黄亚萍处于同一阶层，都是干部子弟，所以黄亚萍就成了克南的女朋友。女朋友飞到了高加林身边，克南当然不高兴，却没有激烈的反应，他的母亲却出于妒恨而向地委揭发了高加林走后门招工的事。高加林因此而被清退，重新成为农民，与黄亚萍关系也随之结束。

而在这时，刘巧珍已在失恋的极度痛苦中嫁给了马栓。

这就是高加林的人生悲剧，理想追求化为泡影，是悲剧；爱情也是悲剧：旧爱新欢全都失去。结局真可谓“鸡飞蛋打”。

高加林的悲剧怪谁呢？当然首先要怪他自己在人生道路上没有很好地把握自己，一意追求自己的理想目标，经不住幻影般的机会诱惑，却丢失了值得珍惜的东西。这也正是路遥首先提醒读者的。但是，如果仅是这一点，高加林的人生并不一定是悲剧。因为他与黄亚萍在一起生活并不一定比与刘巧珍在一起更可悲。刘巧珍的确是个美丽善良的姑娘，有着金子一般的心，但如果冷静地想，对高加林来说，与刘巧珍在一起生活却也并非十全十美，两个在精神上的差距是客观存在的。所以，就高加林悲剧成因而言，他在刘巧珍与黄亚萍之间的选择并不是重要因素。

那么，他的悲剧事实上在于被走后门招工而又被清退。正是这个过程使他鸡飞蛋打，由鱼与熊掌该选什么，到二者皆不可得。

因此，高加林的悲剧，从根本上说并非他自己造成的，而是社会给予他的。究其原因，主要有以下几点：

首先是干部的以权谋私和走后门等不正之风。高加林的命运似乎总是与干部的以权谋私和不正之风纠缠在一起。首先是高明楼以权谋私刺激了他，他痛恨以权谋私的高明楼，痛恨走后门等不正之风，但他自己之所以能够进入城市，靠的却是叔叔的权势和县劳动局长马占胜为他开后门。这里的问题是，既然高加林有才华、有能力，进城之后马上证明了他比那些合法进城获得那些岗位的人们更优秀，为什么不能让他合法去进城谋求职位，为什么社会不能让他的才华和抱负得到发挥？一个社会让那些有理想有奋斗精神的人有翅难展，死死把他们捆绑在某种位置，只有靠权势人物，只有靠走后门才能获得理想的位置，这个社会显然是不合理的。

其次是生活中城乡、工农之间那令人望而生畏的鸿沟。高加林是农民的儿子，土生土长，却那么怕当农民，渴望离开农村，这是为什么？答案显然是因为农民太穷，农村太苦，农民的地位太低，工农、城乡之间的差别太大。他爱刘巧珍，明明知道黄亚萍对他的爱远远没有巧珍那么纯真，也知道她可同甘而未必能共苦，最终却还是抛弃了刘巧珍。黄亚萍的优势到底在哪里？刘巧珍到底输在哪里？黄亚萍比刘巧珍有文化，这是因素之一，但并非主要因素。主要的因素是黄亚萍是县城的广播员，刘巧珍是农民；黄亚萍在城市，刘巧珍在农村；而且，黄亚萍的父亲是县委常委、武装部长，手中有权。借助这个平台，高加林不仅可以在县城营建自己的优越的生活，而且可以谋求更大的发展，实现他的远大理想。这里显示的是城乡之间、工农之间、官民之间的巨大差距。

综观高加林的不幸，主要就在于社会没有为他提供施展才华和抱负的空间。如果社会不存在巨大的差别，城乡和工农之间没有那条巨大的鸿沟，高加林完全可以安心当农民，刘巧珍也完全可以跟他一起进城市，黄亚萍也完全可以跟他一起去农村，这篇小说中的悲剧也就不存在。可是，高加林所面对的社会现实，却不仅存在城乡、工农之间的巨大差别，而且由此形成了严重的社会歧视，这就是有为青年不可能满足于在农村当农民，而人为设置的樊篱又使人们无法通过才华和能力正常地进入城市和改变身份。也正因为这样，城市青年才不可能冒险到农村去当农民。这一切都在告诉人们：农村是深渊，让人望而生畏。高加林的悲剧就在于，生活现实总是刺激他的理想和追求，却又阻碍他去实现。如果农村不是那么落后，城乡、工农之间的差别不是那么悬殊，他就不会那么渴望离开土地和农村。如果社会为青年的奋斗打通道路，他们的追求也就不会是悲剧。

二、刘巧珍及其悲剧的成因

更值得注意的是，在路遥的笔下，悲剧不仅属于高加林，而且属于刘巧珍。

刘巧珍是一个美丽、善良而多情的女子。在作家笔下，她是陕北高原上土生土长的姑娘，体态和面容都美，虽然没有上学读书，却有丰富的内心世界，也有比较高的心气，向往知识和文化，因而梦想找一位有理想、有文化的爱人。为此，她拒绝了工人，拒绝了公社干部，也拒绝了经商致富的马栓，而暗暗爱上了高中毕业回乡的贫寒农家子弟高加林。在作家笔下，刘巧珍不仅外貌美，而且内心也美。她不顾世俗的利害，敢于抛弃世俗观念，追求自己的爱情。她看到高加林在刨地，去给他送瓜；看到高加林在集上守着一篮子馍一个也卖不掉，接过篮子替高加林把馍卖掉。她直截了当地向高加林表白："加林哥，你如果不嫌我，咱们两个一搭里过！你在家里盛着，我给咱上山劳动，不会叫你受苦的……"为了爱，她不怕讥笑，改变生活习惯，坚持每天刷牙；人们围观"西洋景"，她"偏要多刷一会儿让他们看看"；遭到父亲痛打，仍在众目睽睽之下与高加林一起骑车逛县城，买来漂白粉，进行了一场"卫生革命"。她爱高加林，即使牺牲一切也在所不惜。她知道高加林进城工作可能会与她永远分离，但看到他在农村的苦闷，就诚心诚意支持他进城工作，宁愿自己受苦，也要让高加林愉快。高加林进城之后，是她替他照顾父母双亲。总之，她对高加林的爱只有奉献而没有索取，诚挚而又高尚。

她珍惜与高加林的爱情，但在他们的爱情面临危机时，却不失做人的尊严。当高加林提出与她分手时，她强咽泪水，表现得坚强而又通达：

> 一阵长时间的沉默。两行泪珠静静地从巧珍的脸颊上淌下来了。她的两只手痉挛地抓着桥栏杆，哽咽着说："你……去吧！我绝不会连累你！加林哥，你参加工作后，我就想过不知多少次了，我尽管爱你爱得要命，但知道我配不上你了。我一个字不识，给你帮不上忙，还要拖累你的工作，……你走你的，到外边找个更好的对象……到外面你多操心，人生地不熟，不像咱本乡田地，……加林哥，你不知道我怎样爱你……"
>
> 巧珍说不下去了，掏出手绢一下子塞到自己的嘴里！

她承受着巨大的悲痛，对高加林的绝情报之以体贴。她渴求爱，但懂得自爱。她追求美好的爱情，知道它已经远去，就不再乞求。由此我们可以看到她的心灵的美好和善良，也可以看到她的自尊和自重。

被高加林抛弃之后，小说写道："她既没有寻短见，也没有神经失常，人生的灾难打倒了她，但她又从地上爬起来了。"理想中的爱情已经失去，但人还要活下去，带着失恋的伤痛，她答应了一直追求她的马栓，把自己嫁了出去。但在高加林被清退回到农村时，她的姐姐刘巧英要借机羞辱，以解妹妹被抛弃之愤，巧珍得知后却一夜没睡着，一大早跑来阻拦，苦苦相求："姐姐！我央告你，不要这样对待加林！不能管怎样，我心里疼他！你要是这样整治他，就等于拿刀子捅我的心哩！”巧珍是爱情上的失败者，却是道义上的胜利者。

这些描写无疑是动人的。著名评论家阎纲在读过小说之后写给路遥的信中说：“你发现了一个多么可爱的女子啊！我指的是巧珍。她虽土而不俗，不知书却达理，自卑而不自贱。她爱高加林，如痴般地爱着，但绝不向爱乞求，她自始至终没有失掉自己的尊严。她可以为他而死，但必须以对方的爱情为前提。……巧珍的可爱，足以使读者的精神为之升华。”①

刘巧珍的形象具有深刻的历史意义和社会内容。她是那么美好，那样一腔真情，把一颗心捧出来追求她的所爱，最后却是一个失败者。她输在哪里？那个城市姑娘黄亚萍靠什么打败了她？如果客观冷静地考察，我们不得不承认，她唯一真正的欠缺，是没上过学，缺少文化知识，以及由此而产生的自卑。她的择偶标准所显示的，也是她对知识的渴望。刘巧珍的这一表现，足以让人心生疼痛，因为她是许许多多被教育遗弃的农村青年的代表，社会使她们失掉了受教育的权利，而在她们长大之后，却是那样渴望文化和知识。她们觉醒了，历史的遗憾却无法弥补。这个形象典型地体现了中国农村许多女孩儿的梦想，以及她们的追求和失败。对于刘巧珍们，我们的社会应该感到愧疚，因为亏欠她们已经太多。而在她们追求爱情的时候，这又成为她们的缺陷，成为她们悲剧的成因之一。

直接伤害到刘巧珍的，无疑是高加林，所以，刘巧珍的姐姐要把报复施加到高加林的头上，自有道理。巧珍为此苦苦哀求姐姐，她却未必明白，高加林向往城市，就像她向往与有文化的人一起生活一样合情合理。因此，造成刘巧珍悲剧的根本原因并不在于高加林。如果高加林进入城市之后不离开刘巧珍，那是她的幸运，是偶然的；而高加林离开她，却是正常情况。这一切，都是社会决定的。在中国，这样的爱情悲剧正不知有多少。这里的问题在于：一是农村的贫穷落后和被遗忘，不能把高加林留住陪她过农民的日子；二是城乡之间的那道峭壁，使她无法跨越过去与高加林一起到城市工作，因而很难一起到城市共建新的生活。

总之，小说中的青年在爱情上都是悲剧，悲剧原因复杂，有主观方面的

①阎纲：《关于中篇小说〈人生〉的通信》，《文论报》1982年9月10日。

原因，但最根本的原因却是社会的，是社会人为造成的工农、城乡之间的一条无法跨越的鸿沟。

三、黄亚萍的悲剧及其他

一些论者因为同情刘巧珍，而对高加林与黄亚萍的爱情不以为然，甚至在指责高加林忘恩负义的同时指责黄亚萍的水性杨花，似乎她不该插到高加林和刘巧珍之间破坏了他们之间美好的爱情，而对她在高加林被清退回乡后她即重新回到克南的怀抱，更是不以为然。

其实，只要我们超越感情上因为种种原因而形成的某种倾向，就应该注意到，事实上，黄亚萍也是一个悲剧。她在高中读书时就喜欢高加林，而不喜欢克南。只是因为高中毕业高加林只能回乡而不能进入城市工作，她才放弃了这份梦想，而与她所不爱却处于同一阶层的克南走到了一起。当高加林进入城市工作之后，她的爱重新萌发，而且不可抑制，终于毅然中断与克南的来往，扑进了高加林的怀抱。设身处地地想，任何人都没有理由指责这份爱情，它是自然的，也是合理的，如果要指责，只能指责高加林与刘巧珍的爱情基础不牢固，指责高加林对刘巧珍的爱不能牢固而专一。当高加林结束与刘巧珍的关系而接受黄亚萍的爱情时，黄亚萍是多么幸福！

然而，黄亚萍非常不幸！他与高加林美好的爱情和美好的未来都被克南妈破坏了。更为有意思的是，尽管我们在阅读作品时看到这里会为高加林离开城市而遗憾，却没有任何理由去指责破坏了高加林与黄亚萍幸福并葬送了高加林前途的克南妈。因为她虽然出于私心，但检举揭发不正之风的行为却无可指责。

对黄亚萍而言，命运的不幸还不止于此，而是在高加林被清退回乡之后，她又回到了克南的怀抱。如果是在正常社会的一般情况下，这种描写多少有点奇怪。因为爱情的力量似乎不应该这么弱小，因为爱人回农村，就无法继续维持下去。阻碍有情人成为眷属的力量究竟是什么？毫无疑问，是城乡工农之间的差别。它似乎是不可跨越的，可以像天河一样把牛郎和织女阻隔在河的两岸。设身处地地想，黄亚萍失掉高加林是痛苦的，回到克南身边是尴尬的，包括克南妈检举高加林的行为，也会成为她接受这个婆婆的障碍，而且，她对克南的确没有感情，克南对她也似乎可有可无，因为通过小说可见，在黄亚萍离开他而走近高加林时，他并没有表现出撕心裂肺的痛苦，甚至远远没有他妈那样着急。既然如此，黄亚萍回到克南的身边，应该不是好的选择。那么，她为什么不可以跟随高加林到农村去？

回答仍然是那道鸿沟，一切的问题都在这里。尽管知识青年到农村去曾是基本国策，搞了那么多年，那么多城市青年都曾到农村去插队落户，但到了黄亚萍的年代，千万知青却已回城。正是在这个大背景上，城市青年嫁到农村去成为不可想象的事。所以，在这篇小说中，这也成了无需说明、无需解释的分手理由。因为城市青年如黄亚萍们，无论多么爱她的高加林，跟随高加林到农村，都是不可想象的事。

写到这里，我想到了20年代的北京学生，想到了30年代的上海小姐，想到了抗日战争时期的青年男女。20年代的北京大学生为了爱情可以跟随丈夫回乡，30年代的上海小姐为了爱情可以离开上海这样的大都市，抗日战争时期这种情况更多，无数青年可以从北京、上海这样的大都市奔赴四川、云南山区，也可以跟随心爱的人去陕北住窑洞。这一切，无论在生活中还是在文学作品中，都不罕见。为什么到了80年代，一个县城广播站的播音员，就不能跟随自己喜欢的男人到他的家乡去呢？

这里透露的，仍然是我们的社会现实，城乡之间、工农之间，的确存在一条无法跨越的鸿沟。“五四”时期的北京学生能够那样做，30年代的上海小姐能够那样做，抗日战争时期的知青能够那么做，因为那时候即使北京、上海这样的大都市，与农村也没有可怕的鸿沟。人们可以随时去，也可以随时回来。而我们现实却不是这样，农民要变成工人，农村人要变成城市人，虽然不比登天难，却必须通过特辟的通道，比如上大学，比如招工计划。

当然，如果我们的视野再放开阔一些，想一想俄罗斯那些十二月党人的妻子们，那些可以抛弃一切而跟随被流放的丈夫奔赴西伯利亚的妻子们，到农村去就那么可怕吗？这里显然涉及对黄亚萍精神境界的评估，但这问题又不是黄亚萍所独有的，而是表现为一种普遍性，所以，作家根本不做如此思考，而是根据一般人的一般境界，把跟随爱人到农村去看作绝对不可能和无需讨论的事。

至此，《人生》悲剧的成因已经非常明确：造成高加林、刘巧珍、黄亚萍人生悲剧的，正是几十年人为制造的工农、城乡之间的差别——不只是差别，而且是无法跨越的鸿沟。在长达几十年的时间里，我们一直在高喊缩小三大差别的口号，而在事实上，却是人为地制造了这样的差别。路遥所写的人生悲剧，正是对这种社会现实的有力控诉！

所以，事实上，《人生》也是一篇社会问题小说，也是一篇呼唤改革的小说。

论李国文的小说创作

在新时期文坛上，李国文是比较活跃而且独具个性的作家。他的创作引人注目，不仅在于独特的艺术技巧和语言风格，而且在于作家对历史的深入思考给作品带来的分量。本文无力对李国文的小说创作进行全面研究，只是探讨几个最为突出的特点。

一、中心主题：人民——上帝

人们常说，人民是推动历史前进的动力，是社会的主人。但是，有多少人真正地（不是抽象地，而是具体地）认真想过？李国文是认真想过的，他的小说在这一点上可以帮助我们深入思考。

他的小说创作始终把人民放在历史运动的中心，通过人民，对历史生活进行把握，也以人民为尺度对历史做出评判。他把人民作为社会天平的支点，通过人民，理解并判断令人眼花缭乱的历史是非；他把人民作为道德评判的尺度，辨别真善美与假恶丑，决定其欢呼、歌颂或揭露、鞭挞。如果把他的小说创作看作一个具有四肢的整体，那么，“人民——上帝”的观念给了它心脏。心脏将血液输于每一个部位，使他的作品形成一个深沉而雄健的主旋律：人民，是社会的主人、历史的主宰、苍茫大地的主沉浮者；如果忘记了人民，必然要受到历史的严惩。

1957年7月发表的短篇小说《改选》，是作者第一篇问世之作。它以强烈的现实主义精神和鲜明的“干预生活”的特色连同作者的名字写入了中国当代文学史册。作者所描写的工会委员老郝时时处处关心工人利益，但在政治生活已经变得反常的时候，却成为一个不合时宜的人物，受到排挤打击，职务一降再降，奏出命运的悲歌。而靠耍嘴皮子、弄虚作假、欺下媚上、谋取权力的工会主席却一路直线上升。特别值得注意的是，老郝为工人请命却受到批评，为工人服务竟受到这样的质问："你是工会的委员，还是大家的勤务员？"我们的干部无论职位高低，都是人民的勤务员。这是当代中国人都熟悉的话，但在实际生活中，老郝却受到了质问。《改选》所反映的主要问题就是干部是当公仆还是当老爷的问题。小说通过形象的描写，热情歌颂了与人民保持血肉联系的良好作风，鞭挞了脱离人民群众的官僚主义倾向。

李国文的第一步就踏上了这样的道路，开始以人民的意愿去考察干部，判别是非，并把为人民呐喊、为改善干部与人民的关系而呼吁的职责放到了自己肩上。他因为承担这种职责而历尽坎坷，但二十多年后重返文坛，却初衷未改，仍在这条路上勇敢而又坚实地前进。

他在新时期的作品进一步关注党群关系，呼唤优良传统，肯定人民的伟大作用，告诫人们永远勿忘人民。短篇《月食》和长篇《冬天里的春天》，可以说是《改选》主题的继续和发展。《月食》中伊汝性格的一个重要方面，就是对人民的忠诚。其最闪光之处，就是始终不忘人民。革命胜利进城之后，他成了一位名记者，身边有漂亮的女记者疯狂追求，但是，他最后的选择却依然是战火中结下血肉联系的山村姑娘妞妞。面对伊汝的选择，我们不应该局限在事情本身去为主人公的恋爱观而纠缠。因为作者描写这种选择，只因为事情本身体现的是与人民感情上的血肉联系，是决不背叛决不忘恩负义的道德选择。伊汝形象的光彩正是得益于他的道义选择，得益于他那个使自己成为"右派"的"冰冻三尺"的理论："进城以后……慢慢地就把那些用小米养我们的，用小车推我们的，用担架抬我们的，把我们认作儿子、认作丈夫掩护过我们的老百姓忘了。而我们党正是靠这些老百姓才打败了敌人，夺取了胜利，……因此我想，要丢掉了这个优良传统，会不会有那么一天，人民群众要唾弃我们?"这是清醒者的忧虑，凝聚着对历史和现实的严肃思考。

但是，生活中能像伊汝那样珍惜与人民血肉联系的人毕竟有限。毕部长就是一个对人民感情一度淡漠而在政治风雨的冲击和人民深挚之情的感召下又恢复了这种联系的干部。作品不无感叹地描写了他的变化：战争年代，深夜他也要赶回郭大娘家，整夜鼾声如雷使郭大娘不能入睡，他也毫不客气；进城之后，郭大娘带了他爱吃的东西来看他，他却抽不出五分钟时间跟大娘说话。战争年代，他喝着大娘的枣儿酒，感到“简直是诱人的佳酿香醪，往心眼里甜，往骨头里醉”；进城之后，大娘带了枣儿酒来看他，他却连酒带大娘一起交给了别人，原因是“现在夫人有了新规定，非要在巴拿马博览会得奖的酒才许可喝”。但是，在他因为右倾而被发配农村劳动改造的时候，却又是郭大娘千里迢迢前来看他，并把准备后事的棺材变卖了一百八十块钱带给他。正是在这种伟大情感的感召之下，主人公的心灵终于重放光辉，发出内心的呼叫：“记住啊，永远记住，人民是我们的亲爹娘!”

如果说毕竟的变化由于短篇的局限表现得还不够充分的话，长篇小说《冬天里的春天》中的于而龙则弥补了这种不足。作者并没有去描写那些严重背弃人民的人，而是写了那些本质良好、比较正直、良心未泯的人。于而龙最突出的特征就是善于思考。他反复思考的最大收获就是复苏了对人民的情感，因而也寻回了自己失掉的青春和力量。无论在历史上还是在现实中，使他摆脱种种困境并步步走向胜利的都是人民。战争年代，根据地穷乡亲为支援游击队而把坛子里的最后一把米贡献给他；安大爹为让他这位游击队长能吃上一顿饭而卖掉自己的棉袄；老林嫂艰难地为他哺育生在战火中无法抚养的女儿；迟大哥为了救他而险些丢掉性命。十年动乱，不相识的火车司机为救他而献身；廖总为与他分担罪责而放弃脱身的机会；老林嫂千里北上，在接待站院子里忍受酷寒坐以待旦，为他鸣冤；老迟哥宁愿咬断自己的手指也不在诬陷他的材料上按手印。而他自己呢？在战争年代的确曾为人民着想，进城陷入危境时，宁愿冒险也不混在群众中冲出包围，因为他知道：“子弹是不长眼的，共产党人怎么能拿人民群众搪灾?”但是，后来胜利了，进城做了高级干部，他却发生了变化。回顾过去，他自己也意识到：“至少有两个于而龙，一个是存在于人们心目里的那个早年间的于而龙；一个是眼前多少变了点样子的于而龙。”

于而龙的可贵之处在于他能在人民面前反省和忏悔。重返石湖根据地，人民以赤诚之心接待这位当年的游击队长，这使他深悔自己来迟。他看到救命恩人“还过着和三十年前大体上没有很大变化的生活”，这使他想起当年对乡亲们的许诺，因而深感内疚：“如果有上帝的话，这上帝就是人民，如果我要忏悔的话，也只能在他们面前低头。”忏悔使他清醒，得出这样的结论：“无论什么时候，共产党也得靠人民，就如同鱼和水一样，水没有鱼照样流，鱼没有水可活不成。只有那些老爷，和存心要祸害党的败类，才把党变成救世主，人民要看它的脸色行事，得靠它的慈悲恩赐生活。”在革命战争年代，人民胼手胝足，担起革命的重负，用生命和鲜血喂养了革命。在胜利之后，有人却忘记了这伟大母亲，从生活水平的悬殊到感情的疏远，与人民产生了隔膜。然而，革命者就像安泰俄斯，一旦离开大地，就失去了力量。所以，当一场动乱到来时，便无力抵挡，只能任其泛滥。人民，恩重如山，不容忘记！人民，历史的主宰，不能忘记！——这正是小说中反复表现的。

长篇小说《花园街五号》直接描写的是改革，但作者对改革的思考却是从人民和历史的关系这一角度出发的。小说中那幢楼房的主人们一代又一代下场可悲。这种命运看似偶然而绝非偶然。在历史变迁的过程中，往往伴随着相互残杀，以血腥的形式完成历史的交替。这种进程看上去很神秘，事实上却体现了某种规律。尽管取代者未必代表人民的意愿，新的统治者未必给人民带来幸福，但被取代者之所以失败，却无不由于违背了人民的意愿。正因如此，政权才不断地被推翻，统治者才频繁交替，“花园街五号”才一直上演悲剧。在李国文看来，要避免这种悲剧的延续，就必须顺应人民的意愿，改革一切与人民意愿不相适应的东西。作家正是从这个角度去认识和反映当前改革的。

在现实的层面上，小说所着重描写的刘钊与丁晓的矛盾，并不只是改革与保守的矛盾。丁晓的一切努力都是为了爬上花园街五号的宝座，只要达到目的，改革与否其实无所谓。刘钊与他的不同之处，就在于他的思想行为都落脚于一个根本：把权力交给人民。刘钊复职之后实际只干了两件事：改造拖拉机厂和建立沿江新村。无论韩潮对他怎样指责，他都从不争辩，但在韩潮说到工人“眼睛光盯住了人民币”时，他却立即激烈地反驳。把花园街五号改作少年宫的设想，更体现了他的改革思想的核心。而设想的最后实现，也体现了作家把权力交给人民和未来的美好愿望。

在李国文的小说中，人民的形象总是崇高而伟大的。他没有像鲁迅那样对国民性进行剖析，也没有着力刻画他们性格的复杂性，而是把人民作为映照善恶、净化灵魂的道德力量，作为伟大与崇高的化身。这种反映也许是单侧面的，与生活的真实也许有较大距离，但对于李国文来说，却是非此无以表现其思想与感情。

这种“人民——上帝”的观念并不新奇。但在极“左”思潮泛滥的年月，人民作为抽象概念被高唱，作为具体存在却被遗忘和践踏。当我们带着重重伤痕进入一个新的历史时期，这种呼唤的意义是显而易见的。

二、独特的视角和结构

李国文的作品有很强的历史感。他总是力图通过笔下的人物命运揭示现实的面貌和历史的轨迹，探讨历史与现实的内在联系，从历史的发展变化中把握现实，从现实的各种存在把握历史运动。这种历史与现实相映照的方法，体现着他的艺术视角。作家是站在历史与现实构成的延伸线上，对历史与现实做透视的。这种思维方式之所以在新时期文学中兴起，是“历史反思”这一社会思潮的直接反映，是时代的赐予。新时期文坛上称为“反思文学”的好作品不少，但李国文是走在这股潮流前面的独具特色的作者之一。作为“反思文学”的潮头作，如《天云山传奇》《剪辑错了的故事》《犯人李铜钟的故事》等等，所显示的是不再就“十年动乱”看“十年动乱”，而是到三十年社会主义的历史中去寻找极“左”思潮的源流。李国文写于同时期的作品却把思考的线索扩延到了革命战争年代，到更远的历史深处去寻找它的蛛丝马迹。我们不能期望张承志、王安忆、张辛欣这样的青年作家去做这种历史现象的“比并看”，因为思维材料的欠缺制约着他们，使他们对此难有真切感受。而李国文青少年时代的生活和后来长达二十多年的磨难，却为他提供了这种条件。

无论是长篇《冬天里的春天》《花园街五号》，还是短篇《月食》《雪，默默地落》等，都有长达几十年甚至半个世纪的历史跨度，反映了广阔的历史生活画面。但是，李国文的着眼点并不在历史，而是在现实。他回顾历史，只是为了在历史的镜子里照出五彩斑斓的现实帷幕下的真实，更清楚地理解现实，同时也使现实中的人物性格更符合内在发展规律和生活逻辑。这一点似乎无需多说，因为无论于而龙还是韩潮，只有展示出他们几十年间具体生活条件和思维方式以及行为的历史，才能比较深刻地表现他们的变化及其中所隐含的深刻含义。只有进行这种历史观照，才能解释韩潮在变革面前的矛盾态度，才能赋予于而龙的觉醒以更大的典型性。也只有这种历史线索的展示，才能比较充分地表达主题。

这种打着鲜明时代印记的独特视角，决定了作品的结构形态。它必然是多线条、多层次的，由历史的纵向线索和社会的横断面多向交叉起来的复杂时空结构。李国文常常把众多的人物和事件巧妙地结撰编排，把几十年的历史压缩于人物几天的生活回顾与思索之中，纵横交织，在现实生活的层次之下串联过去历史的生活层次。这种结构形态可谓立体交叉结构。没有比两部长篇更能说明这一点的了——

《冬天里的春天》充满了人物的联想、回忆、思索和幻觉。这一切都在于而龙回石湖的三天中展开。在这三天中，层层叠叠展示的却是四十年历史的生活片断。作者在叙述上打破时空一贯、情节一贯、按部就班、如实道来的写法，采用时空交错、情节交叠、虚实相间的方法。传统的长篇小说重情节、讲究故事性。李国文也重情节，对故事性有所追求，但传统小说的故事结构多以首尾顺序展开，或加以简单倒叙和插叙。《冬天里的春天》却是以人物命运为线索，根据需要，打乱情节的时空顺序，重新组合为一个新的整体。事实上，小说分别描写了30年代、60年代、70年代的历史画面。作家所显示的艺术才能在于把这三幅画面分别剪碎，又根据各种特定的内在联系性而叠串在一起。毫无疑问，三个不同断代错综复杂的人物和故事，如果平铺直叙，极易平淡无奇，而且画面本身的完整性不允许作家只是散乱地点染而留下过多的空白。更主要的是，那样很难达到形成历史比照的效果。让读者从几个不同历史时期的故事中去寻找材料进行比较，远不如作者串好了献给读者来得更为直接。事实证明他是成功的。这种交叠加大了作品的思想容量，避免了平铺直叙一览无余的缺陷，增加了欣赏者的兴味。

《花园街五号》在结构上也有其独特之处。它外在的结构形态与《冬天里的春天》基本相同，但其中隐含着一个内在结构。这个内在结构是一纵一横形成的一个“T”形立柱和横梁，它支撑起了作品。只要拨开散乱生活片断的表象，还原作者在他的艺术视角上形成的构思，就很容易发现本作品所特有的结构框架：

五十年前，俄国贵族康德拉季耶夫从俄国流亡到中国东北的土地上，大兴土木建造了这座洋房。他像小孩子玩积木那样盖了又拆，拆了又盖，目的是在异国土地上建起早已失去的天堂。每一次翻工都浪费大量钱财，原因都是他自己画错了图样。但他的儿子却依然高呼“乌拉”，以颂扬他父亲及时发现错误并纠正错误的英明和伟大。伯爵在“乌拉”声中渐渐昏昏然，只相信确实是自己制止了错误，却忘了制造错误的正是他自己。这个没落阶级的代表人物硬是闭眼不看现实，死抱住没落贵族的僵尸，最后的结果是儿子盗他的钱财而去，而他自己则被伪满洲国临江驻军司令刘大巴掌勒死在顶楼的圣坛上。

刘大巴掌取代没落贵族而成为花园街五号的主人，以血腥的镇压维护他的统治，却同样没有逃脱可悲的命运。解放前夕，他被地下党处决在他勒死伯爵的同一圣坛上。而执行处决命令的地下党员，正是他的儿子刘钊。

花园街五号的第三位主人是临江市委书记吕况。在新的历史条件下，他是作为新的国家权力进入花园街五号的，他当然希望他的地位与红色江山都稳如磐石。但是，在“文化大革命”的风暴中，他被造反派以“革命”的名义斗死在那个圣坛上。他的死固然是动乱的恶果，但他本身的变化也值得深思。这个革命战争年代的英雄在50年代末开始被“左”倾思潮冲昏了头脑，几乎完全变成了另一个人，谨小慎微，不求上进，拒谏饰非，冷漠专横，对女儿专制，葬送她的理想和爱情；对战友冷酷，亲手把刘钊打成右倾分子，明知虚假也要定案；工作满足于上传下达，“大跃进”盲目追求高指标，抓阶级斗争宁左勿右。在历史和人民面前，并非无责可咎。

造反起家的市革委主任是花园街五号的第四代主人，他猖狂十年，倒行逆施，践踏民心，在“文革”结束之际，终于受到历史的惩处。

现在花园街五号的主人是十一届三中全会后任命的市委书记兼市长韩潮。他虽然刚刚上任不久，心头却总是笼罩着不祥的阴影：儿女或已在动乱中作为叛逆而毁掉，或因对生活产生了新的追求而即将离去；韩潮已经六十六岁，交班退位势在必行，而且已经查出了重病。这一切使他不由得总是在想：“难道花园街五号的主人注定不会有好命运吗?”

这是一条历史的纵线。花园街五号的几代主人都是以血腥残杀完成交替，前一代总是被后一代干掉，而且很多是儿女背叛老子。好像冥冥之中有一条绳索在系着他们，使他们都无法逃脱悲惨的命运。但是，在作家笔下，决定他们命运的并不是幽灵，而是规律。历史总要前进，前人和后人之间必然会有矛盾，顽固守旧和倒行逆施只能激化矛盾，最后被淘汰。所以，若要避免悲剧延续，只有顺应历史发展的潮流，及时改革一切与历史的发展不相适应的东西。

小说在这条历史纵线上展开了一条描写当前改革的横线，写了韩潮、刘钊、丁晓等人之间的复杂矛盾和斗争。作品所着力描写的是横线，纵线隐于回忆与思索之中，但立意却是从纵线出发的。在历史的纵线上，改革的横线只是一个点。沿线看点，改革的意义在历史的映照之下就更加清楚而深刻。

三、诗的技巧：抒情、象征与神秘色彩

李国文小说所显示的艺术技巧是多样的。其中特别重要的，是小说的诗化。虽然很难说小说会向着诗歌靠拢，但新时期小说中却越来越多地出现诗的因素。张承志的作品已经明显地使人感受到那诗情的律动。李国文的小说也鲜明地表现出这种特点。

《冬天里的春天》由于作者采用了从人物主体反映生活的方式，整部长篇似乎都发自于而龙的心灵，这就为抒情提供了方便。几乎随处可见那些抒情式的思索、思索中的感情以及诗化的哲理。有时真难辨清是作者在抒情还是书中主人公在抒情，只是被一股处处回荡着的诗情所征服，所感动。

与此同时，李国文的小说成功地运用了诗歌的主要技巧——象征和隐喻。从他的作品的题目就可以看出：《空谷幽兰》《月食》《雪，默默地落》《冬天里的春天》，等等，都不像他50年代作品《改选》那样直接宣示作品所描写的具体存在。《花园街五号》题目具体而实在，但却是一种象征。它不像《月食》那样只是一个简单比喻，而是整体的象征性构思。它所写的是一座洋房，一座实际存在的物质建筑，然而，却是抽象的统治地位、权力宝座的象征。一代代主人更替兴废，作为象征的对应物，是权力的更替移转。这种用象征性的物象暗示主题和其他事物的写法，在小说中不仅可用于解决某些实写不好解决的问题，同时也能增加作品的诗意。

《冬天里的春天》写于而龙钓鱼，曾一再出现类似的描写：“你是强

者，一个不肯屈膝低头的强者，虽然已被摧残到垂死的程度，但还是挺直腰杆在做最后的斗争，决不像那些出卖灵魂的背叛者，分一杯残羹的食客，摇尾乞怜的哈巴狗，为虎作伥的败类，舔屁股的下贱货，……他只要活着，就斗争，就革命，就坚持真理，就说人话做人事，是一个铁铮铮的顶天立地的汉子。”这与其说是于而龙对那条挣扎着的鱼所说，不如说是作者对于而龙所说。说着说着，于而龙和那条鱼完全同化了，对应的双方合为一体。那条红荷包鲤九死一生终于又逃入水中，这也正是于而龙命运的象征。这种象征描写对于揭示于而龙性格可谓巧妙而有成效。

这种象征或隐喻的形象描写，在李国文作品中到处可见，他常常是顺手拈来完成一个抽象观念或者暗示一种事物或思想。如老林嫂和于而龙关于银杏树的谈话描写：

> “死了？”于而龙很难相信那么一棵巨人似的树木，也有倒下的一天。
>
> “从里头往外蛀，从根往顶蛀，想不到会败得那么快呀！二龙，生了蛀虫，就算是没法治啦！”
>
> “能有这么厉害的蛀虫？”
>
> “有的，有的……”老林嫂叹息着。
>
> 听她的口气，好像这类蛀虫，不光在自然界里有，甚至在社会上，在党里，在人们的生活里，在伟大的革命事业和前进道路的各个方面，都可能孳生这类钻到心里去蛀空一切的害虫似的。
>
> 哦！也许如此吧！本来就是一个复杂多端的人类社会吗！于而龙继续在拿沙土，擦亮那五块银洋，四十年的积垢，被他慢慢打磨掉了，露出它本来的灿烂光华。

银杏树、蛀虫、沙土、银洋，打磨本身和结果，无不成为隐喻和象征。作者的必要提示为形象的理解提供了定向性，因而并无晦涩之处。

《花园街五号》中大宝形象的设置更是一种新颖的象征手法。他是那个时代因思想毒害而毁掉的一类人的符号，与吕莎莎这样的前进者一起，构成对“花园街五号”承继人的分析，为悲剧的说服力提供了依据。

这些象征手法的运用，使作品人物本身有限的小天地与社会历史这个大千世界联系起来，有助于通过类似事件的对比而深化作品的主题，使内涵更加丰厚，作品更富有含蓄、幻化的色彩，大大增添了思考兴味。虽然为此目的，作者过分去适应象征的需要，有些地方情节结撰显得过巧，如《花园街五号》中几个人都死于同一圣坛就不够真实自然。但是，这种象征手法造成的情节却能引起读者的感情上的共鸣，要比直率的解释和公开的说明高明一些。

也许与技巧不无关系，李国文作品的神秘色彩和气氛吸引了读者。他那复杂的结构常常覆盖着一层神秘的纱幕。石湖上大雾弥漫，一声枪响，芦花倒下了，凶手似隐似现，却迟迟不能明朗。一个隐藏于树林深处的幽深院落，俄罗斯教堂一般，鸽子满天飞舞，当你走近，树后却突然站出持枪的战士。一代又一代，总是演着相似的悲剧，后人叛离，被人干掉，到底因为什么？这一切都吸引着读者读下去探个究竟。神秘的雾霭增添了艺术的魅力。

当然，李国文的小说也还存在不少缺陷，除评论家们已指出的外，人物性格的丰富性和人物心灵历程的揭示仍然是作者应当注意的。《月食》中毕部长进城后的变化过多地归于妻子的影响，而未在他自己身上寻找原因，不能不是缺憾。《冬天里的春天》中的王纬宇是个成功的形象，但过多地从家庭出身方面做文章，反而削弱了他的性格的力量。郭大娘等人民形象还缺少内心世界复杂性的探索和多侧面的描绘。好在近作《危楼记事》在这些方面已经显示了转变。

1985年2月　曲阜

军旅小说的新收获

——读李存葆的《山中，那十九座坟茔》

李存葆的《山中，那十九座坟茔》是一篇值得充分肯定的小说，是军旅小说的可喜收获。无论对军事文学，还是对作者自身的创作，它都显示了重要的突破。它的意义不仅在于题材的拓展，也不仅在于对“文革”的彻底否定，而是在于对灵魂的发掘，以及由此显示的悲剧深度。

与《高山下的花环》（以下简称《花环》）相比，《山中，那十九座坟茔》（以下简称《坟茔》）显示了不同的主调。前者主要是在对复杂的现实背景进行揭露的同时表现对英雄战士和伟大人民的讴歌。后者则是发掘复杂环境中复杂的人物性格及其社会和历史的成因。作家站在新的高度上深入人物内心世界，对其可爱与可悲、崇高与愚昧、美好的天性与可悲的命运进行严肃剖析，从而谱写了一曲灵魂的悲歌。两作都具有悲剧意味，但《花环》的悲剧在于美好的东西被遗忘，而《坟茔》的悲剧则是人的灵魂如何被扭曲、人的生命如何被践踏和埋葬。两作都有对极“左”政治的批判，《花环》写的是极“左”政治如何损害光荣传统和人民利益，《坟茔》写的则是极“左”政治如何与其他因素一起把人变成非人。从描写英雄的花环，致力于社会问题的反映，到剖析坟茔中死者的思想质地，致力于人的心灵被扭曲的悲剧，显示了作者现实主义精神的深化。

一

山中，堆起了十九座坟茔。正如小说所说，“既为军人，不论男女，死本不足悲，可悲的是把生命的圣水倒进了‘龙须沟’里”。我们的民族是充满力量的民族，不乏勇敢和坚韧。这种力量不仅修造了功过难以评说的万里长城，也修造了金碧辉煌的帝王宫殿和陵墓。勇敢坚韧的力量是宝贵的，有了它，这个民族才能在苦难中挣扎生存，繁衍奋斗，但可痛心和忧心的，是勇敢坚韧的力量常常被滥用，并且由迷信和愚昧主宰，甚至是由阴谋去主宰，因而往往要用宝贵的珍珠去装饰腐朽与丑恶。十九个战士死去了，正如琴琴梦见的一样，战士们在陡峭的悬崖上，政治宣传在大声鼓动：“向前看，大步走，粉身碎骨不回头！”于是，勇敢的战士跳下去了，一个跟着一个，为了他们并不明白的目标，献出了年轻的生命。

当然，在不同人物的身上，表现各不相同。

营长郭金泰是一个不乏清醒的军人。他对战士有真诚的爱心和责任感，而且也有抵制个人崇拜的胆识，但是，面对上级的命令，却只能无奈地顺从。他认识到倒行逆施和反科学行为必将酿成灾难，却只能独自痛苦、愤怒和困惑，只能在灾难发生时救护众人，以自我牺牲完成自己最后的形象。他是明知谬误而又为谬误而死的。最后，他的坟前只能留下一块“无字碑”，这是对谬误的时代的控诉。

王世忠最突出的特点就是“忠”。他单纯率直，要强好胜，眼睛向上，追求进步，具有很强的积极性。因为这种积极性，他很好发动，像火药一样一点就着。搞“革命大批判”，上面指到哪他就打到哪。在施工中也敢玩命，安全员呼喊：“前面危险，不要进洞！”他则大叫：“共产党员，跟我上！”最后，他终于为自己争得一死，也为别人树立了死的榜样。死去之后，上级仍然要为他编造临终的“时代最强音”。他是自己跳入坟茔的，同时又把别人拉入坟茔。

孙大壮的命运更为可悲。由于农村生活的贫困和知识的匮乏，使他分不开熊猫和狗熊，也不能辨别真伪和善恶。他是拆掉住房卖了木料给武装部送礼才得以参军入伍的，因而特别珍惜部队生活，特别迫切地追求“进步”。

因此，他重病在身仍然坚持参加繁重的劳动，临死还在挥汗背水泥，以致死后水泥在全身凝固，衣服都脱不下来。政治宣传鼓动他要革命加拼命，他最后终于把命拼掉了。在他死后，人们发现他的日记中的“最高指示”是被误记的：“一不怕苦，二不怕死”记成了“一怕不苦，二怕不死”。

刘琴琴的命运同样可悲。她的父母在“文化大革命”中陷入厄运。作为“狗崽子”，她却仍然在追求“进步”。她是凭着美貌进入部队的，是美的化身，本该去分管音乐和诗，却不得不去帮助邪恶制造悲剧。在那个年代，虽然政治的力量被无限夸大，但美的力量仍是不可忽视的，人们对美的希求和爱慕是永恒的力量之源。她的美在政治宣传中发挥了作用，只要她的身影出现，就会成为巨大的号召，战士们就会拼命大干。于是，这位美丽的女战士就成了邪恶的帮凶，以她的美代替死神向战士们发出了召唤。把缪斯化为恶魔，正是小说通过这个人物对那个时代进行的有力鞭挞。

更为可贵的是，小说对人物性格形成的具体环境进行了揭示。从孙大壮的不幸的身世和菲薄的要求，从殷旭升的“仕途三部曲”的晋升经验，可见极“左”政治、经济贫困和价值观念的偏差是如何联手把人变成非人。穷苦使他们所求甚微，却异常迫切，为此可以无条件接受支配。愚民教育使他们失去了独立的头脑，只留下机器人那种接受指令的神经。他们没有清醒的自我意识，因而在浊浪中只能随波逐流，而且听从召唤而狂热地你追我赶。人类社会中个人意识和社会意识本是对立统一地联系着，相互依存而又相互矛盾。清醒者有较强的个人独立性，能够在对社会意识的扬弃中前进，甚至走在社会前面为未来的社会意识奠基。蒙昧者则是被动地接受流行的社会意识，被其牢牢禁锢，甚至会成为历史的惰性力量。王世忠、孙大壮们就是后者。他们尽管有其优良品格，却不是有自觉意识的能动的人。他们有牺牲精神，但并不知其意义和价值。如果改变一下环境，把他们置放在正常的环境之下，他们会做出可歌可泣的英雄业绩。但是，即使死得其所，他们就不是王世忠和孙大壮了吗？无论在他们的坟上敬献多少花环，也仍然无法掩盖他们灵魂的悲剧。毁灭了王世忠们的，不仅是工程塌方，而且是政治宣传和愚民教育。事实上，他们未死之前悲剧早已酿成，也可以说，人还活着，就已经进了坟墓。

二

小说所表达的一个重要主题，就是那个荒谬的年代把人变成非人。这不仅表现在战士们被愚弄而做了祭品，也表现在其他人物的不幸命运和精神状态。光天化日之下，菊菊被公社革委会主任强抢，失去了起码的尊严。儿媳妇被抢走了，公爹给儿子写信告急，却仍然要“首先共同敬祝”“万寿无疆”，接着还要写“红日高照，山欢水笑，形势一片大好”这样的流行公式，歌颂一番大好形势，然后才能报告儿媳妇被抢的事。在那样一个年代，人的精神就是这样被无情扭曲。书记同时奸污地主的两个女儿，显示的不仅是兽性，而且是他根本没有把这两个出身于地主家庭的姑娘当作人，而是把她们看成了阶级斗争的胜利果实。

“九大”代表、师政委秦浩也是一个内涵丰富的形象。小说的可贵之处在于没有把他写成林彪死党。他的所作所为并非秉承上意，而是个人为谋求晋升而媚上邀功。他因“突出政治”而官运亨通，因而更进一步地抓典型，搞“讲用”，直至指令部队建设这一政治性的所谓国防工程。工程连续发生事故，他却坚持政治第一，从不考虑战士们的死活。为了实现他的意图，他重用殷旭升，打击迫害郭金泰，以林彪用过的“金杯”“宝椅”激励士气，直至把十九个战士送进了坟墓。他虚伪、狡诈、凶狠、丑恶，但他的丑恶主要还在于献媚邀功的奴性，在于没有独立的人格，而且满脑袋都是专制时代的寻找依附和卖身求荣的奴才思维。从这一角度看，他其实不过是更高一个层次的王世忠和殷旭升，是一定政治气候的必然产物。当然，地位高了，也就有了更大的野心，也就能够造成更大的罪恶。指出这一点，不是要为他开脱，而是如不把个人罪责与其政治气候联系起来，就难以避免同样的人物产生，也难免同样的悲剧上演。

三

在这个悲剧故事中，我们也可以看到某些亮色。比如，彭树奎是大比武中的尖子班长，德才兼备，却被认为不突出政治，因而九年不能提干，甚至影响到婚姻。为此，他曾经犹豫，而且对郭金泰有所“揭发”，但他无法摆脱内心的愧疚。最后，终于撕碎提干登记表，带着在工程塌方中失掉一条胳膊的妻子离去。殷旭升最后终于醒悟，认识到做人的价值，结束了害人害己的生涯，拒绝职位晋升，到食堂去卖饭票，多年毫无差错。这些描写一方面揭示了那种“突出政治”造成的恶果，一方面反映了人在血泊中的觉醒。它同样寄托了作者深情的呼唤。

文学的深度不只在于对一个历史事件的记述和挖掘，同时还在于对一个时代的认识和评判。作品所描绘的“文革”时期的这一悲剧，没有把它作为孤立的历史现象，而是揭示了它更长远的历史根源。作家的创作意图不仅是为某一历史留一画卷，而是在否定那段非人的历史的同时发出深情的呼唤：千百倍地爱护战士、爱护人吧！不顾人的尊严和价值的时代应该永远过去了！这种呼唤非常可贵。因为无论对人的本质属性如何解释，是一切社会关系的总和，是会制造工具的动物，还是上帝的杰作或万物之灵长，都不能否认这一点：人，不是可以任意宰割的奴隶和任意摆布的工具。一切试图把人的脑汁取出而代之以某种权力意志的行为，在当今世界上，都是最大的罪恶。像秦浩那样，驱赶无数灵魂和躯体去建立自己的丰功伟业，是极不道德的。人可以为自身的解放而死，但为神而死的时代已经过去了。《坟茔》对这一问题的关注，是一个可喜的进步，无疑增加了作品的生命力。

从《花环》到《坟茔》，我们欣喜地看到李存葆在现实主义创作道路上的开拓，看到作家严肃的探索和才华的闪光。作家的思考与前进的人民一道，立于时代潮头地位和矛盾尖端，可谓及时地发人民心中所欲发，这是非常可贵的。我们相信，李存葆沿着自己的创作道路继续走下去，进一步拓宽历史视野，进一步加深对生活的洞察，敛直露而增深蕴，必将获得更大的成功。

1985年7月　曲阜

评阿城小说的一种倾向

对于当代小说而言，阿城的作品是一个贡献。所以我敢大胆断定，尽管新时期小说佳作如林，阿城的作品却不会被淹没。但是，当我渐渐从作品所生成的磁力吸引中恢复平衡，后退一步对其进行冷静审视，却不能不对它产生某种怀疑，从而产生再思考。当我们将其纳入中华民族的过去、现在和未来的命运进行思考时，就无法做无保留的赞美了。之所以如此，原因当然不在艺术技巧，不在细节是否真实，而在于作品所表现出的思想和文化观念。

一

还是从《棋王》说起吧！这部小说很见功力，有很强的感染力。它只写了吃和下棋的故事，就成功地塑造了王一生这样一个蕴含了丰富历史内容和象征意义的形象。作品描写王一生的吃相，写对饥饿的特殊感受，真是令人叫绝；写王一生耽于下棋，写他的车轮大战，也真是令人惊叹。作者力图表现一种"寒门高士"，表现一种与众不同的人生态度，但他竭力张扬的，却不过是道家消极遁世、独善其身的人生哲学。

王一生特别看重吃，把吃作为生活的基点，却一直吃不好，吃不舒服。生活逼迫他承受对饥饿的特殊感受，他却以"半饱半饥日子长"聊以自慰。当然，他没有任何摆脱环境和改造环境的可能，可是，要命的是他连想也没有想过。他很知足，知足者常乐。他虽没有多少乐，却也决不为此苦恼。知青们抱怨大锅菜没有油，生活太差，而且没有文艺娱乐，他说："你们这些人哪！没法说，想的尽是锦上添花。我挺知足。还要什么呢？”“人要知足，顿顿饱就是福。”

阿城在他的《一些话》中说，知青上山下乡是一种特殊情况下的扭曲现象，它使有的人狂妄，有的人消沉，有的人投机，有的人安静。很明显，他笔下的王一生属于后者。我们不妨认真思考一下在那扭曲的时代生活中所谓安静的本质内涵。它显然是扭曲的生活中的一种更为扭曲的存在。狂妄、消沉都不难理解，投机正反映出所谓再教育的失败，而安静却是一种连当时的设计者也意想不到的成功。因为它本质上就是人对于塑造环境感到无望之后所产生的无为思想，是对环境的另一种形式的认同。所以，它不是什么“成熟”，而是麻木。我们的民族在这种“安静”中走过了漫长的昏睡岁月，再不能津津乐道这种“安静”了。当然，安静并不等于愚昧，有清醒的安静，但对于现实的清醒认识，如果不是指向改造现实，再清醒也是无用的，充其量不过是明哲保身罢了。

除了吃，王一生的乐趣在于下棋。吃的欲望他无力满足，下棋却可以自主支配。在物质生活存在缺憾的时候，以精神生活作为补充。下棋是他唯一能够追求到的，也成了他全部精神的唯一寄托。但是，说穿了，他的这种精神追求只是一种无可奈何的自慰、自娱。我们不能不注意王一生对下棋的看法：“我迷象棋。一下棋就什么都忘了，待在棋里舒服。”“就这玩意儿，是他妈文人的佐料。我们这种人，没有什么忧，顶多有些不痛快。何以解不痛快？唯有象棋。”不错，人必须有所追求，才能拉紧生命的弦，才能活下去，才能感觉到活着的意义。作为精神的寄托，对于个人来说，无所谓什么更有意义，只要能使精力有所宣泄，精神有所寄托，得到某种满足，就是有价值的。但是，对于社会和历史来说，个人所采取的方式的意义却有轻重小大之分。我们考察王一生下棋的主观动机，很难发现其积极意义。他的下棋并非自觉的、能动的。这从他劝“我”下棋的话可见：“学棋吧，咱们现在吃喝不愁了，顶多照你说的，不够好，又活不出个大意思来。书你哪儿找去？下棋吧，有忧下棋解。”它不仅如茨威格《象棋的故事》所写，是一种在某种环境中智能积蓄的一个突破口，而且是一种聊以解忧的方式。无论在什么环境中，无论是生活在哪一个层次上，人都需要一种形式来证实自己的存在，显示自己的价值，但是，王一生的下棋无论有何象征意义，也只能是独居一隅，独善其身。

对于王一生，我禁不住要这样发问：他为什么“不痛快”？在生活中，每一个人都会有各式各样的缘于多种原因的不痛快。王一生的不痛快显然在于不合理的社会生活环境。人类应该怎样对待自己所处的生存环境？当然有多种方式可供选择。王一生于生活的极度困苦中接触了棋，迷上了棋，“心远地自偏”地躲避着时代的风雨，消磨对于社会关注的热忱。我们当然应该承认，人在无力塑造现实的时候，只能实现对自身的塑造。在无力改造环境的时候，只能改变自己，独善其身也不容易。所以，谁也没有权力要求每一个人在每一个历史时期都是以天下为己任。但从更高的角度要求，却无法赞扬这种独善其身的选择。对于一部作品，我们无法只看它的象征意义而对其语言的宣示意置之不顾。作品通过形象的描绘显示出的人物并不值得称道。他的下棋并非如一些评论所称道的——是一种积极的人生追求，而是在扭曲的环境中心灵对于现实的超脱。心灵无依而寻找寄托，以自慰、自娱实现精神上的满足，实是一种清醒的消极遁世。身处乱世，以自慰自娱求得对现实的逃避，是无可多责的，却也无可多赞。像王一生那样，没有任何政治观念，没有对社会的热情，对周围的一切冷漠处之，身遭动乱与贫困，却能遁神于棋道，恬淡无为，洁身全性，其消极意义显而易见。他把自己超脱于社会现实之外，自我封闭，独善其身，所显示的是老庄道家生活哲学中消极的一面。

重要的不是阿城写了王一生，而是作者对王一生的主观评价和评论界对王一生的肯定和赞扬。一些评论津津乐道王一生的“自我完成”，把他作为民族精神、智慧和力量的化身而大加赞美。事实上，这是一种传统惰性的反映。

在近几年的小说创作中，发掘和清理民族文化心理的作品大量涌现。这标志着作家文化意识的觉醒，是小说创作的一大进步。因为即使以纯社会功利的角度来分析，人们也会看到，只是政治、伦理观念的觉醒是远远不够的，社会的诸多问题并不是随着政治路线问题的解决而能够全部解决的，许多问题决定于文化传统和心理素质。从这个意义上讲，新时期文学从“反思”到“寻根”是一种顺乎流向的发展与深化。但是，在向着文化传统与民族的心理素质挖掘、检视、清理的发展过程中，却有人面对那些破碎了的千年古陶流连忘返，并且想乞灵于斯，以救当今之“人心不古”。更有甚者，把黄锈斑斑的锁链视为国宝，欲以规范今日之道德，好像终于找到了金钥匙，找到了文学的立足之处，甚至把历史的重负作为能摆渡到美好彼岸的轻舟。我们的民族的确太庞大、历史太悠久、文化太丰富，一些让我们骄傲和自豪的东西实在是一个麻烦。我们的民族魂到底何在？这的确不好简单回答。我们民族文化精华到底哪里去了？这的确需要寻找。但是，我们大可不必为那些已被历史的发展反复证明了的消极东西招魂。

二

在《树王》中，有人看到了人天关系，有人看到了“天人合一”的传统哲学。这些发现也许不错，但值得指出的是，这一切，连同它的文化之根，是否值得肯定和赞美，是值得怀疑的。很明显，它显示的是顺应自然的消极倾向。

树王肖疙瘩爱树、护树，表现出的是保护自然、顺应自然的思想。“我”见树王而说不出话，并且深感人之渺小，反映出的是人类原始的敬畏情绪。小说所渲染的气氛进一步深化了这一主题。看知青们在大树下的感觉吧：“大家呆呆地慢慢移上前去，用手摸一摸树干。树皮一点不老，指甲便划得出嫩绿，手摸上去又温温的似乎一跳一跳，令人疑心这树有脉。”“我生平未见过这样的大树，一时竟脑子空空如也，慢慢就羞悔枉生一张嘴，说不得，唱不得，倘若发音，必如野兽一般。”读之令人怀疑，这是真实的感受呢，还是故弄玄虚？是现代人的感受还是原始人的感受？

我不愿过多地指责作家。对于阿城来说，描写自己的生活感受，表现自己的认识，应有充分的自由。而且，作品以活生生的形象反映那个特定的年代里人们与天斗与地斗“其乐无穷”的愚昧，正是我所赞赏的。但是，作为文学评论，特别是上升到哲学和文化选择来认识，对其表现的人天观却不应仅仅是赞扬。

人天观涉及自由观。自由观是对人怎样才能在生存环境中获得自由的解答。在中国，虽曾有过荀子的制天说，但几千年占有正统地位的，却是顺天说和天人合一说。“顺天则昌，逆天则亡”的信条几乎渗透于我们民族的每一个细胞深处。中国人的精神基调是入世的，把追求人与环境的和谐作为进入自由境界的途径，又以“顺天”作为取得这种和谐的条件。这种观念远不如西方人那种为获得人在生存环境中的自由而努力征服自然、驾驭自然的人天观更有积极意义。

“天人合一”在理论上的确是一种美好的设想，却没有多少实践意义。它实质上是中国文化传统中理想主义的产物。怎样才能达到“天人合一”的境界？没有认识和改造自然的实践活动，谈人与自然关系的和谐，就只是一句空话。盲目地征服自然固然是错误的，科学地把握自然却是必需的。对生存环境的顺应并不能满足人类生存和发展的要求。而且，一味顺应，也未必就有生态平衡。绝对的、离开了人类为主体的生态平衡不利于人类的存在和发展。人是自然界分化的产物，又是自然界的对立物。自从自然界分化出来，人就与自然界产生了矛盾。人是在与自然界的斗争中完成自己的。按照马克思的说法，“劳动创造了人本身”[①]。劳动就意味着人类对自界然的征服和改造。所以，人的本身就产生于人对自然的改造活动。人之所以为人，在于能够清醒地意识到自身与生存环境之间的关系。“凡是某种关系存在的地方，这种关系都是为我所存在的，动物不对什么发生‘关系’，而且根本没有关系，它对他物的关系不是作为关系存在的。”[②]那种混沌为一的人天观根本不属人类所有，而是属于一般动物。一般动物没有自为的历史，而人却不仅在与自然的斗争中创造了自己，而且在自然界打下自己的印记，使人类生活于其中的自然界成为“人化的自然”。从人与自然界发生矛盾，到人类自由地支配自然界，是一个漫长的历史过程。在这个过程中，人类全部的活动就是一步步地认识和掌握自然规律，并在日益扩大的规模上有效地运用它们，以便摆脱做自然界奴隶的困境。人类之所以在长期进化中没有被自然淘汰，主要并非顺应自然的结果，而是自觉地、能动地为自身的生存和发展而向自然斗争的结果。人类在与大自然的斗争中创造了科学，科学使人类大大地优胜于其他动物。如果没有人类改造自然的斗争，就不会有科学，也不需要科学。因此，那种以顺应自然为途径的所谓和谐，实质上是对人类进化的

---

①恩格斯：《自然辩证法》，人民出版社1984年，第149页。

②马克思：《资本论》第1卷，人民出版社1975年，第35页。

一种否定，也是对科学的否定，对人类一切认识活动和实践活动的否定。

当然，人类在改造自然的过程中应该认识直接利益与长远利益的关系，看到实践活动的近期目的和长期目的的不统一性。人类自身是自然界的一部分，与自然息息相关。自然界之于人类，犹如母胎之于婴儿，稍有差错，就涉及婴儿的生长。人类改造自然的结果总是要反作用于人类，由于人类对自然界的认识和改造是一个由低级到高级的发展过程，由于各种历史条件的局限，人类在改造自然的时候，不可能一下子认识它的全部后果，特别是远期后果。所以，人类征服自然的斗争，常常在凯旋之后又受到报复，第一步取得了预期的结果，第二步和第三步却常常又把这结果取消。但即使如此，我们能放弃改造自然的斗争吗？能因担心今天的认识未必合乎客观规律而停止人类的实践活动吗？大自然之所以能够报复，原因主要在于人类还没有真正认识其规律，要认识规律，就要实践，只有在改造自然的实践过程中才能进一步认识自然。

人类盲目地改造自然，破坏生态平衡，的确会危及人类生存。但是，如果人类对自然没有改造，任其处于原始状态，却同样不利于人类生存。试想，如果没有农田开发，大地一片原始森林，江河横溢，虎狼成群，人将安在？应该相信，人类在自己的发展历史上做出了时至今天的选择，也并非偶然、荒谬与错误的。我们的任务只是进一步掌握自然规律，减少盲目性，而非取消极态度，使人还原为动物，退居原始森林，因此，我们无法同意某些评论家对《树王》中表现的人天关系的赞美，也不能同意把我们传统的人天观做消极的片面张扬。

近年来，发达国家的一些学者提出一些新的见解，从爱护资源的角度强调对自然的爱护，从生态平衡的角度反对征服自然。有的经济学家甚至鼓励低创造与低消费，反对经济增长。这在发达国家的具体环境中是不乏积极意义的，但对于我们这个本来就累于惰性、缺少创造热情、容易安于现状而且急需创造物质财富的民族来说，却未免有点不合国情。我们所面临的现代化建设更需要积极的态度，而不是对一切的消极顺应。

近几年，描写人与大自然关系的作品日益增多。有些作品流露出对人类征服自然的实践活动的怀疑和忧虑。这对于促使人们思考科学地改造自然很有价值，但对于人类改造自然的活动，是不应简单否定的。

三

阿城的小说的确有其整体创作意识。这种意识来自对民族的传统文化的思考，以及对民族文化的现实地位和危机的感受。从他的整体创作意识，可以看到他对传统文化所表现出的满腔热情和重建民族文化的愿望。但是，在为此而挖掘民族精神、寻找民族文化、并赋予它现实意义时，阿城却表现出极大的片面性。他太偏爱我们的传统文化，因而没有看到它的局限。他太热衷于老庄哲学，因而忽略了它的消极性。这使他的作品带有某种复古主义色彩。而复古主义的民族文化复兴，只能是一场无法实现的梦。

有史可考的三千年中国文化，在漫长的历史过程中，由于曾经有过的强盛和发达，由于所处半边海洋半边高山和沙漠的自然环境，形成了自己独特的传统。它同外来文化虽然也曾有过接触和撞击，却从未发生过毁灭性的中断。它之所以有如此顽强的生命力，原因当然是多方面的，除中国社会本身的“亚稳态结构”外，亚细亚生产方式、古代文化的高度繁荣，都是其重要原因。它之所以历久而不衰，还在于李泽厚、金观涛等所指出过的，中国文化具有“同化力”和“受容性”。闻一多先生也曾说过，我们的民族文化所以能存在到今天，原因不在能保存古的，而在能吸收新的。他是把这种吸收能力作为长处赞美的，但我认为这吸收能力却又是一个巨大局限的原因。它以自己的庞大与强盛，吸收、同化一切形形色色外来之物，改造外来之物而使自己的性质千古不变。传统观念虽经政治斗争的几番风雨而依然根深蒂固。进入当代之后，由于需要面对封建主义和资本主义两条战线作战，而又在某种程度上忽视了对封建主义的清除，在以无产阶级的思想文化对资产阶级文化彻底否定的时候，却让封建文化披上种种伪装以同盟者的身份参与了对资产阶级文化的围剿，并且在斗争中壮大了它的力量。正因为在这个三角战场上的失误，才导致了以专制主义为主要特征的十年动乱的发生。今天，我们仍处在这块三角战地上，为国家与民族的进步计，我们决不能再做那样的傻事。在向现代化进军的时候，对于传统文化，应充分注意它的惰性。

阿城在他的《文化制约着人类》中认为，戊戌以来历次社会变革“无一不是借助西方文化”，而五四运动“较全面地对民族文化的虚无态度，加上中国社会一直动荡不安，使民族文化的断裂，延续至今，‘文化大革命’，更其彻底，把民族文化判给阶级文化，横扫一遍”[①]。他看到了事物的一个方面，却没有看到另一方面。五四新文化运动的缺陷绝不是虚无主义、全盘西化，而是对专制传统的扫荡很不彻底，只伤其皮毛而未动其筋骨。受西方文化影响较大的只是一小部分知识分子，而广大民众仍然生活于传统之中，一切如故。对于“文革”，阿城似乎没有看到它与传统的关系。事实上，它正是传统文化中有害部分恶性发展的结果。它在传统文化的基础上生成，又毁灭性地冲击了传统文化的精华，但传统文化的恶性成分却没有受到冲击。它似乎横扫一切，但它使用的武器，大都来自传统武库。而且，在它自身，也到处可见几千年专制传统的胎记。

据说，在十年动乱中，阿城得天独厚地在最偏远的西南山区“结结实实地生活了十年”。在那闭塞的自然村落里，汲取了顽强存活在民间的艺术，看到了民间文化所受的摧残。这或许是阿城之所以在作品中一再呼唤民族传统并以重建民族文化为己任的原因。但值得注意的是，不要以为民间的东西都是充满生机的。事实恰恰相反，在一般情况下，民间文化无不带有统治阶级文化的印记。在历史的正向发展中，越是民间的，就常常越是落后的。现代中国尤其如此。因为我们知道，传统中国的闭关锁国状态不是由民族资本主义的发展撑破的，而是溃败于外国资本主义生产的冲击。当时的中国，资产阶级的民主思想由于缺少必要的环境而没有构成完整的理论学说，所以不会对民间有更大影响。大门打开之后，西方文化涌进中国，但由于伴随外来文化进入中国的是帝国主义的大炮，它所给予这个民族的屈辱感导致了一般人对文化也像对枪炮一样抱有强烈的抵触和反抗情绪。越是民间，这种抵触心理往往越是强烈。因为爱自己的固有文化（它常常是统治者强加的），也像爱国一样，正如列宁所说，“是一种恰好与小私有者生活的经济条件连接在一起的情感”[②]。维护旧枷锁而反对新事物，也往往是专制传统驯服下的民众的特征。所以，历史流传下来的民间文化虽带有与经典所载的传统文化

---

①阿城：《文化制约着人类》，《文艺报》1985年7月6日。

②《列宁全集》第29卷，人民出版社1956年，第124页。

不同的特点，但并非是与其异质的东西。那种一个民族两种文化的见解，是很值得怀疑的。

面对混沌未开的原始意识和光怪陆离的村风民俗，如果没有立足于当代的审视，而是像搜寻古玩一样展览出来，视为珍宝，不仅无益，而且对于更新民族的文化心理，对于重建民族文化，对于推动中华民族的前进，都是极为有害的。

1986年2月　曲阜

悲剧的英雄与英雄的悲剧

——读王兆军的《拂晓前的葬礼》

王兆军的《拂晓前的葬礼》刻画了一个农民形象——田家祥。他不同于高晓声笔下的李顺大和陈奂生，也不同于何士光笔下的冯幺爸。他的具体身份虽然是一个农民，最辉煌的事业顶点也不过是一个大队支部书记，但他是一个英雄，显示着我们这个民族的历史文化土壤所孕育的英雄性格。因此，这个形象在一定程度上概括了一个民族，也写出了一个时代，具有重要的认识价值。

一、田家祥性格的基本特点

先让我们看看小说所描写的这个田家祥吧！他“站在风中犹如一尊铁像”，“眉毛紧拧如铁锁，眼睛不怎么灵活，唯其不灵活，反显出稳重、神秘和深不可测”。他有时像天神一样严峻，沉默寡言，一字千钧；有时却滔滔不绝，声情并茂。他决非伶牙俐齿之徒，却的确能言善道，说话极有煽动性。他目标明确，坚定执着，做事深谋远虑，进退得体，因而彻底征服了大苇塘人，战胜了他上升之路上的对手，终于成为大苇塘村的最高统治者。

在这个人物身上，我们首先看到的是为个人理想而顽强拼搏的精神，以及高超的政治谋略和权术。这是中国传统的权力斗争场上所必备的。田家祥的目标非常明确，就是要爬上大苇塘村的最高权力宝座。他的表现的确高明，为了上升，必须讨好上级领导，但又决不露半点阿谀奉承。手握重权的工作组进村，大小干部趋之若鹜，唯恐巴结不上，而他却避而远之，一心扑在水稻生产上。这就使他成了埋头苦干而不计个人名利的典型。而在实际上，却是他看准了大苇塘这个典型成败的关键，牢牢占据了关系到几级干部升降的要害位置。同时，他对工作组敬而远之，还可以掩盖自己的缺点，以免留下不良印象。卧薪尝胆，苦心经营，目的是爬上大苇塘村的最高统治地位。因此，一旦条件成熟，他立即安排铁哥们儿吕锋在党员中积极活动，做好夺取这一职位的准备。但在选举那天，他却借故离开，因为“我不在，我不会少一票；我在，福申反倒会多一票”。真是老谋深算而又显得坦坦荡荡。在实际的斗争中，他善于“宜将剩勇追穷寇”，而且“决不沽名学霸王”，直到把田福申彻底打败。但在田福申宣告失败之后，他却硬把他拉入支部，这又在精神上进一步摧毁了田福申，而且建立起自己的仁义形象，并为自己的臂膀吕锋出任革委会主任铺平了道路。田福申盖房子的情节也显示了他的斗争艺术：一场讲话既吓住群众，又照顾了田福申，入情入理，结果却使田福申的房子无法动工。他总是不显山不露水地以铁腕置对手于死地。他为权力而咬牙拼命，表面上却表现得通情达理、宽厚仁慈、令人崇敬。田福申之流决非无能之辈，知道以男女关系为突破口，以传统的善恶观念动员群众，向他发起进攻。田家祥却出其不意，接过敌人的武器向敌人刺去，结果是转败为胜。他知道必须依靠群众力量，动员群众投入统治集团内部的争斗，他才能真正获胜。他也懂得什么事情最能打动群众的心。因此，他在大会上先是痛哭流涕地诉说（他是从来不在人前流泪的）；继之抛出第二张王牌：“我在县上就听说‘大苇塘村的姑娘媳妇没有一个好的’，老天爷啊，我们大苇塘村都是一个‘田’家，一个族啊。”中国农民可以忍受一切苦难和欺凌，默默地吞下一切不幸，却不能容忍这类言语中伤。田家祥的话足以掀起全村人被侮辱的义愤，把与他存二心的另一个司令部彻底摧毁。当民愤如潮水一样淹没田福申时，他却又来解围，结果在群众中获得的效果是：如此功高盖村、宽厚仁慈、英明伟大的当家人，竟受到如此攻击和诽谤，是可忍孰不可忍！为彻底击败对手，田家祥又抛出第三张王牌，——这是干部身上最容易找到，也最容易使群众愤恨的事：“全村人没柴烧，一斤黑市煤贵到七分五厘，你把五吨好煤指标一口转让给小苇塘砖窑，他们送你一万块砖……七四年大水淹了宋家庄，你一下送他们七十棵杨树，好处谁得了？他们为什么给你女儿做了一套六件家具却一个子儿没收？”事关群众的切身利益，众怒难犯的时刻也是众望所归的时刻。田家祥以这三张牌打败了对手，征服了群众，成为大苇塘村人的敬爱的领袖。人们不再相信对田家祥不利的那些事实，因为那都是对他们领袖的“污蔑”和“恶毒攻击”。

在他的身上，的确表现出许多过人之处：执着、坚定、顽强，为了实现目的，不惜付出生命。他是艰苦奋斗的领路人。在他的领导下，劳动简直是拼命。逼得妇女夜里光着背拉石头，他毫无愧色；“不顾别人死活”的怨声载道，他充耳不闻；大年初一就绑起出工迟到的社员，“好像绑着的不是一个人，而是一只兔子或一头猪”，几个老太太苦苦哀求，他却无动于衷。在爱情和婚姻生活中，他对不幸的老婆毫无温情，因为他的婚姻本身就是悲剧。但是，得知下乡知青王晓云爱他时，却立即连夜凿成“泰山石”摆在门口。只有他自己知道他要镇压的是什么，那是他自己心中的爱情之“邪”。面对女知青爱的表白，他故作无情，死死扼住爱的萌芽，不给它任何生长的机会。但是，他也有另一方面：为知青父母祝酒，向着省城跪拜；绑人的同时却拿两个鸡蛋让人送给被绑者的孩子。这一切，并非只是为了收买人心。面对王晓云的爱，他感到幸福和甜蜜，并有不自觉的流露，单独与她在一起时，他会情不自禁地讲真话。由此可见，他的天性并未泯灭，在那层层盔甲底下，仍然有一般人的真情。只是为了自己的事业，为了达到自己的奋斗目标，他时时与自己格斗，掩藏感情，牺牲爱情，昧住良心。

在他身上，我们可以看到一种极度的自尊。他的话如同军令一样不容争辩。“什么法不法，我就是法。”谁触犯了他，谁就不容饶恕，甚至包括自己热爱的人。他能够很诚恳地做自我批评。因为错批过一个人，他自我批评达八九次之多。但是，他决不容许别人批评他，不能容忍任何人冒犯他的尊严。他要去借脱谷机，别人提出保存稻草做草袋的建议，使他认识到自己的粗疏，但是，自己既然已经说过，错也无法公开改正，因而正确的建议也不能接受。凡事只要说出来，就一定要干成，但环境并不以他的意志为转移，为王晓云招工的努力失败之后，他两天没有吃饭，不仅把屋里的东西砸了个粉碎，揍了好友也揍了自己，而且强奸了那个抢走王晓云招工名额的县委书记的女儿。他有近乎病态的自尊，到省城开会，因为不会拨号码，他干脆不打电话，用一天的时间找到了王晓云的家，但到了家门口却不敢进去。这一切，都透露出他自卑与自尊的复杂结合。它是自视甚高的英雄们面对环境压抑而产生的一种变态，体现着好胜要强的心理与实际卑下的地位之间的矛盾。在中国历史上，英雄多自逆境中生成，因而大多具有这样的性格。这种性格常常是一个人成就一番事业的动力，同时也有极大的破坏性，而且是专制统治的心理基础之一。

总之，田家祥是一个强者，具有英雄性格。他有能力，有魄力，善于审时度势，隐阴狠于宽厚仁慈，所以能够获得成功。他具有顽强拼搏的精神，有高度的自尊，有极强的自我克制能力，同时，又狭隘保守，心理上带有某种病态。以自卑为动力的自尊、咬牙忍受一切而不忘最终目的的坚强意志、超群的才干和手腕，这三者结合在一起，形成了田家祥性格的基本结构，成就了他的事业。三个因素相辅相成，互相促进，它本身或许无谓美丑善恶，但是，如果自尊心失去主客观的制约，就会表现为专横；个人意志膨胀而周围缺少制约的力量，就可能成为一种暴虐。他是英雄，在某些情况下，英雄很容易成为暴君。田家祥性格有极大概括性，他是农民，却不仅代表农民，而是集中概括了我们这个民族的英雄性格；他生活在我们这个时代，却又不仅属于这个时代，而是概括了几千年中国历史上的英雄性格和心理，那些起义首领、造反豪杰，一代又一代，一个又一个，其性格都在他身上得到了某种显示。这正是田家祥这一形象的成功之处。

二、田家祥性格的生成环境

田家祥为什么会产生那种自尊，那种咬牙向上的奋斗精神，那种不达目的誓不罢休的坚强意志？又为什么会很快走完他的路、得意忘形，沾沾自喜，狭隘保守，由前进的动力变为前进的阻力？这一切，从他所生活的环境可以找到比较清楚的答案。

现代人才学的研究证明，杰出人物常出现于两种情况：一是社会上层的跌落者，容易成为清醒的思想家；一是从社会底层站起来的人，容易成为奋斗的英雄和铁腕政治家。田家祥属于后者。作为贫穷的农家孩子，他从小便生活在种种差别和不平之中。这诱发了他最初也许是最微不足道的追求。

小说的一些细节是生动而富于表现力的。少年田家祥看到工作队干部除长裤之外还穿了短裤子，而且“大口大口地吃馒头一点也不心疼”，因此而决心长大也要有短裤子，“而且要穿两条!”“一定要买很多馒头，给父母吃，自己也吃，好好品品他妈的馒头的滋味。”当一个人认识到差别，看到与自己不同的生活天地并产生追求时，当这种追求又受到重重阻扼和压抑时，就会产生令一切压迫者为之战栗的意志力量。田家祥家的猪因跑出猪圈而被民兵逮去。一家人连过年的饺子都吃不上，却必须拿出二十斤小麦和十块钱才能把猪赎回，结果只能是让大队干部把猪吃掉了。愚昧者最大的特点就是逆来顺受而没有受欺凌的痛苦，田家祥不同，他不是奴才，不会逆来顺受而心平气和，更不会怒目而视之后便得到心理平衡。聪明给了他认识能力，而认识产生了仇恨，他喊出了“杀人”的誓言，被父亲把嘴捂住，然后暴发的“死命的哭喊”正透示出一颗压抑的心的激烈撞击。这种哭喊常常是压迫者的丧钟。如果一个社会这样的哭喊过多，就会不断流血，永无宁日。压迫给灵魂打下深深的烙印，成为田家祥奋斗的动力，推动他拼掉最后一口气也要从屈辱中挣出，掀翻压在他头上的一切。阶级社会的一切动荡都包含着这种内容，压迫者总是不自觉地为自己培养着这样的掘墓人。

考察他最初的立志，其实很简单，就是“非他妈混成大苇塘顶厉害的人不可”。但是，任何时空都不会自然地把一个弱小者推上“顶厉害”的位置。贫穷一方面磨砺他的意志，一方面阻碍他占有更多的知识。地位卑下一方面使他进身无阶；一方面使他的追求欲更加强烈。到部队去，是当时的农村青年唯一可以走通的路。田家祥走上了这条路，却因为与连长摔跤时不能忍受屈辱，最终葬送了辛苦经营了几年的提干成为军官的前程。婚姻悲剧再次向他证实了他的真实处境，对这婚姻的认可又使他除事业的追求之外再无他念。爱情上的一无所有，更使他全力为事业奋斗。置身于温柔富贵乡的人们很难成为英雄，也很难成就大事业，这也是被历史证明了的规律。

作为一个英雄的内部条件就在这种压抑中形成。这种英雄性格的培养，在我国几千年的历史上都有典型性。

值得注意的还有田家祥的成功与他周围环境的关系。在部队，他没有获得成功，复员回村之后却迅速走上了成功之路。农民的贫穷、愚昧和轻信，都为他的成功提供了条件。从社会心理学角度考察，面对贫穷苦难并试图反抗的人民有较强的凝聚力，外界的压力和威胁是引起群体凝聚的重要因素。

贫苦的大苇塘人菲薄的生活欲求成就了田家祥，使他能够成功地爬上去，也使他的专横成为可能。在其开始，为了赢得群众，田家祥付出了极大的努力：婚丧嫁娶，卖命帮忙；复员费一半给困难户买救济粮，一半给青年买书。他提出的口号是："我是全村人的儿子。"他的确曾经为大苇塘人民做过好事，因为无此不足以征服民众。他领导大苇塘村"农业学大寨"，口头上革命大批判开路，实际上搞计额工分；运动搞得轰轰烈烈，却是实实在在打翻身仗。但他决不是什么"与'四人帮'对着干"，或者"抵制'左'倾路线"。他的所谓大批判开路，只是以政治运动取得打翻身仗的合法性，而大打翻身仗虽客观上有益群众，在主观上却主要是为了实现个人目的：征服群众，使自己由人下人变为人上人。

事实上，田家祥并不特别高明，但他成功了。如果说成功是因为他能力的卓越，不如说是因为他处于一个无能的人群。正是大苇塘群众的愚昧和低能，使他得以跃马扬鞭如入无人之境；正是无力摆脱的贫困，使他成了民众寄托希望的英雄；也正是传统的英雄崇拜，使他最终成为暴君。在对田福申的斗争中，田家祥胜利了，这固然因为他的斗争策略，但田福申的目光也的确太短浅：巴结工作组不知将赌注押在要害位置；打击对手找不到有力的武器；而更重要的一点，是他自身有懈可击，侵吞公物导致民愤，在他的领导下大苇塘贫穷依旧，人们对他已经失望。在赢得群众的努力中，田家祥成功了：稻改的胜利使农民吃上大米饭，田家祥的一切过错都得到了原谅；田家祥一场狡辩，便把众怒引向田福申，一旦看到田福申是个坏人，便不再相信坏人所说的真话。在成功的英雄面前，人们习惯于跪下去逆来顺受，而且奉承取悦。大苇塘的人民还没有能力认识、鉴别一切，历史的重压下扭曲了的脊梁还没有伸直，社会主人的意识没有树立。他们盼望救世主，依赖救世主，顺从救世主，以英雄的意志为意志，而对其毫无制约能力。这样的人民，怎能保证一个英雄不变为专制暴君？

总之，田家祥性格是环境的产物。不该存在的压迫和欺凌激发和磨砺了他的英雄气质，培养了他的英雄魄力；农民的贫穷和落后为他提供了发挥能量的用武之地。但在贫穷落后的文化土壤中，他尽管可以成功，却只能成长为旧式的英雄。

要避免田家祥的悲剧重演，必须改变他赖以产生和成长变化的环境。

三、田家祥性格的悲剧性曲线

纵向考察，田家祥性格有一个明显的发展演变过程。这个全过程画出了一条完整的抛物线。

在创业时期，他的确不愧为一个英雄。没有田家祥就没有吃上大米的大苇塘村，所以大苇塘村人民追随他，拥护过他。他的成功固然得力于他的能力和他所处的环境，却更集中地表现为他对环境——农民群众及其历史的了解。他的自我意识曾是那样清醒，能够认识自己所处的环境，也能认识自己与周围环境的关系，所以能做出正确的选择。无论他的动机是多么不单纯、不高尚，他的作为都在客观上顺应了人民的意愿，为人民谋得了部分利益。凡成功一项伟大事业，没有人民力量的支持，就只是一句空话。历史上权力的频繁交替并不一定每一次都与人民利益有关，但只要剥开历史表象，就会看到人民总在发挥着作用。新的统治所以能取代旧的统治，无不与人民有关。虽然新的统治并不一定代表人民的意志，但旧的统治之所以垮台，却往往在于失掉民心。正因为新的统治往往很快就令人失望，统治宝座才总是处于血雨腥风的交替之中。

田家祥登上大苇塘统治宝座，应该说是顺应了大苇塘人民意愿的。但在掌握了权力之后，他却发生了根本性的变化。这前后之间形成鲜明对照：先前是自称“全村人民的儿子”，要全心全意为人民谋福利；后来成了全村人的“老子”，全心全意为自己谋威权，要群众看他的脸色行事，而且以救世主自居。为维护自己的尊严，他不惜让群众全家老小跪在他面前。先前是对一起打天下的战友无限信任，誓言是：“永远团结在一起，战斗在一起，胜利在一起。”后来是怀疑他要篡权夺位，迫使他意识到处境危险，挥泪离去。先前是艰苦朴素，吃饭总把头放在碗的上方，连一滴汤也不许洒在地上；后来是生活奢侈，饭菜讲究，把米饭随地乱扔。先前是禁欲主义者，面对心爱的姑娘不敢越雷池半步，王晓云那样爱他，他也能坐怀不乱，以坚强的意志压抑情感和欲望；后来是腐化堕落，奸污妇女，甚至连自己的侄媳妇也不放过。先前是被压迫者，因而也是反抗者，与群众一起控诉田福申侵吞公物；后来则是自身有过之而无不及，由被压迫者变成压迫者，由被掠夺者变成掠夺者。先前是大苇塘村历史前进的动力，后来成了大苇塘村历史前进的阻力……总之，他变了，他的奋斗、成功、没落做了一次历史悲剧的简单重复。

这与我们民族历史上一代代夺取天下的帝王的人生曲线高度一致。为什么会发生这样的变化？说到底，问题在于他奋斗的目标过于狭隘，只是为了在大苇塘村实现翻身的愿望，由人下人变为人上人。所以，当他成了省劳模，被提拔为公社不脱产的常委，便大功告成。他终于证明了“我田家祥不是永远可以踩在脚下的草木”，“在大苇塘村站着比人高，躺下比人长，够了，够了！”奋斗者到达理想的顶峰，就很容易产生疲倦感。他不仅歇下之后就再也爬不起来，而且回顾创业艰难，还要向生活追索他过去付出的一切牺牲。他的任何追索，都需要大苇塘人为之支付，因为在他的心里，大苇塘是他打下的天下。

我国历史悠久，有几千年的文化传统，这值得自豪，也值得痛苦。在几千年的专制统治之下，一方面是专横和暴虐，一方面是逆来顺受，可谓根深蒂固。尽管一次次浪潮也曾试图掀动这沉重的积淀，但即使像“五四”那样的狂飙，在这个国家面前也显得力不胜任。由于这种传统的作用，关于自由、民主、平等的现代理想很难在这片大地上生根，各种迷信顽固地占据着人们的头脑，人们的反抗性中也自然包含了落后性。正因为这样，它造成我们民族的历史总在同一弧线上简单重复的悲剧。历史上一代代起义领袖、造反英雄，无论是朱元璋、李自成还是洪秀全，在揭竿而起的创业时期无不朝气蓬勃，而且在某种程度上代表了劳苦大众的意愿；成功之后，却无不很快没落，成为与原先的统治者一模一样的统治者。我们民族的历史上几千年上演着同一个悲剧：一个旧的残暴统治被推翻了，一个新的残暴统治继之而起，统治不断更替，性质千年永恒，人民一次次由希望到失望，又一次次弃旧迎新。人民的希望与追求是不会止步的，因而不断重新选择，结果却是历史不断地循环往复。

我们的民族已经到了告别历史悲剧的时候了。改变我们的生活环境，扬弃沉重的历史积淀，更新民族的心理素质，正是田家祥悲剧给我们的启示。

1985年8月　曲阜

孔孚山水诗的艺术贡献

孔孚的山水诗在诗界引起了广泛关注。《山水清音》出版，评家四起，给予种种赞美。作为我国新诗创作中迟到的第一本山水诗集，古老的山水诗大树上的一枝新绿，它的确为我国山水诗做出了贡献。但是，有一些问题尚须深入讨论，以认识它的真价值。

一、“接线”：山水诗传统的恢复

在《山水清音》的《代序》中，作者写道：“山水诗具有独立品格，似乎是从晋宋的陶渊明、谢灵运开始的，此后山水诗大量涌现……然而，使我惊讶的是：我们的山水诗却似乎从五四新文学运动起就断了线！”我们的山水诗的确似乎是断了线，但必须说明：作为题材意义上的山水诗没有断线，而只是作为传统风格意义上的山水诗断了线。在新诗中，从胡适、康白情、郭沫若，一直到50年代、60年代的诗人，山水始终是取材对象之一。在诗歌沦为政治附庸的年代，山水因为不是“重大题材”而被排挤，使山水诗的发展受到严重影响，并发生了重大变异。正是由于这种变异，使真正的山水诗断了线。五四新诗革命从反载道开始，不久就回到了“载道”。这是事实，也是必然的。因为五四新文化运动的倡导者们几乎没有一个是真正反“载道”的，五四新文学运动也不是“为艺术而艺术”的文学运动，而是社会革命与思想革命在文学界引起的反响。因此，它必然是以一种“载道”的文学反对另一种“载道”的文学。其根本冲突是不同的“道”的冲突，因为这“道”的内涵不同，划开了不同的阵营。

尽管如此，从“五四”时期到30年代，新诗载道的倾向并不十分明显，更不是普遍现象。这时期以山水诗著称的诗人不多，但像康白情的《庐山纪游》那样的作品，虽然有点粗糙，过于散文化，而且诗味不足，却还没有为载道所累。50年代的诗坛是百花齐放的。到了抗日战争时期，诗人们失去了歌咏山水的闲情逸致，国难当头，有热血和良心的诗人也不可能只去追求艺术。遗憾的是50年代之后，由于赋予诗歌过多的社会职责和历史重任，使诗超负荷载重而无法展开飞翔的翅膀。山水诗在政治工具的要求之下失去了它的本来面目。但是，我们不能说山水诗断了线。因为山水诗仍是有的，不过是像其他题材的诗歌一样必须为政治服务而已。张万舒的《黄山松》是60年代最为优秀的诗篇之一。从题材上讲，它仍是山水诗，但从主题上讲，它是政治抒情诗。诗人所歌唱的对象已不是松树本身，也不是“松树”这一符号所宣示的一般意义，而是它所象征的一种精神。对于如此情况，我们无法指责，因为专以表现或再现山水之美的诗可以是好诗，以山水景物表现某种理念或托物言志的诗同样可以是好诗。这样的例子是古已有之的。在这个问题上，我们无法一般地反对载道。应该反对的只是那种必须载道的要求。诗可以载道，也可以不载道。只要这“道”不与人道相悖，只要这“道”能为形象所负而不成为诗歌之累，载道的诗就仍然可以是好诗。从某种意义上说，真正的好诗大概都是有“道”可载的，那些不载任何“道”的作品大概很难成为好诗。可惜的是，在过去很长一段时间里，当代诗人常常处于必须载道的要求之下，承载诗歌难以胜任的政治使命，而且这“道”的内涵又是被规定的。这样，传统意义上的山水诗就难以出现了。

从这个意义上说，应该赞美诗人孔孚为“接线”进行的努力，应该肯定他为此做出的贡献。他的辛勤探索使山水诗在他的笔下在某种程度上恢复了山水诗的面貌。诗人致力于这种“非重大题材”，寻找山水诗之路，写出一些并不直接表现所谓“时代精神”的诗，为传统意义上的山水诗接了线。但是，这绝不意味着他的诗没有载道。在孔孚的笔下，的确出现了一些很纯的山水诗，却也有大量载道的诗。正是这种基本面貌向人们显示了山水诗应有的本来面目。山水诗可载道、可言情、可寄托，也可以为山水而山水，为情趣而情趣。它告诉我们，山水诗已经从过去那种只有一条通道的峡谷里解放了出来，回到了自由流淌的状态。虽然我们的文学发展之路还不十分畅通，完全自由流淌的状态也许还有待时日，但我相信，自由歌咏山水的时代大概已经到来。孔孚的诗就是一个标志。

二、现代精神：孔孚对山水诗的贡献

说孔孚的山水诗为传统山水诗接了线，这首先意味着他继承和发扬了山水诗的一些传统。但是，这只是一个方面，切不可以为他的意义就在于恢复山水诗的传统。必须看到的是，山水诗在他的手里显示了变化，增添了新的素质。特别是在今天，我们大可不必借了孔孚的山水诗而强调传统的恢复。事实上，孔孚的诗也是难以承载那种强调的。一个总是盯着过去、充满恋旧情绪、唯恐丢掉传统的民族是没有希望的。技术是如此，思想是如此，艺术也是如此。对于传统，你即使努力摆脱它，也往往摆脱不掉。文明要前进，艺术要发展，一个重要任务就是必须经常地与作为惰性力量存在的传统做斗争。因为只有这样，才能不断摆脱羁绊而迈出新的步子。艺术的生命主要在于创新。很难设想一个没有创新能力的艺术家能为历史留下什么。

在这一点上，孔孚也许并非完全自觉（因为他总是喜欢强调对传统的继承，所以我这样猜测），但他的贡献是值得重视的。我们赞扬孔孚的山水诗，首先应该赞扬的是他与中国传统的不同，而不是那些相同的地方。那种“这首诗好啊，像谢灵运、像王国维”式的评论可以休矣！因为它不能为我们的时代提供什么，也不能为我们的诗歌提供什么。如果写得像王维，我们已经有王维，还要孔孚做什么？

为了清楚地认识孔孚诗歌的新素质，我们不妨回顾一下中国山水诗的历史，考察一下它的基本面貌。严格说来，中国山水诗兴起于魏晋。当时，由于社会现实以及与之相联系的老庄学说的盛行，在士大夫间形成了清谈和隐逸之风。士族文人居于山林，偶有所得发而为诗，逐渐形成了山水诗派。其后，殷仲文、谢混将山水诗推进了一步，谢灵运的出现使它作为一个现象正式形成。到了唐代，诗歌大发展，山水诗的创作也有所增多。孟浩然、王维等人的成就比较突出。宋、元、明、清几百年，以山水诗著称的名家不多，山水诗却不少。面对中国山水诗的历史，我们可以简单地把它的特质略述一二。首先，由于中国文人与道家思想不可分割的联系，由于山水诗的产床就是老庄哲学风行的时期，由于山水诗人往往是在仕途失意的情况下才致力于山水诗的创作，所以，在山水诗人们笔下，山水诗呈现的一种主要倾向是清静无为。陶渊明的“采菊东篱下，悠然见南山”可谓山水诗最先之楷模。王维写了大量的山水田园诗，着重表现的也是自然的幽静恬适，而且诗中常常渗透着冷寂的情调。道家的思想与佛教思想相融合，成了他的山水诗的哲学基础和精神支柱。孟浩然的山水诗基本情调也是恬淡孤清的。总之，无论“明月松间照，清泉石上流”，还是“寂寞柴门人不到，空林独与白云期”，尽管其内容绝非只是表象所呈现的冷漠，但它所给予读者的却不是动的欲望，这是可以肯定的。因为那些诗本身就是作者摆脱腐朽政治、排遣内心抑郁的产物，是逃避现实而流连山水之间的产物。这些诗人都热爱自然，表现了自然的美。作为对自然进行审美观照的主体，作为诗的主观要素的抒情自我，表现出的常常是一种和平恬淡的心境，而佛老思想常常是其精神支柱和内核。李白的山水诗不乏飞跃感和流动感，不重静态的描绘而多有动势写照，“飞流直下三千尺，疑是银河落九天”，画面雄伟壮丽，显示了魄力，却只是一种客体的动势。在艺术欣赏过程中，它给予欣赏主体的却只是一种心旷神怡，使人沉浸于大自然之美而流连忘返，忘掉人世的种种不平与人生的种种烦恼。究其原因，就在于这首诗中的“我”并没有与瀑布一样动起来，一个“遥看”，一个“疑”，把主体与客体、物与我分开了。人们看到的是飘逸的诗人站在远处静静地欣赏这飞流直下三千尺的瀑布。诗的感染力主要来源于“我”，而不是来源于“物”。所以这样的画面给人的仍然是一种静美，而不会给人以热血的沸腾和行动的冲动。

孔孚的诗则不然。无论诗人是自觉的还是不自觉的，他的诗在精神上都属于现代而不属于传统，具有现代西方文化动态美的特色而不仅仅是东方文化的静态美。他的诗有一种激情在冲动，给人以动的精神，煽动起动的欲望。读他的诗，可以感觉到的是他那颗极不平静的心。请不要为诗人所谓的“隐逸”“平淡”所蒙蔽，他的诗里有火，能烧得你心沸。尽管在他的笔下白云是那么美，让你也几乎要一起追进那家商店，尽管蘑菇松鸡的美味使你也很想品尝，然而，诗人却不会使你沉醉于美景之中，而是不时激发起你跃跃欲试的激情。看那首《云瀑》吧：

几次都失败了！
云倒翻下来，
漫溢山谷。
狂怒的云，
抓住风的鬃鬣，
作最后一次仰冲！
快闪开！鹰！

在这里，物与我完全融合了、溶合了，浑然一体，天衣无缝。一种强烈的动势，来于大自然，来于社会生活，也来于诗人的心灵，足以掀起读者的心潮澎湃。再如《致狮子岩》和《眠龙石》，两首诗在艺术表现手法上完全不同，一首是直抒其情，一首是寄情于物，却也有其共同之处。《致狮子岩》直接呼唤沉睡的狮子醒来，并对它的麻木状态表示不满：

难道你的心里是一潭死水？
莫非卧麻了你的神经？
看那茫茫的大海上，
有一万匹狮子扑腾……

《眠龙石》是这样写的：

龙也有睡的时候，
睡着也不安宁。
看它曲动的身子，
显然梦里也有雷鸣。

写龙的“睡”和“梦”，对于诗来说，只是一般的想象，无须特别称道。但为什么从它“曲动的身子”就断定它“梦里也有雷鸣”？这就显示了诗人的主观感情。想象的天地是广阔的，它具有极大的主观随意性。仅凭

“曲动的身子”（且不说这种视觉感受的主观色彩）不同的诗人可以想象出不同的内容：畅游、行云布雨、熬受痛苦、垂死挣扎……都未尝不可，如果在爱情诗人笔下，甚至可以成为求偶的表示。但是，这一切都因为与诗人的主观世界不符而被有意无意地排除、舍弃了，只有梦见雷鸣这一意象可以寄托诗人那火山般的激情和奋起腾飞的愿望。

这种动的精神把孔孚的山水诗与旧的山水诗区分了开来。所以，应该看到，尽管孔孚强调对传统的继承，他的诗却深渗着西方现代文化的影响，因而对传统有所扬弃。

除此之外，值得注意的是他诗中的“人”。在古典山水诗中，诗人常常是在对山水的无限爱恋和流连玩赏中表现对人世的厌弃。诗人们要在山水之间、云中松下伴鹤而歌、枕石而眠，为在人世跋涉中疲倦了的灵魂寻找歇息的净土。他们要远离尘世，忘却人间烦恼，因此才走近山水，生出桃花源的美梦。孔孚的诗与此恰恰相反，是入世的，不是出世的，因而对人间给予密切的关注，对人间给予热情的赞美。他不寻找世外桃源，也不向往蓬莱仙乡，甚至对天国也不眷恋。在天门峰上，他写道：“扶着天门，／望我的家乡，／想告诉孩子们，／天上十分荒凉。”（《天门峰即景》）过去的诗人们即使“结庐在人境”，希求的也是“心远地自偏”，虽然是血肉之躯，却总以仙风道骨鹤精神为高妙。孔孚却处处以人为自豪，决无厌世或出世的思想。在山上遇到电闪雷鸣和风狂雨暴，他写的是：“欺我不是仙吗？／你哪里懂得人？”（《八仙墩上》）在他的笔下，南海观音也成了有血有肉的人：

凝望大洲，
倚着家门。
一定是想家了，
南海椰子正肥，
然而一步也走不动，
不都快要急出了眼泪。

且不谈象征意义，仅是这人情味，这神的人化，就是传统山水诗所十分缺少的。

三、物我之间

对于读者来说，孔孚的诗最突出的特点就是有味。短短数行，却令人读之不得不嚼，嚼之不得不品，品之的确有味。味从何来？简言之，意境。诗无情无以动人，诗无象情无以依。物我交融，是我国诗歌美学的一个重要命题，但以怎样的形式交融？是物融于我还是我融于物？至今缺少深入探讨。王国维曾把诗的意境（他称为境界）分为“有我之境”和“无我之境”，触及了“我”在诗中不同的存在形态。但是，真正的“无我之境”是不存在的。因为没有“我”，没有诗人主观情愫的介入，就没有诗的意境。反过来说，即使最糟糕的诗，也是物我交融的。历史上的山水诗人写山水、爱山水、寄情山水之间，山水诗所反映的多是我和自然那种宁静状态下的和谐关系。物我交融的过程往往是以动适静，以我适物，因而出现所谓无我之境，也就是将“我”隐于象外。在中国，历来诗画同源，其美学原则是一致的。我们不妨从山水画进行考察。在中国的山水画中，常常是“人不过寸”，在画面上仅占很小的位置。它告诉我们，在大自然面前，人是何等渺小！山水诗也是如此，翻遍历代山水诗，无法找到《草叶集》那样的面对自然的大我。五四新诗运动之后，郭沫若《女神》的出现使这种状况大为改观，尽管人们的审美情趣至今难以扭转，对《女神》也不宜过高评价，但那个几乎要覆盖了整个画面的“我”却宣告了一个新时代的诞生。孔孚的山水诗当然与郭沫若那样的诗大不相同，但从强化抒情个性这个意义上说，却是对五四新诗传统的继承和发扬。

孔孚的诗极少对山川景物做如实的描绘，与其说他在写山水，不如说他更多的是在写自己。在他的诗中，主观因素大大地占了优势。读他的诗，最深的感受不是山水景物之美，而是诗人情绪之美。在创作过程中，大自然的美无法使他达到忘我境界，清醒的自我意识使他时时注意到自我的存在，因而总是由我对大自然进行观照、品评和议论。在欣赏过程中，读者可以发现，他的诗中处处有个抒情自我。描写景物，他惜墨如金；抒写情怀，却毫不吝啬。粗略地看一看他的诗题就可以看到：《耐冬花下》《玉兰花下》《过松涛涧》《过鹰嘴石》《八仙墩上》《东海路上》《登白云涧》《致狮子岩》……这些诗题的选定都为“我”预备了广阔的天地。更具体地说，这种动宾结构的诗题早已把作为主语的“我”放在了主要位置。在那些不直接牵引抒情主人公入题出场的诗，如《迷魂涧》《仙人路》《纱帽崮》等，也仍然是以写“我”为主。《仙人路》头两行是直接描写仙人路的：“缥缥缈缈一线，若连若续若断。”第三、四行“山风还把云来拉，有意向人挑战”，已经是以我观物。后面便不再写物，而是连续抒情。《莲花峰》全诗八行，用于描写景物的只有两行，后面三节都用于抒发感情和塑造自我形象。读者掩卷之后，头脑中所留下的印象不是莲花峰，而是那个为看红莲花而“决心等到傍晚”的执拗的追求者。《迷魂涧》的景物描写似乎较多，却都依存于最后的两句抒情。在不少诗中，所写之物不过是一个话题，甚至诗题所提示的形象并不在诗中出现，纯粹成了诗人借以抒情的媒介。在更多的诗中，他所采用的方法都是以物就我，以我观物，因而所写之物总是笼罩着一层主观色彩，以致将“物”完全融于“我”中。如《灵旗峰》《眠龙石》等诗，诗人之所以看到那种动态，完全是因为内心的情感，是诗人激情的对象化。透过诗人的激情看物，物融入诗人的主观，才得以表现。而且，也只有融入诗人主观的物，才能被发现。这样，就使“物”充分“我化”了。孔孚对诗歌形象的处理，常有“易位”“变形”等，也都是为了使之适应“我”的需要。那只“掉了向”的骆驼就充分说明了这一点。

在文学作品的姊妹行中，没有比诗更主观的了。诗歌创作活动既是客观世界对主观世界的诱发，又是主观世界向客观世界的推移。在更多的情况下，是后者。诗人所感觉到的东西，已经不仅是自然。因为感觉本身就有选择。感觉受命于情感和潜意识，诗人自己也往往难以觉察。无论作为自然现象的山水景物如何纯真，如果没有一颗诗的心灵，就不会转化为诗歌感觉世界中的形象。崂山的云，泰山的风，天街之宴，渤海浪花，都不能离开诗人的审美感知而存在于诗中。一个只能从色彩可看到色彩、只能从声音中听到声音的人，不会成为真正的诗人。尽管我们几十年来一直对“表现心灵”“性情说”加以贬斥，但在诗歌创作中，想要消灭主观，那大概只是一种狭隘唯物主义者的狂想。诗总是倾向于主观的。就连别林斯基也承认，“诗人从心坎里复制大自然的形象，或是把他看到的东西加以再创造；无论在哪一种情况下，美都是从心灵深处发出的，因为大自然景象不可能具有绝对的美；这些美隐藏在创造或者观察它们的那个人的灵魂里。”诗无情无以动人。孔孚的诗重主观表现，多抒情之笔，求韵外之致，无疑是应当肯定的。

在他的诗中，我更喜欢的还是《云瀑》《书卷崮》等貌似纯粹客观描写的诗。貌似客观描画，却蕴含了丰富的思想感情；形象单纯而明朗，寓意却并不简单。孔孚写诗不求形似，而重传神，这样的诗却是既有形似，又能传神。孔孚写诗讲究象外之象、弦外之音，贵远、简、虚，求纯求隐；这样的诗做到了远而阔，简而纯。如果只是一般地说“诗中有画，画中有诗”，大概并无多少意义，诗中怎能无画？画中怎能无诗？所以那只是最一般的规律。但在这里，我们看到孔孚的确善画，而且在用高超的技法表达自己的思想感情。当然，他的画不是油画、水彩画，而是国画，是大写意，重笔一抹，即成一幅，且生意盎然，真乃中国写意真传。孔孚不少诗都用了象征手法。画象征之画不是容易事。因为象征的对应物往往是无限的，如无必要的限定和指引，理解和欣赏就可能是完全随意的，作者的创作意图就有可能落空。为此，孔孚常常采用“搭桥”的办法，但搭桥常常会成为局限。《云瀑》等诗的好处是无须搭桥。相信这些诗是有寿命的，因为它不像《独立大夫下小立》那样因诗人的指点而留下了时间的局限性。

1986年10月　北京

历史之河魂何在？
——读矫健的《河魂》

几乎是一口气读完了这部长篇小说。如果要概括这部小说的主题的话，大概可以这么说：小说以胶东柳泊村二十多年治河的曲折历程为主线，形象地描写了“河”的客观规律，并以此象征性地揭示了当前农村所发生的历史变革及其必然性，表现了作者对于历史和现实的思索。

通过小说的描写可以看到，柳泊村自公社化以来一直在对付那条河，方式主要是筑坝限流，“向河滩要地”，“向河滩要粮”，但是，无论1958年的“大跃进”，还是“文化大革命”中的“学大寨”，结果无一不是触犯“河魂”，因而遭到了报应。

河有魂？矫健告诉我们：河有魂。那么，“河魂”究竟是什么？作品没有直接回答，这就需要我们沿着长河走一趟，进行必要的考察。

一、三代支书构成的历史

首先应该考察这“河”的构成。人类历史由一代代人连接而成。一代与一代之间，既有差异性，又有承续性，归根结底，历史因人的发展而发展。所以，对社会历史的考察，重要的是对人的状况的考察。《河魂》颇具匠心地以人物构成了历史发展的几个不同层次，通过其不同的精神面貌和作为，反映了不同时期的时代图影，展示了历史发展的轨迹，又把他们同置于新的历史时期，与时代的变革相撞击，反映出他们与农村变革的复杂关系。

如果上溯小说所描写的这段河流，禹七、河女奶奶等都是作为一段历史存在的，但作为作品着力揭示的层次，应该是从老支书孟老根开始。这位孟二爷参加革命的情形有点特殊：他在大“扫荡”中被鬼子戳了一刺刀，却向鬼子跷起拇指连声称赞，因而得以生还。回村以后，他却以“背死狗”的方式开始了抗日复仇。他当了民兵英雄，却说“给地主抗活也这样干，给八路抬担架也这样干”，似乎完全没有革命的自觉性。后来当了支部书记，虽然有所变化，但与新时代的要求并不完全适应。夜里看山活见鬼，怪诞中透出他因过失而愧疚不安的善良，但也表现了他的迷信。他一辈子恪守一个“忠”字，在“文革”中深受其害，但听说是毛主席亲自发动的，就不再有任何怨言。听说粉碎了“四人帮”，他吃惊地大叫：“怎么连毛主席的老婆也抓!”听说江青想害死毛主席，他又咬牙切齿地说“该杀”。领导换得勤，他就私下感叹说“乱了”，因为不知道应该忠于谁。他的行动是对上面永远服从。粮站收购员蛮不讲理，他却只知道批评自己的社员。因为收购员是上级派来的干部，他只能对其逆来顺受。他工作能干，一生艰辛，像一匹老马一样为柳泊村拉了几十年的套，却没有什么好效果。1958年，他带领社员向南河开战，连丰收的庄稼也不收割，结果是饥荒到来，活活饿死了十七口人。在新的历史条件下，他有所反省，但得出的是“别跟得太紧”的结论，并作为当干部几十年的真谛传授给未来的孙女婿兼支部书记。从他的形象可以看到，历史给了他沉重的精神负担，传统的伦理观念使他与人民当家做主的时代极不相称。从一味紧跟，到消极怀疑，是一种本质的两种表现，其根本是没有主心骨，没有自己思考问题、分析问题的能力。他没有担负起主人的使命，却成为大国治下的小家长。这正是那一段荒谬历史之所以发生的精神基础。这种思想不能不成为改革的阻力。比如，把关心农民利益看作培养私心；把生产责任制叫作“不要集体”；坚持“政策放宽了也要有个边限”；强调以庄稼为本，对于农村生产结构的变化大惑不解：“咱们干了三十年的社会主义还要不要了？咱们还是不是庄稼人?”总之，他正直善良，忠厚能干，有农民的狡黠，又有愚昧迷信，深受传统观念影响，对上逆来顺受，对下固执己见。这样的人是无法适应改革事业的。“太上皇”地位的最后否定，使他终于在现实面前有所醒悟，也反映出历史前进力量的不可阻挡。

第二任支书牛旺是“文革”中被提拔起来的。他一上任就重蹈前任覆辙，修大坝、填河滩、向河滩要地。他不是政治投机者，而是真心要带领全村人干一番大事业。群众因此敬佩他，他的脾气也和威信一起增长，很快成了绝对权威。他是一伙青年捧起来的，却对那些人也同样蛮横。更为复杂的是，当他使性子甩手不干时，群众竟一齐去请他出山，并逼迫真理向谬误赔罪，结果是导致他滥用群众热情，大干危害群众的蠢事。由此可见，坚强的意志和力量一旦与错误结合，就会产生巨大危害。农村改革开始后，他仍然执着地要修大坝。他知道河床应该加宽，而且不反对承包，但是，大坝是一定要修的，无论采用什么方式，只要修起大坝就行。是他提醒小磕巴"带着全村人发一笔大财"，结果，小磕巴却用修坝的资金去开矿，使他修坝的理想彻底破灭。在他那里，征服南河的信念已经变成宗教般的热情。他真像希腊神话中那个不幸的大力士，把巨石从山下推向山顶，耗尽力气却永远不能完成。他爱彩彩，也像爱大坝一样执着专一。彩彩已经精神失常，不可救药，他却忠于爱情不惜牺牲自己。为守候精神失常的彩彩，他整夜站在窗外，眉发皆霜。这一切使我们看到，他像孟老根一样，具有传统的美德和弱点。既有正直无私的优点，又有固执守旧的缺陷。他对爱情的忠贞，甚至使性格与他截然相反的河女也感动得热泪盈眶。但在这美德背后，却是必然的悲剧。崇高精神与陈旧观念以及极"左"思潮相互纠结为一个整体，成为他沉重的精神负担。最后，他虽然终于学开矿去了，但对当前的转折并未理解。这个人物的典型性在于集中体现了那些在疯狂的年代中被狂热冲昏头脑而至今无力自拔的正直的而非投机者的共同悲剧。

小磕巴是这段历史之河上的第三任支书。他自幼就有看海的愿望，却至今没有看到海。他说话磕巴，内心世界却高度发展；没有上过多少学，却非常聪明，杂七乱八地读书积累了广博的学识。这些都为他的作为提供了合理因素。科学给他远见，早在牛旺盲目修大坝时，他就以科学为依据反对，虽然无力扭转乾坤，却没有放弃自己的意见。历史的发展终于把他推上柳泊村的政治舞台。然而在他可以科学地治理南河时，却又果敢地放弃了大坝。他从种庄稼的狭窄道路走出，由筑坝走向开矿，开拓出农村发展的一条新途径。他向往城市，坦率地承认"农村最有志气的青年都想出去，百分之一百，走不了，一辈子难受"，却能清醒地认识自己的条件和职责，因而虽有"我不走运，老看不见大海"的感叹，却把建设家乡的责任放在自己肩头。

与孟二爷相比，在上级面前，他有良好的自我感觉，而且敢于抗上。由于他的聪明和才干，赢得了最漂亮的姑娘河女的爱情。由于他的命运注定了要与农村联在一起，又使河女终于抛弃了他。大学生为他送来了石墨矿，使他改变农村面貌的事业跨出了一步，却也点燃了河女的追求，抢走了他的河女。他清楚地知道河女的感情已被大学生带走，连给他的吻也是假的，却懂得尊重人的感情，把痛苦埋在心里。他虽然也受旧观念影响，在不自觉中失掉了河女，但却立即后悔，为河女送行时以鲜血叮咛，要永远等她。河女终于向城市文明走去，他却肩起生养自己的故乡，艰难地开拓。在他的手里，柳泊村终于走上了一条新的道路。

在长达几十年的历史上，柳泊村代代治河，硬向河滩要地要粮，“大跃进”逼河改道，硬把大坝修到南山根，结果是坝未筑成，人却被活活饿死。“文革”时期再次订出“学大寨”规划，借助于政治运动所产生的狂热和贫困中的欲望，将最窄也应七十米的河道限制在四十米之中，结果是又一次劳民伤财。经过种种曲折，人们终于认识到人类所进行的一切活动都受规律的制约，河流对于河道的选择并非人的主观意志可以转移。把河流限制在四十米是盲目的，放宽到七十米是科学的，但是，一个问题终于提出了：“我们为什么要修坝呢?”

从修坝到开矿，这是一个很有象征意味的转折，形象地表现了新时期农村变革的深远意义，标志着中国农村终于从重重限制中挣脱出来，走上了宽广的道路。《河魂》正是从这一角度反映了农村变革的伟大意义和历史必然性，为改革唱出了一曲深情的颂歌。

二、河女形象的启示

在《河魂》中，特别令人动心而且令人惦记的是河女的命运。她是那么漂亮，那么可爱，但她的性格决定了她的命运，直到小说的结尾，她的命运仍不可知。作为读者，我忍不住为她担心。

她高中毕业没有考上大学，在家种地又不甘心。她与小磕巴早已恋爱，可谓情投意合，但一群地质学院的实习生来到柳泊村，使她的感情又生波澜。大学生王维力唤醒了她对理想生活的向往，也在精神和肉体上占有了她。感情的矛盾使她陷入极度的痛苦。她对小磕巴不是没有感情，但相比之下更爱那个大学生。她的性格表现为明显的双重性，既勇于追求新生活，又无法摆脱传统观念。她认为爱上另一个就是变心，就是不道德，因而受到良心的谴责。她知道要不变心就得放弃爱的追求，忍受爱的痛苦，那样她又受不了。为此，她有时甚至羡慕姐姐，“为了事业，为了牛旺，牺牲了一切；而牛旺呢，也为了姐姐一辈子忠心不变”；有时却又真诚地希望牛旺弃姐姐而去，因为那样两人中至少还有一人得救。她曾想自己忍一忍，与小磕巴过一辈子，而且有过“牺牲自己总比牺牲别人强”的想法，但看到牛旺美德背后的悲剧，却又生怕自己陷入同样境地，因而发誓不学他：“委屈地过一辈子，还不如和自己真心爱的人待一小时！”她爱小磕巴，在他面前，她依然忘情地与之紧紧偎依，但想起王维力，她就要立即把他推开。她知道小磕巴的爱真挚纯洁，非常可贵，因而常常自责；但王维力却对她有一种压倒道德观念的强烈感召力。当迅猛的爱情到来，她根本无法抵挡，只能惊恐而欣喜地奉献出自己的一切，并且永不后悔。

这种心理矛盾直接表现为道德观念与生命欲望的冲突，表现为“求新”与“恋旧”的冲突。从文明发展的角度看，它反映着新的召唤与旧的拘牵。从个人角度来看，则反映着自我的重新选择与既有生活结构的冲突。在这种矛盾中，河女陷入痛苦的煎熬。她一方面买下许多漂亮的时装，一方面买下一瓶“敌敌畏”。她热爱生活，热爱自己的青春和生命，却又随时准备以结束生命的方式抵挡道德的谴责和舆论的重压。在这里，也隐隐透露出传统观念在她心灵深处的力量。

由于城市文明的召唤，由于爱的追求，河女最后终于走了。她的乡亲们对她的评价不难想象：见异思迁，好高骛远，一厢情愿。可是，我们有什么理由否定她的追求？高中毕业使她对现代文明有了强烈的向往。在农村，她所追求的是走在生活潮流最前面的小磕巴，小磕巴也爱她，他们本来可以很幸福，可是生活向她打开了新的窗口，大学生出现了，她又产生了新的追求。这种“见异思迁”被认为是不道德的，但它反映着生活发展的合理流向，体现着历史前进的动力。生活在发展，任何人都没有理由要求人们停留在理想追求的某一阶段，固守既得的生活而不再向前。但是，人又是有感情的，在“见异思迁”的过程中，每向前移动一步，都会伴随着感情的撕裂渗出的心头血。河女很可怜，她对生活充满向往，而且勇于追求，但这种向往和追求却破坏了她固有的生活，又不能为她的未来担保。她还处于少女热情有余理智不足的阶段，极易被一时的激情所俘虏，也极易为虚幻的理想所诱惑。但从历史发展的角度看，这却正是历史向前运行所必不可少的动力。

河女走后怎样？她能考上大学吗？如果考不上，她能幸福吗？即使考上，那个轻率地抛弃了小霞的王维力是否会同样把她抛弃？总之，在那个遥远而陌生的城市里，她一无凭靠。她是一个追求者，前途未卜。她的追求与痛苦，包含了丰富的内容。人们可以从各个角度批评她，但是，面对年轻的生命，谁有力量使他们放弃对美好生活的追求。最后，河女们也许是失望而归，也许是在现实面前碰得头破血流，但如果没有他们，人类历史就不再有活力。

三、河的灵魂

小说以“河魂”命名，那么，什么是“河魂”？换句话说，历史曲曲折折而又发展不已，最根本的动力是什么？

尽管《河魂》中渲染了家族的力量，但那不是主要的。沿着作者“无处不在”的指点，我们可以看到，“河魂”最基本的内涵就是奔流不息的追求精神，是不屈不挠的勇气，是理想和激情。禹七，驻守马石山的战士，一直向北闯到海参崴的小磕巴的爷爷，他们都体现了一种精神，一种在命运面前不屈服的精神。二爷孟老根“背死狗”的复仇，牛旺蛮干修坝，小磕巴对知识的追求，以及开石墨矿的决心和干劲，体现的也是这样一种精神。当年，河女的奶奶不顾一切跟人私奔；今天，河女又不顾一切地追求新生活去了。她们所体现的也是这种精神。这种精神，正是历史发展的基本动力，也就是河的灵魂。

历史是前进的，无论人类的历史、民族的历史还是一个人的历史，每前进一步都往往伴随着艰难和痛苦。这不仅来自于直接的阻力，不仅来自于斗争的血与火，也来自于各种各样的联系性和各种复杂关系的纠结。历史的发展是复杂的。祸福相倚，得失相伴，正是历史自身的辩证法。王维力给小磕巴送来了石墨矿，却带走了他的河女；牛旺一句话提醒小磕巴带领大伙开矿，却使自己梦寐难忘的大坝从此被弃置不修；登高爷爷的儿子承包大队的面粉机，却使推了一辈子石磨的老登高痛苦地死去；马六富裕了，道德品质却有退无进。追求，是人的可贵本能；恋旧，也是一种共性。这就使人内心世界的冲突显得异常激烈。痛苦的根源往往在于理想和现实的脱节，而理想又永无止境。追求总是在无尽头的阶梯上层层递进，随着变化的环境不断开阔眼界，又不断产生新的理想和追求。迈上一个新的阶梯，理想化为现实，但欢乐和满足感是短暂的，继之而来的依然是空虚感和或多或少的失望。人类正是在这样一种心理基础上才得以不断攀登未知的高峰。这种不断增生的欲望是人的一种本质属性，也是人类文明得以发展的动力源泉。

当然，无论个人还是历史，追求都常常带有极大的盲目性。二爷，牛旺和他的追随者，河女和她的奶奶，都是如此。盲目的追求并不是凭空而生的，而是源自生活的需要和来自本能的欲望，有时则是最起码的生活要求。在“农业学大寨”中，人们之所以那么容易被发动，斗志昂扬地跟着牛旺去劳民伤财，原因就在于人们在贫困中看到了十万斤大米在眼前晃动。它虽然并不存在，却有极大的号召力。历史的发展就是这样，常常出现的盲目性会导致历史的曲折和倒退，也会导致十年浩劫那样的灾难。历史在追求者的脚下延伸，但追求者也会把历史带入死谷。河流的特点一方面是奔流不息、勇往直前；一方面却是并不顾及前面的路途。它可以在吸引之下扑向任何洼地和死谷，如果出现了方向性错误，也只有团团打转，在聚积力量之后再回来，或者寻找新的缺口突围。这一切，都要付出沉重的代价。从这个意义上说，河流也很可悲。虽然无论经历多少曲折最后都会找到出路，但这不应该成为阿Q式的自我安慰的借口。这一点，不知矫健是否想过。我在这里想说的是，人类历史的发展毕竟不同于自然的河流，盲目冲撞的历史应该过去了，通过回顾与反思，通过比较与选择，对于未来的发展，我们应该有选择的自觉。

1985年5月　曲阜

改革冲击下的文化思考

——近几年山东青年作家的观念嬗变

在新时期文坛上，山东青年作家已经引人注目。齐鲁之邦，孔孟的故乡，传统文化（特别是儒家文化）积淀甚厚。生活于其中的山东青年作家在创作中不能不打上它的鲜明印记。因此，“山东作家观念陈旧”之说并非妄谈。当然，文化传统带给青年作家们的决不都是弱点，如强烈的社会批判意识和历史责任感，以创作济世而非“玩文学”的文学观，都非常可贵。他们写现实，写改革，及时地发现并努力解释生活中出现的各种问题，从前几年的《阴影》《卖蟹》《老霜的苦闷》，到近几年的《老人仓》《河魂》《秋天的思索》《秋天的愤怒》《洞天》《古船》，可见他们一直走着一条贴近时代生活的创作道路。

但是，传统观念也给他们带来了各种束缚，带来与我们时代的文化走向不怎么协调的色块和斑痕。王润滋在这一点上成为突出的代表。他往往以陌生的目光，充满戒备地打量着城市文化和农村文化中的新因素，用传统文化给予他的道德价值尺度来衡量发展着的新生活。必须说明，王润滋并非反对改革，由于他对农民的挚爱和对农村生活的体察，他像广大农民一样殷切思变。但是，当变革到来之后，他却陷入困惑之中。城市现代文明与农村淳朴人情，金钱与道德的对立，成为他无法解决的矛盾。从《鲁班的子孙》到《小说三题》《残桥》，这种矛盾一直困扰着他。这种金钱与道德对立的观念显然来源于中国重义轻利、重农抑商、把为富与不仁连在一起的文化传统。他思变而又忧变，希望改革的潮流荡尽农村生活中的各种不平，却不愿意生活秩序变动太大，带来新的不平。在伦理文化现代化的蜕变中，不仅王润滋如此，大多数山东青年作家都站到了伦理文化一边。

值得庆幸的是，我们的时代是一个急剧变革的时代，虽然文化传统的制约力量仍然相当强大，但日益尖锐的文化冲突却使任何一种消极的文化观念都难以坚如磐石。近几年，山东青年作家的观念形态发生了裂变，现代意识迅速增长。这种变化首先表现在挣脱传统文化负面的羁绊，进而对民族文化自我进行反省。一个伟大的民族若要永葆青春，必须不断进行文化自我反省。但非常遗憾，中国知识分子为拨乱反正不惜牺牲，却不习惯于以怀疑的目光审视自己所信奉的旧价值。

山东青年作家对于改革的关注和思考经历了一个比较特殊的过程：他们首先感受到的是农村现实需要改革。当改革到来，他们感受更深的却是改革对传统道德的威胁。他们因此而以冷峻的目光审视改革，并由此而敏感地发现了改革中存在的问题，特别是旧势力改装打扮以阻挡真正的改革这一严酷现实。他们带着这个问题进入文化心理层面，探索民族性格与改革成败的关系。从近几年的创作看，他们大都已不再站在陈旧道德的立场上评判新事物，而是通过人物心理的揭示，思考这场伟大而艰难的变革的深层阻力。张炜的《你好，本林同志》，李贯通的《洞天》，尤凤伟的《秋的旅程》，矫健的《小说八题》等，都体现着这种变化。侯贺林的《女子世界》系列短篇对我们的怯懦温驯、逆来顺受、崇古守旧、容易满足的文化性格弱点给予了批判性的揭示，旨在促进民族性格的健全和再造。四海的《蛙鸣》写老德香因为当长工时被地主用烟袋敲过，土改时特意要来地主的那杆烟袋，盼着早晚有一天用烟袋敲一下自己的长工，意在批判自己受过奴役就要奴役别人这种阻碍历史真正前进的劣根性。左建明的《白杨村事变》则告诉我们，旧的意识并没有被生活的潮流冲刷净尽，它还会悄悄地渗入新的生活结构，使新生活一开始就显示出一种病态，各种悲剧并非由几个恶人造成。

在《一潭清水》和《海边的雪》中，张炜在视角和价值尺度上是与王润滋一致的，他的近作《古船》却明显地与之分道扬镳了。他由早先的对淳朴古风的歌颂一变而成为对载满血腥和腐臭的“古船”的挖掘，牧歌情调十足的玫瑰色面纱终于揭去，裸露出层层淤积的血污。这是一个新起点，张炜以此显示了宏阔的视野和我们的文学一直未有的历史深度。

近几年文坛与整个思想文化界一样，出现了一种“现代意识热”与“文化热”。它给文学带来了积极的影响，但也使一些人步入无聊感和荒谬感而不问今昔何年，或陷入文化决定论而忽视了对政治变革的思考。山东青年作家在反省与继承民族文化与批判国民性时注意到了这样两点：一是现代意识和社会责任感相结合，效法鲁迅而不做嬉皮士；二是文化思考与政治思考相结合，旨在全面变革而不陷入文化把玩或文化崇拜。我认为，这显示着山东青年作家一种坚实的而非轻飘的自我超越。

1987年7月　曲阜

近几年文学中改革意识的存在形态

从表面上看，似乎近几年文学关注改革的热情有所消退，“改革文学”的发展已处低潮。因而有人断言“改革文学”已步入穷途，作家应该去写人类永恒的命题；有人摇头慨叹文学已经脱离时代，脱离现实，脱离人民，呼吁作家们紧跟改革的步伐，反映改革的现实，塑造改革者形象。

事实究竟如何呢？我认为，文学关注改革的热情并未衰退。它之所以给人造成种种误解和错觉，原因是作家们对改革思考的重心已经转移，改革主题已渗透于各种非改革题材之中，文学对改革的呼唤已由表层潜于深层。这种变化具有深刻的意义，同时又是对文学自身职能的一种探寻和发现。

一

近几年，描写改革、塑造改革者形象的作品的确少了。许多作家离开了改革题材，其作品似乎与改革无关。其实并非如此，文学中的改革意识在渗化、深化而未淡化。许多并不直接反映改革的作品都与改革密切相关。改革主题渗透于各类作品，成为文学创作的一个共同的潜在主题。直接反映改革的作品少了，间接参与改革的作品却大幅度增加。改革成为许多作品创作的动因和思考的出发点。

陆文夫的《井》，王蒙的《活动变人形》，蒋子龙的《阴差阳错》和《蛇神》，谌容的《献上一束夜来香》，王兆军的《不老佬》，聂震宁的《长乐》，李锐的《厚土》，侯贺林的《女子世界》，张石山的《仇犹遗风录》，以及话剧《死罪》等，都并未直接描写改革。鲁彦周的《苦竹林，苦竹溪》，李锐的《古墙》，张炜的《古船》，何士光的《苦寒行》，以及锦云的话剧《狗儿爷涅槃》等，都只是以改革为背景，或涉及改革，并不致力于改革活动的描写和改革者形象的塑造，很难划入“改革文学”。但是，我们从中却能感受到一种改革的脉搏律动，因为这些作品常常是作家对改革进行思考的结果，或者是改革的生活现实激发了作家的创作灵感。

《井》《苦竹林，苦竹溪》《女子世界》《四个互不关联的故事》等作品为我们提供了一些新时代的“祥林嫂”形象，徐丽莎、尚文芬都对命运毫无反抗、不思反抗，甚至紧抱已经腐朽了的枷锁不放，因为一旦离开枷锁，她们便无所适从，因为她们像纤弱的藤，精神上缺少自立之力。《女子世界·吊带》中的女人被丈夫遗弃而仍满足于“俺是大房”，五毛钱的一副吊带不仅能治好她的病，而且使她终生满足。她们温顺善良，逆来顺受，屈从依附，善于忍耐，个性完全泯灭于传统“美德”之中，缺少独立意识和对自由与权利的要求。这类形象不仅使我们看到封建文化塑造的心狱怎样把人变成奴隶和羔羊，而且使我们看到这些传统文化的塑造物是怎样成为旧秩序的维护者和旧事物得以残存的基础，看到他们是怎样为极“左”政治的扩张和专制复辟提供了可能，是怎样不自觉地阻碍着改革。

这些人都缺乏主体意识。知识分子本应具有较强的主体意识，但中国的知识分子却大都与普通民众一样在精神上缺少脊骨。《献上一束夜来香》的描写是有典型性的。李寿川三十多年从未有过个人的追求。在单位，他是领导的好部下，唯命是从地工作；在家里，他是老婆的侍从，老婆指到哪干到哪。今天，这个历尽沧桑的老人终于产生了自己的追求，买来一束夜来香。但是，一束鲜花却给他带来了意想不到的灾难。值得注意的不仅是机关里的流言蜚语、卫道士朱喜芳的叫喊挞伐和沈处长充满醋意的审问，还是他自己那没完没了的检讨。郭飞告诉他：“别人怎么看，怎么想，你完全可以不去管。”齐文文对他说：“你干吗老说错了错了的？买花、送花都是个人的私事，谁也管不着，别理那帮无聊的人。”他却仍然终日战战兢兢，最后终于一病不起。这种性格当然无法完成自身的解放，也无法为改革输送动力。

话剧《死罪》中那个青年农民眼睁睁看着妻子被酒醉的铁军营长强奸，在妻子凄厉的呼救声中不敢抗争。但在妻子被奸污之后，他却责问妻子“为什么不反抗”，逼她自杀：“既然不能做节妇，你就做烈女吧！”在强者面前吓得发昏，在弱者面前大打出手，表现出一种主奴双重人格。那句“在羊面前是狼，在狼面前是羊”的台词使人想起鲁迅的有关论述。在上级面前逆来顺受，在下级面前独断专横，对百姓冷漠，对显贵百般殷勤，这样的干部形象，都融入了作家对主奴根性的批判。

如果说《死罪》等揭示的主奴根性还是一种共时性存在形态的话，《古墙》等作品则着重表现了它的历时性存在形态。郭福山日夜所思，是盖一座独门独院，自己摇着扇子，长工为他干活。因为他年轻时闯口外为人扛活，土地承包后便专门从口外雇来一个帮工，对其大使主子权威。四海的《蛙鸣》中的老德香，当长工的时候被地主用烟袋敲过，土改时便要来了地主的那杆烟袋。他的理想就是早晚有一天用烟袋敲一下自己的长工。自己受过奴役，就要奴役别人。奴才做了老爷，决不废弃老爷的称号。在改革浪潮中思考这种取而代之的理想及其在历史发展中的作用，其意义是显而易见的。

中国是一个农业古国，由于农业生产对经验的依赖，在经验上占优势的老人受到理所当然的尊敬。由于农民所受的种种压迫，使他们只能维持简单的再生产而无力改进生产技术。几千年生产环境、生产工具、劳动产品和操作方式不变，使继承前人的经验比创新和开拓更为重要。由于土地和生产技术的祖孙世袭，自然要产生对祖宗和长辈的依赖和崇拜。因此，中国人形成了一种崇古守旧的心理习惯：美化祖先，崇拜古董，维护传统，抵制变革，凡是祖传的就是好的，一切都必须有陈规可循，“天不变，道亦不变”，“祖宗之法不可改”。这种心理在近几年的文学中受到了批判。从改革文学到非改革文学，从“寻根”的《爸爸爸》到“新潮”的《你别无选择》，都可以看到这种批判。

由于中华民族在漫长的历史上经历过无数动荡和苦难，由于人们对非人的生存环境无可奈何，庄子的人生哲学具有适宜的土壤。由于庄子以心理自我开导解脱精神痛苦的方法影响，中国人产生了精神胜利和知足常乐的精神惰性。这种寻找精神逃路的解脱方式的确可以修身、养生、益寿，但当一个民族需要焕发出积极的斗志，克服困难而拼搏前进的时候，它就成了一种最可怕的腐蚀剂。近几年的文学对精神胜利、知足长乐的惰性进行了揭示与批判。《长乐》所揭示的主要是盲目自尊、夜郎自大、死要面子、自欺欺人、

“得乐且乐、知足长乐”的精神特征。《苦寒行》则着重揭示了容易满足、不思进取、麻木混世、一阔就恶的性格病态。

以上种种批判都与改革有关。之所以批判温驯与怯懦，因为它是人性的扭曲，使人不能适应改革的要求。之所以批判主奴根性，因为它严重阻碍着中华民族的历史进程，使统治者频繁更替而性质难变，直接影响着今天改革的成效。之所以批判崇古守旧，因为它阻碍着改革开放。之所以批判精神胜利和知足长乐，因为它使人易于满足而不思变革。这一切都源于改革与开放的时代精神。变革现实是这一切思考的出发点。

二

从上述文学现象看，作家们对改革的思考没有停止，而是思维的空间拓展了，思考深化了，关注点由经济政治问题转向民族性格弱点，艺术批判锋芒由政治弊端转向文化惰性，艺术表现的重点由改革者的伟大斗争转向改革的深层阻力。

这种变化是新时期文学发展的必然，也是生活本身的发展所决定的。

从某种意义上说，新时期文学完全可以概括为“改革文学”（当然，我无意于这样另立名目）。因为我们所处的时代是一个变革的时代，“人心思变”是这个时代最突出的精神特征。我们的文学曾冲破种种禁区而写伤痕，目的是结束那个制造伤痕的时代。我们的文学曾冒着指责而写冤狱，目的是使一切冤狱得到平反并不再制造新的冤狱。我们的文学曾勇敢地直面社会问题，目的是革除弊端改良社会，让那些问题得到解决。正因为这样，我们的文学在“伤痕”“反思”等思潮之后走向了改革。但是，伴随着改革的展开，我们的文学不能不对改革做进一步的思考。

这种思考之所以发生，首先应归功于文学中历史意识的觉醒。中国两千多年的专制社会，一次次揭竿而起，一次次江山易主，为什么没有发生根本性的变革？对20世纪历史的回顾也同样引起人们深思。晚清的腐朽使得有志之士谋求变革，辛亥革命终于推翻了帝制，但胜利的喜悦却立即被失望淹没，因为无数烈士的鲜血换来的只是一块共同的招牌。因此，人民以极大的热情支持和迎接国民革命军北伐。可惜的是，蒋介石政权的建立同样令人失望。人民不惜以鲜血和生命谋求再变革，一面鲜艳的五星红旗终于在天安门城楼上升了起来，但是，当欢乐的颂歌唱过之后，面对十年“文革”，人们又不得不感叹建立一个真正的新中国是多么艰难。封建主义的幽灵随时可以披上种种时髦的新装而岿然南面。进入新时期，中国人从苦难中走出，厉行改革，80年代的中国大地爆发了一场伟大而深刻的革命。这场革命虽步履艰难，但任何风雨和挫折都不能逆转这一历史的总进程。近几年，改革大业已逐步展开并初获成效，但毋庸讳言，改革并非一切都如人愿。使人吃惊并引起痛苦思考的，不仅是习惯势力的顽固阻挠，还是改革“成功”之处那种播下龙种收获跳蚤的悲剧。这一点从《秋天的思索》等作品已能看到。现实生活中存在的种种问题究竟源于何方？过去一段时间，我们常把社会存在的问题归于十年动乱和“四人帮”破坏，而今天的现实是动乱已经结束十年，虽然其恶劣影响不可低估，但一些新问题已无法记在动乱的账上。过去一段时间，我们往往用政治路线上的“左”或“右”来解释一些问题，今天，作为一条“左”的政治路线显然已不占统治地位，一些问题并非“左”和“右”能解释得了的。由于这样一种历史和现实背景，人们逐渐认识到，一些问题的存在不仅在于政治，而且有文化传统和心理素质方面的基础。因此，中国不仅需要经济体制与政治体制的改革，而且需要真正的文化革命。如果没有文化革命的配合，改革是很难顺利成功的。

从这个意义上说，对文化性格弱点的探寻正是文学在改革这个大战局上做出的合乎现代化要求的积极选择。它既是“反思文学”的发展——从政治反思到文化反思，也是“改革文学”的深化——从呼唤经济体制改革到呼唤文化变革。它是文学参与改革的一种特殊方式，应改革的要求而生，又对改革产生积极的影响。对于改革，它是不可或缺的一个层面。

三

是不是直接反映改革的作品就比间接参与改革的作品更有价值呢？是不是塑造改革者形象就比探寻改革的深层阻力更有意义呢？我认为不是这样。

文学如果仅仅是镜子式地反映改革，其意义并不重大。因为除了对改革一无了解的人借以了解改革之外，一切熟知改革生活的人们都可以不去理睬它。不错，我们可以揭示生活中的种种问题以求得到解决，但这常常只是文学的一种美好愿望。作家们把经济体制和政治体制的种种弊端揭示出来，却未必能对这些弊端的改革发生作用。因为决策人、实践者以至广大群众，对种种弊端也许并非不清楚。在认识上，作家也许远不如专职的社会问题观察家和研究者更清楚。

今日之中国，更重要、更迫切的不是展示生活是什么样，而是回答“怎么办”的问题。但是，文学能回答吗？依靠作家们虚构出种种改革的模式，告诉改革的实践者怎么改，这是不现实的。我并不反对作家们这么做，甚至愿意呼吁我们的同胞为此在真实性上对作家给予宽容。但问题不在这里，而在于我们的作家未必能拿出一套比当今改革的指导者和实践者们更高明的改革方案。文学当然可以通过塑造成功的改革者形象给人以鼓舞。看他们冲破羁绊，荡涤陈腐，改革弊端，的确能使人的情绪得到一种宣泄与补偿。但是，恰恰因为这样，我常常怀疑那种描写会成为一种麻醉剂和催眠剂，难以估计它的效果是正数还是负数。

文学，直接参与经济和政治的变革是困难的，但参与文化心理和人的灵魂的变革却是它的特长。一些富于忧患意识和使命感的作家艰难地走着“干预生活”的道路。我对他们无限钦敬，但是，文学对生活的干预仍然需要通过干预人的灵魂而实现。近几年文学对改革的思考进入文化性格层次，正是通过干预人的心灵而实现对生活的干预。揭示与剖析民族性格中阻碍改革的种种病灶，使人猛醒，使人羞愧，从而思改，这是文学扬长避短、职能回归的一种表现。

因此，我认为，不应该认为只有直接描写改革才是关心改革。我们可以要求作家关心改革，却没有必要要求他们一定去反映改革、塑造改革者形象。

1987年8月　曲阜

在冲突与互补中深化

——谈新时期农村改革题材小说的发展

一

新时期是一个伟大变革时代的开端。新时期小说作为叙事文学的主要样式，在农村题材这一领域取得了堪称辉煌的成就，真实地记录了从70年代末开始的农村变革历程，形成了一个关于新时期农村变革史的艺术画廊。但是，当我们深入到作家观念的层次，就不难发现，在描写这场变革和由此引起的生活变化时，作家们所染出的并不是同一种色调，不同的主观情感和认识方式导致观察生活的角度不同，不同的价值观念导致对生活的评判不同。这种冲突贯穿于整个农村改革题材小说的发展之中。

中国农村从70年代末开始悄悄发生变化。这种变化首先表现在生产的组织方式上，即由集体的“大锅饭”到个体的生产承包责任制。面对最初的变革，小说的反应是迟钝的。因为在80年代的门槛上，作家们有不同程度的犹豫和困惑，或犹如枷锁被悄悄打开的囚犯，有点手足无措；或不敢相信这期待已久的现实不是梦境，心有余悸；或一时难以从旧的观念中解放出来，难以理解；或因为惯用的创作模式而一时还无法把握新生活。于是，当农村大地的蓬勃生机在曙光中初现的时候，大多数作家却望着变革的现实发呆。

这种情况到1980年才有所好转，《乡场上》《卖驴》《黑娃照相》

《赵镢头的遗嘱》《彩虹坪》《陈奂生包产》《老霜的苦闷》《赔你一只金凤凰》《竹叶子》《山月不知心里事》《不仅仅是留恋》……组成了农村改革的第一个画廊。

何士光《乡场上》率先发出了欢呼之声。它带给人们的是欢欣和鼓舞。在乡场上，一个有权有势的婆娘和一个可怜的教师的妻子为孩子的事发生争吵，能够作证的偏偏是“不值一提”的冯幺爸。这个道地的农民，我们社会名义上的主人，却素来人微言轻，受人鄙视。由于艰难的生存有求于干部，养成了在干部面前不敢抬头、不敢说话的习惯，怕触犯权势而不敢秉公作证。小说展示了他那带有生活累累印痕的性格的急剧变化。最后，他终于产生了向权势挑战的勇气，从墙角站了起来，慷慨陈词，为被欺者作证。这是一个象征，我们被生活压倒了的父老乡亲终于挺起了腰！使他们的命运发生如此巨变的是什么？是土地的承包和市场的开放！当然，冯幺爸的变化在一场纠纷当中完成，未免显得有些突兀，但作者要急于看到有了经济保障的农民从人身依附和被奴役的地位上解放出来，其欣喜和激动之情可见。

当《乡场上》《竹叶子》等作品为冯幺爸们的站起而欢呼，对土地承包后不会种地的农村干部发出嘲笑，并希望他们学会干活、重新做人的时候，金河发表了他的《不仅仅是留恋》。谁说农村干部不好呢！关键是路线和政策。但是，在农村的读者中却出现了这样一种现象：群众爱读前者，干部喜欢后者。

面对生产承包，人们的认识是不会一致的，由此产生的情感倾向也大相径庭。尽管由于改革是中央的决策，我们的作家还没有与中央决策相磋商的习惯，但那种对改革表现出种种忧虑和不安的情绪还是出现了。这并不奇怪，生产方式的变革必然引起生活秩序或大或小的变动，引起人们社会生活地位或大或小的浮沉。面对农村的改革，生活于不同层次的人感受不会一样，作家难免分别代表着不同层次的人们的情感。因此，小说的表现也难免既有扬眉也有皱眉。扬眉吐气发自内心，皱眉叹息更是难以抑制的情感流露。我们读一下《赔你一只金凤凰》和《山月不知心里事》，二者都是获奖作品，但任何人都会感到一种明显的不同。前者使我们看到，以劳动实现了自己价值的新人董舜敏是怎样在这个变革的时代成为生活中的主角，那些过去时期的骄傲的公主是如何黯然失色。对于这种变化，作者与何士光一样感到由衷的愉悦。后者使我们看到了两个农村团干部在承包之后的孤独心境。过去，他们总认为自己积极，别人落后，自己负有教育别人的使命，现在却被甩出了生活的主流，各家种各家的地，使他们备受冷落。因此，他们感到孤单，想哭，感到自己“成了老太婆”，甚至因心灰意冷而匆匆出嫁。作品的描写是真实的，前进的历史总是要在变革之中打破旧的生活秩序，将其成员重新排列组合，培养出自己时代的先进人物，而对过去的有所淘汰。事实上，如容儿、巧巧等可悲的被扭曲的青年，在虚假无用的轰轰烈烈中才感到自己有美好的青春，在扎扎实实的劳动创造中却感到孤独和悲凉，对于新的生活不能适应，怀念优越的地位，感叹“显得没人家积极了”，是不值得赞美的。《山月不知心里事》却站在他们的立场上，充分肯定这种情绪，并且试图让改革者在思想上向他们靠拢。

在反映土地承包的作品中，可以看到种种担忧。一些作品对生产的个体化进行种种善意的却是多余的解释，以使之符合自己心目中多年来所形成的所谓“社会主义”模式，让笔下人物“承包不忘集体”，做种种“好事”，以符合自己所理解的“社会主义精神”。一些作品做出种种努力，以防止集体的解体和贫富两极分化。于是，有人富了，必定出钱大办公共事业；地分了，先进人物总是先帮别人种。生活真的如此吗？这显然是一种习惯性的理想化处理。之所以这样写，是作家思想还没有跳出那种“个体=资本主义”“大锅饭=社会主义”的观念。

一方面为解放而欢呼，一方面为解体而担忧，这是冲突的最初表现。

二

新时期的农村改革，不仅是实行生产承包责任制以调动其生产积极性，而且要使农村生产从狭窄的道路上解放出来，为农村打开一条广阔的发展道路。也就是说，它不仅是生产方式的变革，而且是农村经济结构的变革。生活中的开拓者已从“以粮为纲”的束缚中走出，搞多种经营，发展商品生产。一些小说对此做了及时的反映，张一弓的《火神》就是走在前面的作品。小说主人公郭亮，从痛苦的经验中懂得，依靠每人仅有的三分地无法改变老君寨的贫穷，要想富起来，必须把手伸向土地之外。他因此曾经被批判，被开除队籍，吊销购粮册。生活迫使他以烧硫黄糊口，他却因此而成为拥有三万元存款的首富，为穷乡亲踩出了一条致富之路。作品较早地正面描写了农村经济结构在获得解放之后的自动调整，以生动的艺术形象在迷蒙的晨雾中显示出一条中国农村的出路。近年来，矫健的长篇小说《河魂》则通过柳泊村几十年的历史反映了这种调整的合理性和必然性。柳泊村三代支书，代代筑坝限流，向河滩要地，违反科学，劳民伤财。今天，懂科学的年轻支书上台，终于可以科学治河了，可是，一个新的问题提出了：为什么一定要修筑大坝呢？于是，放弃筑坝修田，将资金用于开矿。从筑坝，到开矿，这一转变象征着中国农村生产发展的一个巨大变化，中国农民被人为地限制在狭窄道路上的历史从此就要结束了。蒋子龙的《燕赵悲歌》以大赵庄的巨变展示了发展商品生产的灿烂前景。武耕新经过一场痛苦的思考终于悟出，要治穷必须七业并举，经商保家，工业发财。因此，大赵庄解散生产大队，成立农工商联合公司，减少农业劳动力，办起十三座工厂，三年大富，走到了城市的前头。这些作品都是为农村经济结构的变革和商品经济的发展而大唱赞歌的。

但是，由于自然环境的限制和几千年以农立国的传统，这个民族形成了特有的观念形态：重农抑商，重义轻利，崇拜权力、贬斥金钱，已成为传统深渗在民族的精神血液中。我们习惯于“重垦”“贵粟”“以粮为纲”，对商人则“重税赋以困辱之”“严厉打击投机倒把”。“以农为本”和“无商不奸”的意识根深蒂固。我们习惯于“君子喻于义，小人喻于利”，“何必曰利，亦有仁义而已矣”。我们习惯于把金钱看作罪恶，看作败坏美德的恶魔，把“仗义疏财”视为美德，把“见钱眼开”视为恶行，把“为富”与“不仁”连结使用。因此，商品经济的出现必然引起观念的裂变，在人们的观念领域引起激烈的冲突。这种冲突必然在小说创作中表现出来。在一些作品为商品经济的发展大唱赞歌的同时，另一些作品对此提出了质疑，从相反的方向对商品经济特别是商品经济意识的发展给予审视，挑剔的目光投向了所谓商品经济意识的不良影响。

首先，商品经济的发展不可避免地要与传统道德观念发生冲突。面对这种冲突，不少作品为传统美德受到商品经济的冲击而忧心忡忡，发出“礼崩乐坏”的叹息。在蒋子龙的《燕赵悲歌》中钱使武耕新腰壮气粗，使大赵庄光棍汉娶上了媳妇，使农民住进了高干病房，因而是使人获得解放和尊严的勋臣，闪耀着金色的光辉。在王润滋的笔下，钱却使人变得丑恶，使人见利忘义，灵魂锈蚀，因此只有像《小说三题》中写的那样，把它撕成碎片，抛向大海。在贾平凹笔下受到赞扬的门门、禾禾、王才们，在《鲁班的子孙》中成为小木匠而受到了指责。由于传统观念的作用，与王润滋做同一选择的作家并不太少。不少作品在描写人的道德沦丧时不自觉地动用金钱这个历来用以作为人物鼻梁上的白粉的装饰。《河的眼睛》中的刘广林本来是“东家嫁女他帮着抬轿，西家修屋他帮着砌墙”，打鱼总是半卖半送，仗义疏财，助人为乐。可是，近几年眼见大家都发了财，他变得只信奉一个字：钱。卖鱼不再少收一分钱，捞水捞起的木料不肯归还失主，甚至为发横财而见死不救。这些作品告诉人们，金钱的诱惑使一些人丧失了原有的美德而成为魔鬼。

在一些作品为金钱冲击了传统美德而慨叹的同时，有些作品则大力张扬旧道德的力量，创造出一些传统道德战胜金钱诱惑的故事。邹志安的《大铁门》中的张昌有绝艺在身，在改革中走上了致富之路。小说写了中国农村发展商品经济的必然，却惴惴不安地盯住了这个商品生产带头人的不仁不义，以及商品生产对古朴世风的冲击。张昌为了追求利益，道德退化了，但老支书的一席话和邻里的议论终于使利欲熏心的张昌醒悟，从而改弦易辙。在不少作品中，见利忘义者最后都是良心发现。

上述作品在改革面前首先产生的是道德危机感而不是社会经济危机感。一些作家深恐商品经济冲击了传统道德，而不顾传统道德对经济发展的阻碍。他们诅咒金钱，否定人们对金钱的追求，力图以传统道德匡纠世风，而不愿意让商品经济所带来的新观念去改造传统道德。

面对金钱与道德的冲突，不少评论引用马列主义经典作家关于恶在历史发展中的推动作用的论述进行分析和评判，批评某些作品只做道德评价而忽视了历史评价。这种批评貌似为商品经济意识开脱，其实仍然把一些与传统不同的商品经济意识看作恶。文学离不开道德评价，历史评价与道德评价应该是统一的而非矛盾的。这里的冲突的确有视角的冲突，但根本问题不是历史评价与道德评价的问题，而是道德尺度的新与旧的问题。注重经济效益、努力赚钱、按劳索酬，难道就是“恶”吗？肯定这些，难道只是为了历史的发展而姑且纵容“恶”？试用新教伦理进行评判，仍是进行道德判断，却会得出另一种结论。恩格斯说过：“一切以往的道德论归根到底都是当时的社会经济状况的产物。”[①]商品经济必然带来一整套新的道德观念和价值尺度。说到底，这种冲突不是道德评判与历史评判的冲突，而是自然经济意识与商品经济意识的冲突，是传统观念与现代观念的冲突。

其次，金钱作用的加大不可避免地要带来生活秩序的调整。因为传统的生活秩序是以权力为中心建立起来的，所以在重新调整中，金钱与权力必然要发生冲突。新兴的金钱拥有者开始以其特殊的力量和魅力与权力拥有者分庭抗礼。晓剑的《被切割成两半的太阳正在升起》写了这样一个故事：全市最漂亮的姑娘夏青一直在追求着最优越的生活。过去，她理所当然成了市长的儿媳妇。但随着商品经济的发展，生活秩序改变了，市长虽然有权，却舍不得为她买一件她所喜爱的紧身蛇皮裤。某公司经理白飞不仅送了她蛇皮裤，而且同时送给她昂贵的首饰。这种差别终于使她从市长家中扑向了白飞的怀抱。有人指责小说夸大了金钱的魔力，有人认为小说反映了“权力沦丧”，其实，小说对金钱取代权力而占有夏青的事件并无否定之语。全市最漂亮的姑娘可以被权力占有，为什么不可以被金钱占有呢？如果白飞依靠金钱的力量占有夏青是不道德的，难道市长的儿子依靠权力的力量占有夏青就是道德的吗？如果不道德，应该是两种占有同样不道德。

但是，中国人历来是崇尚权力而贬斥金钱的，尽管人人都爱钱，但金钱与权力分庭抗礼却历来被认为大逆不道。这种观念在小说创作中同样作为冲突的一方表现了出来。吴雪恼的《主人》试图告诉人们，无论生活有多大变化，主人应该永远是主人。尽管长甲办起了工厂，有了很多钱，可以雇支部书记巴咸为他挥汗效劳，尽管他财大气粗，声称“见官不拜又何妨”，但最后饲料被群众哄抢，他还是不得不去找巴咸解围，因为巴咸才是真正的主人。《不平静的柳河渡》则告诉人们，一些富起来的人梦想依靠金钱谋取权力。作为被镇压的地主分子的儿子，勾践在新时期抬起了头，经营有方赚了钱，却仍不满足，有了钱还想要权，送红包拉选票想当村长。在作者的笔下，结果自然是勾践一场空忙，群众的政治觉悟是高的，一村之权岂能让金

---

①《马克思恩格斯选集》第3卷，第134页。

钱买走？从上述小说，可以看到传统的力量，它不仅影响和制约着作品中的人物，而且影响和制约着一些作家。

在围绕商品经济的冲突中，可以看到很多作家对发展商品经济的迫切性和积极影响认识不足。他们还没有认识到市场面前人人平等的原则可以冲击特权观念，并逐步培养平等的观念；他们不清楚商品竞争中的优胜劣汰原则可以冲击任人唯亲的积习，有利于建立任人唯贤的价值观念；他们也不清楚等价交换的货币关系有利于消除人身依附关系，促进人的解放，从而实现马克思所说的“以物的依赖性为基础的人的独立性”。[①]

三

作为历史的必然要求，改革在中国大地上蓬勃展开，给社会带来生机。人们欢呼改革，盼望改革，但对改革的要求和期待却未必一致，人们各自心中所描绘的改革蓝图也很难重合。同样置身于改革的洪流之中，不同的作家思考着不同的问题，并以自己的作品反映改革并参与改革。因此，不同的作家就有不同的用力方向。这一切常常形成小说创作的矛盾和抵牾。新时期反映农村改革的小说还很少自觉地思考政治体制改革的问题，作家们对于改革的理想也较少自觉地展示，但是，从对官僚主义和种种不正之风的批判中，从被热情歌颂的改革者身上，却不难发现作家们的改革理想。显然，作家们的理想极不一致。

《燕赵悲歌》的发表正是全国农村广泛实行承包责任制和商品经济在农村开始发展之时。中国农村发生了一场变化，又面临着一场变化。“大锅饭”的打破极大地调动了农民的积极性，但是，土地的分割和耕种的小面积化是否符合现代农业发展的要求？未来的道路该怎样走？土地是否必将重新合并？新的联合将以什么形式出现？未来是“九龙治水”还是“一人当家”？……这些问题人们不能不思考。《燕赵悲歌》可以说是蒋子龙的回答。大赵庄没有实行包产到户，而是由生产大队直接变为农工商联合公司。这里的领导没变，但生产结构变了，由“以粮为纲”转为“七业并举”大力

①《马克思恩格斯全集》第46卷上，第104页。

发展商品经济。这里的确富了，“贫穷”这个概念已成为遥远的记忆。村庄面貌焕然一新，宽阔的柏油马路，整齐的大瓦房，家庭设备全部现代化，人们的物质生活远远跑到了城市的前头。这部作品在客观上告诉人们，农村改革的全部内容是经济现代化，核心是发展商品经济。作者对农村政治没有更多的思考，只是强调了基层的自主权，甚至对分田到户也觉得可有可无。蒋子龙对武耕新极力赞美，但以现代意识进行观照，武耕新具有新的经济头脑，但政治意识却是旧的。在大赵庄，他是一个新型的家长，依靠他的哼哈二将进行着家长统治。他虽然是一个了不起的改革者，但他对大赵庄的统治仍是专制型的。作者对这个农村改革者佩服得五体投地，把大赵庄的改革写得非常完美，却似乎没有看到其中的问题。

农村的改革是完美的吗？仅仅发展商品生产就足够了吗？冯幺爸们真那么容易挺起腰吗？大赵庄真不存在干部与群众的矛盾吗？矫健的《老人仓》、张炜的《秋天的思索》和《秋天的愤怒》做了完全不同的回答。

《老人仓》在为改革大唱赞歌的同时，向人们揭示了一种严峻的现实：过去奴隶主式的土皇帝田仲亭乘改革之机已经成为出租土地的封建地主。小说思考的重点不是经济问题而是政治问题。它告诉人们，改革并不一定能够威胁到田仲亭们的统治地位和利益，他们仍然可以稳坐在他们的庄园里剥削和欺压农民。因此，冯幺爸们也仍然很难直起腰。张炜的《秋天的思索》和《秋天的愤怒》把这种思考向前推进了一步。小说告诉人们，在芦青河边，改革已经进行，土地和葡萄园已经承包，商品经济正在发展，但是，经济的改革并没有给人民带来应有的政治命运的变化。几十年来骑在人民头上作威作福的王三江、肖万昌们并未被推倒，他们适时换季，摇身变为“改革者”“专业户”。由于历史上的被动地位和社会的不正之风，群众没有能力承包葡萄园。只有他们，由于几十年在领导地位上的经营，有关系，有门路，能买到化肥农药生产资料，因而有承包的能力。于是，承包的结果是他们变相霸占了集体财产，群众成了他们的雇工，以一种新的形式残酷地欺压和掠夺群众。本来，在实行承包时人们有一种希望：承包之后，那些只会在大喇叭上指挥种地的干部该跟群众一样下地了。这种希望在《竹叶子》《不该发生的故事》等作品中成为现实。可是，《秋天的愤怒》告诉人们，这个梦想没有实现，《乡场上》的梦想也没有实现，因为权力的作用，农民会自愿去为支书肖万昌种责任田。群众不仅未能在改革中夺回失掉的权利，而且进一步沦为他们的奴隶，所以农村正酝酿着即将成熟的思索和忍无可忍的愤怒。

张炜等与蒋子龙的分歧在于对改革根本问题的认识和由此产生的思考问题的角度。蒋子龙显然是把发展商品经济作为根本问题来思考，他对包产到户表现出某种保留，也是从经济发展的角度出发的。他对农村政治缺乏具体的感受和体察，当然也不会像何士光那样去体会和理解土地承包与人的解放的联系。他所着眼的，只是经济如何才有更大的发展，所以为大赵庄的巨变而兴奋，却没有去思考大赵庄的政治问题。之所以如此，因为蒋子龙是站在武耕新的立场上，与他一起去思考问题的。张炜思考的却是另外的问题，他觉得农村改革不应该仅仅是实行承包和发展商品经济。他关心的是由于政治体制的缺陷造就的农村“土皇帝”式的统治是否能在改革中得到解决，广大农民是否通过改革主宰了自己的命运。他思考的核心显然是人民能不能通过改革而真正当家做主的问题。单独阅读《燕赵悲歌》，你会为大赵庄的变化而兴奋不已，但读过《秋天的思索》之后再读《燕赵悲歌》，你会觉得大赵庄四千多人一致拥护武耕新，这是令人难以相信的。在大赵庄，是不是也有一个“老得”在思索？是不是也有一个“李芒”已经愤怒？读过《燕赵悲歌》再读《秋天的思索》，你会觉得张炜为被欺压者的痛苦所折磨，而顾不上或不愿去考虑经济发展的情况，比如：在芦青河边，王三江们是否带来了经济的繁荣？农民的收入增长了多少？很显然，思考眼下农村政治问题的确非常重要，但现代经济意识的确是张炜的一个薄弱点。经济发展的确是值得赞美的，但现代政治意识是蒋子龙的一个薄弱点。我觉得，武耕新与王三江其实是同类原型。如果让张炜去写大赵庄，也可能写出思索和愤怒；如果蒋子龙去写葡萄园，也可能写成改革者的赞歌。原因只在着眼点不同，思考的问题不同。

既然农村改革后仍然存在种种问题，那么就要思考解决的途径。李芒到县里告状去了，结果会如何呢？县里的情况如何呢？柯云路的《新星》写的就是一个县。他对中国农村存在的问题有着比较全面而深刻的认识，并且推出了一个能够解决问题的当代“青天”李向南。李向南有朝气，有激情，有才略，有手腕，大刀阔斧进行改革，打击贪官污吏，为民做主，但最终却如蛾触网，展翅难飞。李芒即使找到他，他能为李芒做主吗？而百分之九十九以上的可能，李芒遇到的，将是顾荣们，而李芒所要告的，正是他的亲信。所以，李芒和张炜的希望，大概难以实现。

映泉的《桃花湾的娘儿们》在反映农村改革时所做的独特的思考至今没有引起人们足够的重视。这部小说所描写的，是在贫困中失去了尊严的人们如何在改革中恢复人的尊严，挺身站立起来。桃花湾的娘儿们历来名声不好，受人鄙视，被人玩弄，而且自轻自贱，不知自重。在改革中，还是那群女人，却终于焕发出前所未有的力量，在变革生活环境的斗争中重新塑造了自己。小说中的改革者梁厚民也不是大刀阔斧的铁腕派，而是一个涉世不深的文弱书生。他在桃花湾没有什么壮举，全部工作是启发和帮助人们站起来自己当家做主，而不是以包打天下的救世主自居。毫无疑问，作者通过这个改革者形象发出的呼唤，与《燕赵悲歌》和《新星》大不相同。

上述作品表现出一种理想的冲突：农村改革在政治上的目标是出现一个好家长还是群众站起来自己当家做主？这是一个大问题。

四

梁厚民从桃花湾撤出了，那里的群众真能自己站立起来吗？从《苦寒行》等大量作品可以看到，我们的父兄是那样愚昧麻木，懒惰苟安，容易满足，不思进取。只要压迫的势力继续存在，他们站立起来的希望非常渺茫。

怎么办？李向南回北京去了，回来也未必斗得过顾荣；只要李向南不来，李芒告状也是白告……这些问题，每一个中国人都应该思考。反映农村改革的小说，是应该思考怎么办和怎么写的时候了。

1987年12月　曲阜

崎岖的小路与沉重的历史

——读毕四海长篇新作《皮狐子路》

严格地说，这部小说不能使我满足，读完之后，感到它像那条皮狐子路一样纤细而单薄，情节稀疏而缺少更大的信息密度，错综复杂的社会矛盾没能够更完整进入作家视野，因而也就缺少题材本身所应有的厚重。

但是，它还是深深地打动了我。掩卷沉思，那条小路总让我想起中国的商品经济。在古老的中国，种种历史原因形成了重农抑商的历史传统。历代统治者都强调以农为本而对商业采取抑制的态度。早在先秦时期就有“贵粟”之策、“劝垦”之论，而对商人则“重税赋以困辱之”。这种传统使“无商不奸”的观念根深蒂固。尽管商人自产生以来就对人类的生活做出了无法磨灭的贡献，但在中国人的心目中却没有地位，旧戏舞台上的商人形象几乎都被描写为刁钻狡猾、无情无义的人。这从小说中的文山先生、克水等人也可以看到。他们以耕读自诩，而对经商贩运深恶而痛绝之。这种传统无疑阻挡着商品经济的发展，阻碍着历史进步。

然而，无论文山先生之类的腐儒怎样大骂“鸡鸣而起，孳孳为利者，跖之徒也”。无论克水之类的所谓本分农民怎样维护并不代表自己利益的思想观念，都不能彻底阻挡走在“皮狐子路”上的人们。传统的小农社会是留有弹性的，也是留有一些人情味的。它留下一条虽不畅通却未阻塞的“皮狐子路”，给了野兰子和她的同辈人。谁说中国没有发展商品经济的动力呢？看看野兰子们，为了生存，他们会自发地按照历史发展的规律行进。所谓历史发展的规律，并不是先哲们关起门来画出的航线，而是人类生存和发展的必然要求的总结。那种发展的要求甚至如野火一样难以扑灭，给予我们关于中国历史和现实的深刻启示。从50年代到70年代，中国人投入了很大力量对付这种“自发的资本主义倾向”，要切断那条“皮狐子路”，正说明我们今天所迫切呼唤的商品经济是能够自发的，只要不以罪恶的黑手去死死地扼住这个瘦弱婴儿的脖子。

但是，过去我们恰恰这样做了。

无论作家自觉还是不自觉，小说触及了我们社会严重存在的一个问题：对所谓“资本主义”无情剿灭而对“封建主义”纵容姑息。文山先生顽固地坚持着一整套旧的观念和生活方式，用戒尺向学生灌输旧文化，教育局长七承认八承认就把一切承认了下来。到了80年代的门槛上，风水先生可以公开摆摊，工商局却仍不承认贩卖活动的合法性，野兰子改嫁仍然艰难。政治和文化的种种弊端形成一种合力阻碍着商品经济的发展和人的解放，使历史的行进步履维艰。我总觉得野兰子是一个象征，两个丈夫都未能与她相伴多久，旺盛的生命之火只有置于寡居的死寂之中。今天，她上路了，将踏上新途，却仍然为腐朽所阻，非逾墙不能出，还需有人充当“上驴石”。这是一个非常严重的问题。我们一次次反对资产阶级的自由化，却几乎没有人想过反对封建主义和专制主义的自由化。事实上两者同样重要，也许后者比前者更为迫切。在《皮狐子路》中，到处表现着作家为所谓“资本主义倾向”张目、向货真价实的封建主义进攻的冲动。中国的现代化是一个艰难的历程。《皮狐子路》在揭示其艰难方面是值得称道的。这种艰难性在改革的初期首先表现于社会政治生活层面，小说虽然对复杂性缺少更整体的把握，但通过盖天京等人物的描写，通过地主摘帽等情节的设置，寥寥数笔已揭示出一斑。

显然，政治生活中发生的一切都有文化深层的原因。小说所着重描写的是70年代末变革初期的农村生活。小说对盖爷的描写笔墨不多，但落笔相当准确，入木三分，笔笔见血。中国历史的车轮总是原地打转，原因究竟何在？盖爷的心理是形象的显示。这个给地主当过“觅汉”（长工）的农村无产者，在思想意识上与地主基本相同。不同之处是他更低俗，更落后。土改翻身后住进地主的大院，他就时时处处模仿地主，甚至让老婆学着地主小老婆的样子与之调笑。在中国，地主与雇农的地位并非固定的，随时可以转变，起决定作用的只不过是外部条件罢了。过去的作家以阶级的观点看问题，往往把他们看成两类不同的人，毕四海超越阶级论，就看到了他们之间的共性。土改以后，盖爷用烟袋敲打长工的愿望没有能够实现，儿子却用三色棍敲打小贩，从而实现了父亲的梦，使他得到了某种满足。老县长说："我们不能打倒了地主自己再当地主。"看来，毕四海对此思之甚多。中国历史发展中最要命的就是打倒了地主当地主，打倒了贪官当贪官，推翻了皇帝当皇帝。他抓住了这个特征，从而抓住了历史发展艰难的症结之所在。

如果说盖氏父子是历史重负的一种表现形式，德全母子则是另一种形式反映着历史发展的艰难与沉重。从道德上说，他们是好人，但怯懦畏缩，蓬勃的生命力禁锢于所谓美德之中，使他们不再是历史的动力，而成为历史的重负。

历史的车子在艰难地行进着，文学可以是路边的雏菊、悠闲的蝴蝶，对这一切视而不见，但我更喜欢那些走上前去以自己微薄之力推动车轮或清除障碍的作品。我甚至固执地认为，生逢变革之世，为人生的艺术家别无选择。

1988年10月　曲阜

对农村文化变革的深情呼唤

——再读毕四海长篇新作《皮狐子路》

中国是一个农业大国，在现代化的历史进程中如何摆脱农村小生产以及在此基础上产生的意识形态和文化心理的束缚，而迈开前进的步子，一直苦恼着我们时代每一个严肃的思想者，同时也苦恼着那些关注民族命运的文学艺术家。在我们的时代，尽管有不少作家远离人间烟火轻轻松松或并不轻松地“玩文学”去了，却仍然有不少作家在严肃地关注现实，与时代一起承受蜕变的痛苦，呼唤时代的新生。现在，山东青年作家毕四海又把他的《皮狐子路》摆在了我们面前。虽然这部小说还有种种弱点，但它对中国农民生存状态的反映和对农村文化变革的深情呼唤与严肃思考还是深深地吸引了我。

一

首先使我注意的是那条路——“皮狐子路”。它弯弯曲曲，又陡又窄，崎岖而又艰险，但却仍然有人走着，风中，雨中，伴着狐叫狼嗥。千百年来，这条路顽强地存在着，那些不安分如野兰子一样的人，由于命运所迫而用脚步踏出了它，延续着它。但是，它却总是那样艰险难行。人类生存的路越走越宽，在中国土地上的这条皮狐子路却穿过漫长的历史峡谷而仍然隐没于荒山峻岭的荆棘丛中。一代又一代的人不是不想开拓，但开拓难，难于上青天。这条路，是写实，也是象征。实实在在，它是一条商道。野兰子、德全们在那条路上偷偷摸摸搞贩运。从语义上看，“皮狐子”即狐狸，在蒲松龄的故乡，在毕四海和我的故乡，它一般不被归类于动物，而是与妖魔鬼怪为伍。“皮狐子路”是与“金光大道”相反的，是阴暗而弯曲的“邪路”。按照我们过去几十年的搭配习惯，“邪路”总让人想到“资本主义的路”。而所谓“资本主义的路”也就是发展商品经济的路。皮狐子路之所以顽强存在着，因为它产生于人们生存的欲望。困厄中的人要求生存，任何专制的力量都无法阻挡人们踩出或明或暗的一条条活命之路。皮狐子路之所以那样艰险难行，因为它虽然是一条活命之路，却是一条得不到认可的“歪门邪道”。小说注目于这两方面的矛盾，对其艰难的存在和存在的艰难都做了比较深刻的反映。野兰子、德全和大金牙们由于命运所迫自发地走上了这条路。而以盖天京为代表的政治力量和以孟文山为代表的传统观念却从不同的方面结成同盟为这条路上的跋涉者们增加艰难与沉重。很明显，从审美评价所显示的倾向性，可以看到作者对那条路的一往情深，对那条路上跋涉着的人们充满深切的关心、同情和爱怜。在小说中，我们可以听到一个对生活充满激情的作家对发展商品经济、拓宽生存道路、完成农村文化蜕变的深情呼唤。中国农民活得太不像样子了，那么，要改变这种生存状态，活得像人，其途径何在呢？看来，毕四海对此做过比较全面的思考。人活着，首先要解决物质生活的需求。这虽是最低层次的需求，却是不可缺少的。正是在这个思考层面上，作家在小说中热情礼赞那些为生活得更美好一些而敢于背离通往贫困的“金光大道”而走“邪路”的人们，高扬商品经济意识，对“莠民”“下九流”们对传统农业文化的反叛给予热情的肯定和赞美。

作为表层意义，《皮狐子路》首先描写的是农村商品经济的坎坷之途，呼唤农业文明向着商品文明过渡。这种呼唤在今日之中国有着非同小可的意义。我之所以愿意赞美这种呼唤之声，因为它与人的解放这一时代主题是一致的。按照马克思的认识，“人的依赖关系（起初是自然发生的）是最初的社会形态，在这种形态下，人的生产能力只是在狭窄的范围内和孤立的地点上发展着。以物的依赖性为基础的人的独立性，是第二大形态，在这种形态下，才形成普遍的社会物质交换，全面的关系，多方面的要求以及全面的能力的体系。建立在个人全面发展和他们共同的社会生产能力成为他们的社会财富这一基础上的自由个性，是第三阶段。第二个阶段为第三个阶段创造条件。”[①]很明显，我们还没有条件奢谈自由个性，中国人现阶段所争取的人的解放，还只是摆脱人的依赖关系而实现“以物的依赖性为基础的人的独立性”，从而为第三阶段创造条件。也许正是基于一种与此相近的认识，毕四海才在《皮狐子路》中为商品经济的发展而呼，并把呼唤商品经济作为人的解放这一中心主题的一个分项。

二

翻开这部小说，立即便会感到皮狐子路是中国商品经济发展道路的一个象征。细读之后，我又隐隐觉得它还是中国人生存道路的一个象征，也是中国文化环境中人的生命状态的一个象征。小说通过这条路上和路边的人们的生存状态的描写，通过他们的生命被扼制得不死不活的残酷现实的揭示，在弘扬商品经济意识的同时弘扬了生命意识。人的解放首先需要吃饱肚子，但物质生活条件的改善并不意味着人的自由的真正获得。精神枷锁同样不容忽视。以什么来对抗历史遗留给我们的重重枷锁呢？当代作家纷纷选择了生命意识。毕四海也做了同样的选择。

《皮狐子路》流动着很强的生命意识，小说着眼于文化变革而对农村文化传统给予冷峻的审视。冷峻来源于作者观察和思考问题的视角，他通过人的命运看农村文化传统，通过生命的被扼制而对这种文化传统给予审判。我总觉得小说深渗着作家对人的生命的一种理解：生命如奔腾的激流那样不可扼制，也不应该被扼制；生命的美好在于自由，在于永不安分的火辣辣的欲求，它是生命最艳丽的花朵。在野兰子身上，比较集中地体现了这种人生审美理想。

也许这个形象所承载的一切对于一些读者来说未必能够接受，但理解野兰子却是打开作者审美倾向的钥匙。在小说所提供的死气沉沉的背景上，她是噼噼啪啪燃烧着的生命之火，是生机勃勃的生命的化身。她是腐儒孟文山的女儿，却是传统的最激烈的反叛者；处于禁欲的文化氛围中，

①《马克思恩格斯全集》第46卷上，第104页。

却高扬着人欲的旗幡；自小受着重义轻利的教育，却走上了“孳孳为利”的道路。小说极力渲染了她旺盛的生命力。甚至写她九岁便跟男孩子相好，十岁便产生了性爱的欲求。可是，命运却对她那样不公，几年之内，公社文书和小学教师都因元气不足而很快死去。她成了“克夫精”，按照传统，那炽烈的生命之火将要悄悄熄灭于寡妇生涯的漫漫长夜之中。但她却执着地追求人生的幸福，甚至绝不装相，“想浪个什么样就浪个什么样”。但是，这个敢于追求、敢于索取、也敢于奉献的女人却同样觉得有一股风推着她，有一根绳子牵着她，使她“自己当不了自己的家”。她曾痛苦地咬牙发问：“这算是一种什么活法?”她的不幸是自由生命在中国文化环境中的不幸。她的发问使我们不得不承认：是的，中国人该换一种活法了!

在《皮狐子路》中，自由的生命是衡量一切的价值尺度，一切对人的自由本性的扼杀都是罪恶。以封建文化和专制主义文化为主体的中国农村文化是摧残个性、扼杀生命、让人不死不活的禁欲文化。置身于这种文化之中，人的生命很难舒展。小说中的耐冬嫂是一个比较成功的形象。她之所以成功，在于作者准确地把握了那些受传统文化束缚的妇女的心理状态，抓住了她们心中理与欲的尖锐冲突，写出了她们灵魂被撕裂的残酷现实。从耐冬嫂这一形象，我们可以感受到那种自我压抑的痛苦，看到那种在自为的牢狱中挣扎碰撞的惨状，从而理解积淀在农村的传统文化是如何啃噬着人性、扼杀人的生命。透过这一形象，我总想到中国人的一般生存状态，由于种种心狱，中国人的确活得太窝囊、太委屈、太不舒展、太不像人。由此，我们更可以理解作者对野兰子那个活泼生命的偏爱。

由此进入小说的观念世界，我觉得这部小说涉及我们到底应该怎样活着的问题。古往今来，无数哲学家在思考人为什么活着的问题，其实，更需要回答的问题是人应该怎样活着。在当今小说中，描写人的生存状态的作品已不罕见，但多数作品只是冷静地描写而不愿表态。毕四海比较率直，在《皮狐子路》中明确地表达了自己的肯定和否定。

在这部小说中，德全与野兰子是两种活法，他们都活得艰难，但在同样的艰难中，一个窝囊，一个洒脱。耐冬嫂与许河是两种活法，他们的命运都很不幸，但许河却不像耐冬嫂那样折磨自己。显然，在野兰子和许河身上，寄托了作者关于人生的某些思考。许河认为“人活着先要务实然后才能务虚”，“活着就要自由自在”。他觉得中国人把虚名、荣辱看得太重，因而畏畏缩缩，胆战心惊、活得很累，认为“应该有一种好的活法”。这种活法在野兰子身上得到了某种程度的实现。她不愿像耐冬嫂那样为死了的人受罪，并且终于悟出：“人要把握住自己的命运。社会再可怕也有缝子，也有权力和邪恶够不着的地方。人便要在那样的地方去寻找属于自己的自由。人的心灵一定要属于自己，要让心灵的自由尽量地扩大。想干什么便干什么。不要太思前顾后，要更加看重眼前。如果眼前的幸福都得不到，那人活着还有什么意思?”这是作者借笔下人物说出的自己的思考。这种思考在种种价值观念的转变没有完成之前，对于破坏旧的结构，显然是有积极意义的。

三

我把《皮狐子路》看作一部文化批判小说。为了人的解放，为了改变中国农村人的生存状态，成为真正的人，作者呼唤商品意识，弘扬生命意识。这就必然带来另一问题：商品经济在中国为什么会成为一个古老的萌芽？中国人为什么活得不死不活？这就使作家不可能回避对中国文化传统的审视与批判。小说深入农民心理，努力对其进行整体的、深层的把握，通过几个人物的设计为我们展示了一幅中国当代农民文化心理的综合分析图。文山、克水，盖天京、盖爷，耐冬嫂、德全……通过这众多人物组成的多重交叉网络，显示了农村文化蜕变的艰难和历史的沉重。盖爷是一个用笔不多的人物，但每一笔都很醒目（这是长处也是缺陷）。通过这个形象，我们可以看到中国农民文化心理上一个最可怕的病灶。盖爷门口那棵槐树给我留下了极为深刻的印象。大槐树“青龙”是大地主许蓝国的化身，土改中许蓝国被打倒了，这棵槐树也被杀了。小说是这样写的：“不过没有能掘它的根，因为它的根须已经伸得很深很深很长很长了，已经伸到了大寺湾的下边普集镇的下边，也许有的已经伸到了四季山的下边，最浅最短的也伸到了许多家房子的地基底下了。而那些房子又是金字牌贫农银字牌下中农铜牌中农的。没有办法，只能这样子杀法——贴着地面锯断它。第二年（确确实实没有更长的时间，普集镇上的许许多多男人和女人都可以作证），一些青青的槐条儿便从树根上萌生出来，并且是不可一世地迅猛地疯长起来，几天工夫，便有一人多高，便有手指头一般粗了，它们好像是充满了仇恨在长。大门的新主人盖爷，砍掉了一些，只留下了一根，很快，这棵二槐树碗口一般粗了。十多个六月过去了，二槐树已经和黑槐树临离开人间的时候一般粗了……”作为象征，几乎每一句都有具体的寓意。由这棵槐树，我们便可以想到盖爷，想到生活中的“黑槐现象”。由这棵槐树，我们更清楚地看到了盖爷这个农村无产者和大地主许爷的精神联系。变化一下曹植的诗，也许可以说：虽然相煎急，却是同根生。由此我们更可以理解小说写盖爷的一些细节：因做长工时挨过烟袋敲，便盼着早晚有一天也用同样的烟袋敲一下自己的长工；与老婆在一起，也学着当年许爷与小老婆调情的样儿……

如果说盖爷的心态更多地显示着中国农村政治病根的话，孟文山这一相当独特的人物则显示着农村文化的主要病根。这个亚圣的七十三代孙，用红卫兵的话说，是一具“封建僵尸”，用风水先生的话说，是“当今大儒”。他代表着农村文化正宗，不淫不乱，不贪不盗，严守礼义，用传统人格标准衡量，也许的确是无可挑剔的“君子”。但是，他的一切行为都与时代的发展格格不入，与人的解放背道而驰。同时，在这个人物身上，还体现着作家对传统知识分子人格的认识。孟文山对贪官污吏深恶痛绝，但见了贪官污吏却照样点头哈腰、面带微笑，心寒胆战。他清高自傲，但在任何一个官员面前都会立即失去那清高和自傲。如果哪个官对他稍微客气一点，他便会受宠若惊。即使在他崇拜的清官面前，也是敬而怯之。《皮狐子路》对孟文山给予了应有的讽刺与批判，使人看到传统文化的腐朽。如果说孤立地看孟文山还没有多大危害性的话，通过李克水、耐冬嫂等人物，他的危害性就显而易见了，因为正是他所承载和传播的旧文化制造了一个又一个的耐冬嫂和克水，他们是他所代表的思想观念的延伸。

小说避开农村真正的政治人物不写，让一个工商所长承担了所有的政治职能。我对此甚不理解。在中国，无论人的命运还是经济发展，都与政治密不可分。小说所描写的是变革初期的农村生活，却没有写出直接掌握人们命运的农村基层干部的复杂心态和作用，这毫无疑问削弱了小说的历史蕴含。对于短篇不能做这种苛求，但作为长篇，表现野兰子们的命运，反映农村的文化蜕变，基层政权的作用是无法避开的。这一缺憾和对路县长的描写一起，使小说的批判意识没有贯彻到底。

1988年12月　曲阜

永恒之梦的破灭

——新时期文学的爱情观念流变之一

一

考察新时期文学中的情爱表现，将其与历史上的同类作品相比较，我们会发现一个相当奇异的现象：爱神大龄化。爱情主人公们的年龄突然增长，爱情不再是少男少女们的专利。在过去的中国文学中，爱情历来是少男少女的事，婚后的男女很少成为爱情故事的主人公。在中国古代文学中，美好的爱情故事基本上有两种类型：一种是爱情悲剧，在那些悲剧中，恋人们往往在爱情之花刚刚开放或没有开放时就死去了，如贾宝玉与林黛玉就是如此。在所有赞颂爱情的故事中最成功的是这种悲剧。另一种是“有情人终成眷属”的故事，相爱的男女历尽曲折坎坷，冲破重重障碍，最后终于如愿以偿结成眷属，《西厢记》《牡丹亭》《墙头马上》等均是如此。一方面是有情人难成眷属，一方面是有情人终成眷属。难成眷属而死去者当然令作家无后话可说，要说也只能是化蝶双飞之类的梦想，而终成眷属者后来如何？古代的作家却也很少有人去写。作家们对情爱题材的这种处理的确省去了不少麻烦，因为终成眷属之后那下文往往令人扫兴，与歌唱爱情的主旨难以吻合。不知是有意回避还是无意疏忽，婚后的爱情状况很少进入文学园地。这也许与我们传统的审美心理有关，满足于大团圆而回避令人扫兴的事。

新时期文学爱情表现的重点却悄悄地转移到了婚后，少男少女们单纯热烈而浪漫的爱情受到了极大冷落，爱情文学的主人公更多地成为已经结过婚的男人和女人们。似乎少男少女们的爱情已经难以激起作家们的创作激情，文学即使写到妙龄少女，也往往要写她与一个家庭形成某种三角关系。早在80年代初就出现过对文学热衷于描写“一个少女爱一个老头”的批评，但批评并没有影响这种趋势的进一步发展。

情爱文学表现的对象向着婚后的转移给文学带来了一系列变化。重要的变化之一就是对爱情永恒性和持久性的怀疑和失望。文学终于发现有情人终成眷属之后的情形并不美妙，家庭生活中保持美好爱情并不容易。于是，“有情人终成眷属—眷属终成无情人”似乎成为一个必然的发展过程。成为文学的一个表现热点。中国当代人的婚姻状态成为文学关注的重要对象。就在这种对婚后情感生活的关注中，爱情的永恒成了一个破碎的梦。

这种现象的出现有其特定的背景。作为一个大背景，就是70年代末到80年代初中国社会发生的婚姻秩序大调整。人们把这次调整称作当代中国的第二次离婚高潮。社会的重大动荡必然带来婚姻关系和情爱关系的动荡，社会生活秩序的调整也必然带来婚姻秩序的调整。十年“文革”打乱了原有的生活秩序，大批领导干部及其子女一下子被打入了社会底层，与普通民众到了同一地平线上；成千上万的城市知识青年被驱赶下乡，与农民过起了同样的生活；一场大动荡打破了有才华的青年们走出生活低谷的正常成长道路，把他们滞留在原有的生活层次上。十年，时间是那样漫长，希望非常渺茫，年华流逝，青春不待，于是，一些本来不可能相爱的男女相爱了，一些本来不该缔结的婚姻缔结了。可是，“文革”结束之后，一切秩序都恢复了，被打倒的领导干部重新走上领导岗位，牛棚里的教授重归讲坛，知识青年返回城市，大学恢复了正常的招生……这一切的重新调整，无情地撕裂着特殊岁月特殊环境中缔结的爱情和婚姻关系。与此同时，诞生了1980年《中华人民共和国婚姻法》（以下简称《婚姻法》)。该法放宽了离婚的条件，为“文革”时期形成的婚姻关系的解除大开了绿灯。

婚姻关系的解除和重建必然经受着双重的痛苦，其一是外部的，它为传统道德舆论所不容；其二是内部的，对新生活的向往和对旧婚姻的眷恋所形成的冲突同样困扰着人们。这重重困扰使婚恋问题成为80年代初中国人的精神热点之一，同样，也成为文学表现的一个热点。

二

对于中国人来说，离婚决不是一件美好的事。在古老的中国，美好的爱情被理解为永恒的。爱情的理想境地是结成百年之好，从此永不分离。对情侣们最美好的祝愿是忠贞不渝，白头偕老。人们一旦相爱，想到的便是终生相依，所以结婚至今被称为“终身大事”。这意味着人的一生只有一次爱的权利，只有一次选择的机会。

由于这种理想，在文学中被热情赞美的是忠贞不渝、始终如一的爱情。在生活中，钻穴逾墙、双双私奔是不合礼教的丑行，违抗父母之命私自结合是大逆不道的，但在文学中这一切却往往受到赞美。但是，这关系必须是从此不再改变，决不能始乱终弃。似乎只要能够矢志不移，便可抵消钻穴逾墙的种种过错，而成为男女之事的楷模。如果始乱终弃，不仅抛弃者要受到道德的谴责，被抛弃者也要在被同情的同时被当作轻浮者的鉴戒。与此相一致，那些感情不能持久、经受不住磨难和考验的人则成为被鞭挞和嘲弄的对象。“五四”以后，中国的婚恋观念发生了深刻的变化，但是，仅从“五四”时期女作家们笔下的爱情故事看，她们常常是极写女子之痴情，而谴责男子的朝秦暮楚寻欢作乐，重复着痴心女子负心汉的古老主题。显然，忠贞不渝仍然是她们的爱情理想。

这种古老的传统一直延续着，直至新时期最初几年的文学也仍然如此。虽然政治上的反拨变化显著，爱情理想却并没有发生多大变化。从《墓场与鲜花》等作品可见对忠贞持久的爱情的讴歌，从《失掉了的爱情》等作品可见对不能坚守美好爱情者的鞭笞和嘲弄。刘心武发表于1980年的小说《写在永不凋谢的花瓣上》中也让那个感情一度波动而最后以道德约束了感情的诗人写下了这样的句子：“据说人类越接近高度文明，便越允许旧爱的消亡和新爱的勃发，允许自由离异与自由结合，那时的道德观念和婚姻制度都是今天的庸人们难以理解的。我祈祷这样的理想终能实现，然而生活的现实的时空中，我仍笃信这样的信念，爱情应当是坚贞不二、生死不渝的。梁山伯与祝英台，罗密欧与朱丽叶，即使到了极度文明的社会，他们的爱情也将具有某种典范性质。真正的爱情必须是永恒的。”它所表现的爱情观念代表了当时作家们的一般状态。

也许生活中因人生浮沉而造成的悲剧太多，坚贞便显得格外可贵，一代代文人才子在他们的笔下寄托美好的梦想。严格说来，它不过是一个梦，但是，这个梦却已经成为一种心理积淀，成为一种价值尺度。忠贞不渝以及与之相联的“嫁鸡随鸡，嫁狗随狗”统统成为高尚品德，而喜新厌旧，见异思迁，则通通成为一种恶行。时代进入80年代，但灵魂深处的这种观念却不是一朝一夕可以改变的。因为在一般情况下，离婚常常意味着一方抛弃另一方，一方追求新的幸福，而另一方却要陷入深深的痛苦之中。所以无论离异者有多少理由，只要涉及抛弃，富于道德感的中国人的感情倾向是明显的。“喜新厌旧”“富贵易妻”者的代表人物是陈世美。多少年来，人们把同情给予了“秦香莲”，“陈世美”则一直是被诅咒的对象。秦香莲与陈世美已经成为中国文学中的一个母题。

然而，在新时期文学中，人们对“陈世美”和“秦香莲”们却表现出了一种不同于传统的态度：对“秦香莲”不再只是一味地同情，对“陈世美”也不再只是诅咒。

在新时期文学中，富贵易妻的负心汉形象主要出现于两类人中，一类是干部，一类是大学生。

第一类多是革命成功进城后离婚再娶的干部和“文革”结束后重返领导岗位的干部。对于前者来说，是文学进行的历史补课。这类形象本该出现于50年代的作品中，但由于众所周知的原因，50年代的文学却回避了这一内容。即使有的作品涉及这一内容，也都如岳野的《同甘共苦》一样表现得极有分寸，还要安排一个各得其所的大团圆结局。新时期文学在对历史和现实进行反思的过程中触及了这一内容，虽然作家们的道德义愤是有节制的，也很少有作品以这种遗弃为主要内容，但文学对进城之后就抛弃患难妻子的行为表现了难以克制的愤慨。作家们大都把这一行为上升到忘本、忘恩负义、忘掉人民的高度来认识。当时大量作品的立意都不在爱情。但是，80年代中期之后，这种情况开始改变了。从张一弓的《死吻》等作品可见，当年进城之后干部们的离婚行为也是可以理解的了。它使我们看到，朱赫来没有与他农村的妻子离婚实在是一种不幸。由此透露出的是作家们关于人的认识对政治情绪和道德义愤的超越。“陈世美”在这种超越中获得了理解和宽容。

第二类负心汉形象是上了大学而抛弃其原来妻子或恋人的大学生。这同样可以理解为“富贵易妻”。值得注意的是，这类形象一开始就没有受到强有力的批判和否定。文学最初的态度是暧昧的，而后来则一步步显示了对其行为的理解和赞同。这一时期大学生的爱情故事往往以新旧感情的交替为主要情节，以感情与道德的冲突为主要矛盾。对于那些经历过坎坷岁月、已有配偶和儿女的大学生来说，他们原有的婚姻毫无疑问更多地包含了特定历史阶段社会历史力量对人的压抑和扭曲。坎坷的岁月过去了，历史在事业追求上给了他们以弥补的机会，新的生活滋养着新的爱情，但婚姻却难于解除。这不仅因为法律和社会舆论，而且还因为当事者自身的道德感。因此，他们无可逃避地带有了某种悲剧色彩。面对历史造成的如此现状，他们做出了不同的选择，有的以牺牲情欲为代价完成着自己的道德形象，有的顺应感情的呼唤而摆脱了无爱的婚姻。文学及时地反映了这两种选择中的矛盾和痛苦。

最先展示这个问题而引人注目的是陈可雄、马鸣的短篇小说《杜鹃啼归》、谌容的《褪色的信》、尤凤伟的《因为我爱你》等短篇小说。

《杜鹃啼归》中的男主人公在农村已有妻子，在大学又与女同学恋爱了。他决定利用假期回家与妻子离婚，但最后却终于没有离。原因是他突然意识到“生活是不断更新的，但这不一定要靠凿沉家庭的船来实现，这会使有的人落水淹没下去”。同时，他的女同学也认识到自己的幸福不应该建立在别人的痛苦之上。这种结局使我们看到作者的一种矛盾心态：一方面高扬人的感情价值，一方面又强调人的道德感；一方面非常同情男主人公的处境，一方面又不愿让他为了自己的幸福而使别人陷入痛苦之中。

在《褪色的信》中，省委副书记的女儿章小娟在“文革”时期满怀豪情地下乡插队落户，爱上了那里的青年农民温思哲，并且主动追求，决定了自己的婚姻。可是，动乱岁月过去之后，章小娟考上了大学，她对那个农村青年的感情很快褪色了。温思哲一往情深如痴如醉地等待着，章小娟却产生了一种新的认识，认为他们两个是在一场噩梦中走到一起的，今天从噩梦中醒来，那种爱情也应该结束了。这种认识把人们的目光引向了爱情建立的基础。爱情总是建立在一定的基础上，基础不存在了，分手便合情合理。它透露出一种理论，即爱情可以随着时代、环境、条件的变化而变化。小说作家谌容在作品中回避了对此进行评判。

这类故事在《因为我爱你》中得到了解决的另一途径。尤凤伟没有让道德战胜感情，也没有让他笔下的冶明像章小娟那样理直气壮地抛弃丽丽。面对《杜鹃啼归》中的矛盾，尤凤伟想出了一个天真的解决办法：让即将被抛弃者自己主动离开了。离开的理由是“因为我爱你”。

值得注意的是，在这些小说中已经没有了对“陈世美”的道德义愤。这些小说都曾经引起争论，争论的焦点是道德问题。我不愿对当时的争论说长道短，因为人们的出发点不仅仅是爱情和道德，一些相对守旧的观点常常出自可贵的道义，一些新鲜的言论也的确常常与卑劣的行为纠结在一起。正如当时对1980年《婚姻法》的评价一样，扩大离婚的自由本来是一件好事，但一旦被认为是为某个阶层遗弃苦难中低就的配偶而提供法律依据，人们的感情就不那么冷静了。尽管评论界的声音各式各样，并且不时发出断喝，描写大学生婚变的作品却越来越远离传统道德。到了《蜀道难》等作品，则对见异思迁的主人公们公开首肯了。

从接下来的大量作品可以看到，这个时代对“陈世美”的看法发生了变化：人们虽然不说见异思迁、富贵易妻（夫）是美德，但对爱情所赖以建立和存在的基础条件的强调，却使中了状元的陈世美弃糟糠而当驸马爷的行为成为可以理解的。在一方环境和条件变化的情况下，离异成为正常的，坚守成为反常。文学充分表现了那些该离不离者的艰难的痛苦，他们成为被同情和怜悯的对象。那些在环境条件的变化中已失去爱情而仍保持婚姻的人们成了十足的可怜虫，他们的牺牲精神在一般情况下不再被赋予高尚的光辉，而是常常成为病态人格剖析的标本。

由此还可以看到，由于爱情是可以随着环境和条件的变化而变化的，它便失去了所谓忠贞不渝的永恒性。

三

在新时期之初，《杜鹃啼归》等不少作品都回避了那些夫妻之间原先是否有爱情这一问题。有些作品则很轻易地把原有的婚姻处理为特定环境的产物，是本来就不该产生的。这样，问题就比较容易解决了，因为特定环境中形成的无爱的婚姻的解体比较容易让人接受。可是，这种逃避和简单处理却不能对生活做出准确的反映。那些面临分崩离析的婚姻并不都是在不自愿或没有选择余地的情况下形成的。他们常常是自由恋爱的结果，也曾经有过相亲相爱的热烈阶段，不幸的是他们的爱情已经熄灭了。

这种现象的发现使人们更进一步探索感情发展的规律。为什么昨天的热烈会变成今天的冷漠？为什么相爱的情侣会反目成仇？是什么维系着婚姻的和谐关系？人的感情究竟能不能始终不渝？……这些成为文学思考的重要内容。

在许多作品中，透露出了一种“平衡论”的观念。这种观念认为，男女双方必须保持某种平衡，爱情才是可能的，婚姻才是幸福的。一旦男女双方的平衡被打破，爱情就会随之消失。一方精神境界发展了，另一方的精神境界如果不能与之相适应，就会失掉共同语言，因而导致爱情的消失和婚姻的离异。因此，解决婚姻危机的办法只能是保持夫妻之间关系的平衡。王安忆的《金灿灿的落叶》、陆星儿的《啊！青鸟》等写的都是大致相同的故事：妻子承担一切家务，帮助丈夫考大学，丈夫却在上大学后另有所爱。妻子当然很痛苦，但最后却终于认识到，第三者之所以打进来，是因为自己在知识上与丈夫差距越来越大。因而她们都一个个奋发图强，或考大学或考研究生，以求与丈夫达成新的平衡。

显然，这种试图通过自强来解决家庭问题的思考是积极的、有益的。它源自现实生活的教训，打着很深的世俗印记，但是，却在不知不觉中使始终不渝的爱情成了泡影。精神世界一旦出现了差距就不再有共同语言，两人之间的平衡一旦被打破就不再有爱情，爱情还有什么始终不渝和永恒可言呢？人的精神境界是不可能一成不变的，夫妇之间的精神发展也是很难完全同步的。

在所有表现这一问题的作品中，吴若增的长篇小说《离异》毫无疑问是相当突出的。它以李勃的离婚事件为线索，比较全面地探讨了我国当代婚姻的状况，对婚姻与爱情、爱情的持久与流变等一系列问题进行了比较深入的思考。他认为，按照我们《婚姻法》的观点，婚姻应以男女双方的爱情为基础，也就是说，有了爱情才能结婚，婚后又能保持这爱情。“有了爱情才结婚比较容易，特别是当代；但保有持续的爱情却很难！”原因是这样的：“爱情的产生，源自双方人生观和思想的一致，源自志向、性情与趣味的协调，源自心理感觉上的默契，源自性交往与性过程的完美，以及有时还要源自某些物质方面的满足。而这些，不是双方一下子都能了解到的，此外，特别可怕的还在于，这些方面几乎都是可变的。”在这里，感情的流动性、可变性已经成为一种清醒的理性认识。

李宽定的《山雀儿》展示给我们的正是这种流变的形态以及它在某种特定的文化环境中所造成的悲剧。山雀儿是个农村姑娘，从小在山里长大，像许多农村女孩子一样，在爱情和婚姻上没有自由。在她九岁的时候，父母就把她许给了矮小丑陋的刁小强。长大之后，她当然不喜欢刁小强而与另一个青年铁头发生了爱情。在被逼成婚时，她不惜以死反抗，终于从新房里逃出，在干部的支持下获得了爱情自由。但是，小说却没有到此为止写成一个有情人终成眷属的故事，而是写了山雀儿进城在教授家当保姆之后感情的变化。她的眼界开阔了，产生了不满足，她的爱情追求进入了一个新的层次，对于铁头的爱终于消失了。然而，从家庭到政府干部都不同意她与铁头解除婚约。她不得不与铁头结婚，却在登记之后自杀了。

在我们的生活中，像山雀儿那样的姑娘正如小说中所描写的那样，是不被理解的，因为她的确有点朝秦暮楚、见异思迁。她不断地追求新的境界，而我们的传统是不允许在爱情上不断追求和进取的。小说对山雀儿只有同情而没有指责。作家的全部情节设计透露着一种观点：爱情是流动变化的，扼杀这种流动和变化是违背人性的，是不人道的。对爱的对象的不断舍弃和追求在此得到了肯定。

的确，在生活中，越来越高的统计数字已经使“永远爱你”之类的誓言显示出其不能兑现的虚幻性。一对对自由恋爱成婚的情侣分手了，一对对曾经如痴如醉的恋人变卦了，而且越是经济发达，越是文化水平高，离婚率也越高。这是一个无可辩驳的事实。

我们应该承认，人的生活是多变的，人的精神追求是发展的，人的爱情无时无刻不处于衰亡与更新的过程之中。旧的爱情衰亡了，新的爱情诞生了，这是我们不能不重视的人的精神发展的客观规律。可是，家庭毕竟不是可以随意拆装的积木，因为它一旦产生就有了一些超越男女感情的联系，产生出必须承担的义务和责任。对爱的对象不断舍弃和追求，在人类社会发展中是一种应该受到高度肯定的行为，在婚姻中却必然要受到种种限制。在新时期文学中，人的感情价值增长了。这是历史发展的必然，因为人的觉醒必然首先肯定人所具有的一切，而对外在力量加于人的精神束缚给予否定。然而，在离异问题上，人的道德感却是不容忽视的。只要生活中男女还存在不平等，只要妇女在各方面还没有得到彻底解放，只要抛弃还能够使被抛弃者受到某种伤害和损害，那么对抛弃者来说就不会是轻松的。

因此，我们便不难理解新时期之初《杜鹃啼归》等作品所设计的结局，也不难明白为什么地位相同的夫妻离异很少引人注目，而富贵易妻者在文学作品内外都要招致议论纷纷。这一切常常表现为守旧，但守旧的道德观念自有其存在的基础。在感情价值与道德价值上，任何片面的极端强调都是不足取的。

四

由于时代所发生的变化，作家们在改革开放的新的历史条件下获得了种种对于婚姻的新认识。作为最浅层的表现，首先是不再把离婚看作丑事。虽然早在几十年前钱锺书在他的《围城》中就揭示了“外面的总想进去，而里面的总想出来”的事实，但中国人却仍然是安于既成秩序的，中国文学也很少表现要从中冲出来的愿望。新时期文学却此起彼伏地响着冲破这城墙的喊声。它首先表现为离婚难的慨叹。许多作家都对无爱的婚姻中的痛苦做了淋漓尽致的表现，而为离婚之难深深叹息。

张洁在《方舟》中这样写道：“婚姻，这不过是两个人之间的私事，可怎么那么复杂，那么艰难啊！哪怕仅仅是为了这个，荆华和柳泉也不敢再有结婚的奢望。只要想起离婚这件事，她们到现在还心有余悸，胆战心惊！难怪一般人都要在离婚这一词汇前面，加上一个‘闹’字或‘打’字。对喽！‘闹离婚’，‘打离婚’。哪一桩离婚案不是闹得死去活来，打得人仰马翻？两个人如不离到恨不得一口把对方咬成两半的仇人，那就算不得离婚！不知那些不分青红皂白，只是一味劝阻别人离婚的人是怎么想的。只要把两个人捏箍到一块儿，宁可他们当中有一个因为忍受不了那种折磨而寻死上吊、抹脖子、喝‘敌敌畏’，但是只要他在咽气之前，还保留着那个婚姻的形式，他们就像造了七级浮屠，或是超度了一个罪恶的灵魂，成了救苦救难的观世音菩萨……因此，谁要想离婚，那就得有十足的勇气，丢掉一切做人的尊严，把自己顶隐秘的，顶不好意思说出口的，甚至像突然间失去了某种生理上的功能，夫妇生活已经成为一种恐怖和灾难这样的理由，对形形色色陌生的，有权干预你的婚姻的人们，重复、申诉个上百遍。以求他们开恩，以求他们理解。这理由对他们也许荒诞，对你却是生命攸关。这景况如同把衣服扒个精光，赤身裸体地站在千百人的面前。哪个人的离婚，不是一场身败名裂，死去活来的搏斗啊！天，这一切又关别人什么事哟！”在这部小说中，离婚的艰难和离婚后的艰难都得到了充分表现。有的作家甚至不无夸张地写道：“离婚难，难于上青天！”

这种浩叹之声为我们提供了丰富的社会生活内容。它反映着我们时代生活的一种真实：离婚仍然艰难，但同时也反映了一种趋势：反抗僵死的婚姻枷锁的潮流已经涌动，人们已经不愿意在僵死的婚姻关系中苟延残生，已经不愿听凭命运的一次性选择嫁鸡随鸡嫁狗随狗地过一辈子，已经不愿为婚姻的一次错误选择而付出终生痛苦的代价。

在这种浩叹中，包含了一种关于恋爱自由和婚姻自由的新理解。过去，我们对于恋爱自由的理解偏重于反对父母包办，争取自由结婚，却忽视了问题的另一面：结婚之后恋爱是不是仍然自由。新时期文学中的许多描写提醒人们，恋爱自由不仅意味着爱的自由，而且也应该包括不再爱的自由，重新选择的自由。婚姻自由也不仅指按自己的意志结婚，而且包括按自己的意志离婚的自由。

在新时期文学的这种浩叹中还包含着一种观念：爱情是神圣不可压抑的，婚姻则是可以随着爱情的生灭而随时缔结和解除的。这种观念在一些作品中发展起来，成为一种反婚姻的倾向。在不少的作品中，婚姻成为一条沉重的锁链，它不仅不是使爱情之花开得更美好的花园，而且简直就是埋葬爱情的墓地。婚姻不能给人带来幸福，而是只给人带来痛苦。这种表现在小说中多得不胜枚举。张贤亮的《男人的风格》和吴若增的《离异》是有代表性的。

在《男人的风格》中，罗海南去看望石一士，关心地问他为什么不结婚。他却因此大发宏论，对婚姻进行了猛烈的抨击。他认为：“一般的人，他自己也没有从婚姻中得到幸福，却看着别人不结婚而怜悯别人。哼！廉价的怜悯！还有的人，他自己也想从家庭的樊笼里跳出来，而看见别人在家庭的外面自由自在，却又觉得别人可怜。”他认为：“人类最愚蠢、最自私的发明就是结婚！”“这种强制的占有，对一对诚挚的恋人是多余的，对一对怨夫冤妇是残酷的。”“爱情一旦用法律的占有形式把它固定，即刻就会变质！”他甚至告诉罗海南：结婚是破坏真挚爱情的最阴险的武器，如果要破坏一对热恋中的情人，最好的办法就是劝他们结婚。而罗海南最后也不得不承认他说的是事实。

在《离异》中，作者通过李勃的日记对婚姻进行了深入的思考。他把婚姻比作孙悟空头上的金箍圈，认为爱情与婚姻是无缘的，并且认为“人类追求的法则要大于婚姻固定的法则。”“我们现在是处于婚姻正在走向消亡的历史阶段，处于爱情正在争取自己的合法权利的历史阶段，处于性正在揭去层层包裹布因而愈益地显得干干净净的阶段，在这个阶段里，我们应该认识性，歌颂爱情而诅咒婚姻。”

这种反婚姻的倾向反映着当代中国人特别是作家对于婚姻与恋爱之间关系认识的深化，反映着在人们心中感情价值的增长，是一种自由的呼声，显示着一种觉醒。无爱的婚姻在这里已经成为不可忍受的牢笼，人的自由追求和人的感情的自然发展和流变成为不可扼杀和约束的了，婚姻因束缚和窒息了人的感情而受到了否定。这在某种意义上表现着历史的发展。

但是，认真思考这个问题，我觉得我们的文学在表现这种反婚姻的观念时却存在着某种偏颇而有失公允。文学更多地表现了这种感觉和在这种感觉中所产生的情绪，却缺少更为冷静和深刻的理性思考。由于我们在几千年中对婚姻稳定性的强调，由于离婚难等一系列问题使婚姻的确成为一些人身上沉重的枷锁，因而使文学发出了对于婚姻的声声诅咒。然而，人性中的一个矛盾却被我们的作家们忽视了。我们应该注意到，人的本性中就存在着这样的二重性：一方面是对自由的渴望和追求；一方面是对家园的企盼和眷念。人类对自由的追求使一切羁绊都显示着丑恶，婚姻因其对人感情和性爱关系的约束而给人带来种种烦恼；但在同时，人类寻找家园的本性又使人常常渴望着灵魂的归宿，希望自己的精神和感情不是无家可归。情侣们终日厮守必生厌烦，天各一方又会苦苦思念。还是印度《创世纪》中那个故事讲得好：男人把女人送还上帝又要回去，要回去几天就又送回，如此反反复复。男人和女人注定了在这种矛盾中挣扎，而我们的文学却往往倾向于一端而对这个矛盾缺少深刻的反映。

从文明到自然的探寻与困惑

——新时期文学的爱情观念流变之三

这里要考察的对象显然不是一个新鲜的问题，它的发端是在80年代中叶。1985年前后，中国文坛上出现了几个引人注目的现象：一是部分青年作家寻根的宣言和实践，一是现代派文学的涨潮，再就是所谓“性大潮”的涌动。性大潮的产生给文学带来了强烈的性意识，性意识给文学中的爱情描写带来的直接结果就是粗鄙化倾向。文学描写男女之情不再回避性欲，走出优雅而走向粗鄙，略过脉脉温情而走向炽热的性欲冲动。爱情女神那美丽的文明面纱被作家们扯掉了，裸露出她的全部自然内容。面对这一现象，不能不做点冷静的、力求系统化的探索和思考。

一

按照柏拉图的看法，爱神有两个：一个是凡俗之神，它存在于肉体，追求快乐；一个是天国之神，存在于人的灵魂，是纯粹精神的，毫不放荡。这也就是说，爱情有灵与肉的两重性，它不单单是灵的，也不单单是肉的，而是灵与肉的统一体。事实上，爱情的灵的方面还可以分为“理”与“情”两个层次。在爱情这一多元素组成的复杂结构中，“情”“理”“欲”三个部分既统一又相互冲突，缺一即不成其为完整的、健康的爱情。但是，在人类发展的历史中，人们往往无视这种结构关系，而梦想“存天理，灭人欲”，或者发展一种没有性欲的爱情。在西方，古老的传统是以理制欲，以情代欲。这从苏格拉底、柏拉图以及整个中古历史可以看到。他们已经比较充分地认识到了灵与肉的冲突，但所主张的却是对本能冲动进行关押看管。即使承认爱情，也是柏拉图式的精神恋爱。在这一点上，东方与西方有着共同的传统，从整体上说，中国文学所表现和讴歌的爱情是圣洁的，中国文学的传统是言情载道而禁欲。这种传统的形成不是偶然的，它有着相当复杂的原因。从《诗经》看，当时还基本不存在性禁锢的问题。但随着后来社会的发展，禁欲传统也逐步形成。这当然与小生产方式密切相关，因为纵欲必然威胁家庭的稳定，从而破坏生产，破坏社会的安定。既然禁欲，情便自然成为欲的升华形态和替代物。同时，言情传统的形成与礼教渐重之后中国人生活中的情爱分裂密切相关。伴随着礼制的出现，是多妾制的盛行；伴随着礼制的强化，是妓女的兴起；伴随着宋代理学对灭人欲的强调，是生活的糜烂与房中术的盛行；伴随着贞洁观念的强化，出现的是男性对处女的嗜好。中国传统社会爱情观念的发展史，是一部禁欲的历史，同时也是一部纵欲的历史。它几乎形成了一种规律，即禁愈甚纵亦愈烈。道德家们大讲“男女授受不亲”的结果是剥夺了男女之间感情的交流，给人们留下的只是为生育而必需的赤裸裸的性关系。尽管高谈禁欲，但男女之间床上的事情并未少做。当生活中排斥了应有的内容时，向往和憧憬就会产生，并在文学中表现出来。一方面是占统治地位的思想观念对性的禁锢，一方面是生活中只有性而没有情所造成的对感情的强烈渴求，而且这种渴求是道德所能够宽容的（发乎情止乎礼义），于是，一种言情而不写欲、扬情而抑欲的文学传统应运而生。尽管《金瓶梅》之类作品作为一种必然的变奏时有出现，却始终未能动摇这种传统。在情、理、欲的冲突中，文学常常站在情的立场上反抗理的压迫，却不愿与欲为伍，而且极力排斥欲。文学将情与欲分裂开来，写情而不写欲，重精神而轻肉体，通过提纯而表现种种精神恋爱的浪漫故事，却拒绝直面爱情的全部真实。

中国文学爱情描写的这种纯情倾向一直在发展着，最优秀的作品也大都如此。《红楼梦》热情地歌唱了青年男女美好的爱情，这是难能可贵的，比那些对人的感情视而不见的作品要高出百倍。但其中也有一个有趣的现象：性行为多发生在作者所厌恶、否定和不器重的人物身上，作者所尊重和爱惜的人物身上则很少出现这种描写。黛玉、宝钗、妙玉、湘云等都没有任何性行为，宝玉在她们面前也没有性冲动。“初试云雨情”的对象可以是袭人，而不可能是黛玉。因为好像一旦那样描写，美好的形象就被损害了。在曹雪芹的观念世界里，情和欲没有很好地结合起来。警幻仙子开导宝玉的那段话事实上表现着作家的观点：“淫虽一理，意则有别。如世之好淫者，不过悦容貌，喜歌舞，调笑无厌，云雨无时，恨不能尽天下之美女供我片时之趣兴，此皆皮肤淫滥之蠢物耳。如尔则天分中生成一段痴情，吾辈推之为‘意淫’。”所谓“意淫”，在这里的意思就是情。

“五四”时期，新文化运动带来了个性解放的呼声，带来了恋爱自由的一代风气，描写带有反封建特征和个性解放色彩的恋爱问题成为“五四”文学的热门题材，恋爱的各种问题都开始在文学中得到表现，但是，即使在这样一个大解放、大变革的时期，除了郁达夫等少数人之外，多数作家对爱情的审美理解并没有发生多大变化。特别是在女性作家的笔下，爱神仍是一个圣洁的仙女。她们喜欢描写的爱情是所谓“纯洁的爱情”，即一种纯精神而不带任何肉欲的爱情。她们所讴歌和向往的是超于性欲发泄需要之上的高尚而纯洁的心灵呼唤和精神交融。不但谁也不愿涉足性欲，而且对其表示鄙视。这种观念在冯沅君的《旅行》等作品中得到了集中的体现。我们从那一对热恋的男女在旅馆中同床共枕十多天而没有发生肉体关系的描写可以看到作者所欣赏和张扬的仍然是一种纯粹的精神恋爱。“五四”以后文学中的性描写有所增加，但在《子夜》之后却巩固了一种传统：性行为是丑的。它是塑造坏人形象的一个重要手段，只要一个人被描写为有强烈的性欲并且寻找宣泄，就必然是道德败坏的人。于是人类普遍存在的性欲成了反面人物的专利。这种现象在50年代以后的文学中得到了进一步的发展。男女之间精神的交流、共同的理想和志趣得到了空前的强调。爱情成为一种纯社会性的行为，一切生理方面的因素都被忽视，甚至对美貌的追求都成为庸俗的了。被推崇的爱情往往是阶级之情同志之爱在男女之间的个别表现形态。人的感情在高度政治化的同时高度圣洁化。英雄人物一般是不谈情说爱的，即使谈情说爱，也只有精神上的爱慕而绝无性的冲动。从《创业史》到《艳阳天》再到革命样板戏，性欲冲动只发生在反面人物身上。

进入新时期，文学中的爱情表现终于发生了一个大的变化，爱情在文学中的位置很快得以恢复，但70年代末到80年代初的文学所表现的爱情仍然是圣洁的精神恋爱。作家们所歌唱和呼唤的仍然是精神的交流和心灵的守望。这从《爱情的位置》《爱是不能忘记的》等作品中可以明显地看到。但是，到了80年代中期，性欲走进了文学，并且得到了审美肯定。它来势汹涌，很快浸淹了整个文坛，使爱情描写改变了模样。毫无疑问，它是对传统的一种反叛。只有把它放在这样一条历史长河上，我们才能更清楚地看到这个浪潮的意义和它所隐含的问题和危机。

二

最先引人注目并使人惊诧的是张贤亮的中篇小说《男人的一半是女人》。事实上这部小说还保持和延续了张贤亮创作的一贯主题——对极“左”政治迫害人、摧残人、扭曲人和扼杀人的控诉与批判。它之所以引起轰动和争议，在于它的视角、它的批判武器以及批判的出发点都是陌生的，不能不让文坛大吃一惊。如果说他的《绿化树》是通过劳改犯们食欲得不到解决的惨状控诉了极“左”的改造政策之荒谬的话，《男人的一半是女人》则通过对那个特定环境中的性压抑和性饥渴的揭示，对那个使人成为废人的年代进行了控诉。文学对极“左”思潮泛滥的荒谬年代的控诉和批判已从各个方面进行过了，如：它使老干部蒙冤受屈，使人民遭受苦难，使青少年愚昧无知，使经济濒临崩溃，践踏民主与法制，无视人的价值与尊严……在《男人的一半是女人》中，历来难登大雅之堂的性却昂然站起，庄严地控诉自身所受的迫害。这使许多人一时还难以习惯：难道压抑了性欲也算罪恶？难道这也值得一提？难道那被窝里的幻想、女裸体面前的冲动、婚后性功能的丧失和恢复也能搬上台面？然而，这部小说的主要贡献正在这里。它把人的性欲搬上大雅之堂，认为它是天赋人权之一，是神圣的。它第一次通过文学的形象描绘使人感到性也是不可迫害的，人的性生活的权利和功能也是不可掠夺的。当许多人还忙于对恢复职务、退还住房、补发工资进行回味的时候，张贤亮却从更深层呼吁：把人应有的通通还给人！

在这种思路的指引下，文学中的爱情描写立即变了模样。80年代初期，爱情题材的作品一直在呼唤文明。这是“五四”以来婚恋文学的一个基本主题，也是我们时代的要求，因为文明遭到了毁灭，因为我们要从野蛮和愚昧走向文明。80年代后期，文学开始关注自然本能，在呼唤文明的同时，出现了呼唤爱情自然内容的声音。它成为一股引人注目的潮流。文学不再只为爱情的灵的一面唱赞歌，同时也为肉的一面唱赞歌，不仅呼唤婚姻中的感情内容，而且欣赏双方生理上的满足。

首先，没有性生活满足的婚姻开始被否定，柏拉图式的爱情受到了嘲笑，不敢进攻的男子已为女人所看不起，性冷淡与性无能一样成为缺陷。在此之前，文学所描写的婚姻或爱情上的悲剧常常表现为有性生活而没有爱情，男女双方沦为泄欲或生儿育女的工具。文学认为那种生活使人失掉了人作为人的尊严。在此之后，一些作家的目光转向了另一面，对爱情特别是夫妻生活有没有生理方面的满足给予高度重视。如果说女人或男人被当作性工具是一种悲剧的话，在应该得到性满足的时候却得不到，也是一种悲剧，更令人难以忍受。性意识的觉醒使人们对爱情的幸福有了新的理解，快感满足成为衡量爱情和婚姻是否美满的重要尺度。因而只有婚姻形式而没有实际生活内容的人们成为被同情和怜悯的对象，性冷淡或把性生活看作丑恶行为的人成为一种病态和畸形。

在这方面，邹志安的《睡着的南鱼儿》是有代表性的。小说写了这样一个故事：薛胜利的妻子漂亮而能干，所以薛胜利一下子就爱上了她。他们没有多少来往和了解就决定结婚。在婚前的中秋节，薛胜利到未婚妻家中，寻找机会抓住未婚妻的手亲了一下，并想吻她。她却“像是受了天大的侮辱……一下子把他推开来，骂道：‘流氓！你是流氓……’然后愤怒地摔了茶盖，哭着跑出去了”。后来，尽管通过姐姐的教导知道了那并不是什么流氓行为，但在结婚之后的十天之内却一直穿着三条长裤睡觉。以后，她也丝毫不能从性爱活动中体会到乐趣。当薛胜利提出要求时，“她常常施舍般地把正纳的鞋底一扔说：‘我知道你就是这！这有个啥意思？’一下子就把他说得兴味索然。”麦天枢的《白夜》等大量作品都写过类似的现象。对于这种反常行为，作家们都注意到文化环境中去寻找原因，揭示出由于传统的力量，使得一些人在追求性爱过程中不是把它作为一种美好事物，而是把它看作一种丑恶行为，揭示出文化对人的本性的扼杀。在《睡着的南鱼儿》中，作者通过姐夫的话做了一个很好的解释：“她就受的那个家教，……在严格的教养中学会了严格控制自己，一个一个都是冷美人。”值得注意的是，不少类似的作品也都做了相同的解释。这里透露着一种理解，是禁欲的文化扼杀了爱情的自然内容，而失掉了自然内容的爱情和婚姻是不健康的、畸形的、病态的，是爱情的异化。

其次，性的满足在恋爱婚姻生活中成为重要内容，追求生理满足不仅是合理的，而且受到了审美肯定。这是又一个重要变化。不止一部作品写过：一个女人本来很满足地平静生活着，却在突然遭到强奸或有了外遇之后猛然醒悟，从此不再满足，原因是她体验到了她丈夫从未给过的快感。《白夜》中写了这样几个故事：她结婚三年，平静地做着媳妇。一个下午，她在高粱地里干活，被一个男子强奸了，事后她不但没有告发强奸者，反而向法院提出了离婚申诉。是意外的事件使她知道了什么是真正的夫妻生活。另一个女人与别人通奸，在被审问时理直气壮地说："你们哪里知道女人是怎么回事？他是个男人，我男人算不得男人。"在苏童的小说《杂货店的女人》中被称为一代楷模的漂亮姑娘蕾被许多男孩子所追求，最后却偏偏选择了劳改释放分子三霸，理由是"他是个货真价实的男人"。而所谓货真价实，不过是第一次见到她就立即占有了她，使她感到了做女人的快乐。

在另外一些作品中，那些不能使妻子充分满足的丈夫受到了嘲弄。在无能的男人面前，女人与别的男人偷情成为合理的。同样，如果一个女人无法使丈夫得到满足，丈夫的外遇也是可以理解的。前者在《男人的一半是女人》中已有表现，后者在吴若增的《离异》、张蔓菱的《唱着来唱着去》中都有表现。在后一篇中，一个女人因膀胱炎动了手术，一年内不能与丈夫同床，丈夫就与别的女人有了来往。这被认为是合理的。当丈夫向妻子道歉时，妻子说："不，是我对不起你，让你离开了这个房子。"小说叙述者对此深情地写道："哈萨克体谅人，体谅生活，不是一般的。"人的生命本能获得了合法地位。

在西方中世纪，神学家们以神的名义剥夺人。他们看到了性和性欲是不可控制的东西，却把它看作是人间一切罪恶的根源，向人们灌输"性即罪"的观念。中国人虽然没有天国，在几千年的封建社会中却也形成了与西方相同的观念。性只有在生儿育女中被看重，追求性快乐即被认为是淫夫荡妇之所为。人的生理满足被无情剥夺了。在西方，文艺复兴运动冲破了中世纪的黑暗，人文主义以猛烈的炮火轰击了禁欲主义的城堡，艺术家们开始歌颂性爱，肯定人的世俗生活。在中国，这一转折却十分艰难。从这个意义上说，新时期文学高举人的旗帜，充分肯定人性，把一切被剥夺的通通归还给人，有着历史的进步意义。

但是，每一种矫枉都常常出现过正现象。神—人—兽之间的距离和区分是十分微妙的。在把性爱从神向人反拨的过程中，极容易由神一下拨向兽。这在新时期文学中已经出现。它的主要表现是以性欲代替了感情，人类美好的感情被性欲吞没。一些作品只写性冲动而不写感情的波澜，只写“做爱”而不写“谈情说爱”，男人与女人见面就上床，不必问是否有感情。在一些作品中，感情意义上的爱情成了一个可笑的字眼，成熟的男女不会提到它。男人和女人只有生理上的互相需要，而没有感情上的互相需要。爱神成了性欲之神。于是，文学在把人应该具有的归还给人的良好动机下把性欲归还给人的时候，却自觉不自觉地剥夺了人的感情。在反抗文明束缚和强调爱情的自然内容的时候，有意无意地把人还原成了动物。从中我们看到一种思维，有些作家自觉不自觉地仍然把情和欲看作对立的事物，如传统的言情抑欲一样去写性而抑情，却总不能让灵与肉、情与欲在爱情中趋于统一和谐与圆满。

这也许是历史的报复。没有修女式的爱神也就没有荡妇式的爱神。可是，正因为这种报复才使我产生了一种新的忧虑：不仅担心性泛滥，而且担心它会导致另一极端性禁忌的复归。因为物极必反是一条规律。人不仅需要性欲的满足，而且需要感情的满足，缺了哪一方面都会激起强烈的渴望。正如禁欲会导致性泛滥一样，纵欲而漠视感情也会导致禁欲而渴慕感情的柏拉图倾向。那就会导致一种悲剧性的循环往复，在情与欲之间翻跟头，从一极到另一极，而不能走上健康地表现爱情的道路。

三

同为新时期文学性热潮的掀动者，王安忆与张贤亮有很大差异。差异导致了不同的发展流向，形成了同一热潮中的不同主题。如果说张贤亮等踏出的脚印深深地写着把人被剥夺的和遗忘的通通还给人的话，王安忆的实践则鲜明地昭示出这样的口号：正视本能的力量吧！它是巨大的。她的身后有更多的追随者。

《荒山之恋》《小城之恋》和《岗上的世纪》等作品充分显示了性的力量。小说直面这一人们不愿正视的领域，展示了它所带给人们的种种结果和它对人的命运的支配，展示了它不顾一切寻求满足的无畏状态，向人们明确地宣告：它是无法靠理性完全抑制的。在《荒山之恋》中，一个男人和一个女人在各自已经结婚生子之后走到了一起。他们一见如故，发现对方正是自己久久地寻找和盼望的，于是很快走到了一起。他们的行为不合社会规范，但性的力量使他们欲罢不能。他们管不了自己，也不愿约束自己。因为他们直到此时才体会到什么叫作爱，什么叫幸福和快乐。他们的行为理所当然地受到人们的指责。为了回报那种指责和非议，他们赤裸裸一丝不挂，相抱着殉情于荒山。特别值得指出的是，这一对男女一个本来怯懦，一个历来逢场作戏，但真正美好的性爱却使怯懦者变得勇敢，使逢场作戏者变得纯真。这力量是多么的强大！《小城之恋》则充分揭示了人的本能力量的不可驾驭。

在过去的文学作品中，一切性行为都是受感情和理智支配的。而在这些作品中，支配人的行为和命运的常常是人的本能而不是其他。《岗上的世纪》使我们看到，性的力量可以跨越一切障碍而达到它的目的。李小琴最初把自己奉献给队长只是为了招工回城，队长占有了她却没有实践自己的诺言。她以奸污知青的罪名上诉，使队长进了监狱。可是，奇怪的是他们不但没有因此而反目成仇，而且队长从监狱中出来之后就苦苦地寻找她，见到之后就爱得如胶似漆。在《罗密欧与朱丽叶》中，我们看到性爱超越了家族的宿怨。在《第四十一个》中，我们看到它超越了阶级和民族的壁垒，在《岗上的世纪》中，我们看到的是它可以超越个人自身的恩仇，使仇恨在欢乐中化解。

这种对本能力量的强调被许多作家接受下来。在蓝妹妹的《有关五个女人》中，那个最漂亮的姑娘死心塌地地爱着那个又丑又恶的“委员长”，甘愿受其虐待，并且不惜为他而自杀，仅仅因为他能够使她得到性的满足。在黄蓓佳的《玫瑰房间》中，我们看到道德观念和好恶之情无法驾驭本能的冲动的表现。感情和性完全是两回事，它们各有自己运行的法则。叶薇与小明感情已经破裂，却并不影响性生活；叶薇对老板充满厌恶，而且决不愿意做对不起丈夫的事，却在老板的抚摸下再也无法抗拒，乖乖地委身于老板。尽管那短暂的快乐过去之后立即感到恶心。更有意思的是张宇的《精神游行》。这是一篇不算十分成功的精神分析小说，因为叙述者的分析太多。但它同样使人看到本能的力量和它对男女的重要性。刘恒的《伏羲伏羲》等作品也同样显示了这种力量。正是这种本能与其束缚力量使杨天青和菊豆陷入一种尴尬境地。

面对这些作品，我们不能不承认，探讨本能冲动在人性结构中的位置，探讨它与道德、理智、情感的关系，对于更深刻地挖掘和表现人性，是不乏积极意义的。人类对本能力量的漠视最终只能是自食恶果。但是，面对大量描写本能力量的作品，我却觉得人的性冲动的力量已经被我们的一些作品人为地夸大了。或者说是一些作家选择了一些个别现象组成了一幅夸大了的生活画面。以描写乱伦的作品为例，我们可以毫不费力地举出一系列作品的名字，如《火船》《干沟》《永不回归的姑母》《对一个梅毒病患者的采访》……或写父女之间，或写兄妹之间，或写姑侄、婶侄之间，甚至写母子之间的乱伦关系。当然，生活中的确存在种种乱伦现象，我们没有任何理由去反对作家们面对这种生活真实，有些作品虽然使人读之如嚼苍蝇，但的确能够让人看到在特定环境中的某种可悲的生存状态，看到人性丑恶的一面，从而想到文明进步之迫切。然而，当我看到大量的这种作品时，却产生了一种对文学的不信任感。由于种种原因，在贫困落后的乡村有为数不少的没有条件过正常性生活的光棍汉。他们怎样生活呢？乱伦或许有之，但却是极个别的。他们中的绝大多数默默地生活着，劳动着，创造着，虽然忍受煎熬，却并不变态，不会自杀，也不会乱伦，而且由于道德观念的作用，连偷情也未必有勇气。在他们的心中，道德和面子比性欲更重要。在他们的身上，性冲动的力量并没有强大到足以摧毁一切的地步。在这里，我并不简单地指责这些作品不真实，因为我并不把作品的真实与否作为评价的最高尺度，作为艺术，不真实也有不真实的价值。我要说的是大多数的性饥渴者的实际状况如果真实表现出来，要比单选择性冲动的不可抑制要有意义得多。它更富于生命与文化冲突的意蕴，因而也更具有打动人心的力量。如果无节制地展示乱伦，不仅破坏美感，而且很容易失掉作品应有的力量。因为一旦读者把人物看作“畜生”，一切同情和对人性悲剧的深思便消失了。结果除了性是丑恶的这一禁欲主义的结论之外，不会产生别的。

从王安忆对性欲力量的强调中，我们很难看到作者对它进行价值判断。她对此绝不赞美，甚至隐隐透露出一点不以为然。这是她的高明之处。刘恒等人也同样显示了这种高明。但是，这种暧昧态度本身留下了两种可能：一种可能是在王祥夫的作品中，性表现出极大的力量，却表现为丑；另一种情况是礼赞这种力量，表现出一种性崇拜倾向。把性看作一种恶魔是一种片面，对其顶礼膜拜也同样没有必要。洪峰的《第六日下午或者晚上》写到这样一个故事：在某大学，一个女生在晚上独自散步时被人轮奸了，“那个女学生伤得很重，每天去医院，两条腿一拖一拖地走路。奇怪的是她的气色很好，一张原本发黄的脸看上去充满青春活力。”后来她又独自散步，又被强奸，后来她又独自去散步……“这次事情发生之后，这个女同学的精神状态不仅同以往一样正常，而且显得格外振奋。她甚至由原来的弱不禁风成长为学校里很出色的跨栏运动员，而且在全省大学生运动会上拿了一块金牌。”对性生活特别是强奸的这种礼赞，实在是可笑的，在这种价值肯定中所表现的思想也是荒诞不经的。

总之，性未必有很大的魔力，也未必有过高的价值，过分地夸大和渲染对文学是有害无益的。

四

文学中爱情描写的鄙俗化还表现在莫言的《红高粱》等作品和寻根文学所代表的倾向之中。这种倾向主要表现为对野性的赞美和对爱情的自然原始状态的崇慕和呼唤。

轿夫余占鳌看上了娇子里的新娘子，第三天就把她劫进了高粱地，粗暴地撕开了她的胸衣。而她则“心头撞鹿，潜藏了十六年的情欲，迸然炸裂”。用传统的道德观念看，这是极不道德的；用传统的审美观念看，也是很不美的，因为余占鳌抢人妻子而且表现粗野，戴凤莲则不做反抗少廉寡耻。但是，莫言却把他们的行为写得极美：“奶奶和爷爷在生机勃勃的高粱地里相亲相爱，两颗蔑视人间法规的不羁心灵，比他们彼此愉悦的肉体贴得还要紧。他们在高粱地里耕云播雨，为我们高密东北乡丰富多彩的历史上，抹了一道酥红。”在这里，人类的原始生命力不仅作为人性的组成部分而得到充分肯定，而且获得了光彩照人的美。在这种描写中，表现了对生命力的礼赞，对野性的礼赞，对爱情的原始状态的欣赏。

这种现象在走向荒山大漠或偏僻乡间的寻根者们笔下，表现得更为突出。寻根引发了对性爱原始状态的描写，在不少的寻根文学作品中表现出一种原始崇慕的倾向，承载着一种返归自然的命题。对野性的赞美，对生命力的呼唤，在小说中成为一股潮流。作家们为民族的心态弱化而叹息，对都市文化陶冶的种种怯懦性格大摇其头，而赞美原始的粗犷和强悍。他们笔下出现的更多的是硬汉子、泼女人，和他们那种远离文明的原始半原始的性爱方式。他们甚至不惜赞美粗暴，因为那被认为是强者的精神，是生命活力的表现。文学中滋长了一种酒神精神。酒神精神所包含的许多野蛮的成分如狂欢纵欲、对道德的厌倦、反抗理性、听任本能冲动等都在文学所表现的爱情中充分地表现了出来。在一些作家笔下，不仅那种使道学先生们惶惶不可终日的情欲之火成了文学所理解的健全人性中不可缺少的珍贵元素，而且文明成了一个不光彩的字眼。因为它常常是与人性的压抑和生命力的衰退连在一起的。为我们传统道德和审美观念所不容的恶行和对异性的非法或粗暴占有，不再受到指责而且得到审美的甚至是道德的肯定。男人的占有欲，女人对征服和占有的渴望，都被“抹上了一道酥红”。

我们习惯的表达感情的一切复杂方式不存在了，关于道德、荣誉的种种顾虑不存在了，出现在文学中的是大胆、热烈、毫无矫饰的简化形式。一些作家用一种新的目光去观察和理解爱情，猛烈的、不可抗拒的冲动备受青睐。在过去的作品中，爱是温馨的，情意缠绵，只有恶棍才会急不可待地扑向异性，不顾对方的意愿而将其掀翻在地；而在这些作品中，爱是炽热的，烈焰喷涌，鲁莽和粗野成了一种必不可少的美。于是，吻被渲染的是力度与强度，必须与雷电的轰击一般强烈，人们感受到的不再是柔情蜜意，而是震颤与眩晕。拥抱被渲染得也不再是温情，而是必须让人喘不上气来，骨头发疼。似乎只有这样才令人心醉，才能显示出男子汉的力度和强度。

这已成为一种时代习尚。粗野的、野性的、鲁莽的美代替了优雅的、细腻的、温情的美。这种习尚从红高粱地和荒山大漠走来，进入城市，又以最现代的爱情行为方式和审美标准在都市青年身上表现出来，成为一种时髦。文质彬彬与粉面含羞的爱情受到冷落，爱的表达彻底突破了文化程式。表现在文学中，一方面是现代青年极潇洒、极简化的恋爱方式，另一方面是想爱而不敢爱的怯懦性格受到了审美否定。“阉人”受到了普遍的鄙夷，其形象已经远不如强奸犯与淫棍光彩。这种否定集中表现在对知识分子人格的批判之中。有两部小说特别值得注意，一部是李宽定的《浪漫女神》，一部是张一弓的《都市里的野美人》。

《浪漫女神》中的作家叶子楠在自己的作品中呈现的形象坦诚、多情而直率，敢于向一切旧观念挑战，生活中的他却非常怯懦。热情开朗、放荡不羁的女大学生安琪爱上了他，并且主动向他发起了进攻，他也很爱安琪，却终于没有勇气接受，使两人都陷于深深的痛苦之中。《都市里的野美人》与《浪漫女神》可谓异曲同工，从构思到主题到人物形象都非常相似。男主人公高粱也是一个中年作家。他婚姻不幸，有幸得到麦笛儿的爱却不敢接受，不敢燃烧，一旦发现自己流露了自然的情欲便赶紧把自己押上道德法庭。他在生活中不敢追求幸福，只能在剧本中编织幸福的梦境。用作者的话说：“他高尚怯懦，划地自狱，作茧自缚，苦不堪言，又把别人拖于痛苦之中。”显而易见，作家们对这种人格是否定的，认为他们不够男子汉，对他们既哀其不幸又怒其不争，鞭挞与拷问超过了怜悯与同情。他们是作为文明束缚下生命萎缩的男子标本展示到读者面前的。

把这种对怯懦人格的批判与寻根文学中对原始生命力的呼唤联系在一起考察，可以更清楚地看到两种现象所包含的共同的目标指向。作家们在进行否定性思考时不约而同地选中了知识分子，这是因为知识分子身上承载了更多的文明；而在肯定性思考时选择了年轻人和远离都市文明的人们，因为他们更接近自然状态。这种返归自然的倾向是非常鲜明的。

事实上，这种倾向在《男人的一半是女人》中已经有所透露。大青马曾说过一句也许人们不怎么注意的话：“你的血液里羼进了原始的野性，你更接近于动物，所以你进化了。”接近动物反而称为进化，这也许使人大惑不解，难道进化是逆向的吗？变成猴子就是更大的进化？但问题正在这里，无论是张贤亮还是王安忆，无论是莫言还是寻根的其他作家，他们殊途同归，都把这理解为进化，都表现着返归自然的倾向。事实上，谁也不会愿意变成猴子。这种倾向只能说是对人性异化的一种反抗，因为人一步步走向文明，也一步步丢失本性，回头捡回丢失的自然本能，也许是人性的完善不可缺少的环节。

但是，有一点应该清楚，文明的确不尽人意，自然却未必美好，以自然救治文明之弊是有限度的，我们都无法彻底地回归自然。正如伏尔泰在收到卢梭的《论人间不平等的起源和基础》后在回信中所说的："读尊著，人一心想望四脚走路。但是，由于我已经把那种习惯丢了六十多年，我很不幸，感到不可能再把它捡回来了。"（见罗素《西方哲学史》）诚然，由于文明的束缚而泯灭了本性，当爱而不敢爱是可悲的，但是，爱情中如果真如一些作品所向往的那样，冲破了一切文明的束缚，听任本能的冲动，呈现出一种原始状态，恐怕同样令人难以忍受。所以，文学对粗野、鲁莽和强暴的礼赞实在令人难以赞同。人类大可不必向往动物。人类性爱的健康和完善只能依赖文明的变革与更新。

从天国到人间的回归与迷失

——新时期文学的爱情观念流变之四

在中国古代，爱情常常使帝王失掉江山社稷，使商人或秀才们陷于穷困潦倒，是一个善于捣乱因而必须严加看管与防范的角色，历来为正人君子所远避之。“五四”时期，爱情得到了解放，爱情之神成了自由之神，在许多作家的笔下，它日趋神圣，出现了某种爱情至上的苗头。郁达夫在《沉沦》里喊：“知识我也不要，名誉我也不要，……我所要求的就是异性的爱情。”白薇在《琳丽》里说：“人性最深妙的美，好像只存在两性间。……离开爱情还有什么生命？”这种爱情至上有反封建的意义。在“五四”时期，只有鲁迅的《伤逝》给灿烂的爱情抹上了一片灰色。从“五四”到30年代，追求爱情的青年男女的实际命运却大都尾随鲁迅笔下的子君和涓生一个又一个撞到了各式各样的墙上。于是，人们对爱情渐渐失去了信仰和热情。在后来的几十年中，爱神一步步沦落，到50年代，她成了一个灰溜溜的家伙；到“文化大革命”中，终于被扫进了历史的垃圾堆。但是，这仍然没有从根本上动摇它在人们心中的神圣性。动乱之中就有手抄本《第二次握手》等热情地歌唱爱情，动乱刚刚结束，就有《爱情的位置》等急不可待地为爱情平反，呼唤爱情的位置。在80年代的门槛上，爱情受到了空前的重视，爱情的位置恢复之后，它很快不满足于规定的位置，要高高地凌驾于一切之上了。在伤痕文学中，爱情往往是黑暗王国里的一线光明。在一片血腥之中，只有诚挚的感情是美好的。甚至有的作品要让它超越于阶级之上了。《女俘》《妙清》等作品就的确表现了这样的倾向。总而言之，她在鲜花和颂歌的簇拥下登上了高高的宝座。历尽坎坷，饱受冤屈的爱神仍是那样美好，那样神圣。

可是，好景不长，到了80年代中期，爱情的地位却又一下子跌落了下来。爱情由天国跌落到尘世，失去了玫瑰色而呈现出一片灰冷。爱神的形象也不再是一个高贵而美好令人仰望的公主和仙女，而成了一个脚上有牛屎、手上有草灰、一身泥污、满脸油汗的大脚婆娘。

一

过去文学所歌唱的爱情纯洁、美好而神圣。近期文学却不再相信那种美好爱情的存在。人们似乎一下子成熟了起来，一个个都像历尽沧桑，把人生看得很透。似乎爱情就是那么一回事，一切执着的追求都是幼稚，一切浪漫的幻想都是无知，文学常常像一个过来人教育十七八岁的儿女，一遍遍讲着一些灰色的道理：感情不是至高无上的，婚姻也不是至高无上的，不要把爱情想得十全十美，更不要把婚姻想得十全十美，要丢掉幻想，面对现实。

在王海鸽的《星期天的寻觅》中，叶晔一直在寻找着一种理想的爱情，她的好友舒宁不止一次地这样劝她："你已经二十八岁了，说残酷点，找对象如同做买卖，不适当地要高价错过机会最终会使自己的商品大跌价的。婚姻远远不像过去你我想象的那样神圣，这有点像买生活必需品，买不着好的就买次的，因为必需。人生应当正常，完整。这样说不是要你凑合，而是要你实际。"在这里，爱情成了生活必需品，这是人的生活不可缺少的，但一点也不神圣，一点也不浪漫，不带任何理想色彩。在《公开的情书》中，那些青年是"如果我理想的爱人在月球上，我也要去爱"。在《爱是不能忘记的》中是"就是独身生活下去，也比糊里糊涂地嫁出去要好得多"。近期的作品已经不再如此。这种告别诗意、告别浪漫的爱情表现在近几年的文学中并不是个别现象，而是在相当多的作品中普遍存在着。

对爱情的这种实际态度，一方面表现为丢掉玫瑰色的梦而找个人结婚凑合着过日子，另一方面则表现为对理想主义爱情的怀疑和嘲讽。罗密欧与朱丽叶的那样的爱情故事已经使人感觉不可思议，认为它不太真实。浪漫女子，十二月党人的妻子，成了文学嘲弄的对象。叶晔的好友梁爽认为，那种爱得要死要活的感情都是想象的，现实中根本不会有，如果有也是一时冲动。她说："罗密欧、朱丽叶没结婚死了算是聪明，否则不离婚也得打架，非把那点感情折腾光了不可。"事实上，近几年的小说对这种"折腾光了"的过程已经有足够的反映。这种对爱情的理解不仅表现于已婚夫妇和大龄男女，而且在少男少女中也表现着。唐颖的《青春的梦魇》中那个饰演朱丽叶的女大学生总把柔情蜜意表现得穷凶极恶，原因是她在生活中看到的、体验到的都是欺骗，都是冷酷无情，的确无法找到那种感觉。生活使她看到的是"生活的市场使人走向功利化"，"极少人为了爱情而牺牲一切"，她清楚地看到了生活中的爱情并不美好，生活中的男人和女人不仅没有罗密欧与朱丽叶那样的诗意，而且"充满了卑琐反叛冷酷无情"。

与此相一致，现实生活中的爱情理想主义者受到了嘲讽。不仅《爱是不能忘记的》转眼之间成了老奶奶那一辈的爱情故事，而且十二月党人的妻子们也成了嘲讽的对象，大概从《你别无选择》开始，这种嘲讽成了一种时尚。孟野那个"文学家"妻子是一个为了爱情可以舍弃一切的人，她说："我什么都可以不要，学位，名誉，我都不在乎。我只求和你在一起，什么人都不见，什么都不想，只有你，只有你在我眼前。如果你需要我现在放弃学习，做你的主妇，我马上就可以退学，如果你需要我和你一起逃走，逃到荒无人烟的地方去，我马上就收拾东西。"在小说中，她却是一个被嘲弄的对象，因为她太浪漫，太不谙世事，太沉溺于想象而脱离了生活的现实。

文学对爱情理想主义的怀疑和嘲弄表现为种种形态，在一些作品中，它表现为对爱情生活琐细卑俗内容的着意描绘，有吵有闹，有哭有叫，有满足也有不满足，有和睦也有迁就、容忍和退让……总之，爱情就是这样，它属于烦恼人生的内容。在一些作品中，它表现为理想主义者的碰壁。那些抱定一种爱情理想、不肯入乡随俗的人结果只能是碰得头破血流。这一切在马秋芬的《远去的冰排》、何真的《红帆不再来》、池莉的《不谈爱情》、谌容的《懒得离婚》等大量作品中表现着。在80年代后期的作品中，我们已经很难找到把爱情看得美好而神圣的人，也很难找到把男女情爱写得诗一般美好的作家。在著名的作家中，大概只有梁晓声是一个例外，《雪城》仍然歌唱着美好的爱情，却将其一律处理为悲剧。

人们还不会忘记新时期之初《爱情的位置》《公开的情书》《爱是不能

忘记的》等作品中主人公对爱情的追求。毫无疑问，他们都把爱情看得非常神圣。他们不能忍受为了某种需要而结婚，不愿意凑合，不愿意妥协，而是执着地寻求着心灵的呼应。他们说的是："如果我理想的爱人在月球上，我也要去爱。""就是独身生活下去，也比糊里糊涂地嫁出去要好得多!"当刘心武们在《爱情的位置》等作品中描写亚梅们不谈爱情只谈家具和存款时，是作为一种庸俗和丑来否定的。当时那么多作家描写屈从于权势和屈从于金钱的婚姻，却无一不认为那是对爱情的一种践踏和亵渎，是一种悲剧，作家们对笔下的人物所给予的是同情和怜悯，并以此完成着对于社会的批判。近几年的文学却不是如此，而是表现为心平气和地接受事实，认可环境。

毫无疑问，近几年文学作品中的表现是真实的，但真实得残酷。美好的爱情成了一个梦，可望而不可即。爱情要么根本就不存在，要么就是灰色的。人们不再相信那诗一般的爱情属于人间，而死心塌地地相信人类的生活连同爱情都绚丽的色彩，一切诗意都是人们的主观臆造，都是理想化的结果。

二

过去的文学所歌颂的爱情是严肃认真而执着的。爱，常常爱得铭心刻骨，永世不忘，爱得要死要活。而近几年的文学作品在这一点上的变化大得惊人。人们已经不再那样看重爱情，而是把爱情看作可以随便对待的事情，不必那样认真，不必那样严肃，更不必那样执着，可以随时随地坦诚地相爱，也可以随时随地微笑着分手，人们认定爱情应该是一种轻松而快乐的事，而不应该是一种沉重和痛苦。

在柯云路的《衰与荣》中，范丹林爱上了林虹，而且爱得有点动情。林虹这样劝导他："我认为，咱们这代人不必把家庭看得那么至高无上。也不要想得那么理想化。如果需要——感情上和实际生活上，又有差不多的对象，就可以组成一个家庭。如果不需要，也可以不组成。有了家庭，也不能期望什么都在家庭中得到。家庭以外的生活范围还很大……这种事情上过分认真也是一种矫情。"如果说这种表述还不够清晰的话，且看申力雯的《女性三原色》中杨晓欧对羽珊的劝说："对于外物，对于世界，我们都是匆匆过客，对于生命旅途中所遇到的一切，即便是炽烈的爱情，也不要十分认真。认真是最伤害自己的。生存是一连串的选择，对于一个心理健全的人，心理应变的渠道应该是畅通的……”而羽珊也的确因这番话而进入了一个新的境界，内心发出一深挚的呼唤：“晓欧，我的朋友，既然我们相逢在相知的路上，但愿你能与我同行，至于它是什么形式，我不在乎。”

这种对爱情比较随便的态度比较多地表现在具有现代色彩的年轻人身上。他们不把爱情看得非常重要，不会像西方古代贵族小姐那样听到爱的表白便激动得昏过去，也不会因失恋而痛不欲生。他们把爱情看得很淡，不愿意小题大做。也可以说，他们总是做爱情的主人而不做爱情的奴隶，总是驾驭爱情而不被爱情驾驭。他们能够冷静而坦然地在爱河中游来游去，领略爱情的各种不同的风景。大概从话剧《魔方》开始，文学就已表现了这种现象。年轻人内部可以达成一种契约式的爱情关系，没有山盟海誓，也不计较对方与另外的异性交往。他们不做始终不渝的打算，而是抱一种谈谈看的态度，广泛地接触，广泛地选择。他们知道了所谓永远相爱的山盟海誓事实上是无法兑现的，他们不愿再背这样的包袱。

与此同时，值得注意的是陶正的《假释》和陈卡的《铁轨，伸向远方》。这两篇小说分别表现了两种不同的情况。在《假释》中，我们看到了一种相当陌生的爱情观念：今天我们相爱了，就认真地爱，明天我们不爱了，就平静地分手，不存在谁玩弄谁，不存在谁抛弃谁，因为双方都同样喜新厌旧。在《铁轨，伸向远方》中，我们看到的是爱随时可以发生，也随时可以终结，并不一定非得刻骨铭心久久难忘。一男一女两个大学生，在一个荒山小站邂逅，在等车的过程中，他们相爱了，互相照顾，互相安慰，偎依在一起，相互温存，在爱的甜蜜中度过了一个本来孤独难熬的夜晚。火车来了，他们握一握手，道一声珍重，各自奔向远方。直到最后，他们也不知道对方的名字，因为在他们看来，没有必要知道。这是一种比较随便的态度。他们不同于传统的方式，不追求永恒，而只满足眼前。我们这个时代的许多年轻人已经习惯了把这种态度叫作“会生活”，而把那些过于认真过于严肃的做法叫作“自己与自己过不去”。这一切在小说创作中时有表现。

这种爱情观念必然导致爱情的“轻浮化”。小说中表现了许多这种轻浮化的爱情游戏。徐星的《无主题变奏》最早透露了大都市的这种情爱方式。

主人公与老Q在一个音乐会上相识，音乐会结束后很绅士地送一送，结果就送到了一张床上，在相互还不知道姓甚名谁的情况下就“爬上了爱的珠穆朗玛峰”。他们爱得快，分手也不慢。分手的原因不仅因为老Q一定要他当作家，而且更重要的是“什么不会够？痛苦会够，欢乐也他妈会够！”从此之后，这种恋爱方式在小说中不断出现，而且越来越多，成为一种时髦。

这种爱情观念和行为方式不能说没有一定的社会基础。从某种意义上说，它反映了时代文化的一些变化，显示了一些新的特征。但是，它也表现着一种性放纵。爱情应该使人愉快，而不应该成为太累人的事，已经成为许多作品表现的共识。在近几年的文学中，出现了一类在当代文学中非常陌生的人物——一个现代女性系列：她们是《走向无人之境》中的辛亚、吕幼安《风流祭》中的毛毛、陈图鹏《明日将有日环食》中的肖蓉、柯云路《夜与昼》中的黄平平……《走向无人之境》中的辛亚嘲笑男朋友：“难道他还把我当成19世纪的女孩，要再三再四地酝酿、接近，才可以涉及爱情和婚姻？我可不能在这类事情上花费多大精力。”不把上床这种事看得太严重，反而没有人能够伤害她。大学毕业分配到出版社，不出一个星期就把主任搞到手，主任虽然很不可爱，但重要的是“他俯首称臣了”。与人约好去开房，人家订了房间，她可以不去，但因为自己喜欢，却把送她回家的陌生人留下过夜。方方《白雾》中的李亚认为，感情是感情，性是性，婚姻是婚姻。婚礼请来朋友豆儿顶替新郎，豆儿调皮地问：“晚间上床也顶替？”她回答说：“别这么说，你要愿意，我自然心甘情愿。”

她们共同的特征是富于现代色彩，有很强的反叛意识和奋斗精神，想成就一番事业，但她们很少道德观念，常常是享乐主义者，她们只听从感情与生命的召唤，根据自己的需要而与男人们发生关系。她们没有理想的天国，只是执着地抓住现在，恣意追求快感和新鲜的刺激，并且很善于用自己的肉体去打通道路或谋取利益。她们是现实主义者，很有点今朝有酒今朝醉的味道。仅就文学而言，这种描写的增加使人们习惯的爱情审美标准遭到了亵渎，使爱情失去了诗意，因为爱情已经像一杯水那样平常，还有什么动人的美可言？这是一种对人类性爱的彻悟吗？也许，一切存在的都是合理的，但如此彻悟之后，爱情就的确没有什么美，没有什么可讴歌的了。

三

从天国跌落人间之后，爱神失去了她自己的王国。她不再是高高在上驱使一切的女神，而成为时时听命于生活、受生活支配的普通的一员。在文学作品中表现的爱情，除了极为单纯幼稚的少女，人们已很少离开实际利益而单纯从感情考虑与异性的关系。在生活的全部内容中，爱情不但失去了尊贵的地位，而且变得可有可无，至少是不那么重要了。

在这个方面，我想以两个女性作家的两篇力作为例。一篇是王安忆的《锦绣谷之恋》，一篇是池莉的《不谈爱情》。

《锦绣谷之恋》从一个女性的内心世界展开了一次婚外恋情。她和丈夫的生活已经非常乏味，相互之间感觉厌倦。在锦绣谷，女主人公与另一男性相爱了，梦幻般的感觉非常美好。但是，小说却没有像80年代初呼唤感情的那些作品一样让主人公因此而准备离婚，而是让她平静地回到了无味的家庭。好的婚外恋不仅没有危及家庭，而且成为促进家庭稳定的力量。小说通过叙述使我们了解到，那所谓美好只不过是因为新鲜，而且掺进了大量的幻想和虚构。如果真的为此离婚而再结婚，也许很快还会乏味。看来，王安忆彻悟了爱情的喜新厌旧特性，却并不主张以此规律指导婚姻，甚至对那种婚姻总要建立在爱情基础上的理论有点不以为然，因为那将终日忙于结婚离婚，因为新的很快还会变成旧的，因为爱总像一个影子，当你占有它时它就不存在了。在这里，固有的秩序比爱情重要，虽然婚姻没有爱情，却没有必要打破生活的稳定和安宁。如果感觉有什么不足，以另外的方式弥补一下就足够了。

池莉的《不谈爱情》表现着同样的观念，而且发展了这种观念。在这部小说中，特别值得注意的是那个处于特殊地位的梅莹。她在作品中是作为一个悟透人生的智者出现的，小说的叙述者称她是“绝顶聪明的女人”，并不止一次地说：“婚姻是人生课堂，梅莹就是成绩优异的过来人。”那么，她是怎样对待婚姻和爱情的呢？她是庄建非性生活的启蒙者和引路人。她很喜欢比她小了近二十岁的庄建非，为自己在年轻时没有能够遇上这样一个出色的性伙伴而深感遗憾，但当庄建非疯狂地希望与她结婚时，她却无比冷静地拒绝了他，并且教育了他。她当然迷恋完美的性爱，但性爱的力量还不足以使她牺牲家庭和现有的生活。用她的话说，“生活内容比男女间性的内容要多得多”。她是智者，很清楚自己的全部欲求，决不顾此失彼，丈夫不在身边，她可以以偷情的方式得到满足，但决不愿意为此破坏自己的家庭。因为她的丈夫很优秀，儿子也很优秀，而且有了儿媳妇，这一切是不能因为一点性爱的快乐而牺牲掉的。

这意味着一种选择：生活注定不会十全十美，而生活是重要的，荣誉、地位、物质财富、生活的安宁等都是重要的。那么，一个聪明人就应该首先占有这重要的一切，并努力维护这一切。爱情虽然是美好的，但与全部生活内容相比，它毕竟是次要的，而且可以“堤内损失堤外补”。这是对生活与爱情的一种理解。生活是残缺不全的，注定了不能圆满。每个人的生活都必然要有缺陷，每个人的选择都必然要有所舍弃。然而，生活的残缺却有轻重大小之分，智者不应舍大求小、弃重取轻。爱情是生活的一个组成部分，它从属于整个生活而不能代替生活。在生活的系统中，有许多东西舍弃了便无法弥补，而爱情是可以弥补的。因此，为了爱情而不顾一切的做法是不足取的。由此可见，爱神从天国跌落人间，已经被生活的其他内容淹没了。

上述选择显示了一种面对现实、讲究实际的态度。这种态度有着特定的社会文化基础，因为它能够维护生活的平静和稳定，能够使感情冲动得到宣泻而无损固有的秩序。但是，我却不愿赞美这种选择，不愿赞同作家们对此所持的态度，因为我们极容易从这种选择中看到一种苟活的人生哲学。与其说它是一种新观念，不如说它是一种已被抛弃的旧传统的复归。这种选择意味着一种妥协，是对无爱的婚姻的一种认可。它意味着要于夹缝之中求生存，在限制中满足于偷情而不再有奢想。对此我感到悲哀，从“五四”开始，爱情自由就成为一种强烈的呼声，当这种追求难以实现时，它事实上又回到了那个起点。在我们几千年的传统社会里，面对无爱的婚姻而采取的补救措施正是这种偷情。中国的家庭低质量而高稳定，并不是中国人都被禁欲文化教育成了没有生命冲动的人，这里起作用的除了道德感之外，正是这种弥补。可以说，它是中国无爱家庭的一种修复机制，正因为有了这种修复机制，那些无爱的家庭才能够得以维持。在五四新文化运动中，觉醒者们不愿意再偷偷摸摸，而要光明正大地做人，所以才去承受那追求的痛苦。如今，我们的一些作家却心平气和地退了回来，而且像发现了新大陆一样沾沾自喜。更令人遗憾的是，在这种对爱情的大彻大悟中，反映出的是一种追求的困倦和疲惫，是一种饱经生活磨砺的成熟和老练，是一种勃勃朝气消失后的沉沉暮气，是一种精神疲软。所以，尽管它非常实际，却不是一个好兆头。

第二辑

动人处都是人的光辉

我们刚刚读过的是一卷咏物诗。

诗，是人类情感交流的一种形式，是诗人与世界的一种对话。抒情诗有两种对话方式：一种是创作主体与接受主体直接对话，它是一种人与人之间的对话，参与者只是诗人与读者双方；另一种是创作主体通过与表现对象之间的对话而实现与读者之间的对话，它首先是一种物我之间的对话，而参与者事实上是物、我、读者三方。后者更多的是咏物诗。咏物诗首先需要完成的是物与我的交流。对于一首咏物诗来说，它的成败常常首先取决于物与我之间的“共同语言”是否能够找到。这种语言也就是精神的契合点。只有找到这种契合点，物我之间才能真正形成精神交流与情感共鸣。精神契合点的寻找需要的是对物这一表现对象深刻而独到的认识、理解感受和体验。而且这一切都是独到的，非同一般的，或于荒芜处发前人所未发，或于前人驻足处长驱直入而对前人有所超越。诗贵新奇，诗贵独特，离开独到的发现，情感、形式、技巧等都将无从谈起。

在这卷咏物诗中，我们年轻的诗人们以全部的赤诚面对着客观万物：暴风、春雨、日月星辰、古河道、乌篷船、老柳树、仙人掌、酸枣、苦苦菜，以及牛、羊、鸽子……大至海洋、山川、纪念碑，小至昆虫或青苔，这一切都在诗人笔下获得了新的生命，放射出令人激怒或沉思的奇异光彩。

首先打动我的是邓万鹏的《牛》、洪三河的《暴风》等作品。《牛》，毫无疑问是一首难得的好诗。感情浑厚而深沉，语言凝练而朴实，句句如利刃切入，极少浮辞躁响，于精确处极见功力。在古今咏物诗中，牛是常见题材，被无数诗人歌咏过，因而极易落入前人窠臼。但是，邓万鹏的发现却给了我们以新的震撼：

脊背长不出驼峰
就做一片移动的土地
思想在额头上发芽
锋芒比石硬
终生都是一件外衣
全由风搓雨洗
……
季节无论怎样轮回
也无非草黄草绿……

牛的命运，牛的性格，都在诗人笔下获得了一种巨大的张力，使人们于心情沉重之中产生丰富的联想。

暴风在我们的一般观念中是破坏性的，因而也是可怕的。洪三河却从另一侧面发现了它的精神蕴含，对其有着不同一般的理解和感受。他看到的是暴风可以驱散弥漫的云雾，扫荡尘埃和枯枝败叶，给天空带来一片湛蓝，因而他为暴风自豪地宣称："我的步履是生命复苏的喧响"，"我的身后是苏醒的队列／是新生命崛起的阵营"。独特的发现使暴风获得了新的美感。

这些诗之所以成功，在于诗人深入到对象之中，将隐藏于背后的精神意蕴搜寻出来，将其带到意识的光照之下。而这一发现所依仗的慧眼又是与我们时代的心声紧密相连的。

通读这卷诗作，我为我们年轻的诗人独到的发现而兴奋。面对纪念碑，张庆和没有豪言壮语，也没有效法江河等人去抒发那悲壮的忧患之情，却看到了它"测云测雾／测风测雨／测量中国的气象"（《纪念碑》）；面对小小的算盘，黄显宇看到的是"该下的下／该上的上／下得干净利落／上得干脆响亮"（《算珠》）；雪花飘飘洒洒，在古阳的眼里，是"风颤抖着撕毁了情书"（《老柳树》）……独到的发现、新奇的理解和新鲜的感受随处可见，而且明显带有我们这个改革开放时代的精神风骨。

这一切光彩都产生于物与我的交流，产生于诗人主观精神对物的投射和渗透。抒情诗所依据的是主体性的原则，客观描写事物不是诗人的责任。咏物之作虽然歌咏的是物，但所抒写的却只能是对象在诗人心中触发的情感活动和思想活动。它在本质上是诗人自我的一种对象化。对象所显示的精神意蕴只是诗人自我在对象身上的投影。在物我对话中起主导作用的是人而不是物。咏物诗的全部魅力都源于诗人内心深处，源于诗人的自我。因此，咏物诗的创作常常是为自己的内心世界寻找适合的外在显现。本卷作品大都充分表现了创作主体的精神世界，显示了鲜明的自我。大量诗作在咏物之中自觉地托物而抒情言志，为诗篇留下了更多的精神意蕴。唐本年的《靶》是这样写的："要么倒下／要么站立／即使胸膛一次次被洞穿／也决不弯腰屈膝"。这的确是靶所固有的特性，但固有特性并不重要，重要的是它在诗人思想的烛照之下成为一种人格精神的象征。赵海云在《致仙人掌》中热情礼赞仙人掌那"挑战的胸膛"，"那绿色带芒的意志"，使人想起流沙河《草木篇》中的仙人掌，但"即使被植在田园里头／一样的颜色／刺芒也依旧"，却进一步丰富了仙人掌的形象，实现对流沙河的仙人掌的超越。因为这里的仙人掌不仅能够在艰难的环境中繁衍子孙，而且即使被收养也决不同流合污。赵铁民的《谷底的树》使我们想到历史上那些指控门阀制度的诗作。人类是这样不幸，从古至今难以消除这样的不平等现象：谷底的树拼命地长呵长呵，它长得很高，却常常是永远无法超过山顶的草。社会的不平等令人心中不平。但在这里，我们看到的已经不再只是哀怨和悲愤，而是坚强的自信和自尊。虽然永远不能上岸，甚至不能保证是否能够开花结果，却仍然要"以树的形象站立"。鲁飞的《搁浅的船》、黄显宇的《恒星》、于宗信的《木偶》……也都同样表现了一种傲然挺立的坚强个性。它所显示的是一种新的文化精神和人格理想。

我们的传统诗论讲究风骨，讲究气。风骨和气都是人格在诗中的显现。诗无风骨，无浩然之气，就难免流于小巧，成为真正的雕虫小技。可喜的是，我们的诗人仍然没有因为无奈而满足于雕虫。

我们的传统诗论讲究无我之境，但事实上诗难无我。真正无我的诗也绝非好诗。诗人应该重笔大写自我，因为鲜明的自我才是诗的魅力之所在。

向继东的《乌篷船》只有寥寥数语，但凝练深沉，意味悠长，流泻着对渔人苦涩生涯的浓厚情感。这种沉甸甸的情感在一卷诗中被不同的诗人反复表现着，由此我们可以窥见生活的某种面影。

在艺术上显示着较高水平的还有孙建军的《酸枣》《山丹丹》、迟钝的《苦苦菜》、林有盛的《古河道》等。孙建军的两首诗纯朴而清新，散发着来自土地的气息，感情如陈年老酒一般不再火气逼人，却能于悠远的震荡中拨动人的心弦。诗人写的是山间野花果，想的却是贫瘠的水土、敦厚的乡风和那“酸酸涩涩苦苦甜甜的日子”。迟钝的《苦苦菜》用笔非常简约，所写不过是“窄窄的绿叶小小的黄花”，之所以能够牵人情弦是因为那些饥饿的岁月。诗人写得很巧，母亲伏在写苦苦菜的诗稿上久久地哭泣，已经道出了无限心酸的往事，令我此时也止不住泪湿眼眶。《古河道》则于这种情感之中又多了一份历史感。在这些诗中，我们能够深深感受到一种悲悯之情，一种因为面对土地而产生的沉重感。由此可见，我们的年轻诗人没有忘记贫瘠的土地和这片土地上的苦难，对于民族的责任感和忧患意识仍在他们心中与热血一起激荡着。

此外，迟钝的《蚕》、焦原的《雪人》、思宇的《野草莓》、金祥的《雪花是一种模糊语言》等也都是各有特色的作品。

在文学创作的各门类中，写诗大概是最容易的，也是最难的。说它容易，因为文学青年大多从它起步，很快就能写出一些诗甚至发表一些诗；说它最难，是因为要写出好诗却比写出好小说要困难得多。诗人需要更好的天赋，而所谓天赋，除了感受力、想象力之外，更重要的是一颗永不安分、永不衰老的心。诗人的内心应该是自由无拘的，任何墨守成规都与诗人格格不入。诗人应以自由的目光俯视一切，最忌思维定式，最忌自己的大脑成为他人思想的跑马场，最忌在别人创造的模式中运行。就这一点而言，本卷中，缺少创新意识的作品还是存在的，观念陈旧的作品也是存在的。但愿我们的诗人能够自觉克服弱点，以真正的诗人的姿态高高地站立起来。

收获于新的艺术疆域

——评尤凤伟小说近作

艺术创造是一个不断探寻的过程，艺术家的生命也在这个过程之中，任何僵化凝滞和故步自封都与真正的艺术家无缘。我们的时代是一个急剧变革的时代，一切都在变化，尽管有时轰轰烈烈，有时悄然无声，但变革之势是不可逆转的。80年代的文学变革呈现出高潮迭起，争奇斗艳的创作景观，这景观于近几年疲惫而平息，变革似乎停止了，于是有人欢呼文学的所谓回复。但是，事实却并非如此，只要注目于创作实际，倾听文学前进的足音，我们就会看到中国文学在80年代进行的探索正在悄悄深化与普及。尤凤伟的小说近作坚定了我这种乐观认识。他不是文学新潮中的弄潮儿，不喜欢跳跃前进，也不喜欢以太多的新花样炫奇于世，他的脚步稳，喜欢像牛一样一步步往前迈进，但是，唯其如此，他的创作更准确地反映了文学整体发展的大势。他的近作是当前文学相当有代表性的一个标本。

读尤凤伟的小说近作，首先感觉到是他的小说话语形式的新变。

阅读尤凤伟前期的小说，我们似乎在听叙述人讲述亲身经历过的故事。尤凤伟是很会讲故事的。他全身心地叙述着，喜怒爱憎之情溢于言表。在整个叙述当中，本事的发展是预先设定的，始终沿着本文意蕴所设定的既定方向运行，绝不违背或偏离意蕴的指向。当然也绝不做无关宏旨的叙述。在那些小说中，词句的运用完全以本事和叙述人的情感需要为目的，因此，话语形式以及词句、本事、语调三层面与本文意蕴的运行方向是完全一致的。用我们习惯的说法就是形象鲜明、主题突出。在那些小说中，话语形式是受意蕴支配的运载工具，通过什么表现什么，前者只是后者的手段，本事是为意蕴而存在的。表现一个有意义的主题正是那些小说的主要目的和任务，因而在阅读的过程中能够比较容易地从话语层次进入意蕴层次。

读他的近作，感受大不相同了。我们已经很难从话语形式层面直接获取具体确切的本文意蕴。特别是最近的《沉默的格》《泱泱水》《金色河滩》《金龟》《石门夜话》，亦真亦幻，以写实手法完成着种种想象和虚构，叙述人仍然在以清晰的声音讲着一个个动听的故事，阅读者却常常要不知所云。面对这些小说，我们已经很难在阅读过程中立即准确地知道作家要告诉我们什么，之所以如此，因为话语形式与本文意蕴之间已被一层浓雾所阻隔，使意蕴扑朔迷离而且时有时无。话语形式与本文意蕴之间阻隔与偏离是先锋小说的特征。尤凤伟的作品还不同于先锋小说，但却鲜明地显示了这种特征，其主要表现有如下两点：

首先，小说创作过程中的主题意识淡化了，主题意识的淡化带来了小说本事与主旨关系的松散化。在尤凤伟近作中，本事的设置不再围绕一个中心主旨去编排，不再是事先形成一个中心，然后围绕这个中心去提炼事件、讲述故事，而是别无用心地讲故事，知道什么就讲什么，主旨是无需费心的，更无需每一情节和细节都紧扣主旨。不难看出，在这些小说的创作过程中，作家甚至常常有意识地消解某一正在形成的主题。如短篇《沉默的格》，就其本事而言，如果按照传统的小说规范去写，可以写成一个勇敢地追求爱情自由的故事，也可以写成一个道德说教的故事，但在这篇小说中，作家却严防话语运行走向任何一个主题。如果是在一个关于爱情自由的故事中，哑巴孩子格是没有重要位置的，小说却给了他重要位置，并且以他为视角，这就必然导致了小说有滑向惩戒淫妇奸夫主题的危险，但是，小说结尾那哀婉的咏叹式语句却又以对梅和福浩的某种同情而消解了这一可能出现的道德主题。在这里，似乎故事本身就是目的，它无需为人为的主旨而存在。

其次，尤凤伟的近作获得了一种超脱的语调，对他所叙述的故事不再急于做出价值判断，不再直接表露自己的主观好恶之情。他的近作看上去与传统的现实主义小说没有多大差别，他依然在用明白晓畅的语言讲着一个个完整的故事，讲得非常认真，而且具体细节、情节都讲得生动而真实，尽管他的故事虚构的成分越来越重，但所用的却是一套写实的手法。然而，面对他这些故事，如果一定要寻根究底，就只能根据自己的理解而任意解读了。故事中的意蕴似乎时时呼之欲出，但最终却隐退于话语形式之后那一片迷雾之中。之所以如此，主要因为小说在语调层面上有了根本的变化。语调的变异为尤凤伟小说带来了新的阅读效果，使本文意蕴变得复杂而充满矛盾。毫无疑问，尤凤伟近作从现代派小说和新写实小说那里都有所汲取，但却并不是亦步亦趋地模仿，而是寻找着自己的表现方式。这种方式不仅在于以与本事相冲撞的语调使话语形式产生摩擦（如《沉默的格》等），而且在于把相互冲突的故事巧妙地编织在一起。如中篇《泱泱水》，赵姓家族人种退化得不中用了，寡妇七姐承担起了借种的使命，但借到的却不是能够重振家族的好种，而是于家族无补的情种，于是酿成了全村的毁灭。认真考察，我们会发现这篇小说实际上有若干个意蕴不同的故事：一个是七姐的故事，这是一个人性被压抑的故事，它自然显示的主题是对禁欲文化传统的批判；一个是曲路的故事，这是一个带有某种神秘色彩的淫乱丧生的故事，它自然显示的主题却是对纵欲主义的规劝和惩罚；一个是赵三爷的故事，这是一个为重振家族而竭尽全力却难逃悲剧命运的故事，他的使命感令人钦敬，他的做法又令人疑惑；还有一个春的故事，这是一个爱情故事，追求爱情的热烈执着与扒决河堤的疯狂又为对他进行评判留下了矛盾。这四个人分别都是故事的主角，每个人的行为都有其合理性，但又都走向了自己的反面。这些冲突的因素使小说的意蕴不再明晰，同时，它所造成的冲突和摩擦却使小说获得了过去所没有的艺术张力。面对这样的故事和人物结构，我们几乎无法赞美哪一个，也无法指责哪一个，冲突的各方都是美与丑，善与恶的综合体，而且共同挖掘了最后的坟墓。作家设置的特定情事场境迫使我们不得不放弃评判。

由此可见，尤凤伟已经决然走出传统小说规范而进入了新的艺术疆域，他已摆脱旧的自我的束缚，而努力在现代主义，后现代主义和新写实小说的基础中建构自己的小说世界。对于尤凤伟来说，这是值得庆贺的。

二

文学是人学，对人性的不断发现和开掘是文学永久的使命。尤凤伟的小说近作都是写人性的。对于今天的文学来说，写人性不算什么稀奇，因为我们新时期文学早已冲过了这道关卡，但值得注意的是尤凤伟的小说创作已走向人性的深处，在人性的深处掘进，开掘着人性的复杂结构。

新时期文学在探讨人性方面大致走过了这样一个历程：开始是政治和道德层面的反思，后来进入文化和生命层面审视。80年代中期发生的这一变化意义是重大的，文学从人性的文明层面进入到自然层面，从人性的理性内容进入到非理性内容，从人的社会生活内容进入纯粹个体的肉体本能，并随之发展了人性与丑恶不可分割的复合状态。尤凤伟的小说近作就在这样一个方位上展开了对人性的深入开掘。他选择人的情欲作为切入点和主要着墨点，充分展示了人的生命本能和文化规范的冲突，透过这种冲突而独到地展示了人的存在状态，借助现代意识的烛照洞察了人性幽暗之处的奥秘。

他的探索是深广的，发现与收获也是丰硕的。透过《乌鸦》中的田三月，我们可以看到人性在强大的奴役力量之下的严重扭曲和畸变，田木根已经死了，但他的幽灵却仍然能够支配和奴役着田三月，甚至战胜他的生命本能。在《崖》中的老秋身上，我们可以看到人的情欲在绝望之后的疯狂，因为小灯的死，孤独的老秋把自己的羊群一只一只赶下了悬崖。在《准警员》中，表弟的表弟因自尊心受到挫伤而变得那样不可理喻，当他的自尊心得到满足之后却是那样开朗而随和。《革命者平野一雄》使我们看到了幻想狂的内心深处，平野一雄的人格是分裂的，喝酒之后纵情欢乐是一个侧面，在幻想中塑造着自己的革命者形象并保持高度的革命警惕性是另一个侧面。《金色河滩》中万年红看到判决自己死敌的布告之后拼命奔跑要把死敌救出，《石门夜话》中的女人与土匪二爷有血海深仇不共戴天，却在第三夜就顺从地投入到二爷的怀抱……这就是人，这就是人性的世界，林林总总在尤凤伟笔下呈现着它的千姿百态。对于人性，尤凤伟已有极深的洞察，所以他能够在艺术的解剖床上显示着它的全部美丑善恶光辉与阴暗。

通观尤凤伟的近作，可以看到几乎都是悲剧，而且不是一般的悲剧。这些作品于不动声色之中显示着一种极深的悲剧意味，而这种悲剧意味又透露出作家所获得的一种新的艺术视角和新的人类存在意识。尤凤伟已经获得了一种较远距离冷静审视人性和历史的视角，并获得了一种目光。这是一种历尽沧桑的过来人的视角和目光，失掉了年轻人的热切和理想色彩。这一切使他更多地看到了人的堕落和历史的衰颓，对此他满怀强烈的悲悯和忧患，但这种忧患已不是过去那种社会忧患，而是对于人类历史的忧患。尤凤伟的近作显示了双重的悲剧意味，它常常既是人的悲剧，又是历史的悲剧；一方面是人性的堕落无可救药，一方面是历史的颓败无力挽回。这种存在意识无论怎样包裹，都难免使作品渗透出悲凉。

当然，这不是一个孤立的现象。近几年中国文学相当普遍地被一层悲凉之雾所笼罩，苏童、余华、叶兆言等笔下常常或隐或现地流露着某种宿命情绪，对着个人或家族无可挽回的衰败而发着无可奈何的叹息。尤凤伟的表现鲜明而突出。他的近作沉重而生动地表现了历史的衰败和人性的堕落，并且表现了人无力把握自身命运的悲剧宿命。《泱泱水》是一部家族衰败和消亡的历史。赵氏家族曾经兴盛过，如今却人种退化到只能生出佝偻人。族长赵三爷为种族重振不惜让七姐借种，最终却只能以失败告终，而且以泱泱洪水淹没了赵家泊的正是他不惜代价培养起来的春望。更有意味的是春望的创举也同样吞没了他自己。在《沉默的格》中，宗德因不同意离婚而遭惨死，为爱情而杀死宗德的梅和福浩也双双走向毁灭。也许这就是“天意”，但需要指出的是，这里没有历史的正面力量。所以，颓败是必然的，毁灭无可挽救。也许文学中的悲凉之雾正因为历史的积极力量的缺席。

在尤凤伟的近作中，人性是常常闪现出光彩的。由此可见作家并没有忽视人性之美的存在。但是，这闪光的人性或者说人性的闪光却似乎注定了要淹没于无边的黑暗之中。老秋那“小灯死了”的哀号永远不会有人理会。万年红要救出齐建东的愿望终于无法完成，老安（《老安的咏叹调》）功成之后在良心的驱使下去寻找那个求他收留而被拒绝的年轻人，最后的感觉却是“那么孤单，那么寂寞，好像这世界上只剩下他一个人……他觉得自己像一片枯叶在黑洞洞的天空中飘浮”。《金龟》中的玉珠在作者的笔下是美好的，最后却在绝望之中做了土匪的压寨夫人。这里到处透露着一种深深的绝望，一种悲观，一种人类无法把握自身命运的虚幻感。这种悲观和虚幻感的意义在于引发人们对于现实生存的怀疑。怀疑包含着探求，探求包含着希望。

三

山东的中青年作家有一个共同的特点，这特点可以说是保守，也可以说是稳健，总之他们难为前驱，难开风气之先。回顾新时期文学的演进过程，新潮迭起一浪紧追一浪，可是，我们找不出哪一个浪潮是由山东作家掀起的。一部新时期文学史，代表一个个创作潮流的潮头作雄居于文学变革的一个个转折飞跃之处，但没有一部是由山东作家写出来的。可是，在一个潮流兴起之后，在它深化的过程中，山东作家却常常能够拿出超众的力作。张炜的《古船》、莫言的《红高粱》、李存葆的《高山下的花环》等就是例证。

之所以如此，也许与齐鲁文化不无关系。他们步伐稳健，不善于飞行，不善于跳跃，走路总是一步一步如老牛负重。他们多少有点从众心理，在艺术创作上也有点不敢为天下先。即使在努力探索和创新的时候，也决不愿意舍弃旧我而另起炉灶。在新时期文学的发展中，不少思潮是由文学新人猛然插入而掀起的，这些新人常以崭新的面貌出现在文坛，从而为文学带来某种意义上的变革。山东作家却难以如此，他们几乎都经历了新时期文学发展的全过程，尤其是尤凤伟，他是沿着新时期小说思潮的发展演进一步步走过来的，经历了从政治反思到道德反思再到文化和生命的主题演进的每一个阶段。没有能够冲到前面独辟一流，这是他和山东中青年作家共有的遗憾，但跟随潮流一步步走来却也使他获得了一笔财富，拥有了一个雄厚的基础。

近来不少作家谈到新时期之初的文学时都有点“愧其少作”的味道，特别是对那些纯粹政治反思的作品，甚至常常说得一钱不值。其实，我以为大可不必如此。尽管我们今天已能够超越政治和道德层面而在更深的层面上表现生活、表现人性，但既然政治是人的生活中不可缺少的一个组成部分，我们的文学在表现人时就不能对其视而不见。在这一点上。尤凤伟近作是可贵的，由于他的创作从政治反思和道德反思的领域走来，当他在文化与生命层次上表现人性时没有忘记政治与道德。《乌鸦》中的田三月的行为方式及其表现的人格，的确可以使人的灵魂震颤，精神奴役的巨大力量对人性的扭曲通过田三月与青草的关系得到了生动展示，已经死掉的田木根的命令竟能压倒田三月活生生的情欲，这是一种文化人格的反思，同时却也依然带有浓重的政治控诉的意味。田木根之所以是有力量的，因为他是支部书记。从这样的故事中，可以清楚地看到尤凤伟对生活的思考、对人性的思考仍有一根粗大的根须深植于政治生活之中，为他的创作输送养料。《革命者平野一雄》《准警员》等看上去只是探讨一种人格和心理，事实上却与社会政治生活保持着密切联系。而《金龟》《石门夜话》等作品则明显地显示着某种道德颠覆的意义，即使《老安的咏叹调》也能够告诉人们："富"与"不仁"并不是联系在一起的。山东作家道德感是很强的，但尤凤伟却不是陈旧道德观念的维护者。

探讨人的存在及其危机是当前文学的热门话题。但是，我以为我们的文学似乎还不应该过于抽象地去探讨那些永恒的命题，而应该审视存在的历史维度，在历史的维度上综合地、全面地揭示人性及人性的现实存在状态。从这个意义上，我赞美尤凤伟近作所显示的变化，也赞美他变化中所留下的"尾巴"。

愿凤伟有更勇敢的探索精神和创新精神。

母亲与生命的悲歌

——读莫言的《丰乳肥臀》

这是一部很有特色的小说，也是一部内容厚重的小说。出版之后，一直存在种种争议，一方面是获得十万元大奖，一方面是指责之声一直不绝于耳。但无论如何，这部小说是值得特别注意的。以“丰乳肥臀”为书名，无疑非常招眼，难逃讨好市场之嫌，所以必然招致批评。但这一切不能抹杀这部小说的价值。在我看来，它是作家莫言小说创作的一个高峰，也是当代小说创作不可多得的杰作，无论有多少缺陷，都不影响它的独特贡献。

在这部五十多万字的长篇中，莫言用凝重的笔墨，描写了高密东北乡以上官鲁氏为中心的一个家庭和围绕这个家庭的一个人群，描写了他们半个多世纪的悲欢离合，展现了历史的风云变幻和深重苦难背景上的生命文化状态。小说以人物命运为中心，写家族的兴衰，写社会的变动，表现了这片土地所经受的深重苦难，表现了苦难中的生命意志，唱出了一曲关于母亲、关于生命的哀歌，是一部关于这片土地的苦难史诗。

《丰乳肥臀》很好看，但不易解。读过之后，我弄不清作者究竟要表达什么，尤其是莫言那奇特的想象和撒着欢儿飞翔的语言，也常常给小说带来团团云雾。比如那形形色色的乳房、上官金童的恋乳癖，比如这个杂交之家的女儿们一个个生命力旺盛却短命，而混血儿得以长命却无用，等等，背后隐藏着什么？很难想明白。我不想致力于这种解读，也不愿读者陷入这样的索引考证，因为一些东西也许只是作家的兴之所至，并无特别含义；有的虽有寓意，也未必能与所指一一对应。面对这部小说，首先需要注意的是它给予读者的最为重要的东西。

一、一曲母亲哀歌

这是一曲母亲的哀歌。尽管作者丰富的想象和联想带来了许多充满幽默的细节，尽管他有时似乎嬉皮笑脸，说一些令人喷饭的话，但是，在阅读的过程中，我似乎隐隐听到了作者的哭泣，看到他一次次泪流满面。他不愿让泪水流入文本，所以越是悲愤的时候，越是强颜欢笑，做出轻松和幽默的样子，或者让话语在并无意义处滔滔不绝。当然，这不是莫言的独创，“文革”之后的中国小说自张一弓的《犯人李铜钟的故事》和古华的《芙蓉镇》开始，就常以这种方式自我拦截重要的思考，并冲淡心中的悲伤。这不仅是为读者考虑，以避免阅读带来的压抑，也源自外部环境，因为我们的表达空间常常不能容忍作家的泪水纵情流淌。莫言不断地调整自己，但面对“母亲”的苦难，面对他所描写的历史，他内心的酸痛显然无法抑制。

在《题记》中，作者写道：“仅以此书献给母亲在天之灵。”这不是戏言，面对母亲的在天之灵言说，作家是严肃的，所以作家决不认为笔涉丰乳肥臀就亵渎了母亲。当然，这里的“母亲”不只是莫言个人的母亲，而是这片土地上千千万万的母亲，是这片土地上这个人群的养育者。“大地——母亲”这个称谓，放在这里是适合的。

小说的中心人物是鲁璇儿（上官鲁氏）。作者以这位母亲为中心结构故事并展开叙述，一步步刻画了一个坚忍、顽强、勤劳、豁达的母亲形象。她代表着一种伟大的“母性”，体现了旺盛的生命力，也体现了一种忍受和包容的力量。在这里，母亲是一种意象符号，是“我奶奶”戴凤莲式的女人的集合体，代表着莫言笔下理想的女性：丰乳肥臀，生命力旺盛，质朴自然，泼辣狂放，呈现着一种朴素的生命状态。同时，又历尽沧桑，饱经磨难，承受了难以想象的一切。

小说开始，作家就使我们看到了上官鲁氏临产的情景，那是一派慌乱的景象：日本人就要进村了，司马亭正在街上不断地呼喊：“乡亲们，快跑吧，跑晚了就没命啦……”而在这时，上官家一片忙碌：一边是鲁氏要生孩子，另一边是栏里的驴也要下驹。人物的这种处境，似乎已经预示了一切。

婆婆上官吕氏说："你呀，我的好儿媳妇，争口气吧！要是再生个女孩，我也没脸护着你了！"上官鲁氏满眼含泪爬上揭了席子的土炕。婆婆放下一把剪刀就转身走了——"轻车熟路，自己慢慢生吧，你公公和来弟她爹在西厢房里给黑驴接生，它是初生头养，我得去照应着。"由此，我们看到了上官鲁氏在家中的地位。

一切都有其来龙去脉，小说及时做了交代：这时的上官鲁氏已经有七个女儿——来弟、招弟、领弟、想弟、盼弟、念弟、求弟。第七个女儿降生之后，丈夫上官寿喜怒火千丈，用一个木棒槌打破了鲁氏的头。这一次，她是真不敢再生女儿了。所以她一再求神灵保佑，让她生个儿子。

其实，上官鲁氏所生的这些孩子在血统上都与上官家无关。这个上官家真是气数已尽，倒霉透了，再也没有延续香火的能力。而作家莫言似乎对上官家并无同情，而把全部的同情给予了这位母亲。

与《红高粱》中的奶奶戴凤莲一样，鲁璇儿也是被迫成了传统妇道的反叛者。她嫁到上官家，三年没生孩子。在中国的传统社会，"不孝有三，无后为大"，女人最基本的职能就是生孩子，尤其要生儿子传宗接代。生不出孩子的原因其实在丈夫，丈夫和婆婆却一直为此折磨着她。在无路可走的情况下，她经长者教导开始与别的男人睡觉"借种"。第一次是在姑妈的安排下与姑夫睡觉。值得注意的是：鲁璇儿这是反抗还是顺从？对于丈夫和上官家族，似乎是反叛，但对于传统观念，却是顺从。所以，她并不是自觉的反叛者。她很矛盾，头脑中有古老的传统观念，也有朴素生存认识。失身于姑夫之后，姑父曾经向她赔礼，小说是这样写的："姑父于大巴掌，跪在她的面前，很痛苦地搖着自己的头。说：'我上了你姑姑的当，我这心，一刻也没安宁过，我已经不是人了，璇儿，你用这刀，劈了我吧！'……她说：'姑父，不怨你……我要做贞节烈妇，就要挨打、受骂、被休回家；我要偷人借种，反倒成了正人君子。……'她冷笑着道，'不是说肥水不落外人田嘛?!'姑父惶惶不安地站起来，她却像一个撒了泼的女人一样，猛地把裤子脱了下来……"因此，她与姑夫有了第一个女儿之后，又有了第二个女儿。鲁璇儿的遭遇，已经暴露了传统的虚伪。

此后，她又与几个不同的男人生下了五个女儿：与一个化装为赊小鸭的土匪怀上三女儿领弟；与一个江湖郎中怀上了四女儿想弟；与卖肉的光棍高大膘子怀上了五女儿盼弟；与智通和尚私通怀上六女儿念弟；被四个拖着大枪的败兵轮奸，怀上了七女儿求弟。被四个败兵轮奸之后，她曾产生过自杀的念头。“但就在她撩衣欲赴清流时，猛然看到了倒映在河水中的高密东北乡的湛蓝色的美丽天空。……天还是这么蓝，云还是这么傲慢，这么懒洋洋的，这么洁白。小鸟并不因为有苍鹰的存在而停止歌唱，小鱼儿也不因为有鱼狗的存在而不畅游。母亲感到屈辱的心胸透进了一缕凉爽的空气。她撩起水，洗净了被泪水、汗水玷污了的脸，整理了一下衣服，回了家。”她无师自通地解放了自己，无论遇到什么，都能活下去。但是，因为一直未能生儿子，侮辱和打骂不会停止。

在实在无法活下去的时候，她想到了自杀，结果却被洋牧师马洛亚救了。被救之后他们发生了性关系。这一次是真正源自生命的冲动，源自爱。也正是这一次，鲁氏怀上了儿子。

小说开头用十回的篇幅写了鲁氏的难产。直到难产的草驴把骡子生出来之后，婆婆才让兽医去为媳妇接生。直到兽医束手无策，上官家才不得不去请仇敌孙大姑来为鲁氏接生。小说写道：“一九三九年古历五月初五上午，在高密东北乡最大的村庄大栏镇上，上官吕氏领着她的仇敌孙大姑，全然不顾空中啾啾鸣叫的枪子儿和远处炮弹爆炸的震耳声响，走进了自家大门，为难产的儿媳上官鲁氏接生。她们迈进大门那一刻，日本人的马队正在桥头附近的空地上践踏着游击队员的尸体。”经过孙大姑的努力，鲁氏生下了一个全身青紫的女婴。上官吕氏一见即失声痛哭。孙大姑说：“别哭，肚子里还有一个！”接着生下了一个男婴。上官吕氏一看是男孩儿，扑通一声就跪在了炕前。孙大姑说：“可惜，又是一个死胎。”

这时院子里已经是如此景象：上官寿喜双膝跪地，长长的血脖子戳在地上，他的头被砍掉了。上官福禄嘴啃砖路，脑袋被砍成了两半。日本人杀死了上官家的男人，却救了上官家的女人和孩子：就在上官吕氏因为媳妇生的是死婴而失望地走开之后，一个鼻梁上架着金边眼镜的日本军医走进了上官鲁氏的房间。他打开药包，戴上乳胶手套，切断了婴儿的脐带，倒提起婴儿拍打后心，直到把一对婴儿拍打得发出了哭声。然后，他又去看炕上的女人，给她打了止血针。这个细节也是过去的主流叙事和一般所谓爱国者不愿接受的。

上官鲁氏一生养育了八个女儿和一个儿子，但她的儿女们并没有给她带来幸福。女儿们大都继承了母亲的特点，丰乳肥臀，质朴奔放，具有旺盛的生命力。她们的花容月貌吸引了各路英雄，各路英雄也同样吸引了她们。正如上官鲁氏所言："上官家的女儿一旦萌发了对男人的感情，套上八匹马也难拉回转。"她们热烈奔放，一旦被爱欲点燃，就一往无前，义无反顾。这是莫言笔下那些美好女人的重要特征，《红高粱》中奶奶戴凤莲就是这样的血统。这样的女人被莫言看作女性生命的本真。但遗憾的是，历史没有为她们设计美好的浪漫故事，她们的浪漫开不出芬芳的花朵，也结不出甜蜜的果实，只是使上官家成了各种时代矛盾的集结点，加剧这个家庭的苦难和毁灭。因为战乱，社会出现了不同的政治势力：汉奸、国民党、共产党。上官家的女儿们跟上了各自心爱的男人。大女儿来弟被游击队司令沙月亮看中，两人开始往来。鲁氏却为了报答孙大姑接生之恩而把她许配给孙家大哑巴。第二天就要嫁娶，到了夜里，来弟却跟沙月亮私奔了。因为孙家的聘礼是一只剥了皮的兔子，沙月亮在带走来弟之前，在上官家院子里的树上到处挂满了兔子。后来，这个沙月亮却由抗日游击队变成了汉奸。二女儿招弟看上了抗日英雄司马库。从第一次见到他，招弟就产生了这样的念头：嫁给他！母亲说："招弟，我的闺女，你才多大呀?"招弟瞪着眼反驳母亲："你像我这么大时，不是已经嫁给我爹了嘛!"母亲叹息，招弟说："我知道你想说，他已经有了三房太太。我做他的四太太。"招弟抗争的结果，是母亲由她去。五女儿被爆破大队的政委蒋立人（后改名为鲁立人）看中，加入了爆破大队。无需家中同意，甚至不等母亲知晓，用来弟的话说，"奶子已被姓蒋的啃成了糠萝卜"……因为身份和立场不同，同胞姐妹开始互相敌视和对抗，走上了不同的道路。

女儿们一个个跟男人走了，风风雨雨，又一个个把孩子送了回来，交由母亲抚养。先是二女儿送来了司马库三姨太的儿子司马粮。司马家被杀，十九颗人头悬挂在大门外的木架子上。这孩子是司马家的根，作为司马库家活下来的女人，招弟把孩子抱了回来，趴在地下给母亲磕个头，就追随司马库远去了。接着，大女儿来弟又送回了沙枣花。五女儿盼弟又送回了鲁胜利……上官鲁氏不仅养育自己的九个儿女，还相继抚养了沙枣花、司马粮、鲁胜利、大哑、小哑、鹦鹉韩等第三代。她是坚强的，在恶劣环境里一次次艰难地挺了过来，养活了两代人，创造了奇迹。而且，她对所有儿孙一视同仁，不论是官是匪，无论哪个党派，只要是条生命，她都要想方设法把他养活，盼他们长大成人。可是，他们的生死却往往取决于政治风云，让母亲无可奈何。因为女儿们与各种政治势力的关系，使这个家不可避免地卷入了政治斗争舞台。不同力量之间的角逐、争斗和厮杀，一次次牵动这个家庭。母亲辛辛苦苦养大的孩子，却往往要在这相互争夺和厮杀中死去。

这是她的八个女儿的基本经历和死亡情况：大女儿来弟，跟沙月亮私奔而去，沙死之后，她回到家中，曾与妹夫司马库有一夜风流，后来被迫嫁给特级英雄孙不言，长期遭受虐待。后来，因为与鸟儿韩偷情被孙不言发现，为救鸟儿韩而把孙不言杀死，因而被枪毙。二女儿招弟，追随国民党别动大队队长司马库，做了他的老婆。日本投降之后，夫妻曾经风光一时，但在随后的战争中死去。她与司马库育有司马凤、司马凰，未及长大即被枪杀。三女儿领弟，在贫困中爱上鸟儿韩，但鸟儿韩被抓去日本，她则精神错乱成为鸟仙。后来被班长孙不言强奸，继而嫁给孙不言。抗日战争胜利之后，在观看司马库和巴比特的飞行表演时，忘乎所以，坠崖身亡。四女儿想弟，在逃荒的路上，为救病重的母亲，把自己卖到了妓院。辛苦半生积攒财物，后来携带返乡，却被公社干部抢走，因此而精神失常，“文革”中死于家中。五女儿盼弟，追随爆炸大队政委鲁立人，胜利后曾任劳改农场配种站站长，为与家庭划清界限，改名马瑞莲，最后死于“文革”之劫。六女儿念弟，抗战胜利后与美国人巴比特结婚。后来在内战中被俘，在押运途中死去。七女儿求弟，在逃荒路上被白俄女人收养，并且供她上了医学院。1957年划为右派，送往劳改农场，1960年，因饥饿而被炊事员诱奸，又因暴食炊事员多给的豆饼而活活胀死。八女儿玉女，美丽温顺，与世无争，大饥荒中，因不忍继续连累母亲而悄然出门投河……

母亲说：“这十几年里，上官家的人，像韭菜一样，一茬茬地死，一茬茬地发，有生就有死，死容易，活难，越难越要活。越不怕死越要挣扎着活。我要看到我的后代儿孙浮上水来那一天，你们都要给我争气！”可是，母亲千辛万苦扶养的孩子，也无法逃脱疯狂的杀戮，最终也没人能给她争口气。小说写到了鲁立人的队伍到来之后处决几个孩子的情景。大会上，鲁立人走到台前讲话：“我们的政府是人民大众的政府，是执行人民意愿的，现在，我请求大家，凡是同意枪毙司马库的子女的，举起手来！”台下的百姓都垂着头，没人举手，也没人出声。台上那位有点神秘的“大人物”脸上挂着一丝冷笑，对鲁立人说：“你再问一下台下，有没有同意不枪毙司马库子女的。”于是，鲁立人又请同意不枪毙司马库子女的举手。群众依然低着头，不举手，也不出声。母亲站起来说：“实在要抵命，就把我枪毙了吧。”她要保护司马库的三个孩子，但到最后，鲁立人还是宣布：“判处司马库之子司马粮死刑，立即执行！判处司马库之女司马凤、司马凰死刑，立即执行！”尽管盼弟也骂丈夫要枪毙几个孩子是“昏了头”，尽管哑巴孙不言在执行命令时也有些犹豫，但除了司马粮飞快跑进灌木丛逃跑，刚刚几岁的司马凤和司马凰还是被枪毙了。

小说没有把鲁立人简单化，而是充分注意到他的感情和思虑。在做出那个决定时，他悲凉地说：“穷苦的老少爷们，你们说，我鲁立人还是不是个人？枪毙这两个孩子我心里是什么滋味？我心里痛啊，这毕竟是两个孩子，何况她们还跟我沾亲带故。但正因为她们是我的亲戚，我才不得不流着泪宣判她们的死刑。老少爷们，从麻木的状态中苏醒过来吧，枪毙了司马库的子女，我们就没退路了。我们枪毙的看起来是两个孩子，其实不是孩子，我们枪毙的是一种反动落后的社会制度，枪毙的是两个符号！老少爷们，起来吧，不革命就是反革命，没有中间道路可走！……执行吧！”枪毙两个孩子，为的是让自己的队伍没有退路。由此，我们看到了一种策略，这也是一种文化。

于是，“哑巴蹦上台，挟起那两个女孩，大踏步地走到池塘边。他放下女孩，往后倒退了十几步。两个女孩互相搂抱着，狭长的小脸上像涂了一层黄金粉。那四只小眼睛，惊恐地望着哑巴。哑巴掏出盒子枪，沉重地举起来，他的手腕鲜血淋漓。他的手在颤抖，那只盒子枪好像有二十斤重，举得非常吃力。他终于把枪举起来，‘叭’地放了一枪。举枪的手往上一跳，枪口喷出一股蓝烟，他的胳膊随即软弱地耷拉下去。子弹从女孩的头顶上飞过去……”就在这时候，来弟疯狂地扑来，挡住两个女孩，高声宣布：“杀我吧，杀我吧！……我跟司马库睡过觉，我就是她们的娘！”尽管母亲们纷纷出来保护孩子，而行刑者的手也在颤抖，但在最后，两个孩子还是没能保住性命。“人们看到：倒伏在池塘边上的司马凤和司马凰的脑袋上各中了一枪，子弹从她们的额头正中钻进去，从后脑勺上钻出来，位置不差分毫，令人惊叹不止。”

鲁立人下令枪毙了对手的孩子，而他自己的孩子最终也没有逃脱死亡。这看上去简直是报应，但一切报应却都报应在母亲的头上。大哑和二哑死在战火中，却同样死在上官鲁氏的眼前。“大哑的半个脑袋没有了，二哑的肚子上，有一个拳头大的窟窿。他还没有死，还朝着我们翻白眼。母亲抓起一把碱土，按到那个窟窿上，但绿色的汁液和灰白的肠子，像泥鳅一样滋滋有声地钻出来。母亲抓起一把又一把的碱土，往那窟窿上堵，却总是堵不住。二哑的肠子，淌了半篓子。我的羊两条前腿跪在地上，‘噢噢’地怪叫着，肚子剧烈地收缩，脊背弓起，一团乱草从它嘴里呕出来。在它的带动下，我与大姐也弓着腰呕吐。母亲垂着两只沾满血泥的手，呆呆地望着那些肠子，她的嘴翕动着，突然张开，喷出一股猩红的液体，然后她就号哭起来。”

战争，就是这样摧残着生命，摧残着母亲的心！

三女儿、四女儿、七女儿演绎的是另一种故事，却同样是充满苦难。

三女儿领弟与鸟儿韩的约会开始于送鸟。每次约会，鸟儿韩并不说话，只是扔下鸟儿便走。有时是两只斑鸠，有时是一只野鸡。偶尔也有三十斤重的大鸟。终于有一天，母亲说：“咱不能再吃人家的鸟了。”领弟说：“我将来还他。”母亲说：“拿什么还?”领弟说：“嫁给他。”面对着严酷的生活现实，母亲最后只有妥协。因为这个家已经离不开鸟儿韩所送的鸟。四女儿在逃荒路上把自己卖给了妓院，七女儿也被迫卖掉了。这一切都是战乱年代发生的。而在战乱过去之后，母亲又经历了从未有过的饥荒。在三年困难时期，母亲创造性地把胃变成了偷粮食的口袋。这是上官金童回到家中看到的景象：

> 他刚听到插上大门闩的声音，就看到母亲从厢房的过道里像纸壳人一样，僵硬地扑进来。他叫了一声娘，委屈的泪水汹涌地流了出来。母亲似乎吃了一惊，但却没说话。她用手捂着嘴巴，跑到杏树下那个盛满清水的大木盆边，扑地跪下，双手扶住盆沿，脖子抻直，嘴巴张开，哇哇地呕吐着，一股很干燥的豌豆，哗啦啦地倾泻到木盆里，砸出了一盆扑扑簌簌的水声。她歇息了几分钟，抬起头，用满是眼泪的眼睛，看着

儿子，说了半句含混不清的话，立即又垂下头去呕吐。后来吐出的豌豆与黏稠的胃液混在一起，一团一团地往木盆里跌落。终于吐完了，她把手伸进盆里，从水中抄起那些豌豆看了一下，脸上显出满意的神情……

母亲在公社的磨房里推磨，用自己的胃装回了豌豆。“母亲把木盆中的豌豆用清水淘洗了几遍，盛在一个碗里。竟然有满满的一碗。”“母亲从炕洞里拖出一个蒜臼子，把那些豌豆捣成碎面儿，用凉水调和成糊状，递给上官金童一碗，说：‘孩子，吃吧，不敢动烟火，一动烟火，干部们就来查，查出来可就了不得了。’”母亲告诉他：开始时，她也是像人们一样，往袜筒子里装，可是，出门被搜出来，被人家像狗一样地羞辱。后来，大家就吃。有一次回家呕了，于是就开了窍，发明了这个用胃偷粮食的办法。母亲说：“第一次往外吐，要用筷子搅喉咙，那滋味……现在成习惯了，一低头就倒出来了，娘的胃，现在就是个装粮食的口袋……”

历史，就是这样让一位母亲受尽人间难以想象的痛苦和艰辛！在如此艰辛中，玉女的死更让人揪心。尽管母亲的奶水被金童独占，尽管战乱年代的生活特别艰难，玉女还是从战乱的岁月活了过来。但在后来，她终于没能继续活下去。因为双目失明，直到二十多岁时，她的心理状态还像个小姑娘，善良而怯弱，生怕给人增添麻烦。就在母亲用吞咽和呕吐的方式往家里偷粮食的时候，她悲伤地听着母亲呕吐的声音，听着粮食落在盆里又一遍遍被淘洗的声音，听着母亲用蒜臼子捣那些粮食的声音，她心痛难忍。小说写道：“母亲把一碗散发着豆腥气的生面糊糊递给她时，热泪从她盲目中滚出，美丽的大嘴痉挛着，每吃一勺面糊她就滚出一串泪珠。她心中聚集着感激母亲的千言万语，却一个字也说不出来。”她终于下定决心，不再拖累母亲。于是，她悄悄走出家门，走入滚滚的河水……

这一切，都要让母亲承载，使母亲的心上千疮百孔。

在这部小说中，真正的英雄是谁？显然是上官鲁氏。她是历史的真正动力，也是历史的真正依托。她所显示的，是静静流淌着的母性，是母亲的不幸命运。她经历了人世间的各种苦难，经历了各路英雄的欺凌和蹂躏，她无休止地付出她的乳汁，又承载了全部的苦难。面对纷乱繁杂的现实和历史，莫言显然试图寻找可以作为依托的东西。他意识到了某种力量，并且要彰显这种力量。这种力量就是母亲，就是沉默的大地，莫言把它概括为“丰乳肥臀”。作家曾经断言，乳房象征着“爱、诗、无限的天堂和被金色麦穗覆盖的大地”，代表了骚动的生命和汹涌的激情。在《红高粱》中，奶奶的乳房被日本人的子弹射穿了，那意味着战争对生命与美的摧毁。在《丰乳肥臀》中，乳房不仅代表了女性身体，不仅代表了美和生命之源，同时也成了历史的喂养者和承载者，成为历史的动力和基础。面对莫言的描写，我们不能不承认，人类的历史和全部文明，都是建立在乳房之上的。母亲有一些具有不同政治背景的孩子——女儿和女婿，他们往往势不两立，你死我活，但都与母亲血肉相连，都离不开母亲的抚养。不幸的是，她的乳汁所换取的，却是更多的痛苦。

这难道是母亲的宿命？莫言没有回答，但他展示了这一切，唱出了一曲母亲的哀歌。

二、一部苦难史诗

小说虽然具体描写的只是围绕一个母亲和一个家庭的故事，但它并非家庭故事，而是一部民族苦难的史诗。

正如《红高粱》一样，《丰乳肥臀》一开始就把故事的背景置于战火纷飞和英雄四起的年代。日军、伪军、国军等等，你杀过来，他杀过去，血流成河；是非、正义、人性，都被淹没在血海之中。但需要注意的是，《丰乳肥臀》与《红高粱》不同，它并不着意刻画英雄，对悲壮场景似乎没有多少兴趣。作家集中描写的是上官一家在这个大背景上的命运，是风云变幻之中各路英雄给这个家庭带来的后果。

女儿们跟随了不同的男人，而这几个男人又分别代表了现代中国历史上不同的政治力量。孤立地看，他们一个个都不乏男儿气概，但合在一起，演出的却是增加苦难的闹剧。而对于上官家的女儿们而言，他们的意义并不在于代表什么政治力量，而只是生命欲望的张扬。她们对各自的政治信仰和立场事实上并不关心，吸引了他们的，往往只是那些男人“像个男人”。而那些男人们，尽管嘴上说得道貌岸然，事实上也往往不过是个人的私欲，所谓政治斗争，也常常不过是占有欲的堂皇表达。女儿们卷入这场争斗，彼此疯狂地厮杀，常常忘记了手足之情和血缘之亲。而争斗的结果是两败俱伤：大女儿来弟，二女儿招弟，五女儿盼弟分别追随不同的政治势力，却没有得到应有的幸福，轮番登场的虚荣和尊贵，往往都是昙花一现，而最后等待她们的，都是悲惨的死亡。面对这一切，小说进行了深刻的揭示，也进行了悲愤的控诉。

经过几番血与火，日本投降了。可是，人们还没来得及回味胜利的喜悦，又被抛入另一场战争。鲁立人的队伍进了村，却很快被司马库的队伍打跑。司马库在村中放电影、学跳舞，开心没多久，鲁立人的队伍又打回来，司马库成了鲁立人的俘虏。一次又一次，上官鲁氏都要带着她的孩子们逃难。这是逃难路上看到的情景：

> ……沙梁上的兵像皮球，成群结队地滚出来，与那些戴铁帽子的兵打成一堆儿。吱吱哟哟地叫，呜哩哇啦地吼，拳打的，脚踢的，卡脖子的，捏蛋子的，咬指头的，揪耳朵的，抠眼睛的。白刀子进去红刀子出来的。什么法子都使出来了。一个小兵打不过一个大兵，小兵悄悄抓起一把沙子，说："大哥，论起来咱俩还沾亲呢，俺堂哥的媳妇是您的妹子，你别用枪托子擂我好不好?"大兵说："算了，饶了你吧，我还到你家喝过一次酒，你家那把锡酒壶做得有机巧，那叫鸳鸯壶。"小兵突然扬起手，把沙子打在大兵脸上。大兵眼被迷住了，小兵偷偷地转到大兵脑后，一手榴弹就把大兵的脑袋砸得葫芦大开瓢。

战争结束了，鲁立人胜利了，土地改革，穷人翻身，新的生活开始了。可是，鲁立人和盼弟无论怎样忠诚，怎样大义灭亲，最后上官盼弟还是要改名为马瑞莲，鲁立人还要改名李杜。而这个为各党派抚育过孩子的家庭，大门上自然要钉上一串牌子："汉奸之家""还乡团巢穴""妓女院"……陷入更深的苦难当中。

除了战争的苦难之外，小说的一个突出贡献，是生动再现了那场曾被称为"三年自然灾害"的大饥荒。小说用浓重的笔墨写了"饿殍遍野的1960年春天"。一些情景是没人写过的。比如："每人每天定量供给一两半粮食，再加上仓库保管员、食堂管理员、场部要员们的层层克扣，到了右派嘴边的，只是一碗能照清面孔的稀粥。”在这种情况下，不断有人饿死，活着的人们大多得了“浮肿病”：

> 农场里没得浮肿病的人，只有十个。新来的场长小老杜没有浮肿，仓库保管员国子兰没有浮肿，他们肯定偷食马料。公安特派员魏国英没有浮肿，他的狼狗，国家定量供应给肉食。还有一个名叫周天宝的没有浮肿，这人小时自制土炸弹炸掉了三根手指，后来又被炸膛的土枪崩瞎了一只眼睛。他担任着全场的警戒任务，白天睡觉，晚上背着一支捷克步枪，像游魂一样在场内的每个角落里转悠。他栖身的那间铁皮小屋，在废旧武器场的边角上。常常在深更半夜里，从他的小屋里散出煮肉的香气。这香气把人们勾引得辗转反侧难以入睡。郭文豪乘着夜色潜行到他的小屋旁边，刚要往里观望，就挨了重重的一枪托。黑暗中周天宝的独眼像灯泡一样闪着光。“妈的，反革命，偷看什么？”他粗蛮地骂着，用枪筒子戳着郭文豪的脊梁。郭文豪嬉皮笑脸地说：“天宝，煮的什么肉？分点给咱尝尝。”周天宝瓮声瓮气地说：“你敢吃吗？”郭文豪道：“四条腿的，我不敢吃板凳，两条腿的，我不敢吃人。”周天宝笑道：“我煮的就是人肉！”……

再比如，那个炊事员张麻子，用一根细铁丝挑着一个馒头，在柳林中绕来绕去，倒退着行走。那馒头摇晃着，是他手中的诱饵，用以钓取农场中所有的女人：

> 在他的前边三五步外，跟随着医学院校花乔其莎。她的双眼，贪婪地盯着那个馒头。夕阳照着她水肿的脸，像抹了一层狗血。她步履艰难，喘气粗重。好几次她的手指就要够着那馒头了，但张麻子一缩胳膊就让她扑了空。张麻子油滑地笑着。她像被骗的小狗一样委屈地哼哼着。有几次她甚至做出要转身离去的样子，但终究抵挡不住馒头的诱惑又转回身来如醉如痴地追随。在每天六两粮食的时代还能拒绝把绵羊的精液注入母兔体内的乔其莎，在每天一两粮食的时代里既不相信政治也不相信科学，她凭着动物的本能追逐着馒头，至于举着馒头的人是谁已

> 经毫无意义。就这样，她跟着馒头进入了柳林深处……女人们例假消失、乳房贴肋的时代，农场里的男人们的睾丸都像两粒硬邦邦的鹅卵石，悬挂在透明的皮囊里，丧失了收缩的功能。但炊事员张麻子保持着这功能。据后来的材料揭发，张麻子在饥饿的1960年里，以食物为钓饵，几乎把全场的女右派诱奸了一遍，乔其莎是他最后进攻的堡垒。右派中最年轻最漂亮最不驯服的女人竟如其他女人一样容易上手。在如血的夕阳辉映下，上官金童目睹了他的七姐被奸污的情景。

在整个被奸污的过程中，乔其莎都在吃那个馒头。对她来说，那让一个正常环境下的女人无法忍受的痛苦已经微不足道。因为人首先要生存，饥饿可以使人忍受一切屈辱。

那个在战争年代逃难的路上为了母亲和整个家庭而把自己卖到妓院去的上官想弟，在多年之后终于历尽千辛万苦回到了家乡。她把自己卖身挣下的全部，都藏在她的琵琶里，但还没有到家，就被公社干部弄到了公社里。她一生的血汗化为乌有，回到家里，精神失常，很快就死去了。

按照时髦的说法，莫言的小说属于民间叙事。如果这里的民间只是意味着庙堂之外，那是不错的。莫言对历史的叙述，从来不是庙堂的立场。他具有一种普通百姓的目光和态度，从来不愿说官话。但是，这并不影响他的作品成为史诗。

历史有各种不同的写法。庙堂文学是一种宏大叙事，往往追求史诗性，但这种所谓宏大史诗往往走向华而不实的“假大空”。它占据“正史”的位置，却不过是皇家的历史或权力的历史。它看重所谓历史大事，却不过是自我宏大，把权力和庙堂的事当成大事。由于要美化自身，这种叙事往往遮蔽和改写历史，向人们提供虚假的景象。正因为这样，一些批评家对宏大叙事和史诗性采取批判和否定的态度，一些作家也对其敬而远之。但事实上，宏大叙事也罢，史诗也罢，本身并没有什么不好。端庄和严肃，全面而扼要，力图准确把握历史，这些努力都不应简单否定。一些人由否定宏大而走向琐碎，告别严肃而走向调侃，其实未必就是正途。因为它显示了一种逃避和放弃。面对历史的谎言，放弃争辩，放弃以严肃的态度出庭，躲到角落里自言自语，或嬉皮笑脸地说一些鸡毛蒜皮的事，甚至一边讲一边声明自己不过是道听途说，编故事，小说家言并不算数，绝不扰乱史家视听……这种创作无疑缺少大家气派，自己就没有尊重自己。

其实，“史诗”并不是庙堂文学或权力话语的专利，表现平凡世界的普通人，同样可以成为史诗。只要全方位地反映社会生活的广阔画面和历史的变迁沿革，以恢宏磅礴的文本揭示某个群体的历史，同样会成为史诗。在这部长达五十余万字的小说中，莫言采取了独到的结构形式，以一个普通的农村妇女一生的经历作为中心，写出了从1900年到1995年这样一段历史。它写的是上官氏一家的命运，却呈现了20世纪中国历史的缩影，生动地再现了一个个历史大事件，因而通过一个家庭的悲欢离合而展示了百年的历史沧桑。莫言是严肃的，因为他知道他写的是史诗。众所周知，他的语言常常难以控制，但他控制了，不满足于嘴皮子过瘾。因为他知道，嘴皮子的过分运动可能会导致不良后果，导致叙事可信度的降低。因为他知道，面对历史写作，也容不得过分的想象、夸张和语言狂欢的随意扰乱。

与假大空的“史诗”不同的是，这里没有神，没有不食人间烟火的英雄。人就是人，都有七情六欲，都有自己的弱点。不同的派别，不同的人物，人品虽有高下，却都呈现着生命和文化的某些共性。小说对各路政治英雄都以人性的眼光看待，以平等的笔墨描写，既给读者真实可近之感，又显示了他们全部的优良与恶劣。在这里，过去小说中那种英雄神话无疑被消解和颠覆，人们熟知的一些历史叙述失掉了唯一性，而且变得可疑。

三、关于金童的形象

除了面对历史苦难之外，小说还表现了作者一份沉重的忧思。在作家们纷纷以玩笑回避沉重思考的时候，这种忧思尤其可贵。

小说的另一个重要人物上官金童。他是上官家在八个女儿之后终于盼来的男孩，是传宗接代的人物。他与姐姐们一样，其实并非上官家的骨血，而是母亲与外国牧师私通而生的混血儿。众所周知，无论动物还是植物，杂交种都有各种优势，但上官金童却似乎没有显示多少优势。他恋母恋乳，拒绝长大，是一个终生“吊在女人乳头上”的男人，一个地道的废物。

小说反复描写了他对于女性乳房的病态眷恋。从婴儿时期开始，他就表现出独占母乳的强烈愿望。每当孪生的八姐玉女要来分食乳汁时，他都毫不客气地用小脚把她踹开，并且蛮横地大哭大叫，最终使得母亲不得不用羊奶喂养玉女。长大之后，他迟迟不能断奶，直到十几岁，还是除了乳汁不吃任何食物。七岁的时候，母亲曾经决定给他断奶，他却表现出一种“不吃奶，毋宁死”的脾气，为断奶而投过河。母亲无奈，真的准备让他“吃奶吃到娶媳妇”。因为这在高密东北乡，也并非没有先例。

更值得注意的是，他的“恋乳癖”不仅表现在对母亲乳房的留恋，而且表现于对任何女人的乳房都有浓厚的兴趣。见到任何一个年轻女人，他都会升起一股强烈的欲望，要去抚摸和吮吸她的乳房。这种占有的对象甚至包括他的姐姐们。以下描写是他的典型表现：

> 于是从鸟仙的袍子我想到了上官来弟的袍子，从上官来弟的袍子想到了上官来弟的乳房，从上官来弟的乳房又想到鸟仙的乳房。鸟仙的乳房是上官家的乳房系列中的上等品，它们清秀伶俐，有着刺猬嘴巴一样灵巧而微微上翘的乳头。
>
> 上官盼弟浑身湿漉漉的，单薄的衣服紧贴在身上，肥大的乳房沉甸甸地下垂着，诱惑着我的眼睛。她的头发里散发出热烘烘的酒的味道。她的枣子般的乳头在布衬衣里蠕动着，我多么想扑上去咬咬那奶头、摸摸那乳房啊，但是我不敢。

他不敢，是因为五姐脾气暴躁，可能会打他。但他抵制不住诱惑，最终下定决心：“即使挨打，我也要摸摸。”六姐嫁给巴比特的时候，金童满怀悲愤，而且咒骂姐姐们：“这世界太不公道了，你们这些下贱货，为什么不理解我的苦心？这世界上，没有人比我更懂乳房更爱乳房更知道如何保护乳房了，可我的好心被你们当成了驴肝肺。”为此，他委屈地哭了。由此，我们可以看到金童对于乳房的畸形占有欲。

金童曾经非常幸运，在高密东北乡一年一度的“雪集”上当选“雪公子”。按照风俗，他名正言顺地挨个摸了集上女人的乳房，总共一百二十对。“雪集”以神秘的方式表明了传统文化中的某种观念。“雪公子”是人人羡慕和崇敬的，标志着纯洁与神秘大自然的沟通，也意味着天真和美好，并且可以给人带来好运。在“雪集”上，一切语言都是对神秘规矩的破坏，将招致灾祸，所以人们都不说话。语言的禁忌使一切回归原始，日常道德评价消失了，文明与野蛮化为混沌。在这里，上官金童充分满足了自己的欲望。

可是，长大之后的上官金童却是一个废物。直到成年，他对性关系的理解仍然停留在婴幼儿水平，虽然没有任何生理上的缺陷，却不能像一个正常男人一样面对女人。他的男性功能一直都在沉睡不醒。在女人面前，他所渴望得到的只是乳房和乳汁。弗洛伊德曾把男人的“恋母情结”归结为幼儿时代对父亲的嫉恨，属于不能独占母爱的心理创伤。上官金童从小就独占了母爱，父亲没有成为他的对手，自然不会给他留下创伤，他却终生都是婴儿，不能真正长大成人。

他一生中的一次性爱，是与龙场长。在她开枪自杀之后，与她发生了性关系。因此，他被判了十五年徒刑。但所谓“奸尸”，倒是真的冤枉了金童，他不过是在一个因无法得到满足而自杀的女人闭眼之前，要使她得到满足。十五年后，金童回到母亲身边，已经四十二岁，却仍然像个婴儿。年老的母亲终于醒悟：“几十年了，我一直犯糊涂，现在我明白了，与其养活一个一辈子吊在女人奶头上的窝囊废，还不如让他死了好！”“你给我有点出息吧，……我已经不需要一个永远长不大的儿子，我要的是能给我闯出祸来的敢说敢做的儿子，我要一个真正站着撒尿的男人！”为此，母亲甚至不惜亲自给儿子和独乳老金拉皮条。但是，一切努力都为时已晚。金童渴望的不是与老金做爱，而是吃老金的奶。老金为了满足自己的情欲，也为了上官鲁氏的嘱托，曾经努力要把金童变成男子汉，但费了九牛二虎之力，最后还是以失败告终。老金终于失掉信心，无奈地将金童赶走。

金童的状态不仅使他在女人身上一事无成，而且使他在事业上也百无一能。女老板耿莲莲对他的一顿痛骂可说是入木三分：“你是个十足的笨蛋，像你这种吊在女人奶头上的东西，活着还不如一条狗！我要是您，早就找棵歪脖树吊死了！马洛亚下的是龙种，收获的竟是一只跳蚤！跳蚤一跳半米高，您哪，顶多是只臭虫，甚至连臭虫都不如，您更像一只饿了三年的白虱子！”面对这样的痛骂，上官金童的反应是捂着耳朵逃进了芦苇地，然后号啕大哭。金童的确成了“抹不上墙的狗屎，扶不上树的死猫”。

司马粮深知这位小舅的病，开始利用它做生意。他先是用大把美金把大栏市的“好货色”一批一批招来，让上官金童尽情地摸，“摸得手指头都起了血泡”，同时成了“美乳专家”；然后委任他为“美尔乳”（后来改为“独角兽乳罩大世界”）的总经理，将他的哲学和兴趣用于乳罩店的经营。开业那天，店门口升起两个巨大的氢气球，上面挂着两幅大标语：“抓住乳房就等于抓住女人”，“抓住女人就等于抓住世界”。上官金童一通百通，建立了一个无懈可击的体系：“乳房是人类世代进化的结果，对乳房的爱护和关心程度，是衡量一个时期内社会文明程度的重要标志。女人要为自己的乳房感到自豪，男人要对女人的乳房感到骄傲。乳房舒服了，女人才会舒服。女人舒服了，男人才会舒服。因此只有把乳房侍候舒服了，人类才会舒服。”“独角兽乳罩大世界”生意兴隆，财源滚滚。这是上官金童一生事业的顶峰。然而，寡妇汪银枝瞄准上官金童的弱点乘虚而入，用自己的乳房征服了他，使他被迫与之结婚，然后鸠占鹊巢，自己当起了女老板。最后，她又逼着金童在离婚协议上签了字，把他赶出了大门。金童满怀怨恨，在想象中设计了各种报复的办法，但面对汪银枝的打手，却毫无反抗能力，在街上遇到汪银枝的情夫，还要与之握手，“互致问候，表示感谢，仿佛都占了天大的便宜”。他的血性只停留在幻想中，唯一的“硬气”不过是同意离婚，什么都不要。

最后，他还是只能回到属于他自己的乳房——母亲那里去。但是，母亲已经停止了呼吸。

上官金童对乳房的迷恋生动展示了一种未断奶的状态。由此可见，莫言不仅质问历史，而且在探讨文化和心理。在莫言笔下，上官金童显然是一个时代的产物，是畸形社会的产物，承载了复杂的历史内容。对于上官金童，莫言的态度是复杂的，有讽刺和批判，也有深切的同情。一些人片面强调一些描写，使金童成为一个纯粹的丑角，是不合适的。因为作家对他的“恋乳癖”和“恋乳厌食症”显然有更多的思考。细心的读者能够看到，上官金童的恋乳癖曾经有几次治愈的机会：一次是他上小学的时候，因为全班唯有他能够记住一首歌的歌词，受到老师的表扬和鼓励，他几乎要停止吃奶了。可是，继之而来的是被四个小流氓殴打，一下子摧毁了他刚刚萌发的自信。第二次是上中学的时候，他已经非常健康：“那些日子是我一生中最黄金的岁月，我有一个最革命的家庭，我有一个最聪明的头脑，我有健康的体魄、令女同学不敢正眼观看的相貌，我有旺盛的食欲，在学生食堂里，用筷子插着一串窝窝头，手里握着一棵粗壮的大葱，一边说笑，一边咔嚓咔嚓地咀嚼吞咽。我半年内跳了两级，成为初三一班的俄语课代表，不用申请团组织就吸收我入了团，并立即担任了团支部宣传委员，主要负责唱歌，用俄语唱俄罗斯民歌，我的嗓音浑厚，有牛奶般的细腻和大葱般的粗犷，每唱一曲就震倒一大片，我是50年代末大栏中学里灿烂的明星。为苏联专家做过翻译的霍老师，一位面容端正的女子，对我极为欣赏。她多次在课堂上表扬我。她说我有外语天才。为了进一步提高我的俄语水平，她为我牵线，让我跟苏联赤塔市一个九年级女学生通信。她是一个在中国工作过的苏联专家的女儿，名叫娜塔莎。我们交换了照片。在黑白照片上，娜塔莎瞪着有些吃惊的大眼睛、翻卷着茂密的睫毛看着我……”在他暗恋娜塔莎的时候，他已经是一个心理正常的男人。但是，肖金钢对他的教训却又摧垮了他。小说是这样写的：“早饭时，上官金童面对着玉米粥，感到一阵难忍的恶心，他恐惧地意识到：恋乳厌食症又复发了。”

也就是说，金童的恋乳症同样是苦难的象征。正如小说中他自己说的，他是“一只被阉割过的绵羊”。恋乳，厌食，长不大，都是“阉割”的结果。

而且，作家在批判这一形象的同时，对他也有一些肯定。比如，他很善良。他自身承载着太多的苦难，却常常表现出对别人的关爱和怜悯，显示着浓厚的人道精神。他对乳房的呵护，对不幸人们的同情，包括对龙青萍生命最后时刻的抚慰和对独角兽女儿的关心，都显示了这一点。公道地说，他具有父亲马洛亚牧师的聪明才智和基督精神，也有母亲的坚忍和宽容。他是一个苦难的符号，承载了丰富的历史密码。

四、关于小说的性描写

小说为一般读者和批评家所非议的，主要是有点“黄”。在一些人看来，小说粗俗淫秽，不登大雅，有辱斯文，也有害读者。因为莫言说这部小说是献给母亲在天之灵的，一些人更加恼火，因为那似乎让所有的母亲蒙羞，也是对所有女性的不敬。

一些人认为，这种批评代表的只是一些“见性色变”的冬烘先生的观点，不值一哂。但在我看来，关于这部小说，有些批评的确不值一哂，而且让你无从哂起。但关于性描写的批评，还是值得谈论的问题。我想提醒人们的是，莫言的小说的确多涉性事，并且不避淫秽和粗俗，但是，他的小说与“黄色”无涉。所谓“黄色”，指的是色情诱惑。《丰乳肥臀》不存在这样的问题。小说的确有不少粗俗的语言和污秽的描写，但在这一切的底下，莫言却有一份清洁，使小说有一种清洁的精神。

我之所以这样说，是因为莫言的性描写并不煽惑读者的情欲。莫言的心态是自然的，他的笔墨也是自然的，自然地面对人的一切，从身体到心理的方方面面。莫言大方地描写，从来不以此诱人。如果与贾平凹的《废都》比较，大概不难发现，贾平凹在性行为的一些关键处画下一些框框，略而不写，反而充满诱惑；而莫言直笔书写，自己既不脸红，也不羞涩，读者也不会想入非非。

比如上官鲁氏，曾与许多野男人交合。在这其中，多是心甘情愿、主动寻找的，但她为什么要这样做？却是因为生活的逼迫，上官吕氏和她背后的强大传统，时时刻刻在折磨着她，使她不得不如此。性爱本是人的权利，是自然赋予的，可以延续生命，可以寻求快乐。可是，上官鲁氏却随着巨大的压力，几乎顾不上任何快乐，只为怀上孩子。这样的性爱，其实已经是苦役。作家对她的描写，是对人的悲剧命运的哀叹，是对剥夺、压抑人性的力量的控诉，充满人道精神。对于性，作者不是欣赏和把玩，更不是沉醉其中，而是大多带着悲悯描写。这样写出的情景，没有色情文学那种热乎乎湿漉漉的卧室气息，效果也自然大不相同。

《丰乳肥臀》中的性行为常常与生存有关。性的付出往往是活下去的途径。这种特定前提下的性行为，是一种求生的手段，是保全生命的方式，使人读之心情沉重，不忍谴责它是否合乎道德。这种情况使它本身具有了特别的悲剧意味，因而具有对社会和历史的穿透力，显示着某种崇高和悲壮。相信读者读到上官来弟与鸟儿韩的性交，读到乔其莎与食堂管理员的性交，包括那露骨的动作描写，都不会产生生理的冲动。对于前者，有良心的读者都会从内心深处赞同他们的行为，因为一个是在密林里非人非兽地生活了十五年的男人，一个是被时代风云折磨了二十年的女人，更何况，他们是真诚的，是两个饱受折磨的生命的结合。正因为这样，面对他们的行为，上官鲁氏也不去制止。对于后者，一方面是生之本能，以肉体被凌辱为代价获得食物，所以乔其莎所关心的，根本不是侵犯她肉体的那个男人，而是他手中的那个馒头。另一方面，面对那个管理员，人们所看到的不过是一只乘人之危的野兽。只要是一个正常的人，看到一只恶狼扑食一个少女，唤起的审美感受，绝对不会是肉欲。

最令一些人无法容忍的是这样的细节描写：

> 枪毙哑巴的地方就是枪毙马童的地方：村子南边，一个中间生长着臭蒲、边上倒满垃圾的臭水坑。哑巴被五花大绑着推到坑边，几十个兵持枪站成一排。
>
> 蒋政委向围观的百姓做了慷慨激烈的演讲。演讲毕，士兵们拉开枪栓，把子弹推上膛。政委亲自发布命令。子弹即将出膛时，穿着一身白衣的上官领弟翩翩而来。她的步态轻盈，飘飘欲仙。鸟仙来了！有人说。鸟仙的传奇经历和神奇的事迹立即被人们回忆起来，大家都忘了哑巴。那时刻是鸟仙一生中最美丽的时刻，她在众人面前舞蹈着，像沼泽地里的仙鹤。她的脸鲜艳极了，像红荷花，像白荷花。她身材匀称，肿胀的嘴唇十分诱人。她舞蹈着靠近哑巴，突然停住脚步，歪着脑袋，看着哑巴的脸，哑巴咧嘴傻笑。她伸出手，摸摸哑巴毡片般的卷发，捏捏他蒜头般的鼻子。最后，她竟然伸出手，握住了哑巴双腿间那个造了孽的家伙，歪回头，对着众人哧哧地笑起来。女人们慌忙歪头避开，男人们却痴迷地看着，脸上挂着鬼鬼祟祟的笑容。
>
> 政委咳嗽一声，很不自然地说："拉开她，执行枪决！"
>
> 哑巴昂着头，嗷嗷怪叫，可能是表示抗议。
>
> 鸟仙的手始终摸着他的家伙，厚唇上浮着贪婪的、但极其自然健康的欲望……

对于这样的情节，一些人无法忍受，这是可以理解的。但我们不要忘了，这时的鸟仙早已是精神病人，作者所要表现的，是一个人在精神失常之后仍然存在的本能，正如小说所写，正因为没有了思维，它所表达的，才更是“自然健康的欲望”。这样的描写，同样不会对读者构成诱惑。

五、几个值得猜想的问题

小说一开始就是这样的场景：上官鲁氏与他们家的驴同时生产，又同时难产，后来又同时生出了骡子和上官金童。骡子是驴和马杂交而生；上官金童则是鲁氏与洋牧师杂交而生。众所周知，骡子没有繁殖能力；上官金童也似乎没有繁殖能力。由此可见，作家的描写显然经过周密构思。可是，这个构思究竟要表现什么？那个有“恋乳癖”的上官金童究竟承载了什么？

首先，对于莫言来说，感叹“种的退化”是一贯的。但在《红高粱》中，还在祖先与后代之间划出了界限，形成了对比。爷爷和红高粱代表着辉煌的过去，而叙述人和杂交高粱则象征着耻辱的现在。也就是说，在《红高粱》中，作家不满于现实，还想逃到想象的过去，在爷爷奶奶那里寻找安慰。到了《丰乳肥臀》，莫言已经不再虚构这样的精神圣殿，面对上官家，莫言嘲弄了每一个男人，不光彩的不只是“一生吊在女人乳头上”的上官金童，而且包括他的所谓父亲和爷爷。这是否意味着莫言告别了一切浪漫主义，告别了虚幻的寄托？

莫言大概知道，“过去的好时光”其实并不存在，爷爷奶奶的英雄风流只是想象的故事。现实退化得让人痛心疾首，而过去事实上也并不辉煌。因为现实的丑陋而把过去美化为至善至美的境地，因为后代的怯懦而虚构出先人的英勇，其实都是浅薄的浪漫。我想，莫言在写《红高粱》的时候，还不忍心面对历史真相，而在《丰乳肥臀》中，他显然矫正了自己，开始直面历史和现实共有的种种苦难和不幸。

其次，沿着时间的线索走过上官家的百年史，无论是吕氏当家的年代还是鲁氏当家的年代，都像一个母系社会，女性因为生命力的强劲而主宰着一切，而男人却都不中用。小说开始，就透露了上官家阴盛阳衰的气象：上官福禄生得矮小猥琐，打铁也只能当老婆的助手；儿子上官寿喜百无一能，虽然善于打老婆，却没有让老婆怀孕的能力。于是，老婆只能悄悄借种，使这个家庭成了一个地地道道的杂种家庭。唯一的香火继承人是一个混血儿，却仍然不能使家族兴旺，甚至比上一代更加无用。

作家构想这样的故事，究竟要表现什么？他嘲弄了中国的宗法制传统，嘲弄了男权中心的血统观念，宣布了上官家的末日。可是，这上官家象征着什么？

同时值得注意的是，上官家失掉了继续繁衍的能力，只能通过“借种”维持家族的虚假延续。可是，鲁氏先后与若干个本土男人交合，有赌徒、赊小鸭的、打狗卖肉的、江湖郎中、智通和尚、败兵残勇，生下的却都是女儿，依然不能延续香火。只有委身于洋牧师马洛亚，而且真正产生感情，才生出了上官金童。这其中是否有所寓意？

众所周知，无论植物还是动物，杂交品种都有一定的优势，但在上官家，事情却有点奇怪：本土的杂交种都是不能延续香火的女性，具有旺盛的生命力，却一个个短命早夭，在母亲之前死去；混血儿上官金童活了下来，却偏偏缺乏旺盛的生命力，是一个十足的废物，其杂交优势一点儿也没有显示出来。这一切，又暗含了什么意蕴？

关于杂交，小说开始不久有一个情节似乎值得注意：鲁氏和母驴都要生产，而且都难产。面对难产的驴，接生的樊三说了这样一段话：“去年你儿子牵驴来配种时，我就对他说，你家这头蚂蚱驴，最好用驴配，他不听我劝，非要用马配。我那匹大种马，十足纯种东洋马，一个马蹄，大过你家驴头。我家的种马一跨上去，你家的驴就瘫了，简直是大公鸡踩麻雀。也就是我的种马，调教得好，闭着眼日你家的蚂蚱驴，要是换了别人家的马，哼，怎么着？难产了吧？生骡子的驴不是你家这驴，你家的驴只能生驴，生蚂蚱驴……”那么，上官家的媳妇是不是同样只配生女儿？

象征也罢，隐喻也罢，只是引人猜想。若想对这样的问题做出结论，需要小说细节的全面对应。这常常很难，因为作家的思维一般难以完全周密。更糟糕的情况，是批评家在那里费力探究，而作家不过是随意而为，其中并无深意。不过，一部作品能够让人思索，本身就是一种成功。

1996年9月　曲阜

泥沼面前的误导

进入90年代以来，伴随着知识分子话语的挫折和疲惫，中国大陆文学出现了一种“民间化”的倾向。有人“躲避崇高”，有人“直面世俗”，有人“融入野地”，有人为“民间的还原”而热烈欢呼。一群群作家和评论家放弃知识分子的话语立场而走向民间，在努力获得民间大众话语的同时对“五四”时期和80年代的知识分子话语进行毫不留情的批判，文学开始寻找所谓“民间范式”。于是，民间话语成为一种潮流，正在迅速地淹没大陆文学界。这一切，毫无疑问包含了从商业目的出发而取悦于大众的媚俗倾向，但认真考察，持此论者并不全是痞子、无赖和以赢利为目的的商人。这就更值得注意了。在文学已经陷入民间大众沼泽地的时候，面对这种误导，关心文学前途的人应该为之忧虑。

一

对民间话语的误导首先源于对民间文化的误识。在一些作家和批评家的眼里，民间展示着各种伟大之处：它生动活泼、富于生机，它远离权威话语而自由自在，它是知识分子进入边缘之后可以栖身的精神家园，等等。这不是个别的现象，持这种看法的包括我们这个时代最活跃的作家和评论家。张炜说：“文学一旦走入民间、加入民间、自民间而来，就会变得伟大而自由……而它的自由正与它的伟大连在一起。所有的禁忌和障碍被粉碎之后，真正的创作自由也就出现了。一旦有了这种自由，它也就无所不往，无往不胜，在历史的长河中遨游，在人类的高空中飞翔。它可以超越历史、政治、神话……”“民间文学不仅藐视一切皇皇巨著，而且有力地挑战了专制，特别是思想的专制。它在传达一种自在的、仅仅为生命负责的精神，创造出无数个来往于天地之间的思想的精灵、艺术的侠客。……它放荡不羁之中仍深透着人的原则，浑然的多声部仍突出着抗争的旋律。”[①]陈思和说：“不管社会多么残酷和严厉，民间永远是一块自由自在的天地，它无所不在：时间和空间、城市和农村、精神领域和世俗社会……这个有待开拓的新空间里所展示的世界风貌，远比权力话语和理性逻辑所解释的世界要丰富得多也有趣的多。”“知识者面对着无限宽广、无所不包的民间丰富天地，深感到自身的软弱和渺小，他们一向习惯于把自己暴露在广场上让人敬慕瞻仰，现在突然感到把自己隐蔽在民间的安全可靠。以民间的伟大来反观自己的渺小，以民间的丰富来装饰自己的匮乏，他们不知不觉中适应了更为谦卑的叙事风格。”“作家以民间的立场来感受和表现世界，是为了打破权力意志……”[②]他们都在极力张扬民间的自由、伟大和独立品格。

不难发现，这里的民间是一个虚构的民间，是想象的产物而不是现实空间中的客观存在。但值得注意的是，在此理论引导之下走向民间的创作将要面对的却是我们现实的民间。

在这种富于诗意的想象中，民间是国家权力控制相对薄弱的领域，民间文化是自由活泼的，它能够比较真实地表达民间世界生活的面貌和下层人民的情绪，“回避了政治意识形态的思维定式”，体现着“浓厚的自由色彩，而且带有强烈的自在的原始状态。”[③]这种认识对民间文化的自由自在状态和独立品格是夸大了的。事实上，民间话语与权威话语之间，民间文化和政治意识形态之间，联系是非常密切的。民间话语根本无法逃避权威话语的渗透，因而总是不自觉地打着权威话语的印记，显示着国家政治意识形态的思维定式。看一看农村那些传统观念的自觉维护者，看一看农村那些极“左”政治路线的留恋者，看一看自80年代以来一些作品所描写的民间文化和大

①张炜：《远逝的山峦与彤云·伟大而自由的民间文学》，《钟山》1995年第6期。

②陈思和：《逼近世纪末的回顾和思考》，《文学报》1995年12月21日。

③陈思和：《民间的浮沉》，《上海文学》1994年第1期。

众的思想状态，这一切都应该是很清楚的。从表面上看，也许民间文化呈现着某种边缘性与自主性。事实上，它的自主性极为有限。从历史上看，正统、道统对民间的统治是严密周到的，民间文化在价值层面上不过是它的普及版本。从现实层面看，民间也并没有摆脱权威和传统的双重控制，农民的生命状态并不比知识分子更舒展，他们的精神上同样套着重重枷锁。民间文化事实上也是在非自身力量的影响下发展的。在我们生活的这片土地上，已经没有那种自由自在的民间。

只要我们能够冷静地而不是带着民族主义或民粹主义情感看问题，就应该承认，当代中国的民间文化像一锅大杂烩，其中煮着全部自发的生机和几千年积淀的陈腐。在这里，生机是微弱的，腐朽却因为长期发酵而气味特别浓烈。而且，只要我们对其认真考察，就会发现，它是权威意识形态天然的承载者和自觉守护者。如果我们要寻找过去时态的权威意识形态，民间是最好的场所。正所谓“礼失求诸野”是也。它的确有其两面性，承载着几千年传统积淀的同时表现着男欢女爱等生命自由意志。然而，对于我们这个时代来说，民间的自由意志已经非常微弱。所谓民间，已经是各种陈旧观念的旧货场。

事实上，文学对民间文化的看重并不是90年代的新现象。早在“寻根”运动中，一些作家就表现出对民间文化的特别偏爱。他们认为，我们民族文化之精华更多地保留在中原规范之外，因而纷纷到民间寻找与传统规范不同的文化形态，以期从中发掘充满生机的民族文化。一些作家对荒原峡谷、深山大漠文化状态的描写也是对民间文化进行探寻时向着更为远离规范的民间的一种延伸。清醒者如韩少功等，都不能回避所谓民间所呈现的“鸡头寨”文化状态。今日民间也许已经不同于80年代，但值得注意的是，民间文化并没有在这短短的时间里变得充满生机，而是在时代的发展面前更多地显示着它的陈腐。

人们当然能够注意到民间话语与权威话语的不同，在历史的演变中，权威话语在不断发展和流变，而民间文化却保持着相对的稳定并因此而显示着与权威的差异。但是，这不同之处，往往在于旧时代的文化碎片，而不是什么自由生机；往往在于其滞后，而不在于其根本上的独立性。20世纪中国的民间情况尤其如此。因为中国的闭关锁国状态之所以打破，中国现代文化之所以产生，不是由于民族文化新萌芽的生长，而是由于外来文化的冲击。近代中国土产的现代思想没有构成完整的理论学说，当然也不会普及到民间。无论深山大漠还是传统的乡村和市井，都无法自发地产生出现代文化。中国的现代文化是在与西方的交流中产生的。但是，由于伴随西方文化一道进入中国的是列强的大炮，它所给予这个民族的屈辱感导致了普通民众对文化也像对枪炮一样怀有强烈的抵触。而且愈是民间，愈是小生产农民，这种抵触心理愈为强烈。这就使得现代文化与民间文化长期格格不入，很难在民间有生存的空间，而传统文化却能够在民间保存，并决定其基本性质。

因此，对于今天的中国来说，“民间的”往往意味着“传统的”和“非现代的”。走向民间，则意味着走向传统和丧失现代性。这对于反现代性的后现代主义者来说，当然是求之不得的，对于抵抗现代性的前现代来说，也是求之不得的，但对于还不急于反对中国现代化的人来说，却不会愿意接受这个结果。

当然，对于一部分倡导者来说，他们看中的并不是这种远离现代社会的自在的民间，而是更多地关心着新兴市民社会。有人在批评以张承志等人“不知有汉”时就说：“90年代的‘大众’，在语义上已经同往昔发生了质的变化，它们已经拥有自己的话语形态即大众文化，大众文化与知识分子文化或者宗教文化，根本无以构成拯救与被救的关系，它们有机并存，各行其道。因此拯救的姿态不仅是徒劳的；相反，固守这种姿态，自以为天下皆醉我独醒，全不问时代、对象与自我的巨大变化，唯以拯救他者为己任：这其实是知识分子自身迷途的一种表现。”[①]这种认识不是个别的，而是几年来非常流行的。从中不难发现同是站在民间大众立场上的人们的差异，它明显地在消解张炜等人的论断，因为张炜等人所看重的正是民间不受时代影响的自由自在状态，而这种观点强调的却是大众在90年代的变化所显示的进步性。上海等地不少的批评家对民间的倡导事实上看重的不是张炜那个民间，而是市民文化所展示的未来景观。

因此，在今天谈论民间社会，就不能不区分两个不同的空间：乡土民间与城市民间。前者的主体是农民，后者的主体是市民；前者有更多的传统世

①邵建：《知识分子写作：世纪末的新状态》，《钟山》1995年第3期。

俗性，后者有更多的现代世俗性；前者相对稳定，倾向守旧，后者活跃多变，呈现着更多的生机。应该承认，进入90年代，市场经济的发展正在强有力地改变着人们原有的价值观念和生活方式，使市民文化与原有的意识形态距离越来越远，因而在理论上应该有自己的话语。事实上，已经有很多人试图描述这种话语，如：它不同于知识分子的宏大叙事，不关心与个人利益无关的形而上的主义，不关心精神的发展方向，更多地注意个人的实际生活，注意个人物质生存条件的满足和个人情感领域的一些具体问题，等等。然而，这种描述并不可靠，因为它只是一种想象。现代都市民间是很难把握的一种存在。这原因当然很多，但重要的原因是中国市民社会仍然没有形成自己的意识系统。它的意识形态仍然杂乱无章，是传统意识形态、当代意识形态和开放之后产生的商业意识的杂拌儿。

今日都市犹如假面舞会，一片喧嚣中隐藏着不知是有还是无的真面目。它最容易受时髦的影响，就像对时装流行色的追逐一样，价值观念也很不稳定。特别是在大众传媒高度发达的今天，它最容易受传媒的影响，也最容易被传媒所塑造。我们对于当前都市民间话语应该有足够的警惕，不能把大众传媒的话语当成公共话语，不能从报刊上和电视中去发现市民社会的声音。新时期以来的权威话语对市民社会的控制的确是有所放宽，但并未放弃控制。市民有了更多的自由，比如购物的自由、化妆的自由等等，却也面对一些无法超越的铁栅栏。传媒制造着都市大众，制造着都市民间话语，而传媒难以超越控制。

主要的问题在于，我们所面对的民间，无论是乡土民间还是都市民间，都是早已被异化了的。经过20世纪政治风雨侵蚀的民间社会是一个高度污染的社会，从这样一个基础上生长出来的民间话语是不可高估的。因此，我们没有理由对它过于信任，也没有理由对它抱有太大的希望。应该看到，20世纪那些丑恶的东西，包括“文革”中最丑陋、最下流的做法，都是从那里生长出来的。我们面对的就是这么一个民间。20世纪末的文学已经深陷其中。文学批评大可不必再做进一步的倡导。

二

毫无疑问，90年代文学向民间进军是与反知识分子倾向的发展同步的。伴随着权威意识、市场原则和大众文化对知识分子话语的压迫，一些知识分子开始进行自我否定。这种否定无论从什么基点出发，都总是与世俗化、民间化或者大众文化的倡导紧密连在一起的。

只要阅读一下近几年来的批评文章，就会发现，20世纪末文学的弄潮者大都在劝说知识分子克服自己的精英意识，放弃启蒙导师的姿态，不要以为自己比大众更高明，不要以为自己洞悉历史前进的方向，不要以为自己能够从事社会改造工程和决定历史进程，因此，应该放弃这种出力不讨好的历史承担；不要企图占据主流地位，不要企图垄断话语权力，不要以自己的标准为标准，应该适应市民，适应市场，反省自己，调整自己……告诫之声不绝于耳，愈演愈烈。

这种倾向显然带着80年代末政治影响的痕迹，显示着一种吃一堑长一智的智慧。同时，它又来自后现代的理论支持。你们的行为不仅不受权威欢迎，而且也不一定给社会带来好处，你们这些知识分子就应该对自己的行为进行反省。于是，他们劝说知识分子应该明智，应该识时务，应该主动地边缘化，非政治化，非意识形态化，不要干预这干预那。为此，反思现代知识分子的过错，倡导知识分子价值观念转变，成为20世纪末的一大文化景观。后现代主义者打着公开的旗帜以反知识、反科学、反理性、反现代性的理论对知识分子的启蒙立场进行声讨，而一些非后现代主义的知识分子也反复强调对现代知识分子进行反思，对知识分子自身进行调整。之所以或者严厉或者苦口婆心地教导知识分子看清自己的价值使命，原因是如果不这样，那些执迷不悟的知识分子就仍然坚持精英知识分子立场，仍然要去对大众启蒙，仍然把大众当作迷途的羔羊去进行拯救。在关于人文精神的讨论中，有人认为人文精神之所以失落，就在于它本身有问题。这是不错的，如果不是知识分子自身有问题，历史也许是另一个样子，但是，这“问题”之所指却是中国知识分子到了80年代竟然又想起了“五四”那种人文传统。他们以嘲弄的口吻对此进行着讽刺，庆幸于中国知识分子千呼万唤的那套西方人文传统在西方已经面临危机。说来说去，其实就是一句话：知识分子应该彻底放弃启蒙立场，放弃现代性追求。

在时代已经彻底改变的描述下，在知识分子现代化追求教训的总结中，在后现代文化思潮的支持和引导下，似乎知识分子唯一的选择就是彻底洗心革面，脱胎换骨，放弃启蒙主义，放弃历史承担，放弃真理拥有者的居高临下姿态。放弃之后哪里去？大旗已经高高举起：到民间去！于是各路人马纷纷涌来：躲避崇高，直面世俗，融入野地，生活无罪……

然而，面对受命于民间大众的诱降使者，我却总有打不消的怀疑。现代"精英知识分子"真的如此可恶？新世纪的文学真与知识分子水火不容？好的作品一定是像新潮批评家说的那样是作家放弃了知识分子启蒙立场，不再做启蒙导师之后的结果？于是，我一直等待着知识分子的主体性被从文学中驱逐之后出现的大作品。等了几年，自命精英的人的确少见了，知识分子也差不多在文坛死绝了，却仍然不见优秀的大作出现，甚至连坚持可恶的精英立场的那些知识分子写的作品也远远不如。于是我想，或许这种引导对文学的健康发展本来就是无益的。

在这里，还有一个值得注意的问题是对现代精英知识分子的误解。很多人根据一种皮相的见解，认为20世纪以来知识分子精英文化仍然没有摆脱传统士大夫的理想，把主要精力放在"重返庙堂的斗争上"，好像胡适鲁迅们也都是官迷心窍的人，因为他们总是关心政治，导致了与正统合流的悲剧及人文精神的失落。这种认识在个别与整体之间只关注那些在以权威话语书写的文学史中占据主要地位的知识分子，而没有注意那些被权威历史遮蔽的为文学的现代性而努力的人们。同时，没有认真地考察和具体地看待那些在庙堂近处（事实上真正获得现代品格的知识分子都没有真正进入庙堂）的知识分子。我们不能否认20世纪一些也被称作知识分子的人没有表现出现代知识分子应该具有的独立人格，也不能否认由于各种浅薄而导致的寻找政治依靠而最终被政治吞没的悲剧，但是，从严格的意义上说，做如此选择者恰恰还不是真正意义上的现代知识分子。当我们谈论现代知识分子话语的时候，是不应该过分关注他们的，因为他们的人格还没有从对权威的依附中独立出来，也就不可能获得真正的知识分子话语。同时，知识分子并不一定远离政治，由于20世纪中国的特殊境遇，一个真正的知识分子不可能不关心政治。但是，重要的是如何关心、关心的方式和方向。是苦苦探索民族的出路以求美好未来，还是为了私利而助纣为虐，把历史拖离现代化的轨道。因此，我们不应该因为那些活跃于当代文坛的所谓知识分子的存在，就对知识分子精英文化过分贬低，更不能追随某种力量而贬低“五四”和80年代知识分子在文化建设和知识分子自身建设中所做的贡献。

中国有一种传统，就是讽刺和嘲弄乌托邦情怀，嘲弄知识分子高于民众的各种精神坚守。而知识分子自己的理想一旦在实践中遇到阻力，就很容易对自己的追求产生怀疑。正是这种习惯造成了种种历史性的悲剧。90年代知识分子与20年代末的那些狂热又幼稚的知识分子表现了同样的特点：缺乏精神坚守能力和盲目追随新的潮流。

否定和嘲弄知识分子的一个重要理由是现代历史上大众对知识分子的拒绝。很多人以启蒙失败为理由否定知识分子的启蒙努力。其实，大众的拒绝是必然的，因为知识分子与大众分别承载着两种不同的文化，接受者由于文化传统的作用而缺少必要的接受机制。任何启蒙运动都是在被拒绝中艰难行进的。艰难正证明启蒙的必要。20世纪中国的启蒙运动的确不是成功的，但不成功的原因一是知识分子自身的分化和步入歧途，一是传统的沉重和历史的机遇。正是这两方面的原因使为现代化而努力的知识分子孤独地奋斗而最后不得不以失败告终。正因为这样，80年代知识分子才重新举起启蒙的旗帜，由于历史提供的条件，启蒙没有能够进行下去，这是历史的悲剧。知道历史前进的这种艰难，知识分子更应该清楚自己使命的重大和任务的艰巨，而不应该由于失败而放弃立场，甚至把不属于知识分子自身的罪责也归于自身。中国知识分子对自身的反省是必要的，只有不断反省才能使知识分子的努力更行之有效，但是，不应该在反省知识分子自身的旗帜下否定现代知识分子对于历史所做的努力，更不应该因此而引导他们放弃自己的立场而走向民间。因为20世纪的教训之一就是知识分子没有坚持自己的立场而走向民间大众。

特别应该注意的是，20世纪中国毫无疑问处于世界性的现代化进程之中。这个进程中最具有历史意义的冲突发生在传统与现代之间。这是即使用了后现代的理论也抹不平的。这一矛盾往往最集中也最尖锐地表现于权威话语与知识分子话语的冲突。在这种冲突中，民间话语与权威话语的联盟是牢固的，也是持久的，因为权威话语与民间话语之间的矛盾仅仅是政治上的，而在文化基础上，二者之间是相同的，只有知识分子话语因更多地承载了外来文化而成为陌生的异己。因此，如果我们还不想自杀，就没有必要忙于自己挖墓坑。

三

20世纪末的文学民间化运动的确不同于既往的大众化与民族化运动。它提出了一个观察中国当代文学乃至近现代文学的新视角，也就是在人们熟知的“革命范式”与“启蒙范式”之外，提出了一个“民间——市民范式”。按照比较权威的解释，“民间——市民范式”其实是一个比其他范式出现更早的范式，它的标本就是鸳鸯蝴蝶派的作品，但由于受“五四”以后启蒙主义的影响，却往往被视之为不登大雅之堂的通俗文学。1949年以后，实际上形成了“阶级斗争——革命范式”独步文坛的局面。“文革”以后，人们开始重新考量“革命范式”给文学造成的种种盲点和误区，于是出现了“启蒙范式”的重振。“自‘伤痕文学’始到‘文化寻根小说’止，新时期文学始终流贯着知识精英们的‘启蒙情结’。1993年开始的‘人文精神’讨论，实际上仍然是‘启蒙范式’在文学理论上的后续表现；不过，此时它的对手已经不是‘革命范式’，而是转为王朔小说在新历史条件下加以承传的‘民间——市民范式’了。”[①]很显然，他们把王朔当作民间范式的开始，而重新发现的张爱玲是这一范式的现代标本。

然而，民间范式并不完全是大陆的土产。考察它的思想源可以看到，它事实上是本土的以经济建设为中心的实践启示与海外对20世纪中国现代化进程的研究成果相结合的产物。法国学者白吉尔的《1911—1937：中国资产阶级的黄金时代》这本书的贡献是不容忽视的，它填补了研究中国城市文化和现代城市资产阶级的空白。白吉尔在研究中国现代化进程的时候，批判了“启蒙”的范式和“革命”的范式，提出了“市场”和“民间”等新范式。她使人看到，是启蒙和革命打乱了清末以来一直向前发展着的现代化进程。

①《上海文学》1995年第10期“编者的话”。

这对我们的确是一个启示，但也没有什么特别深刻的发现。因为现代化的重要指标就是经济，而经济的发展需要市场和市民社会，国内的学者也不难认识到中国现代历史上对于市场的破坏给现代化带来的严重危害。然而，这一论点是90年代中国学界有关清末民初历史重新认识的一个基本理论前提，也是文化界“民间社会”观点提出的前提。按照白吉尔的见解，启蒙、革命和国家不仅阻碍了中国经济的迅速增长，而且扼杀了民主化进程的萌芽。应该承认，这是一个很大胆的设想而且她也为此而占有了大量的能够说明这一论点的材料。但是，白吉尔的见解是存在问题的，也就怪不得她的导师要坚决反对她的这一观点。这里需要注意的是，现代化的确首先需要市场和市民社会的发展，但决不仅仅是有了市场和市民社会就解决了问题。事实非常清楚，洋务派并不能解决中国近代以来的全部危机。无论人们如何理解这段历史，康有为、梁启超、胡适、鲁迅等人政治变革和文化变革的努力都不是不需要的。关于蒋介石政权和反对他的革命运动是否破坏了市场的发展和民间社会，因为话题太大暂且不论，必须明白的是，真正伤害了市场和民间社会发展的绝不是启蒙。启蒙主义事实上是市场发展的推动者，是中产阶级的助长者。在20世纪的历史上，真正的精英知识分子在这一点上一直是清醒的，他们始终没有伤害现代化的经济方面军——企业家和商人。在1911—1937年，精英知识分子与经济精英也是携手前进的。

不错，我承认来自民众的生存欲望本身是社会发展的一种强大力量，它能够自发地推动经济的发展。只要没有扼杀的力量，社会就可能走向经济的富足，大众就会自发地创造美好的生活。这是已经被土地承包和一系列的“政策放宽”带来的后果所证明了的，也是被中国曲折的历史所证明了的。但是，民间经济的自由发展是极有限度的。政治制度和思想文化等方面的力量和各种传统观念足以阻碍现代化的进程。

然而，当前的文坛却缺少一种系统的思考，而满足于对某些新因素的发现。一旦发现则为之欢呼，而且不惜伤害更有价值的事物。既然民间社会自有其力量，既然目的应该是使人生活得更美好，那么，“关键问题并不在于怎样使日常生活告别现代性而进入后现代，或使日常生活受制于现代性目标，而在于怎样使现代性设计合乎日常生活。换言之，不是在日常生活之外寻找意义和价值，不是用日常生活之外的目标去控制日常生活，而是用生活之内的意义和价值去评判一切，去分清什么有益于生活，什么威胁生活，什么是幸福的生活，什么是不幸的生活，需要建立一个生活无罪的前提……”[①]有许多年轻的批评家都在强调市民日常生活，他们看到了几十年来对民众日常生活破坏的残酷。他们站在民间大众一边，着重思考的是权力话语对民间话语的压迫，所以，他们为启蒙主义在90年代的任务所做的规定也是揭露那些日常生活之外的控制力量和破坏力量，而没有留下对日常生活进行反省和启蒙的余地。他们的基本观念就是“生活无罪”。

过去的历史显然是破坏了日常生活，破坏了市民社会的。今天时代的发展重新唤醒了市民社会的日常生活。从一些学者严肃的探讨可以看到：“上海早在20世纪上半叶就有着市民社会的历史传统。尽管四十年的计划经济模式从结构层面将市民社会摧毁殆尽，但即使在知识分子的宏大叙事拥有话语霸权的时代，市民社会的意识形态——市民意识作为一种历史记忆和文化传统，也以隐性的方式顽强地保存下来。而一旦社会转型，它便急剧膨胀，成为社会生活的主流。”[②]既然如此，的确值得庆贺。由此我才真正读懂了对市民社会的重视和张扬。

但是，有两个问题是需要进一步探讨的：一、四十年的计划经济模式摧毁上海市民社会的时候，是不是知识分子的宏大叙事拥有话语霸权的时候？摧毁的责任是不是应该由知识分子承担？二、真正的现代知识分子话语与市民社会的关系是什么？

一些事情应该清楚：虚假的理想对大众的愚弄；超越实践可能的道德准则对大众的压迫；强调精神而对人的物质欲望满足权的剥夺；以及根本体制上对市场的扼杀，等等，这一切与市民日常生活愿望不符的罪恶都不是真正的现代知识分子应该负责的。我们不应该把这一切罪恶都通通强加在知识分子身上。我相信，很多人在这一点上是清楚的，但是，也经常看到一些糊涂的认识和未经深虑的表述。甚至在知识分子话语已经在强大的力量压迫之下彻底退场的时候，时代的罪恶都被归结到知识分子话语霸权。这与对现代性的误识一样，当现代性已经被前现代性或者说一种反传统的传统性扼杀的时

①薛毅：《日常生活的命运》，《上海文学》1995年第12期。

②许纪霖：《崇高与优美》，《上海文学》1995年第12期。

候，社会所发生的一切为什么还要让现代性负责？用反现代性的力量制造的罪恶来指控现代性，用反知识分子的力量制造出来的丑恶来声讨知识分子，而且由知识分子自己来进行这一切。中国知识分子还没有站起来，却又在这个世纪的黄昏如此躺倒，是多么可悲！

市民话语与知识分子话语应该是不矛盾的。胡风就曾经把五四新文化运动理解为市民的文化运动。虽然这种见解并不准确，但胡风的错误却不是浮浅的错误。因为五四新文化运动的现代性质决定了它与市民文化虽有矛盾却不可能是根本对立的。“五四”的对立面是传统，是前现代，而现代市民正是五四新文化运动的社会基础。现在很多人把市民文化和知识分子文化对立起来，显然缺乏对这两种话语的理解。事实上，30年代上海一方面是市民社会的发展和壮大，一方面是知识分子精英文化的聚集，这本身就是一个证明。经济的发展与现代文化建设不会是矛盾的。知识分子话语对社会改造、人的自由的理论探讨，事实上在为市民的解放和市场的健全而努力。全部努力的最后获利者必然首先是市民而不是其他阶层。所以，要张扬市民社会，要强调发展市场，大可不必以否定知识分子为前提。事情大概恰恰相反，市民文化与市民文学的发展都需要知识分子的介入。

我们的知识分子精英文化不是已经发展过度，而是还远远没有发展起来。它在历史上受了太多的挫折和打击，虽然经过80年代的恢复，但并没有恢复过来。现在，却又遭到了来自各个方面的打击。利用民间力量来反对精英知识分子，或者效法传媒制造大众的声音打击知识分子，对于文学以至文化的发展会是一种什么样的后果呢！对知识分子精神的过度重视和过度漠视都证明一个时代的文化的不健康。无论什么时候，实际的社会生活和平民百姓的生活都不会以知识分子的精神追求为普遍准则。然而，如果一个时代使知识分子的声音淹没在一片民间的喧嚣中，或者知识分子放弃自己的立场而化入民间的喧嚣之中，那么，这个时代也肯定是病态的。

1998年10月　曲阜

一个正待开拓的领域
——读何西来《文格与人格》随想

收到何西来先生的新书《文格与人格》，捧读之余感慨甚多。书中所收文章主要是研究风格的。对于风格，我未从理论上思考过，所以不敢多言。然而，我知道，关于风格的研究一直是中国大陆文学研究的一个薄弱点。无论理论研究还是实证研究都同样薄弱。即使在新时期，真正的风格研究也仍然太少，没有形成它的理论体系和研究范畴。我想这也难怪，在几十年政治与文艺不正常的关系中，作家的主体性失掉了存在的合法性，作家个人的风格又从何谈起？“文革”后百废待兴，风格研究得以起步，但路途之艰辛与现代化大业一样有目共睹。在这种情况下，何西来的研究就显得尤其可贵。

何西来的风格研究起步甚早，在50年代就写了关于杜甫研究的论文，着重探讨杜甫的风格。进入新时期之后，他又很快写了一些从风格的角度论述作家创作的文章，关于王蒙和李国文的文章都写于80年代初期。然而，仔细考察，何西来人格与风格的研究得益于主体性，正是80年代中期人的主体性和文学主体性问题的提出，使这种研究进入了一个新的阶段。一方面是创作中艺术风格的多样化给研究提供了材料，一方面关于主体性的思考使他更清楚地意识到人格与文格研究的联系，并且获得了风格研究的努力方向。鉴于中国文化人的人格在几十年间没完没了的政治运动中不断被践踏、被扭曲、被阉割的事实，何西来的研究在80年代中后期发生了一个变化。他开始更多地注意艺术风格与主体人格的关系，也更清楚地明确了主体人格建构的文化目标。其代表作品就是《文格与人格》等。

值得注意的是，何西来的实证研究并没有对各式各样的风格与人格给予同样的关注。他所钟情的东西非常明显。在李国文身上，他看重的是其“人民——上帝”的民本主义观念；面对邵燕祥的作品，他看重的是理性、真诚和胆识；面对于是之的表演艺术，他看到的是平民气质；面对《捉刀人》，他看到的是权力与人格的较量；在张仃的画中，他看到的是画家的风骨……在这些评论之中，研究者对作品含义多有发挥，而正是在这种发挥之中，我们看到了人格研究者自己的人格。特别是对邵燕祥杂文的介绍和评论，更清楚地昭示了他对邵燕祥作品的兴趣之所在。在邵燕祥的那些作品中，他找到了自己思想的表达，找到了情感的共鸣，也找到了一种人格的互证。

谈人格而惹麻烦，何西来先生曾经感觉很冤。可是，认真想来，是不应该有此感觉的。从50年代到“文革”时期，何人敢谈人格？甚至从延安文艺整风开始，一次次思想改造运动，思想汇报，自我批评，千方百计，费尽心机，说到底，要对付的，正是知识分子的人格，目的是改变其“又臭又硬”的姿态，使其柔顺得可以任意梳弄。对于权势者来说，思想、信仰、文艺方向也许并不重要，重要的是必须绝对顺从。所以，在知识分子中，倒霉者往往并不在于思想是否反动，而在于人格的不柔顺；红极一时者也不在于思想是否改造得好，而在于其人格中是否已经抽掉了骨头。当然，人格问题与思想问题是有联系的。没有奴颜媚骨，拒绝俯首称臣，挺着脖子，固执己见，就有思想认识与权威不一致的可能。所以，独立人格是必须改造的。

人格问题与个性问题也是连在一起的。中国古老的文化传统是漠视人的个性。几千年的专制统治更不承认个性的合法地位。五四新文化运动带来了中国人个性的觉醒，使个性获得了存在的合法性。但是，在很快到来的文化回潮中，个性主义重新被压抑。用何西来先生习惯使用的术语，后来行使这种压抑的主体是“极‘左’政治”。极“左”政治总是害怕个性，因而总是千方百计压抑和扼杀个性。可惜的是，人格和个性与艺术存在着无法切断的联系。没有人格和个性，也就没有艺术。人格缺席、个性退场之后，勉强生产的只能是纸扎的花朵，不可能有鲜活的生命。从50年代到

70年代的中国文学总是难以克服公式化、概念化的毛病，原因正在这里。因为作家已经普遍地学会了虚伪，作品并不表达自己的思想和见解，更不体现自己的人格和精神，作品只能是没有生命的僵尸。当时的人们为解决公式化和概念化的问题开出的药方之一是“深入生活”。好像只要忠实于生活，就可以避免公式化和概念化。然而，由于政治的限制作家能否忠实于生活且不说，这一口号本身就已经包含了对作家人格的取消。因为它意味着作家自己的生活不是生活，只有钦定的生活才是可以表现的生活；作家自己的思想不是思想，只有批发来的思想才是可以表达的思想。这就从根本上取消了作家的人格。

因此，这个问题的研究本来就不会有平坦的道路，即使到了80年代，由于历史的惯性，极“左”政治阴魂不散，而且时时卷土重来。只要恰逢其时，当然还是谈不得。既然谈了，就是冒犯。警告冒犯者，实为理所当然。何先生何冤之有？不仅不冤，而且有幸，人格与文格研究的价值和意义由此得到了充分的证明。

《文格与人格》是一部很厚的书，但是，一些问题却还是刚刚起步。在这里，作者努力解决的还往往是一些起码的基础问题。说起来应该为中国文艺而感到可悲。比如说，何西来借邵燕祥的创作而努力张扬的“真诚”，也就是巴金一再呼吁的“说真话”，不过是正常社会里教育孩子也不能忘记的起码道德。一个作家说了两句真话，有什么值得特别称道的呢？然而，因为长期存在的精神污染，造成了一代作家的普遍虚伪，生活中不见了真诚，就像不贪污的干部成了奇迹值得大张旗鼓地宣传一样，说真话的作家成了怪物也成了宝物。一旦环境正常化，作家的真诚问题就解决了大半。我之所以说解决了大半而不说完全获得了解决，因为即使获得了言论的自由，也仍然不排除一些人会为了取悦于权贵或者财神而昧了良心说假话。可是，那样的作家根本就不值一谈。

人格与文格，这是一个大问题。它不仅仅是一个文学的问题，也不是一个文化问题，与中国的现代化与知识分子关系甚大。半个多世纪的历史证明，中国知识分子人格的现代转化却仍然任重道远。在百年历史曲折行进的各种恶浪和浊流中，知识分子中以铮铮铁骨做历史承担者固然有之，可是，更多的人却是多么软弱和怯懦！浊浪到来之时，纷纷倒伏如柔顺之细草，少有岿然挺立之树。更有甚者，以追路尘嗅马屁为荣，以充衙役惩异己为业。就此而言，人的主体性不是一个过时的题目，文格与人格的研究正有它的用武之地。

1999年7月　曲阜

历史的拂尘与学术的承担

——读陈平原《触摸历史：五四人物与现代中国》

每年都要纪念“五四”，今年的“五四”更不一般，因为是八十周年。如果是一个人，也该做一次大寿。因此，知识界的酝酿似乎已经很久，一些报刊也曾有过预告。因为我正写着一本题为《重申“五四”精神》的书，所以便很留心对“五四”的纪念。然而，似乎一些计划都没有实施。因此，我心中竟有几分寥落。正在这时，陈平原送我一本他与夫人夏晓虹女士主编的《触摸历史：五四人物与现代中国》，心中便有几分激动，而且对平原兄夫妇又添几分敬意。

书印得很漂亮，别致的开本和装帧，而且配有大量“老照片”。从《后记》中看到，这种图像和文字相互配合的表达形式是作者与出版者共同策划的结果：一方“早有预谋”，另一方“表现出色”，于是一拍即合。学术书籍能否“图文并茂”？我以为这是一个很有意义的尝试。对于出版社来说，这种策划也许更多地出于经济的考虑，图文并茂可能吸引更多的读者。对于书的作者来说，却不仅是适应这种意图，而且有另一层目的：生动的图像材料可以使历史更加具体可感。无论从哪一方面考虑，我都非常佩服广州出版社的这一策划，把学术著作做得图文并茂，的确思路非凡。

相当豪华的厚厚一册，第一次印刷就印了八千册，可见出版者对其销路是乐观的。由此，我想到的是学术著作的形式和学术成果如何广泛传播的问题。我以为，这不仅是一个保证经济效益和学术著作的出路问题，而且是关系到学者的历史承担和学术的力量如何得以实现的问题。有些学术问题注定了只是小圈子里的问题，因而不必考虑广泛传播。比如郭店竹简，大可不必考虑太大的印数。但是，有些问题的研究成果却因其与社会历史和现实生活的密切联系而不能满足于学者小圈子内的传播。面对各种流行文化对市场的抢占，面对知识分子话语的边缘化及其萎缩，面对伪知识对文化市场长期的全面覆盖，学术研究只在学人小圈子中自给自足的生产和消费态度是值得怀疑的。一个现象应该有目共睹：学术著作只有同行读，同行却恰恰是极少数不需要读的人。

“五四”研究的意义绝不同于古代服饰或出土竹简，它常常被提及，常常被征引，因为几乎无人不知“五四”。然而，人们挂在嘴边的“五四”却早已在历史的风雨中变得面目模糊。谁能想到包括《简明不列颠百科全书》对“五四”的解释也存在那么多的谬误！可是，一般人（包括文科大学生）却正是依靠这样的知识了解历史的。丰富的历史内容一旦被舍弃了具体的材料，抽取的材料再经加工和改造，一个众人熟知的历史事件就成了一个与它本身距离甚远的神话。陈平原说：“没有无数细节的充实，五四运动的‘具体印象’，难保不‘一年比一年更趋淡忘了’。没有‘具体印象’的‘五四’，只剩下口号和旗帜，也很难让一代代年轻人真正记忆。提供足以帮助读者‘回到现场’的细节与画面，对于‘五四’研究来说，并非可有可无。”他说这一番话，似乎更多的是要为这本著作图像与文字相配合的形式做说明。其实，这种史识也是重要的，如果没有具体的印象，只留下口号和旗帜的历史事件是更容易改写的。《触摸历史》的意义首先就在于为人们提供了丰富的历史材料，以具体材料展示了“五四”的历史。它是对五四运动本来面目的一次复原。只有通过这种复原，我们才更清楚而完整地看到了“五四”当时的历史场景。陈平原用“触摸”表示作者的动作，可是，这触摸却有力地拂掉了积尘，使“五四”的历史在温热的手掌下得到了复原。

由此可见，历史的遮蔽，在学者面前是不起作用的。因为有旧报刊在，有老一代的著述在，可信的资料即使有“文革”之火也没有烧完。学者们自会通过触摸而拂掉历史的积尘，看到其本来面目。但这是一个多么小的圈子啊！对于一般人来说，遮蔽的作用是巨大的。伪知识借助大嗓门而千百遍地重复，大概无需八十年，只需要十年八年，历史的真相在新一代眼里就会成为一片迷雾。在这种情况下，学者的使命是沉重的，同时，学术的力量也是强大的。因为只需要像陈平原那样以学者的良知进行“触摸”，积垢就会脱落，生动的历史就会得以展示本来面目。然而，历史只在学者的眼里得到还原是不够的，我们也不应该满足于展示给自己的几个学生和学界朋友。对于广大读者关心的重大问题，学者的真知不应该停留在狭小的书斋。学者有其使命，学术有其力量。学术的力量应该在历史的行进中得以显示。启蒙已经是一个因为种种原因而很不光彩的词语，然而，在中国，却还没有到应该寿终正寝的时候。在这个问题上，学者不能逃避历史的承担。我敬佩陈平原，并不在于他的才气，也不在于他的学术规范，而在于他在严谨的学术规范之下的这种承担，在于他对百年历史中被尘封和遗忘的最有价值的那些东西的苦苦寻找，而且用心良苦地使其得以广泛传播。

因为这本书，我还想到一个问题。在20世纪末，中国学界发生了一些变化，同时也发生了分化。学界朋友们有的似乎超越生活的拘牵而走向了“纯学术”的道路；有的则密切关注生活现实，不回避充任思想家的角色，甚至表现出某种精神斗士的风采。由于种种原因，分化中产生的分歧正在被媒体和学界自己所夸大，甚至在相互之间形成了隔膜。我想，面对这部著作，人们大概能够对此有清楚的理解。陈平原是地地道道的学者，走的是“纯学术”的道路，甚至常常显示着胡适式的“考据癖”，加之他的温和，足以作为学院派“纯学者”的代表人物。然而，从编《北大旧事》，到著《触摸历史》，他所做的努力当为学界所共识。这些著作是纯学术的，但谁能否认其思想的力量？谁能否认其历史承担？这种故纸堆中的搜寻，其意义决不亚于某些“思想”的直接表达。特别是当这种触摸中的真知以特有的形式展示给更多的读者的时候，无论陈平原自己是否愿意承认，其启蒙意义都是无法掩盖和抹杀的。

因此，我想，在当前中国文化语境中，以思想启蒙为使命的朋友们不应忘记与真正的学者同行。在推进历史向着健康的方向发展的事业中，真正的学者自然不会忘记自身的使命。一个民族永远需要精神战士，也永远需要学术大师。精神战士的作用有目共睹，学术的力量不可低估。特别是在今日中国，真正的知识分子已经极少，也许只有“思想”和

“学术”携手并行，不因隔膜而做力量的相互抵消，方可有望建设一片现代文化的绿地。

1999年7月　曲阜

走近陈平原

也许，由我来写关于陈平原的文章并不是最合适的人选。因为对于他研究的许多领域，我都是陌生的。而且，就个人交往而言，我与平原相识也迟，相知也晚。虽然当他因“20世纪中国文学三人谈”而名噪京城的时候我也在北京，并且因为无法抵抗当时北京大学活跃气氛的诱惑而常去偷听，然而，一次次奔走于未名湖畔，却与平原失之交臂。反思这失之交臂的原因，当然与我不善主动与人交往有关，更重要的是，我当时不但顾不上他们的话题，而且对其心存疑虑。虽然我知道“20世纪中国文学”这一概念的提出可能带来的积极影响，却同时有一种担心：努力打通不合理的文学史断代格局，把20世纪中国文学作为一个整体把握，会不会因为强化其整体特征而模糊其时代断痕和质的区别？如果回答是肯定的，那将得不偿失。80年代中国学界曾经制造过一只橡皮口袋，把相互冲突和对立的人物统统装入，而且在口袋上贴上“现代”标签。文学史的重写也很像政治上平反冤假错案，结果是打人者与被打者被安排到同一条板凳上就座，却未必真能相逢一笑泯恩仇。当然，曾被打入地狱者能够获得与他人平起平坐也许已经可喜可贺，但是，彼此之间真的不存在是与非、善与恶、美与丑的根本区别吗？因为心存这种疑虑，我对“20世纪中国文学”的话题没有表现出应有的热情，而是仍然注目于当时文学创作中的某些倾向：如改革文学在歌颂改革者时对专制主义的歌颂，寻根文学在文化选择中的误区，启蒙主义者在鲁迅道路上前进的艰难，以及大众化与化大众的冲突，等等，而这时的陈平原正忙于他的“小说叙事模式的转变”，距离不远也不近。

90年代最初的一年，我们第一次相聚。当时大家心里都有点闷，有点不知路该如何继续走的茫然。在我的印象中，陈平原是比较心平气和的。然而，此时的他却酝酿着学术上的转向：从小说史的研究转向学术史的研究。很快，他创办《学人》杂志，并且在《读书》上发表《学者的人间情怀》等一系列文章。陈平原的新姿态引起了许多朋友的关注。记得当时读《学者的人间情怀》，短短几千字，却使我无法一气读完，因为许多问题不能不停下来久久地默想。说真的，我的感觉非常复杂，有赞叹也有疑问，有认同也有排斥。比如，面对鲁迅著名的“高升”“退隐”和“前进”之说，陈平原以惊人的平和与公允立论，认为这三种情况难以区分正负高低，因而不赞成坚持前进者对高升或退隐者做过苛评价，这就使我颇费琢磨。不过，我以为此中仍然不过是一种宽容。宽容他人并不意味着放弃自身立场。陈平原的姿态明显地透露着胡适的影子，因为这时他更进一步地走近了胡适。差不多整个20世纪，改良主义在中国一直没有好名声。但是，历史却鲜明地昭示着人们，那些改良主义者往往比激进主义者更清醒。我这样说，很容易与陈平原一起陷入保守主义的阵营，可是，值得注意的是，在20世纪的中国，“激进”与“保守”并不容易说清，“革命”与“复辟”也往往难以划清界限。胡适究竟是激进的还是保守的，从不同的角度也会有不同的回答。

记忆犹新的还有他的“独上高楼”。90年代初，我作过几幅写古人诗意的抒情画，其中自己比较满意之作一是《过尽千帆皆不是，肠断白蘋洲》，二是《昨夜西风凋碧树，独上高楼，望尽天涯路》。后者正是读陈平原《独上高楼》一文之后的心得。他从“独上高楼”中读出了“抵抗寂寞极目远眺带来的刚毅和旷达”，而我也从这种解读中读出了他本人独上高楼的心境中所含有的坚与韧。后来，见有批评文章提出《学人》及其重建学术规范的努力是把无奈的选择改变成了主动的抉择，把逃避与拒绝混为一谈。我佩服这种见解的犀利，却仍然认为只要能够于人格和价值上有所持守，至于来路是逃避或者拒绝，倒也可以不问。在“西风凋碧树”的时刻，有人能独上高楼，而且“望尽天涯路”，无论如何，我已不忍指责。也许正因为这样，尽管我对90年代的所谓“新国学”不以为然，对知识分子的隐士化倾向多有非议，却从不愿像一些朋友一样把陈平原当作代表。因为无论如何不能忽视陈平原以独上高楼的姿态进行的精神守望。在中国，历来不乏高潮逐浪的激烈者，但是，激烈者却往往在落潮之时逃跑也快，倒戈也易。鉴于20世纪中国文化发展的教训，我觉得应该重视的是那些脚步沉稳者，他们也许不是先锋，也许不在前沿，却能对选定的价值做韧性的守护。20世纪中国现代性的挫折，也许就在于这种守护者太少，而一味追潮逐浪者太多。因为在某些情况下，重要的已不是前进，而是抵御没有底线的溃退。

从某种意义上说，人文学者随时都可能面临陷阱。这不仅在于学术成果和学术态度都可能被用作某种武器，而且在于知识界不同的选择。有些话要看在什么时候说。一些朋友对平原表现出的“张力”不以为然，因为它意味着某种妥协。直到今天，人们在论述20世纪末知识分子分化和转变的时候，还往往把陈平原当作退回书斋的代表人物来谈论。一般地说，这大概不算冤枉他。因为他的姿态明显，《学人》创刊号的《后记》中宣称：“几年来，孜孜以求，不想惊世骇俗，但愿能‘理得’而‘心安’。”他认为：“与其临渊羡鱼或痛骂鱼不上钩，不如退而结网。文化决策者的价值取向是否值得欣赏是一回事，知识者自身的选择和努力又是一回事。”如果把这作为一个时代的知识分子的声音，它当然意味着一种后撤。正因为这样，它被看作是“后退几十里下寨的言论”。因为从这种声音中，至少可以看到陈平原们决非多事之徒，绝无非分之想，只想老老实实读书，认认真真作文，为学术而学术。当然，有心人不难从中读到一份秋风落叶般的心境。

关于这种心境，陈平原后来曾有表白：

> 90年代的前三个春天，对于中国学界来说，实在过于阴冷。尤其在北大，“悲凉之雾，遍被华林”，受到严重挫伤的学生们，颇有废书长叹，就此“金盆洗手”的。作为教师，眼看那么多昔日的好学生一脸茫然地闲逛，或一头扎进“托福”，心里真不是滋味。可是，“一脸茫然”的远不只是入世未深的青年学生，我之所以剖析章太炎“自立门户与径行独往”的学术风格，标榜“学者的人间情怀”，谈论“独上高楼”与“超越规则”，何尝不是在苦苦挣扎？

退而结网是一种事实。但是，陈平原并没有成为冷血学者。真不知道这是幸还是不幸，这一代人能够真正为学术而学术、为艺术而艺术的人实在不多。陈平原努力维护学术的纯正，为了学术的纯正，不仅反对曲学阿世，而且反对借学术而发牢骚，但同时又大谈特谈学者的人间情怀，把自己的学术织进了历史运行的经纬。他主张“学术归学术，政治归政治”，却并不反对学者关注政治，而是认为关心政治不是学者的分内职责，只是学人“有情”和“不忍”的本色体现。这种对“责任”的推拒事实上是在捍卫知识分子的主体性。学者可以为学术而学术，正如艺术家可以为艺术而艺术，但是，真正的学者与真正的艺术家一样，重要的是独立人格和精神持守。

在90年代新的语境中，知识分子将以何种姿态扮演何种角色？人们有不同的选择。但事实上不外两种：一是学者，二是观察者和批判者。选择后者的朋友虽然也往往表示尊重“学术中人”，但由于更关心社会问题，一般并不赞赏完全退回书斋之举。选择前者的朋友则往往以学术规范看取社会文化批判，也难免在微笑中有所讥讽。所以不少人梦想的是二者兼而有之。一方面是学者，于社会边缘的寂寞位置以求真知为业，一方面是生活的观察者，以自身的知识洞穿积尘而对社会现象特别是毒菌和病灶做出独立的评论，以参与社会文化进程。然而，如何处理集于一身的二者关系，却仍然可以有多种不同的形式。陈平原的“学者风范”与“人间情怀”之说至少提供了一种方式：一方面以严谨的学术态度进行学术研究，决不为现实效用而牺牲学术求真的本色；一方面保持着人间情怀，密切关注生活的现实并且在选择研究课题时充分注意现实的意义。关于学术，有各种不同的误解：好像越与现实无涉，才越有学术价值，于是，辛辛苦苦大半生，致力于弄清历史上某个三流诗人到底长了多少根胡子，兢兢业业几十载，最终证明的不过是某个历史人物也是两条腿走路。报刊上一些学术文章之所以让人不忍卒读，并不在于作者驾驭语言文字的能力太差，而是因为缺少生命的投入。学术如果离开了学者生命的热度，文章当然会散发着僵尸的气息。正因为这样，也就导致了重视思想而鄙视学术的偏见，以为学术本身就是济世无路退居书斋后的自慰与自娱。真正的学术最不可缺少的正是学者的人间情怀和历史洞察。陈平原的学问之所以为许多朋友所看重，当然首先在于他广博的学识和严谨的学风，同时也应该看到，正是一个具有独立品格的现代学者在具体历史时空中的生命现实感给了它勃勃跳动的精魂。

只要系统看一看陈平原十多年来的学术足迹，大概很容易看到，他从小说史到学术史，从学术史再到教育史，领域几经转变，但变化中有一条不变的精神线索。这条精神之线在其深层将他的全部研究串为一个整体，并且赋予它鲜活的生命。那么，一个问题是值得提出的：陈平原在寻找什么？完整地回答这个问题大概并非易事，但有两点是明显的：一是知识分子的独立人格；二是中国文化的现代性。他的退守书斋体现着一种独立人格的守护。尽管他很宽容，并不指责他人以依附为代价换得高升，也不指责他人帮闲或者帮忙，但这不过意味着一种井水不犯河水的洁身自好，透露的是一种边缘的独立姿态。他平和而宽容，一般不做激烈之语，却并不影响他精神立场的坚定。陈平原的学术天地有一个鲜明的主题。这个主题显示着一个现代知识分子的学术自觉，显示了一种带有某种悲壮意味的历史承担。他的学术史研究最直接的意义就在于中国现代学统的寻找和重建。论现代学统的建立，人们可能有不同的见解。陈平原选择的是章太炎与胡适。而这两大基石恰恰是被历史的灰尘掩埋了的。透过《老北大的故事》和《北大旧事》，我们看到的仍然不是一个激进前倾的陈平原，但是，看看他努力寻找和守护的东西，却不能不为他的勤奋努力和良苦用心而肃然。他把“老北大”限定在1898—1937年间，因为虽然抗战胜利之后北大人得以重返红楼，但几年后就永远告别了“令人神往的沙滩马神庙”。在这里，他赞赏的是老北大不自承太学传统、不与同文馆挂钩、而只认1898年的“大学堂”自我身世认定，强调的是老北大既不同于传统的太学又不同于传统的书院的现代性质。他津津乐道的是老北大“不可救药的自由散漫”，感兴趣的是那些充分显示教授们个性风采的趣事逸闻。虽然自从五四新文化运动以来，世人多以科学和民主嘉许北大，他却认为绝大多数北大人更看重的是“独立”和“自由”……关于这些，我不想以同样严谨的态度去考证陈平原的结论是否正确，我感兴趣的只是它所透露的属于陈平原自己的志趣和情怀。

对我来说，印象更深的是《北京大学：从何谈起?》和《北京校庆：为何改期?》。文章的学术价值究竟如何？我不懂考据之学，不敢妄下评语。但是，仅凭一般读者的感觉，运用《申报》光绪二十四年十二月初六日《学堂纪事》里保存的大学堂总理告示，得出大学堂创立时间为1898年12月30日的结论，是令人信服的。在北大校庆期间，我也看过不少关于北大校庆的文章，有深刻记忆的并不太多。陈平原的两篇文章是印象最深的。当然，我更喜欢的还是后者。作为一个学者，他从求真的目的出发，运用自己的知识和理论，去解决一些历史的疑问，严守学术的界限，并不做越位之论。但是，难怪有人特别敏感，因为每一个读者所感觉到的，都不仅仅是一个“故事”的完成。无论作者怎样解释自己的动机，即使像金岳霖那样解释为“好玩”，也掩盖不了故事叙述透露的更多的内容。对老北大故事的讲述与对新大学的感受无关吗？读陈平原的高校史论文，人们很容易感觉到，他所关心的并不只是北京大学的历史，而是在寻找已经丢失的某些珍贵，使人想到的是中国高等教育发展的种种教训。

近期以来，一个现象引人注目：钱理群“拒绝遗忘”，反思“精神死亡的大悲剧”，寻找“精神战士”及其遗产；夏中义一个个拜谒先贤，对20世纪中国最有代表性的知识分子进行严厉的审视与诘问；许纪霖剖析一个个知识分子，发掘他们的精神奥秘与现代中国历史的奥秘；谢泳一再述说“文人旧事”“教授当年”“逝去的年代”“西南联大与中国现代知识分子”。他们面对老大学和隔代知识分子，耐心地进行着历史的找捞。我把这种现象称作“20世纪中国现代性寻踪”。虽然有人急于在中国宣布“现代性神话”的破产，但毕竟有人不以追寻现代性为耻。毫无疑问，陈平原的高校研究也是教育现代性的一种“寻踪”。因此，这种对于高等教育历史的研究与此前对中国现代学术史的研究以及再前对于现代小说史的研究，都是一个主题。从这个意义上说，陈平原变中自有不变之处，这不变之处又恰恰是“五四”和80年代留给中国学界的最珍贵遗产。

1999年11月　长春

秦晖：问题与主义的庄严求索

在世纪之交的中国学界，秦晖显然是最值得注意的学人之一。无论处于人文社会科学的哪一个专业领域，只要关心中国思想的脉动，就不能不读秦晖。一些有责任感的人关心人文社会科学的重大课题，一些人甚至承担着国家“重大课题”项目，对于他们，我想说：读读秦晖吧，否则，可能不知道什么是重大课题。一些人不加区别地指责中国学者要么是御用工具，要么是洞中乌龟，要么是无心肝的文字垃圾制造者，对于他们，我也想说：读读秦晖吧，他会使我们知道，在中国，并非所有学者都在蝇营狗苟，在他们当中，仍然有人把生活于这片土地上的人群的命运放在自己肩上，进行着庄严的求索。

我读秦晖的文章已经多年，却至今没有与他见过面，更谈不到深入了解。因此，我的观察与扫描只能是远距离的。这种远距离自然有其局限，但也有它的益处——我无须担心因为与他距离太近而导致图像失真。

一

秦晖十五岁即失学下乡做农民，没有上过高中。“文革”结束之后大学恢复招生考试，他没有考大学，而是以同等学力直接考取兰州大学历史系硕士研究生，师从赵俪生先生研究中国农民史。在考试之前，他就从广西农村给赵先生寄过若干习作，深得赵先生赞赏。毫无疑问，秦晖很有才气，但我不赞成把秦晖称作才子。因为20世纪中国的历史告诉我们，中国的才子太多了，他们太聪明，也太灵活，因而常常连正义和良知都不要。正是因为那样的才子，使我不愿再用“才子”一词亵渎一切值得尊重的人。而且，秦晖的确不是才子型的学者，他的文章决不追求语言的华丽和俏皮，却能给人以强烈的冲击。它所显示的是一种思想力度，而这种力度常常源自正义的担当。面对善与恶，面对大是大非，秦晖决不含糊，显示着坚持原则的力量，也显示着仗义疾呼的勇气。

我一直认为，对于学人而言，出身和经历是重要的，尤其是苦难的经历；学术起点是重要的，尤其是关注的问题和由此而建立的知识库存。

对于前者，现实常常提供的是令我失望的回答：经受过苦难的中国人很多很多，但恰恰因为经历过艰难，所以更容易小有成就即患得患失。但秦晖不是这样。他不肯苟且，更不为俯首即可获得的利益去钻营。支撑着一个人做出如此选择的动力是什么？我以为是一种真正的“高贵”。这种高贵不是地位和金钱能给予的，而是一种骨子里的东西。痞子们无论如何装饰和训练，也难以获得这种高贵。大概正因为这样，思想改造和人格改造在某种环境中都是必然要发生的。因为在“高贵”面前，一些人会感到某种压力，所以最好是能够颠倒过来，至少应该“抹平”。但是，历史的悲凉中的确应该感到欣慰，因为一再有人以自己的行为证明：彻底消灭人格和精神的高贵并不那么容易。

秦晖就是一个肯定的证明。他一开始就选择了一个重要领域。虽然他自己说他在80年代更多注意的是学科的危机，但事实上，农民史的研究无疑是研究中国问题的一个良好切入点。由农民问题进入中国问题，可谓畅通无阻，即使是面对发黄的故纸堆，往往只需抬一抬头、睁一睁眼就够了。对于这一代学人来说，之所以进入某个领域，往往由于对某些问题的关注。寻找一个专业，不过是找一个言说的切入点。我不知道秦晖为什么选择了他最初的专业。但是，他的专业选择非同小可。80年代的中国史学相对比较沉寂，在文学和美学轰轰烈烈的时候，史学界较少引起广泛关注。当然，这不难理解，在条件尚不具备的情况下，史学的实证言说远不如文学的象征性言说更有表达的空间。但是，秦晖的工作早已开始了。他捕捉到一个有意义的题目：作为张献忠继承人的孙可望、李定国等流窜西南边陲建立的政权。这个政权大规模推行军民合一、军政合一的“营庄”制，百姓的生产所得统统归“国家”所有，实行计划调拨。这种“公有制”是残酷的，地里长出来的都是“皇粮”“皇草”，老百姓“私用草一束者，或斩或杖”。他的硕士论文写了20万字。我想，终日面对这样一个研究对象，秦晖定有许多联想和感慨。从这样一个课题起步，对中国问题还有什么关键之处不能洞察呢？

从农民战争史起步，秦晖研究过古典经济，对古代租佃制、土地兼并等问题进行过深入的探讨，然后走向了“农民学”。他的《田园诗与狂想曲》出版于1996年。但早在1989年初已经完成并交出版社，只是因为历史的变故而未能及时出版。在“关中无地主”等重要论断基础上，他的研究一步步深入，许多见解都不同凡响。他告诉我们，农民社会并不等于农业社会，因为社会的根本特征不是生产特征而是人文特征。按照他的解释，农民社会就是“以共同体为本位的、非个性化的传统社会”。它是一种臣民社会、身份社会，而不是公民社会。他明确指出，这类社会的现代化面临着从传统共同体到个体本位的公民契约联合体的转变。这种转变意味着由自然经济向市场经济的转变，由人的依附性向人的独立性转变，由身份关系向契约关系转变。他告诉我们，中国传统自然经济的含义并非以往所说的“自给自足”和“小生产”，而是“习俗／指令经济”。他认为，传统中国的乡村社会既不是被佃租制严重分裂的两极社会，也不是和谐而自治的小共同体，而是“大共同体本位的伪个人主义社会”[①]。在这个社会中，对农民的压迫并不来自地主，而是来自官府，所以，剥削与被剥削的矛盾远远小于统治与被统治的矛盾。他告诉我们，传统共同体对其成员有束缚的功能，也有保护的功能，而个体既希望冲破束缚又希望得到保护，因而任何人都有激进与保守的两面性。他认为，我国农村改革之所以从最底层自发地发生，农民之所以成为改革的急先锋，原因是我国的公社制度“由国家控制但由农民承担控制后果”，共同体的束缚职能非常发达而保护职能几乎没有。因而农民在摆脱束缚的同时没有什么保护可以失去。

他的农民学研究必然延伸到了现实领域。但是，他没有成为奏折派，而是以一个独立的知识分子身份公开发表言论，进行一种学理性的参与。

①秦晖：《问题与主义》，长春出版社1999年，第453—458页。

二

除掉大量冒名者不算，学者也有两种：一种是为学术而学术的，不论面对什么，深入挖掘，仔细考察和鉴别，发现一些前人所未见，并不问这东西有什么用途。另一种有很强的现实关怀，无论自己岗位何在，事关民生疾苦和人类命运，就要给予热切关注。据我个人的偏好，当然喜欢后者，因为他们的学术常常能够为现实的变革和优化人的生存状态提供学理的支持。但是，同样是关注现实的学者，情况又有不同，一些人不断提出问题，却常常让人觉得似是而非，或有隔靴搔痒之感。究其原因，往往因为他们所关注的并非真问题，或者没有抓住问题的根本。在这一点上，秦晖可以说是直面真问题而且善于抓取要害的范例。

关于90年代中国的改革，秦晖参与了几场大论战，都不是一般的学术论争，而是事关中国人已经面对和将要面对的生存环境。在这其中，对社会公正的呼唤无疑是重要的一次。

早在1992年，秦晖就以“卞悟”的笔名举起了“公正至上”的大旗，呼吁公正的改革，提醒人们警惕“掌勺者私分大锅饭”和“掌勺者私占大饭锅”。1994年开始，他连续发表五篇论“公正至上”的文章，对改革中的公正问题进行了一系列的探讨，提醒人们警惕“反竞争的伪公正”和“反公正的伪竞争”，警惕“权贵私有化”和公共资产的看守者“监守自盗”。

接着，他与一些经济学家为此展开了激烈的论战。在论战中，他把消解传统共同体而建立现代公民社会的改革进程比喻为旧式大家庭的“分家”，认为在分家之前，要不要分家是重要问题；而在分家之后，小家庭面临的孤立和风险也是重要问题；但在这两者之间，怎样公平地分家才是最重要的问题。因为如果分家不公，就会导致一系列的不良后果，甚至导致已经不成问题的“要不要分家之争”重新成为问题。在我看来，他的忧虑极为重要。他说：“倘若‘不明不白持私有化’搞完之后发生了民主化又如何？这种情况在前计划经济国家虽未发生，但在‘传统公社国家’俄罗斯却有过近似的事例：斯托雷平改革之后出现了1917年2月的民主化，结果是一场大清算之后重建了更加强化的公社国家，市场经济与民主政治都毁于一旦。”[①]他把这一过程概括为“不公正的伪竞争激发反竞争的伪公正”。这是秦晖所担心的。他之所以反复强调公正的重要性，并且一再以斯托雷平改革为例提出告诫，都因为他的这种神圣忧思。在他看来，这场现代化变革是否顺利，关键在于是否公正。如果“分家”严重不公，人们就有可能由支持者转变为反对者。“为不公正的分家所激怒的人们会不会又去寻找一个新的大家长，在混乱中重建旧式大家庭，从而造成又一轮痛苦的历史循环?”[②]此时我所祈祷的，就是但愿秦晖的忧虑纯属杞人忧天。

在关于产权改革问题的争论中，秦晖反复追问的是：国有资产到底属于谁？谁有权处理公共资产？公共资产的看守者未经授权有没有权力将其处置？在一些人跟随科斯的理论在中国大讲“交易成本”的时候，他关心的是“交易权”。因为他不承认改革前的公共资产是谁都可以拿去交易的“无主物”。他认为半个世纪前“消灭契约”的过程并未导致产权空白状态，而只是造成了产权不明晰。面对“产权不明晰”的资产，首先应该解决的是“交易权”的问题，而不是“交易成本”的问题。如果跨过未解决的问题谈第二步的问题，就会使悬而未决的问题成为已经确定的，就会使一些人把公共资产看成无主物而寻求先占权，也就是导致“抢来本钱做买卖”。

他关心的问题关键是“权贵私有化”还是“民主私有化”。这就把问题引向了政治体制的改革。他提醒我们，政治体制改革未启动之前的产权改革很容易导致权贵私有化。无论“卖”还是“分”，首先需要做的第一步，应该是物主对交易执行者的授权。[③]我不懂经济学，但读了这样的文章，也觉得豁然开朗，同时意识到问题的严重性。

---

①秦晖：《问题与主义》，长春出版社1999年，第466页。

②秦晖：《我的“第三条道路”》，《天涯》2000年第2期。

③秦晖：《不讲逻辑的“经济学”：关于公正问题的经济学论争》，《书屋》2000年第5期。

三

自由主义与新左派的论争在国内浮出水面之后，秦晖成为引人注目的一员。在这场论争中，秦晖的可贵之处在于他扎根于中国现实的“问题意识”。他不像一些人那样开口闭口哈耶克、罗尔斯或者“后学”“新马”，这并不是他对西方资源缺少了解，而是因为他知道像一些人那样把西方的话语直接搬到中国使用，很容易误把西方的问题当作中国问题。

他认为，今日中国思想界各派都从当代西方吸取思想资源和符号资源，但与自由秩序早已建立的西方相比，我们面临的“问题情境”却与西方大不相同。比如，哈耶克关心的问题是：我们不能做什么，以免失去自由。我们现在需要关心的是：我们应该做什么，以便得到自由。再比如，科斯讲交易成本而不谈交易权利，因为交易权利在美国早已不是问题，而在我们这里，不谈交易权利而讲交易成本，却会导致严重的后果。他提醒人们，“主义”不是供人把玩的，而是用来解决问题的。面对不同的问题，简单地横移主义是危险的。

秦晖反复指出：在西方，自由民主秩序已经实现，自由主义与社会民主主义都反对的那些东西已不复存在，所以两个主义的对立才尖锐起来。而在我们这里，自由的缺乏不是因为社会民主太多，民主的缺乏也不是因为自由太多。所以“自由左派”与“自由右派”的冲突根本谈不到。他认为我们要走的绝不是以自由反社会民主或以民主反自由的道路，也不是介于自由与民主之间的路，而是重合了自由与民主二者之基本价值的道路。

他因此而强调共同底线。在他看来，“共同底线的立场，亦即反专制、争自由的‘激进中间派’立场”。秦晖指出：“没有这种立场的‘自由主义’实际上是寡头主义而非自由主义（连‘自由主义右派’也算不上），没有这种立场的‘左派’实际上是警察民粹派而非‘新左派’（连‘老左派’即古典社会民主主义者也算不上）。”他希望今日中国的自由主义与寡头主义划清界限，而社会民主主义则要与民粹主义划清界限。[①]他的论述既有历史问题

①秦晖：《我的“第三条道路”》，《天涯》2000年第2期。

的澄清，又有价值标尺的确立。面对他的陈述，无论自由主义还是新左派，只要是真诚地探索者而不是投机者，就不能不低头看一看自己站在什么位置。

他的选择似乎不左不右，或者亦左亦右，但在中国它却是“激进”的，因为正如他自己所说：“在经济上，它既不利于大家长保卫或复兴宗法大家庭（如某些‘左派’所赞成的），也不利于大家长独占家产而把子弟们踢出家门（如某些‘右派’所赞成的）。在政治上，它反对那种只准拥护的政府，而愿意拥护那种可以反对的政府，因此它既受到那种专门拥护‘只准拥护的政府’的‘保守主义者’的攻击，也受到那种专门反对‘可以反对的政府’的‘激进主义者’的攻击。”①

本来，因为呼唤社会公正，关心弱势群体，秦晖是应该被“新左派”引为同道的。直至今日，一些左派人士也仍然在把他与李慎之等人区别对待。但是，对于中国左派而言，秦晖无疑是可怕的。这不仅因为他的上述言论已经揭示了某些新左派人物的致命伤，而且因为他能看到一些更根本性的东西。比如，新左派祖述法、德“西马”，秦晖指出：“西马”虽然与斯大林主义有矛盾，但毕竟无法斩断他们之间的血缘。

四

秦晖引人注目的，还有他对“全球化与文化多元化”的见解。他为此写过几篇文章，并且曾于2000年11月3日晚上应邀到《人民日报》读书论坛，就这一话题与网友进行在线交流。

关于文化，秦晖赞同费孝通提出的四句话：“各美其美，美人之美，美美与共，天下大同”，而且补充了“和而不同”。秦晖指出：“文化多元化必然是‘文化际’多元化和文化内多元化的统一，‘和而不同’‘各美其美’不仅应当是‘文化间’关系的准则，而且更应当是一个文化共同体内部人际关系、不同价值之关系的准则。”如果把话说透，还有一个孰先孰后的问题。即：只有首先在文化共同体内部确立这种关系，才有资格在不同文化之

①秦晖：《我的“第三条道路”》，《天涯》2000年第2期。

间争取这种关系。如果在文化共同体内部限制多元化而对外强调多元化，多元化就往往成了维护文化专制的理由。

面对多元并存的口号，秦晖说：“打个比方说，儒学、基督教、伊斯兰教等等，应当多元并存，但异端审判与信仰自由可以并存吗？如果后两者可以并存，前三者就绝对不能并存；如果前一种意义的‘文化’要多元并存，我们就只能赞成信仰自由，而不能容忍异端审判。”面对后殖民主义的中国化理论，他以黑人争自由、争人权的运动为例做了说明，而且提出了质问：“黑人争取的自由民主人权仅仅是‘西方价值观’吗，还是一种普世性的人道主义价值？黑人要求自由平等，就是屈从‘强势文化’，‘一味以西方之标准来衡量事物’，而俯首帖耳甘心为奴反倒是抵制‘文化霸权’、拒绝‘西方价值观’的壮举吗？”他告诉人们，在南非废除种族主义的过渡期，正是本土的传统势力与统治者联手阻碍黑人的解放，而具有明显“西化”倾向的非国大则领导了这场解放。他表示为此而纳闷：“为什么我们有些‘中国文化’的弘扬者喜欢在自由民主人权等领域竖起‘华人与狗不准入内’的禁牌？”

秦晖不同意人们把文化定义为一民族不同于他民族的特点，因为一旦如此，“文化”就成了“民族性”的代名词，制度碰撞就容易被偷换成了民族冲突，就会导致以保护民族文化为名维护腐朽制度。因此，他提出了“文化不可比，制度有优劣”的基本看法，试图把“制度”从“文化”中剔除出来。

他说：“我喜欢吃米饭和你喜欢吃面包是文化之别，但我被要求吃米饭和你喜欢吃面包，就决不是文化之别。喜欢缠足和喜欢隆乳，是文化之别，但强迫别人缠足和自己喜欢隆乳，就决不是文化之别。”我理解秦晖的用意，但对他的观点却持有异议。因为事情很明显：一、把制度从文化中剔除出来是困难的，为此而重新定义文化概念是不足取的。按照对文化的一般理解，制度本来就是文化的一个层面，而且是最为重要的层面。从婚姻制度、家庭制度到国家制度，都是人类创造的文化。如果为了某种言说而重新界定文化的内涵，为文化重新定义，实在没有必要。二、即使把制度与文化区分开来，二者的联系也难以切断。因为生活习俗等所谓文化，大多是由相应的制度生成的。有什么样的制度，就会有什么样的习俗，就会生成什么样的文化。包括饮食的偏好和用筷子或用刀叉，它的形成并非个体自由选择的结果，而是因为制度和规范使孩子们从小就没有在筷子与刀叉之间做出选择的权利。事实上，20世纪的所谓文化冲突，焦点就在制度层面。坚持西化或世界化的人从来没有要求人们吃西餐或穿西装，坚持本土化或民族化的人也从来没有拒绝过汽车洋房和任何一种西式享受。也就是说，传统文化批判者主要反对的是制度层面的文化，传统文化保卫者主要保卫的也是制度层面的文化。其焦点众所周知，就是中国人应该不应该获得个人的自由、尊严与权利。

秦晖小心翼翼地把制度排除在文化之外，显然是把文化神圣化了。其实，文化不是固定不变的东西，更不是神圣不可侵犯的东西。无论习俗还是制度，都应该不断接受重估，当它不适应需要的时候，就应该被淘汰，并在最大范围内选择最好的。秦晖认为“文化不可比，制度有优劣”。制度有优劣是毫无疑问的，但文化也并非不可比的。生活于不同地区的人们创造了不同的文化，这些文化各有其生成的缘由，但并非不存在优劣之分。事实上，人类文明发展的过程是一个不断发展和创造的过程，也是一个不断比较和重新选择的过程。秦晖又说：“凭常识（以及凭我们对人人平等、各个‘民族’即各个文化共同体也平等的信念）我们相信文化无优劣。”其实，常识并不能提供文化无优劣的证明。讲平等也并不意味着无优劣，更不意味着没有文明与野蛮、先进与落后的程度差别。秦晖的这种误识，与他对五四新文化运动的认识是连在一起的。他认为“五四”一代人应该致力于制度问题而不应该致力于文化革命，显然忽视了一个问题：当时的制度变革已经成功，文化革命不过是为刚刚建立的现代制度提供保障。

2003年4月　长春

谢泳：历史的发掘与修复

一

在80年代，谢泳曾经致力于报告文学的研究，发表过一些很有分量的文章。进入90年代之后，他却不再关心报告文学，也不再关心文学现状，而是一头钻进故纸堆，在那些发黄的报刊中开始了他的寻觅。

从批评家到学者，在进入90年代之际算不得什么新鲜事，因为许多本来从事文学批评的人都有如此转向。但是，谢泳的转向有些特别，他显然不是像高等院校中的一些人那样要为自己寻找一个既可以躲避风雨又可以混饭吃的领域。作为文学期刊的编辑，做学问似乎与吃饭关系不大。谢泳还很年轻，60年代出生，是真正的青年学者。但这个年轻的学者现在却已非常老到，显示着成熟的清醒和智慧。他不像一些年轻学者一样使用那些让人感觉深奥无比却不知所云的语言，那些时髦的宏论似乎对他也没有什么吸引力，因此，他能不受种种来自西方而又极适合中国国情的“后”或“新”的理论侵蚀和污染。他专注地翻阅旧报刊，读昔日学人的日记和书信，从中一点一点地寻找，一点一点地发现，精心地整理出一些细节。这些细节看上去很零碎，最初的时候，给人的感觉也很杂乱。面对这些细节，他似乎并不想多说什么，只是一件一件摆出来，把它展览在那里。他不急不躁，不喊不叫，似乎并无什么用意。但是，当他的摊子摆到了一定程度，明眼人只要驻足一看，就不能不大吃一惊：谢泳原来如此厉害！

他写《旧人旧事》，写《学人今昔》，写《教授当年》，写《书生私见》，写《教育在清华》，写《西南联大与中国现代知识分子》……非常明显，他主要在写过去，过去的文人，过去的教授，过去的报刊，过去的大学，过去的教育和文化。无论人文社会科学领域的知识分子还是自然科学领域的知识分子，他都如数家珍。还有哪些有影响的知识分子是谢泳没有注意到的呢？可以不夸张地说，只要是当时有影响的知识分子，都已在谢泳的视野之内。考察他所关注的时间段，大约是从“五四”到现在，也可以说差不多是20世纪这一百年。百年知识分子的命运和心路历程，这是一个极大的课题。告别80年代之后，有不少人都对此留心，而且以自己的方式进行研究。谢泳走的是自己的路，却显然已经捷足先登。他的文章大都很短，也很简略，有一说一，有二说二，能说的就说，不能说的就不说，不枝不蔓，不装不饰，更不穿靴戴帽或追求所谓完整性。一些学院派的学者可能将其当成一般的随笔，因而忽视其学术价值。但是，我要说，这是真学问，而且是大学问。随笔构成大学问，一鳞一爪集成中国知识分子的百年长卷。这是谢泳的一大贡献，也是他的独创。

谢泳的工作意义非常明显。由于众所周知的原因，关于近百年中国历史的叙述是残缺不全的，一些有价值的东西都遗失在历史叙述之外。谢泳的努力就在于发掘那些被掩埋的东西，找回那些碎片，对残缺的历史进行修复。他的工作无疑是卓越的。在半个世纪的历史叙述之外，另一条线索已经非常清楚，如果说《新青年》可算源头的话，在它之后，新文化运动的精神哪里去了？《现代评论》《努力》《新月》《独立》《观察》，直到《自由中国》，这是一条真正承载了现代性的清晰线索。同时，从北大、清华，到西南联大，中国现代大学和现代教育制度也有了一个清晰的线索。谢泳从“一个人、一份刊物、一所大学”入手，不断展开，已经大面积地修复中国现代思想文化史的主要残缺。

二

毫无疑问，谢泳的工作最引人注目的是一种寻找。他在寻找中国知识分子曾经有过的辉煌，在寻找中国知识分子曾经有过的伟大梦想，在寻找中国文化曾经获得而又丢失的现代性。进入90年代之后，“反思现代性”“批判现代性”曾经成为学界的时髦，然而，非常不幸的是，除了一些人别有用心地要通过批判现代性而维护前现代秩序之外，还有一些人虽然开口闭口现代性，却不知道现代性究竟是什么，更不知道中国的现代性究竟在哪里。于是，面对现代性早已被彻底扫荡的时空，人们却在为那里的所谓“现代性”而争论不休。谢泳不参与这样的论争。他默默地发掘，在胡适等人身上，在储安平等人身上，在《努力》《现代评论》《新月》和《观察》等杂志中，在西南联大的校园里，为我们找来了真货色。

谢泳告诉我们，那些我们所向往的东西并非注定了与我们无缘。这片土地虽然贫瘠，但它生长过，而且长势不错。我们曾经获得，曾经拥有，只是后来丧失了。这是中国知识分子的悲剧，也是现代化进程的悲剧。因此，今昔对比是谢泳文章的一个潜在结构，上半世纪与下半世纪，在他的文章中形成了鲜明对照。

谢泳的文章充分显示了中国现代知识分子曾经有过的光彩。他使读者看到，中国知识分子并非生来就没有骨头，也并非天生的人格猥琐和卑下。比如，他写《当年费孝通》，引用的是当年在西南联大教书的英国教授罗伯特·白英的日记：“当举世闻名的社会学家费孝通博士登上讲台开始演讲时，看来已快近八点了。他声音低沉，我们简直听不清楚他在讲什么。他开始时说‘我一直在考虑，我为什么要在今晚这样一个黑暗的夜里给你们讲话，但我所最最向往的是和平——’，‘和平’两字话音刚落，就听到枪声四起。这回毫无疑问，那枪是故意放的。子弹从联大围墙外射了进来，我们能看到弹头在我们头顶上嗞嗞掠过，有的还落在图书馆的瓦屋顶上噼啪作响——子弹飞得越来越低，我们赶紧低下了头。这时电灯忽然熄了，扩音器也不响了。费先生于是提高嗓音说道：‘我请求你们大家不要害怕——让我大声疾呼，用我的声音压倒枪声。’讲到这里，全场响起了雷鸣般的掌声。接着枪声比先前更响了，黑暗深处响起了迫击炮声；冲锋枪、机关枪疯狂地射击着，然而他仍坚持讲下去。子弹呼啸着掠过他的头顶，离他的头皮只有几英寸，但他毫不退缩，仍继续讲着。”就是这么一个细节，已充分显示着费老当年的风采。谢泳对此并不多说，只是轻轻地说：“历史在向前延续，经历了反右运动之后，费老就很沉默了，遥想当年费老，我们多么希望他能回到一二·一以前的那种精神状态里去，可惜他已经老了。"

通过他的叙述，我们看到了当年知识分子曾经有过的种种风采：张东荪在上海光华大学做教授的时候，学校有一个惯例，每次校务会议时，主席都要恭读总理遗嘱。张东荪说："下次再读遗嘱，我就不来了。"然后夺门而去。陈序经在西南联大时，国民党为了拉拢教授，要求负有一定行政职务的教授都入党。陈序经任法商学院院长，应该入党，但陈序经说："扯淡，我就不入。"（《过去的教授》）他写张奚若："张奚若先生是清华大学的教授，专业是政治学，早年是很敢说话的人，后来虽然不大能说话了，但张先生的敢言还是很出名的。"他举出一个例子：在西南联大时期，张先生曾是国民参政会的参政员。有一次去参加国民参政会，他发言抨击国民党的腐败和蒋介石的独裁。蒋介石插话说："欢迎提意见，但别太刻薄！"张奚若一怒之下拂袖而去，离开会场回了昆明。下次参政会开会时，他接到寄来的通知函和路费，却当即发回一封电报："无政可议，路费退回。"从此不再出席国民参政会。然而，后来呢？"人们经常说起张先生的这种士气，都很敬佩。但敬佩之余人们又不免多想，同样的张先生，后来又参加了人大，可他的士气哪里去了？可见一个书生的士气，也有它爆发的条件……"（《张奚若的士气》）

对于谢泳来说，这样的文字显然不只是怀旧，更不是回到逝去的辉煌中寻找安慰。他清楚地说过："我近年的研究工作，就是想从过去被忽视的历史中清理出一条线索，让今天的知识分子不再从新开始，而先去接上前辈知识分子曾经创造过的历史。"[①]所以，通过他的寻找，我们看到的不仅是历史，而且是与现实相关的一系列思考和并不过时的路径设计。

三

90年代研究知识分子的人常常从两个方面做文章：一是关注陈寅恪、梁漱溟那样的知识分子，努力发掘他们的独立人格和自由思想；一是关注陈垣、冯友兰、金岳霖、贺麟等这样的知识分子，探讨他们转变的奥秘。他

①谢泳：《西南联大与中国现代知识分子》，湖南文艺出版社1998年，第216页。

们之间显然形成一种鲜明的对比，冯友兰等所努力追求的，正是陈寅恪等竭力躲避的。然而，陈寅恪等只是特殊的个案，没有多少可模仿性，因而当代中国注定了不会出现太多；而后者却是大多数的代表。所以，对于历史研究而言，更有价值的对象显然是后者。他们是如何转变的？他们对时代的适应是否真诚？这是历史研究必须回答的问题。否则，我们就无法认识那段历史。

谢泳对现代知识分子的研究是比较全面的，他研究了各色人物，也研究了他们历史命运的全过程。他的研究展示了中国知识分子曾经达到的高度和曾经有过的辉煌。然而，那一切早已成为过去，中国知识分子没有能够沿着那条道路继续发展，而是很快迎来了另一种命运，进入了一个人格萎缩和精神失落的时期。于是，悲剧是如何发生的，知识分子是如何丧失自身的，他们的人格是如何扭曲的，这都是谢泳必然要关注的内容。看一看这些标题吧：《陈垣的转变》《顾颉刚的恐惧》《吴晗的悲剧》《杨树达的屈辱》《绝望的王芸生》《令人困惑的梁思成》《范文澜的无奈》……从这些标题，我们已经大致可以知道文章的内容。写转变，写耻辱，写无奈，这是谢泳历史发掘工作的一个重要层面。他通过一系列具体的个案分析，使我们看到了一个无奈的群体。

事实是无法回避的：1949年留多去少，50年代纷纷表态，接受改造，转变思想。这些事实令人困惑，因为不仅储安平那样的知识分子早有“多少有无”之论，即使是一般的自由知识分子，也不是认识不到自己的理想与将要面对的现实之间的矛盾。但他们还是留下来了，而且表现得似乎很适应。对此，谢泳有一系列思考。他在《陈垣的转变》中说：“陈垣是转变了，从他前半生经历中，我们推不出他要转变的必然结果，但他的转变又是一个既存的事实。我们对他的转变不必过分苛求，但也须保留一点怀疑的态度。”他看到的是陈垣当时已六十九岁，接受新思想并不容易，如果一个人真正接受了新思想，应该在他的学术研究上有所体现，而事实却是陈垣转变之后“再没留下什么传世之作”。他在《令人困惑的梁思成》中写道：“以梁思成的家庭背景和留美经历，以及当年与中国知识界的交往，他不应该退得那么快，或者说，跟得那么紧。”[①]然而，梁思成偏偏在1959年还写出了那样的诗：“十年教诲沐东风，东方红日暖融融。旧皮还须层层剥，身心才会真透红。”谢泳对这种诗是否真诚表示怀疑。在《学人今昔》的《序言》中，谢泳说过：“许久以来，我一直对旧学者的变化感到难以理解。因为我在做《观察》研究和西南联大研究时，从旧期刊上读到过很多学者的时论。把他们当时的想法和日后的选择对比一下，我很吃惊，因为这二者之间，大体可以说是背反的。过去那些旧学者对许多问题的认识，在五十多年以后再看，我觉得他们是不糊涂的，但理论上不糊涂，不等于行为上不糊涂。带着这样的感触，我在做研究之余，很花了一些时间去读旧学者的日记、回忆录和年谱，我想从这些第一手资料中看出旧学者的苦闷和不适应，尽管这样的资料很有限，但如果我们对他们能有一个基本的判断，也就可以从点滴的资料中见出旧学者的内心世界。他们曾经是很有生气的一群，后来各有各的选择，各有各的活法，后人能在多大程度上理解他们，能走进他们内心多少，是很难说的。但我始终有这样的愿望，想尽可能缩短后人与他们之间的距离……”[②]当然，他也注意到了不同的人格，比如，一些人受不了寂寞，一些人喜欢与政界人物来往，一些人希望能平安生活，等等。这样的人更无法承受由恐惧带来的心理压力。

谢泳强调读历史一定要注意细节，研究历史更应该关注细节。因为只有细节，才显示着历史的真实，而那些表面的高调文字，是靠不住的。他读赵俪生的回忆录《篱槿堂自叙》，就特别注意到这样的细节：1948年，赵俪生在华北大学时，周扬到那里传达中央的命令：北平即将和平解放，进城后接管大专院校和文化部门的任务，将交给华北大学。关于接管的情况，赵俪生回忆说：有一天，讨论到北平各大专院校教师都要到军管会的文管会报到并办理登记的问题。有人主张，不管年龄老少，全要亲自前来报到。于是有人说，譬如像陈寅恪，眼睛看不清楚了，身体也很衰弱，由家属或朋友代替报到就行了。这时，成仿吾副校长用洪亮的湖南话发话了。他说：“资产阶级知识分子到无产阶级领导的革命机关来报到，来办理登记，一定要亲自来，本人来，不得由别人代替，因为……他特别提高了声音说：这是个态度问

①谢泳：《书生私见》，上海文艺出版社1998年，第103页。

②谢泳：《学人今昔》，长春出版社1997年，第1—2页。

题！”赵俪生对成仿吾这番话的评价是：“这是把自己当成征服者，把知识分子当成被征服者，要他们‘迎降’，在文管会门口办个受降仪式吧?”

事实上，类似的细节对许多问题都已做出了回答。

谢泳的意义不止于此。值得注意的是，他每提供一个细节，几乎都是一次对历史事实的重申。谢泳是不愿过多地卷入争论的，但在他所关注的问题上，也会以事实为据进行一些争辩。比如在《李宗恩的命运》中，他说中国老一代知识分子当中很有一些既能治学又能治事的人，而且他们中有几位留下来了。但新时代对他们并没有看重。

四

在世纪之交中国知识分子发生的分化中，谢泳显然属于自由主义的一派。谢泳不喜欢抽象地谈理论问题，他对自由主义理念的表达也是质朴而实在的。然而，在自由主义问题上，谢泳的一些表述也像一些常见的表述一样，对自由主义的理解显然有些宽泛。我与谢泳是无话不谈的朋友，在许多大问题上观点比较接近，所以，分歧之处就感觉更有商榷的必要。

在当下中国学人中，能像谢泳一样自觉发现和守护中国现代自由知识分子传统的人不是太多。尤其可贵的是，他是在胡适的基础上来认识自由主义的。这是一个很好的基础，因为中国的自由主义不能不以胡适为正宗。然而，读谢泳的文章，我也感觉到一个问题：在政治上，他泾渭分明，毫不含糊；在文化上，却常常模糊了一些界限。比如，他很看重胡适与鲁迅的差别，而对胡适与吴宓等人的差别却往往视而不见。我想，原因大概主要不是90年代流行的文化保守主义思潮的影响，因为我相信谢泳是有抵抗能力的；而是在于他对胡适的文化立场缺乏应有的关注。他在谈到吴宓时这样说过：“吴宓当年是非常有名的《学衡》派的主将，思想是偏于保守一面的，但他的保守，不是不识世界大势，而是倾向于走渐进的道路，以避免给社会带来巨大的震荡。中国现代的自由主义知识分子多数取的是这种态度，比如胡适、陈寅恪等人。”在这里，胡适与陈寅恪等人的共同点被突出了，差异之处却被掩盖了。他们一起成为自由主义知识分子的代表。自由主义的标志似乎就是主张渐进。

这是当下中国的一些自由主义者往往忽视的一个问题。把陈寅恪、吴宓、梁漱溟、冯友兰都看作自由主义知识分子，甚至把在30年代和40年代已经选择了斯大林体制的人也看作自由主义知识分子，这的确可以壮大自由主义的阵容，但是，这些人与自由主义的精神是一致的吗？因为自由主义的根本标志并不是渐进主义，而是个人主义，即把个人的自由、尊严和权利高于一切的价值立场。离开了这一点，就谈不到自由主义。那些主张“国家第一、个人第二”的人，那些鼓吹权威主义的人，那些民族主义者和国家主义者，那些漠视个人的自由、尊严和权利的人，怎么能说是自由主义者呢？

这一问题还涉及自由主义与保守主义的关系。在中国当前庞杂的所谓自由主义阵容中，一些人往往把保守主义者看作自由主义者。这种认识可能与西方的影响有关。但许多人都没有注意到：在自由已经成为传统的现代西方，保守主义与自由主义当然不是矛盾的，甚至保守主义者就是自由主义者。因为无论在美国还是在欧洲，保守主义者所要保守的，正是自由的传统。在这种情况下，保守主义者当然是自由主义者。中国的情况却大不相同，中国传统的核心就是专制秩序。保守主义者要守护这样的传统，与自由主义能相容吗？所以，只要专制传统还没有克服，保守主义就不可能与自由主义走到一起。在这里，渐进与激进并不是问题的根本，进到哪里去才是根本。

所以，按照我的看法，中国自由主义的传统只能源自胡适，而不可能源自王国维、陈寅恪或者梁漱溟。谢泳对胡适等人的研究使他找到了一个很好的基础。他应该守护这一基础，而不要因为宽容或者扩大统一战线而包容太多的杂质。那些与自由主义根本对立的杂质如果被过多吸纳，自由主义就有被消解的危险。在中国现代史上，一些人之所以缺乏对理想的坚守，一些人之所以背叛曾经选择的理想而迅速转变，一些人之所以由所谓第三条道路而误入歧途，差不多都与其保守主义有关。在这一点上，他们缺少的正是胡适对中国传统文明和西方现代文明的清醒认识和由此确立的文化态度。这一切，不知谢泳以为然否？

2003年8月　长春

精神坚守者的姿态

——读王彬彬的《文坛三户》

当前的文学批评，胡吹乱捧的多，严肃的批评少；用了时髦的理论努力把简单的道理说得让人听不懂的多，能老老实实把话说明白的少；死气沉沉、自言自语、下笔千言却与现实无涉的多，有思想、有激情、针对现实的真问题发言的少。因此，读到王彬彬的《文坛三户》，就多少有点兴奋，而且有接着说的欲望。

作为著名的批评家，王彬彬一贯的特色是思想敏锐，有介入的激情和斗争的勇气。他跃马上阵，左冲右突，短兵相接地打过几场大仗，堪称批评界的一员骁将。但是，这本书与王彬彬过去的著作有所不同。在我过去的印象中，王彬彬长于战斗，习惯于直接表达，而不屑于借了故纸堆说话。他对自己批评的对象也似乎常常懒得进行必要的梳理，而且战斗也似乎并无计划，只是遇上了对手（无论是集团主将还是地道的游兵散勇）就打几枪。仔细看去，他的枪法真不错，常常击中要害，甚至是隐秘之处。但时间长了，却让人觉得这仗打得有点儿零碎，战法也太像游击队。游击战当然并无不好，但由于我个人的偏好，虽然知道文化上几乎谈不到“一城一地的得失”，更别想通过攻城略地而一劳永逸，但是，我却还是希望那些有战斗力的人，能选择某些要塞，作更持续的攻守。《文坛三户》满足了我的这种期待。这本书虽是个案研究，但所选“三户”却构成了20世纪末中国文坛的重要现象，而且直接影响着中国文化的走向。面对这一现象，王彬彬集中用力进行了系统的清理和深入的论说，不仅使读者一册在手便能有个透彻的了解，而且这种类似于打扫战场的工作意义不言而喻。

很明显，对一个问题领域的系统清理使王彬彬的新书增强了学术性。学术性是一个常被误解的概念。在一些人那里，学术性往往意味着一种“死相”，研究对象最好是死的，研究者本身也应该是死的，甚至越死相就越好，如果还有点儿活人气息，那就算不得“学术”。这种学术在当下中国正在越来越多地挥霍着纳税人的血汗。作为证明，只要看一看用以评教授、评博导的大多数著作就够了。王彬彬的书却使我看到了一种“活的学术”。作为一种“批评的批评”，他不能不对有关“三户”的批评进行系统的清理、概括和叙述，但是，王彬彬决不满足于这些，而是在整理和叙述的基础上参与，充分表达自己的见解。因此，我们从中感觉到的仍然是作者独特的个性和鲜活的生命。当下中国的学院规范和学术评价体系很容易使本来富于生机的学人变得麻木，许多朋友就这样失去了活人的气息。同样已置身高校环境的王彬彬却在增强学术性的同时仍能挥洒自如，个人的言说痛快淋漓。这真是使人高兴的事。

然而，更令我兴奋的还不是这些，而是王彬彬的精神坚守。这本书充分显示了他作为一个现代精神守护者的自觉和坚定。

在90年代中国文坛上，金庸、王朔、余秋雨三人可谓各有千秋。如果征求他们自己的意见，大概都不会同意把他们划入同类。然而，在《文坛三户》中，王彬彬却把他们聚集在一起，并且认定他们是可以合并的“同类项”。作为合并的依据，王彬彬说：“在我看来，金庸、王朔、余秋雨，这三人最本质的相通之处，在于他们的作品都属‘帮’字号文学——‘帮忙’或‘帮闲’。麻痹人们对现实的感觉，消解人们改造现实的冲动，是他们的作品共有的功能。当然，他们的‘帮忙’和‘帮闲’，有时是自觉的，有时是不自觉的。他们对‘忙’和‘闲’的‘帮’，在方式和状态上，也是各有特色的。对‘帮’的殊途同归，才是把他们视作‘同类项’的最坚实的根据。”（《自序》）王彬彬以“帮”字概括三户之同，显示着他目光的锐利。在这种目光之下，无论表现形式和声调如何不同，也无论他们之间存在多少冲突，都不再能够掩盖其共同的文化本质。在王彬彬的提示之下，我们不能不承认，“三户”的确都不挑战主流，也不批判社会，更不反抗传统。尤其是在官方与“民间”相互支持、前现代和“后现代”携手作战的90年代，他们复杂而暧昧的表现更是如此。他们的大方向是一致的，那就是共同解构或抵消着知识分子的现代性努力。

正因为这样，王彬彬的工作就更充分地显示了精神守护的意义。作为一个精神守护者，当然不能不首先关注批评对象所张扬的价值。因为离开了这一点，任何批评都只能是梳理皮毛。面对金庸武侠小说所张扬的“江湖正义”，王彬彬发出的质问是：“人”在何处？“现代精神”在哪里？当然，一些人可能要为此而发出冷笑，因为这些东西在20世纪末的中国早已很不光彩，按照时髦的理论，“现代性”本身就是罪恶，“人”不过是一个神话，而以人为中心的自由、民主、人权理念实在不合中国国情……相比之下，王彬彬真是老土，而且老旧。尽管他也是博士，却没有能够到国外拜一个后现代大师而紧随其后。然而，王彬彬并不为此而自惭，而是坚定地守护着以人为中心的现代理念，将其作为最高价值，而且决不犹豫，决不后退；坚守在五四新文化运动反传统的立场上，对否定“五四”的阵阵喧嚣不屑一顾。正是因为这份坚定，他能毫不含糊地批评钱理群的“模糊”和刘再复的“谬误”。因为只要精神上有坚定的持守，问题往往并不复杂。一些东西对我们走向健康文明到底是有害还是有益？它在培养健康的审美心理还是继续巩固种种病态？其实一目了然。一些人之所以迷乱或困惑，原因常常在于对自己的精神立足点缺少必要的清理，因此也就谈不到精神立场的坚定。

一些人之所以欢迎王朔，主要在于他对主流的解构。然而，王彬彬告诉人们：把王朔看作主流的批判者完全是误解。当然，王朔本人的言论是否可靠仍然值得怀疑，但是，王彬彬的提醒是重要的：王朔与主流文化本无矛盾，儿子们可以因为种种原因而对老子表示不满，甚至在大街上大发牢骚，但是，如果因此而认定他是家族的叛逆，那就未免有些天真。在这个问题上，王彬彬一点也不天真，因为他相信“什么鸟变的还是什么鸟”。他对朱学勤观点的介绍和发挥，对王朔精神文化渊源的分析，毫无疑问是书中精彩的篇章。他清楚地看到王朔所承载的文化与现代文化不仅相去甚远，而且格格不入。他为中国文化中“强奸一次是强奸，再强奸一次就成了夫妻”的现象而痛心。因此，为了守护现代精神，他就不能不致力于撕破种种伪现代的假面。

王彬彬关于余秋雨的评说相当公允，不乏肯定之处。但是，余秋雨拒绝忏悔，还是暴露了某种文化面目。于是，把他与金庸、王朔放在一起，也就有了充足的理由。

在20世纪末的中国，文坛出现了一种新现象：凡是与专制传统一致的，凡是与皇权崇拜和奴性意识一致的，似乎都在发扬光大之列；而流氓们的“江湖义气”及其变种“痞子气”虽然有点可怕，却正是祖宗留下来的宝贝，自然没有理由不继承和发扬；唯独五四新文化运动中生长起来的现代精神不受欢迎。正是在这个背景上，三户及其追随者大行其道，而承载着现代理念的知识分子节节后退，而且纷纷叛逃。这是20世纪末中国文化中的一股悲剧性的潮流。可喜的是，在这股潮流中，毕竟还有一些有责任感的批评家进行了抵抗和守护。王彬彬就是其中的一位，而《文坛三户》就是这种守护姿态的证明。

2002年5月　长春

文学史家的价值立场

收到董健、丁帆、王彬彬三位先生主编的这本《中国当代文学史新稿》，像往常一样，翻开来首先看目录，没想到立即就被它的分期所吸引。于是读下去，竟然有几分激动。

就文学史的分期而言，它打破了二十多年来一直因袭的框架，与以往的中国当代文学史著作大不相同。眼下流行的中国当代文学史一般分为三至五个阶段，三段即“文革”前十七年，“文革”十年、新时期；五段则是把前十七年再以1957年为界分为两段，把新时期再分为“80年代”和“90年代”两段。《中国当代文学史新稿》也把这段历史分为五个阶段，但不同之处在于，它的五个阶段是以1962、1971、1978、1989这四个年头为标志划分的。这种划分也许尚需全面的论证，但它的重要意义之一，是不再把“文革”十年作为一个独立的阶段。从80年代开始，一些有识之士就提醒人们不能孤立地看待“文革”十年，因为事实很明显，“‘文革’文学”不是孤立的，而是长期发展的一个必然结果。从“‘大跃进’文艺”到“‘文革’文艺”，从“两结合”到“三突出”，都是一个连续的过程，也是一种文学理想和文学模式逐渐完成并走向其顶峰的完整过程。把“文革”十年孤立出来，甚至以“空白”粗略带过，事实上模糊了当代文学发展变化的轨迹。但是，直到现在，国内那么多版本的当代文学史著作，却仍然沿袭着旧的框架。从这个意义上说，这部文学史实现了一次重要的突破，意味着我们的当代文学史写作已经走出了旧框架的束缚。

另一个吸引我的特点是主编们清醒的价值选择和鲜明的价值立场。在价值严重混乱和颠倒的当下中国学界，这本史著的价值选择不仅值得称道，而且令人感动。世纪之交，中国学界可谓新潮迭起，但这些“新”和“后”的理论资源没有带来多少积极的影响。相反，一些本来清楚的问题被一些人以新的方法搅成了一锅粥；一些本来一目了然的现象也被一些人以新的理论裹进了十里雾中。当然，对于那些有意识的弄潮者来说，是无须争论的，因为把水搅浑，把界限弄模糊，使正确与错误、正义与邪恶都不分彼此，正是他们的目的之所在；淡化时间，强化空间，使文明与野蛮、落后与先进都放在同一个平面上，获得平等的地位，从某个方面看，正是他们的莫大功绩。但是，对一般读者和青年学生而言，却往往不明白这些，因而难免要在其理论的“前沿”和“外来”色彩迷惑之下信以为真，步入思想的泥沼。从这个意义上说，这本教科书是及时的。主编者旗帜鲜明地指出应该警惕“历史补缺主义”“历史混合主义”和“庸俗技术主义”，对“红色经典”等混淆视听的概念，对种种“搅浑”和“抹平”的策略，对无原则、无是非的形式分析，都表示了明确的批判态度。这是很有意义的，此时此刻，只有以鲜明的态度面对历史，才能引起人们的警觉。

在这里，我们可以看到一种强烈的批判意识，一种对于历史的负责任的态度。在许多地方，它的叙述都足以揭开“艳若桃花”的伪装，使那些肿瘤的恶性得以暴露，从而破坏一些人试图把精神毒素留给未来的企图。从这种批判，我们可以看到一种鲜明的现代性立场，看到有良知的学者对于人类文明健康价值的捍卫。也正因为这样，这部文学史对当代文学的源流的认定，对演变线索的描述，都能够逼近历史的真相，而不像当前一些同类著作那样常常出现错乱，对一系列文学现象的描述也不像当前一些同类著作那样常常出现是非、美丑和善恶的颠倒。

在反现代性、反启蒙、批判“五四”、甚至反科学、反理性和批判历史的线性发展观已经成为时髦的今天，这部中国当代文学史坚持五四新文化运动带来的现代性尺度，捍卫“五四”先驱所开创的启蒙文学道路，坚持“人的文学”的价值标准，张扬知识分子的独立人格和作家的主体性，这一切实为难能可贵。我们还有这样一群学者，保持着他们的清醒，守护着人类文明的健康价值，真是值得庆幸的事。

我希望那些在时髦的五彩迷雾中徘徊的青年学生，那些被“反现代性的现代性”以及“现代性是一个不确定的概念”之类学说弄得晕头转向的年轻学者，都来好好读一读这部当代文学史。

给你一个完整的金庸

——读傅国涌《金庸传》

听说傅国涌为金庸写传，最初的感觉是有点奇怪。在我看来，在一代年轻的学人中，傅国涌是非常优秀的一位。他的文章带着他特有的思想光彩，正在引起学界的广泛关注。为金庸作传，洋洋几十万言，需要很多时间和精力，值得吗？而且，人们对金庸的看法大相径庭，傅国涌会不会出力不讨好？直到拿到这部印刷精美的《金庸传》，我仍然充满疑虑。

打开这本书，首先感到它的资料工作做得好，许多材料都是作者从档案和旧报刊中查出的。但这并不出我的意料，傅国涌做学问很扎实，为读者提供一些过去难以接触到的东西，这是必然的。但我似乎已经感到了国涌的谨慎和为难，他几乎只是叙述，不做评论，处处都很小心。读到“梦断京华”“父亲的噩耗”等章节之后，我想，真是难为作者，能提供一些资料就好。带着这样的心情一页一页读下去，新的疑虑又产生了：记录这样的流水账，需要傅国涌的手笔吗？在读过几十页之后，我几乎就要放下了，而且想给傅国涌打电话，坦诚地劝告他不可再这样浪费才华。

然而，接着读下去，我终于兴奋起来，而且庆幸没有放下这本书。因为它终于吸引了我，而且使我看到了一个完整的金庸。金庸应该感谢傅国涌，是他使像我这样的读者对金庸刮目相看了。因为在过去，我只知道一个写武侠小说的金庸，而对于那个金庸，我是不怎么恭敬的，尽管早有青年才俊将其尊之为20世纪的文学大师，而且有著名教授为之鼓吹，我却仍然不愿对一个适应大众传统审美心理而编传奇故事的作家给予更多的关注。也许像我这样的读者真的太可怜，竟不知道金庸作为一个报人的光彩，不知道金庸作为一个社会批评家所曾有的崇高！因此，我应该代表像我一样的读者感谢傅国涌的工作。

对于传记作家来说，当然首先要熟悉传主的生平事迹。然而，仅有这些是不够的，一个好的传记作家必须对传主所生活的时代有深入的了解，对他活动的大背景有深入的把握。只有这样，人物的事迹才能显示出它的意义。在这一点上，傅国涌做到了。比如，由于对《大公报》历史的深入了解，傅国涌就可以清楚地叙述《大公报》的历史，谈其文人论政的传统，从张季鸾到胡政之、王芸生，举重若轻地清理出金庸与《大公报》的关系。虽然金庸进入《大公报》时这家著名的报纸已经即将走完它的辉煌之路，但毕竟几十年的传统还在。这样，就为金庸后来的光彩找到了重要的基础。金庸与《大公报》的关系是该书重要的内容。金庸是《大公报》精神的传人，却很快离开了《大公报》，原因正如金庸自己说的，这家报纸已经改变了它的路线，与过去的传统断绝。为了这一切，他必然地选择了离开。从这个意义外说，金庸的确不是平庸之辈，北京大学给他的名誉教授头衔是新闻学而不是文学，也体现了这所中国最高学府仍然有些水平。的确，他的主要光彩并不在于小说。作为一个报人的金庸，比作为一个小说家的金庸更伟大。金庸与《大公报》持续多年的论战表明了金庸作为一个报人的选择。他所认同的，是胡政之时代的《大公报》的传统，是知识分子独立的精神立场。

《金庸传》对《明报》崛起的叙述是相当精彩的：在四十年前的“三年困难时期”中，内地灾民如潮水般涌向香港，这个弹丸之地自然无力承担，逃亡的人群被军警堵在梧桐山一带。这就是著名的“梧桐山移民潮”。在这种情况下，金庸决定给予大篇幅的如实报道，《明报》因此而迅速崛起。看看《明报》当年的这些社评吧：《火速！救命！——请立刻组织抢救队上梧桐山》《梧桐山上惨绝人寰》《巨大的定时炸弹》《巨大的痛苦和不幸》……他呼吁中国政府不能对逃亡潮采取冷漠的态度，呼吁香港当局应该对大陆逃亡而来的灾民伸出救援之手，从这一切，我们看到了当年的金庸作为一个报人的光彩。

通过傅国涌的描述，我们还看到了金庸的那些社评。关于那些社评，陈平原曾经谈起过，据说有几万篇之多。无论我们愿意不愿意，都必须承认这样的判断。他的一些话说得很尖刻，为此，左翼报纸与他展开了论战，然而，论战更成就了金庸，《明报》因此而影响巨增，金庸因此而声名鹊起。

人物不是孤立的，而是生活在时代的大舞台上。金庸也是如此。传记的高下往往不只在于对传主事迹的了解，而是还在于对其事迹在历史舞台上的定位。从这个意义上说，傅国涌的工作也是值得称道的。因为对时代的了解，他清楚哪些细节更有意义。事实上，传记作家不可能把传主的生活细节都表现出来，因此，对哪一些细节更感兴趣，往往显示着作家的高下。傅国涌写的是人物传记，但对事件及其广阔背景的描写更见他的功力。

这本传记还以不小的篇幅写了金庸对“文化大革命”的预言，竟有那么多事都被他言中。看到这些，至少像我这样的读者是很开眼界的。

更为可贵的是，傅国涌并没有回避金庸的弱点。虽然傅国涌尽量回避价值判断，但我们仍然能够看到他的价值立场。对于金庸后来的一些表现，他只是客观地呈现，并不加以评说，但我们仍然可以感受到他的评价。金庸毕竟是一个新旧参半的人物，特别是在文化上，他的思想是比较旧的，而且受到汤因比等西方学者的影响，因而其旧思想得到了某种巩固。由他的一些行为，可见中国旧传统对他的制约。对于他的文化态度和政治态度，傅国涌都没有过多的评论，但只要仔细品味，并不难发现更多的内容。

对于大陆读者来说，大概有不少人与我一样，过去只知道金庸是一个武侠小说家，至于其他，所知甚少。傅国涌的《金庸传》使我们看到了一个完整的金庸。

耐心地修复历史

——读傅国涌《1949年：中国知识分子的私人记录》

众所周知，因为种种原因，我们的历史叙述常常残缺不全，面对历史的事实，常常有所遮蔽也有所放大。这个问题早已为有识者所关注，却一直难以解决。我想，读过傅国涌的《1949：中国知识分子的私人记录》之后，人们会多少感到一点欣慰，因为它不仅显示了一个年轻学人的努力，而且开拓了一条路径。

作者傅国涌是一位很有才华而且十分能干的青年人，近几年来，他连续出版了《金庸传》《叶公超传》《百年寻梦》《追寻失去的传统》《笔底波澜》《主角与配角》等一系列著作，以知识分子及其思想言论为主线，对近现代中国历史进行了广泛的研究，同时，又对西方现代历史多有涉猎。2001年，我应约与谢泳、王彬彬一起为广西师范大学出版社编《大学人文读本》的《人与国家》卷，就选过他一篇《华盛顿的选择》。然而，他的主要兴趣还是在近百年的中国历史。

1949年是中国历史发生大转折的一年。在一场巨大的变革面前，当时的知识分子有怎样的感受和思考？在过去的历史叙述中，人们熟悉的是：鲜艳的五星红旗在天安门城楼升起，中国知识分子聚集到五星红旗之下，他们意气风发，斗志昂扬，满怀豪情地投身于新的时代，投入到轰轰烈烈的社会主义建设事业当中……然而，任何一个严肃的历史学家都不会满足于这样的描述。傅国涌本不是历史学家，但百年中国的风雨坎坷却使他一步步走向了历史，而且越钻越深，几年的时间，他已经成为一个真正的历史学家。如果考察他的方法，其实并无特别玄妙之处，不过如傅斯年所说：上天入地找材料。但是，有一点是重要的：他能够自觉地穿越遮蔽，走近历史现场，依靠现场留下的蛛丝马迹对历史进行重新勘探和发掘。

在这本书中，作者选取了不同年龄、不同倾向并且在历史的关键时刻做出了不同选择的十四位著名知识分子进行个案研究。这十四个知识分子是：著名学者胡适、梁漱溟、宋云彬、夏承焘、浦江青，著名作家诗人柳亚子、沈从文、夏衍、胡风、包天笑，还有著名出版家张元济、著名科学家竺可桢、著名金融家陈光甫、著名报人徐铸成。众所周知，就人的思想和感情的可信程度而言，公开发表的文字远远不如日记和书信。尤其是在言论空间有限的情况下，一些真实的想法往往不能表达于公开发表的文字中，却可能在日记和书信中保留下来。因此，为了发现历史的真实，傅国涌主要使用了三个方面的材料：一是日记，二是书信，三是回忆。通过这些，傅国涌发现他们的心迹，梳理并把握他们的思想脉动和情感波澜，进行一个个的个案研究。在这里，我们看到的是那些知识分子带着个人体温的记录，是活生生的历史片断。而这各不相同的个案一旦放在一起，就会构成一幅新的历史画面，比如，张元济“我国幸有统一之文字，万万不宜自毁”的直言，夏衍从“不习惯”到“习惯”的过程，包天笑“天天过愚人节”的感觉，沈从文用刀片切割自己脖子时的感受……不仅有助于历史细节的丰富和具体化，同时也是对历史缺失的补充。这些补充往往是功能性的，有助于修正整体的叙述。

近几年来，一些有识之士在致力于“打捞历史”。“打捞”的意义在于修复，傅国涌所做的，也是一种修复历史的工作。傅国涌的工作给我一种启示。面对这本书，我想到的是，关于知识分子，事情还是比较好办的，因为他们的感受常常形诸文字，尤其是著名知识分子，他们的书信日记迟早会出版，但是，普通的工人和农民呢？我们多么需要像傅国涌这样的有心人，来做一做中国农民的私人记录、中国工人的私人记录、中国商人和企业家的私人记录……也许，他们根本没有留下“记录”，那么，就应该做一做他们的“私人记忆”！这是真正的历史学家应该去做的。

第三辑

关于当下文学的随想

如果说改革开放以来文坛有什么值得称道之事，首先就是文学创作有了相当大的自由空间。

创作应该是自由的，任何人都无权强迫别人写什么和怎么写。健康的文坛应该是多元的，作家们各自做出不同的选择，是文学发展的正常状态。然而，这并不意味着人们所做的一切都是等值的，并不意味着各种选择之间没有高下优劣之分，更不意味着这些不同的选择都该受到同样的赞美。因为人性并不总是完美的，人的品行往往参差不齐；因为文化资源五花八门，人的精神的质地也大不相同。尽管我们可以对人性的弱点甚至包括一些野蛮和愚昧也给予充分的理解，但是，理解和宽容并不意味着价值的肯定。

面对人类不同的生存状态和人性的不同表现，作家当然可以根据自己的条件和兴趣进行表现。问题不在于写什么，而在于怎样解释和评价。对于生活，更重要的不是它本身是什么样子，对于文学中的人物，重要的也不是他在做什么、想什么或持怎样的生活态度，而在于作家如何看待这一切。正是对生活的理解和评判最终决定着作家的高下和作品的优劣。

也就是说，作家的高下和作品的优劣并不取决于对生活世界的摹写和展示，而在于作家主体性的介入。客观世界因这种介入而产生意义。一个优秀的作家之所以优秀，不仅在于他熟悉他所描写的每一个细节并能够生动地描写这些细节，不仅在于他善于把生活的世界以最生动的形式再现出来，而在于他对生活的理解和洞察。洞察需要思想，生活需要思想的烛照。应该承认，我们常常需要一盏灯，只有借助精神的灯烛，才能对我们所处其中的生活有深入的认识，才能对人性有更深入的理解。所以，仅仅熟悉生活是不够的，没有人不熟悉自己的生活，但认识自己的生活却是另一回事。认识自己的生活，并对其做出评估，这需要思想。

同时，一个优秀的作家还应该对生活有所期待，有所设计。说到底，文学之所以要表现生活，是为了生活更美好；文学之所以要展示人性，是为了人性更完善。我们展示社会的问题和人生的烦恼，意义在于改变它，而不应该是对社会的腐败和人性的扭曲表示认可，更不应该是对其进行合理性论证。当然，文学不需要提供理想中的黄金世界，也不需要提供清晰的未来世界的施工图纸，但是，至少应该有一种隐含在作家精神深处的对于社会生活和人性状态的期待。这种期待就是理想主义。真正伟大的文学事实上都具有理想主义精神。这也正是诺贝尔文学奖设立的宗旨。

然而，我们当下的文学却早已不是这样。流行的作品显示的情形是：一方面是种种病态的展示，一方面是对于病态的认可。面对病态的现状，不是努力谋求改变的途径，而是告诉人们：生活就是如此，不要异想天开。

这种创作当然常常出于好心，就像善良的医生对无奈的病人的那种安慰。但是，面对一个患有绝症的病人，或者面对一个因不幸而痛不欲生的人，这种抚慰可能是善良的，但作为文学，这种精神上的抚慰却值得怀疑。它不仅使人们在无奈的叹息中放弃了对美好可能性的追求，而且把病态看作常态，甚至把黑暗、丑恶、残暴、苟且、钻营、堕落和各种卑鄙无耻都当作正常，当作天经地义。

文学当然不是多么崇高的事业，把文学神圣化是一种幼稚的想法。然而，也不应该把文学弄到眼下流行的这种低劣程度。文学毕竟在人性的塑造中起着不可低估的作用，甚至在直接着为人造型，为人性定义。由生物层面上的人，到人文层面上的人，常常依靠文学为其造型，并以文学作为主要载体传承。无论什么时候，要考察人的形象，大概都无法离开文学艺术。而且，正在成长的孩子们也往往通过电视剧和文学读物认识人，并且在模仿中造就自己的人格。

在生存的名义之下肯定动物的原则；在生存的名义下肯定人性的弱点；在生存的名义下肯定人的软弱甚至卑鄙；甚至把它解释为只能如此、别无选择。这看上去是尊重人、尊重人性。其实，这是人的悲剧。因为它所依据的是动物生存的原则，而不是人的原则。它也许适宜于我们这个时代的具体生存，但这种适宜却进一步巩固着这种生存。因为没有向上的精神、信念和道德原则，为了生存所做的一切就都是合理的，源自本能的一切都是合理的，文学似乎在进行一种低调比赛，结果却可能导致人的精神进一步下滑，使生活进一步腐败，不仅使人回到丛林，而且使社会成为粪坑，使人成为一堆在粪坑中翻滚的蛆虫。

这难道是国人别无选择的命运吗？如果是真正的作家，就不应甘心如此。

2003年11月　长春

中国文坛最年轻的作家群体

在中国文坛上，有一个非常年轻的作家群体，它被称作“80后”，因为他们都是进入80年代之后出生的。1980年之后出生，到现在有的已经二十多岁。可是，这群“80后”作家成名的时候年龄非常小，一般都是十几岁的中学生。

他们为什么能够那么早成为名人？就外部原因而言，主要应该归功于因特网。网络为文学创作提供了平台，使任何人的作品都可以穿越传统媒体报纸和杂志的发稿限制而得到及时呈现。许多“80后”作家最先的作品都发表在网上，而且也正是在网上与读者的互动给了他们更大的写作动力。

除此之外，如果说有什么特别的外部原因的话，1998年开始的全国“新概念作文大赛”可能是重要的助产因素。这项大赛以纠正教育界“重理轻文”的观念为旨归，并以诘问现行教育模式对少年心灵压迫的姿态拉开帷幕。它由《萌芽》杂志社发起，由北京大学、清华大学、复旦大学、南开大学、北京师范大学等全国十所著名大学共同主办。大赛宣称：获奖的应届高三毕业生将进入这些名牌大学重点关注范围，视其具体情况优先录取。对于中学生来说，这是一个不小的诱惑。随着韩寒、郭敬明、张悦然等参赛者的一举成名，大赛进一步吸引了全国的青少年。由作家出版社出版的历届《新概念作文获奖作品选》发行量均在三十万册以上。

从个人来说，“80后”作家显示了良好的写作天赋，对生活有着敏锐的感受力，而且有很强的语言表达能力。在内容上，他们表现的一般都是年轻人的生活，他们的理想和追求，他们的烦恼与苦闷，因此，很容易在同龄人中产生强烈的共鸣。

在这群年轻人中，最先成名的是韩寒。1999年，上海松江二中学生韩寒以《杯中窥人》获得大奖，接着，他又发表了痛陈中国现行教育弊端的“檄文”——《穿着棉袄洗澡》。他的反叛精神所蕴含的少年的坦诚、率真和犀利不仅在同龄人中引起强烈反响，也像一根重棒叩击着中国现行的教育模式。韩寒是富于传奇性的，以“叛逆”和“偏激”著称，而且成了“高才低分”学生的典型。就在他的长篇小说《三重门》出版之际，韩寒因为六门功课考试不及格而被留级，而且最后只好退学。复旦大学看中他的写作才能，决定将他破格录取，却遭到了他的拒绝。因此，“韩寒现象”成为媒体关注和炒作的热点，也进一步使韩寒的名字家喻户晓、人人皆知，他的作品也成了书店里的抢手货。

就韩寒的作品而言，无论是《三重门》《零下一度》还是《通稿2003》，都没有脱离校园生活，并以一个在校学生的视角进行着表达。在《三重门》中，韩寒借主人公林雨翔之口述说了少年在成长中的烦恼与无奈，揭露了不良的教育制度带给学生的沉重负担与负面影响。在《通稿2003》中，韩寒对教育、学校、社会等做了更为深入与激烈的批判。他以自己的方式思考和抗争，透过那些犀利的、冷嘲热讽的、相当刻薄的话，我们可以感受到一个少年成长中的烦恼和他对周遭环境的愤怒。他的愤怒是有理由的，因而得到许多教师和教育专家的共鸣。

种种迹象表明，韩寒是一个思想型的作家。他是作家，同时也在向思想家的路上走着。

另一个引人注目的作者是春树。与韩寒不同，春树引人注目之处不在对教育体制的批判，而在于女孩子成长过程中的困惑、痛苦与自我放逐。春树的长篇小说《北京娃娃》写的也是学生生活，但她无意于课堂、老师与同学生活的描绘，而是把笔触伸向校园以外，更多的笔墨则用于表现自我。《北京娃娃》写了一个名叫林嘉芙的女孩从十四岁到十七岁之间坎坷的情感经历。林嘉芙十四岁就在懵懵懂懂之中把自己献给了一个流浪画家，然而，画家却迅速遗忘了她。从此，她一次又一次疯狂地投入爱情，一次又一次无可奈何地失败。于是她疯狂地热爱摇滚，与家庭和学校格格不入，最终在十七岁那年彻底结束了学业。作者描写了这样一个在理想、情感、社会、欲望之间奔走呼号甚至绝望的小女孩的青春历程。这就是这个女孩子的心声："我的小说孤零零地放在书桌上，没有人爱我，没有希望，没有明天，而我所做的就是，腐烂着呼吸，行尸走肉，对自己无限失望。我被自己折磨得犹豫，刺骨，欲生不能，生死不分。我其实是一个脆弱、敏感的人。我的心随时都被某种东西所吸引所迷恋，随时等待被什么所击中。"

这里看不到韩寒在抨击教育体制时存有的积极的生活态度。面对沉重的学校生活，春树笔下的主人公选择了逃离和漂泊。在《北京娃娃》中，主人公林嘉芙有这样一段自白："爱情？爱情是什么？……我并不是三陪小姐，他也不是大款，那我们在一起一定要是有目的的，那么是什么目的呢？既然不是为了身体的目的，那么是为了感情吗？我虚伪得连自己也不知道自己在想什么，怎么能给别人一份清醒且明确的感情？"春树用这样的文字在表达内心的感受时，也残酷地粉碎了对爱情怀有憧憬的少男少女的梦想。

与韩寒、春树不同，郭敬明用一种近于温婉的语调诉说着青春的流逝与怅惘。他的作品中没有暴力，没有性的冲动与疯狂，全文充满温情。《梦里花落知多少》《幻城》《左手倒影，右手年华》等小说为青少年打造了一个内心情感的港湾。在他的作品中，很少有对现实的批评，取而代之的是对浪漫情调和唯美的无限追求，对内心世界的尽情抒写。他用美好浪漫的情感以及动人的语言营造出一个个纯真的梦幻般的故事，感动了一大群正处于青春期的少男少女——那些正在渴望美好情感的青年学生。这类作品有一个共同的特征：文字的感染力大于作品所要表现的思想内涵。不过，年轻的读者并不在思想的深度上有太多的要求。

写作的"低龄化"是近几年中国文坛出现的一个重要现象。在过去，一个人要成为作家，大概需要多年的努力，当他成名时，一般已有相当大的年龄。现在不同了，似乎"神童"特别多，从六岁的窦寇，九岁的蒋方舟，到一个又一个的中学生，都写出了一本又一本的书，出版后受到广泛好评。更为引人注目的是，他们不仅年龄小，不仅出书快，而且笔法常常很老练，思想很尖锐，见解也显得很成熟。蒋方舟的作品曾令许多人惊讶：这么小的孩子怎么懂得这么多！北京大学教授钱理群六十岁了，读到二十岁的胡坚的作品，读完感叹说："第一个感觉是我老了，该退休了。胡坚的表达方式让我不太习惯。第二个感觉是胡坚又比我老，我比胡坚天真，胡坚行文中对中国的历史、现实看得似乎比我还透。”

对于少年成名，蒋方舟的母亲说：“早熟的苹果好卖。”

当然，作家毕竟不是苹果。苹果一次卖完就完了，而作家却有很长的路要走，也就是要长期摆摊。如何长期卖下去，正是这群少年成名的作家所面对的问题。

附录：

韩寒，男，1982年生，上海人。十四岁开始发表作品，1999年以《杯中窥人》荣获新概念作文大赛一等奖。同年，在上海《新民晚报》上发表文章揭露批判应试教育。2000年，以《穿着棉袄洗澡》获新概念作文大赛二等奖，此文语言犀利，矛头直指中国的教育体制。2000年6月，由作家出版社出版了二十一万字的长篇小说《三重门》，引起轰动。继《三重门》之后，又有《零下一度》《像少年啦飞驰》《通稿2003》《毒》《长安乱》等多部作品出版。

春树，女，1983年生，北京人。2000年辍学，开始自由写作。已出版小说《北京娃娃》《长达半天的欢乐》、散文集《抬头望见北斗星》，并在“高地音乐网”“诗江湖”网站写诗，主编《80后诗选》，2005年1月，出版个人诗集《激情万丈》。2004年2月成为美国《时代周刊》的封面人物，美国人称她为“新激进分子”。2004年6月成为《三联生活周刊》封面人物，2004年9月应邀前往挪威参加国际诗歌节。《北京娃娃》的版权已卖至美国、英国、西班牙、荷兰、意大利、中国台湾和香港等二十多个国家和地区。

郭敬明，男，1983年生，四川自贡人。第三届、第四届全国新概念作文大赛一等奖获得者，2002年《萌芽》（第十期）杂志发表其短篇小说《幻城》，引起轰动。后完成长篇小说《幻城》，2003年11月由春风文艺出版社出版。现已出版小说《梦里花落知多少》、散文集《爱与痛的边缘》《左手倒影，右手年华》《痴鸟》、自传《夏至未至》等数种畅销图书。

《木铎心声诗丛》总序

对于当下中国诗坛，许多人都颇为不满。

有人说，当下的诗人，除了吟风弄月拈花草，除了哼哼唧唧呕酸水，还能做些什么？这话未免过于苛刻，却也透露出诗坛实际的问题，而且证明社会对诗人仍然有所期待。其实，早在十几年前，作家张炜就曾发出这样的质问："诗人，你为什么还不愤怒？"它所表现的，也是对诗人的一份期待。单是苛求诗人固然未必恰当，但既为诗人，就无法逃避社会的评判和期待。

又有人说，这是一个缺少诗歌的年代。尽管诗歌的园地越来越大，甚至大到一望无际；尽管植物越来越多，越来越密，却实在是难见杰作。官用或商用的唱诗者不必说，即便一般诗人，也的确并不光彩。因为似乎只有一些类似于伤风感冒的小感触，或者春情发动之类的小躁动，可以显示诗人的才华；一旦写到大处，舌头就似乎只剩了半个。这是普遍现象，虽然大家彼此彼此，五十步不必笑百步，但作为一代诗歌，缺陷却非常明显。

三十年前，孙绍振先生评论朦胧诗，指出的特征之一是"不屑于做时代的传声筒"，而当下的诗歌，却实在是无力做时代的传声筒。考察今日诗歌园地，给人的感觉就像洪水过后的涝洼盐碱地，树木自然很难见到，野草也又细又黄又纤弱，再不见那长剑般的叶子。

这当然不能只是责怪诗人。作家怎样？批评家怎样？学者、教授们怎样？这已经无需回答。所以，如果要责怪诗人，只能责怪他们缺少应有的条件，责怪他们像我们一样可悲可叹。一切事物的生长都需要相应的土壤和气候条件，而且大多可以操控。我是学过一点儿农作物种子提纯和杂交技术的，懂得选优和选劣对一个品种的重要性。也在菜农、花农那里懂得了对植物的控制，比如矮壮素的使用，比如种大棚菜，通过对阳光或水分的限制和给予，都会生产出不同质地的产品。

在这个特别的年代，诗人如何能够逃脱生活的挤压和诱引？在种种挤压和诱引之下，胸腔不适，歌喉不畅，底气不足，脚步不稳，都是必然的，又如何能够悠然吟唱或放声歌哭？

从另一方面说，在我们这个时代，诗人成功很难。遥想古代诗人，他们实在太容易了。“床前明月光，疑是地上霜。”这样的句子也能被广泛传诵。现在有不少孩子能诌出类似的句子吧，可是有谁会去传诵？当大家都不会造句的时候，有人说出一个句子，就是天才；当大多数人不会写字的时候，有人把感想写下来，就是奇迹。而在今天，不仅大家都会写字，而且大家都会写诗，要在诗界引人注目，就没有李白、杜甫的时代那么容易了。

尤其是在网络时代，看上去似乎发表和传播都已经不成问题——任何人都可以把自己的作品贴到网上。但众所周知，一首诗贴到网上，就像一根针投入大海。自己当然可以在那里盯着，可是如何保证让大家都来关注呢？说到底，还需要它本身不同寻常。怎样才能不同寻常，当然不只取决于技巧，也不只取决于题材，而是需要诗人的思想能力和审美境界。而思想能力和审美境界，又需要种种资源滋养。而这资源，又恰恰不是可以轻易获得的。

带着对当下诗坛的种种疑虑读《木铎心声诗丛》，让我感到高兴的是，从中读到了一些让我兴奋甚至惊喜的作品。在这里，有一般的自然与人性美的歌咏，也有灵魂的揭示和现实的追问。不满足于表现平庸琐事，不满足于无病呻吟，面对现实，揭示生活的沉重和精神的不同状态，显示了诗人对生活的敏感和对时代问题的准确把握。一些作品在沉重和尖锐中显示了深度和力度。当然，作为丛书，作者年龄不同，经验和阅历各异，对诗的理解和追求也不会一致，诗的水平必然参差不齐。但我要说：这里的确有好诗。

丛书主编嘱我为丛书作序。我没理由推辞，又无力全面评价，只好拉杂写下这些话，还望作者、编者和读者原谅。

2010年12月　天津社会山

吾家娇女懒梳妆

——李美皆印象

一

要谈对李美皆的印象，还需从20年前说起。

大约是1993年或1994年吧，准确时间记不清了，只记得当时张宗刚和黄发有正在忙着办一个文学社，办了刊物，而且请了张炜和我做他们的名誉社长。一天，宗刚带一女孩儿来见我，说是他的女朋友。女孩儿自报姓名：姓李。我说：我们是本家。说名字，我却不敢断定是“梅洁”还是“麦秸”，于是让宗刚在纸上写了，才知道是“美皆”。我觉得这名字意思很好，大概是有点学问的人取的，而且对宗刚说“不许欺负吾家美皆”。而这李美皆，却不等宗刚介绍完她的情况，就开始攻击“张大炮”。张大炮，是张宗刚的下级同学黄发有、郭锐等送的昵称，似乎开始是叫“张大傻”，但到后来，“大傻”却落到了郭锐身上，宗刚成了“大炮”，就连我也偶尔“大傻”“大炮”地喊他们。看着这对未婚小夫妻斗嘴，我最强烈的感受是：这女孩儿，张宗刚说不过她，将来的家庭生活中，还不知谁欺负谁呢！这是我对李美皆最初的印象。

初次见面，虽然锋芒已露，但大概还是有点腼腆，所以说话并不太多。后来见得多了，就看到了个性的若干层面。我对人的认识，总是习惯于在某个范围内进行比较。知道李美皆家是安丘景芝，一个产酒的地方。山东好酒不多，名贵美酒大多集中在贵州和四川等地，如果要在山东找，景芝白干大概是不错的，但这纯粹是我井底之见，而且这景芝白干，还必须是2元1角7分一瓶的，那是70年代中期的产品。景芝即使产美酒，也还是齐鲁大地，齐鲁大地上的女性，自然有许多相同的特点，但面对美皆，我却觉得有点不像。比如，她细皮嫩肉，唇红齿白，就让我觉得不像山东乡土所产，而说话做事，也看不到那种应有的“土气”。我所见惯的山东乡村女孩儿，大多比较皮实，比较厚重，即使有才，也含而不露。李美皆却性格外露，锋芒毫不掩饰，话常常是脱口而出，又那么入木三分。这常常会惹人不高兴，她自己却似乎全然不知。因为她不会藏拙，几次接触，我也就看到了她的一些短处。不过，我喜欢那份灵气，还有那连珠炮式的表达背后所显示的反应能力和思维能力。

所以，到了1995年，张宗刚毕业离校，她就入校做了我的学生。

李美皆入校之前，我身边的3届11名研究生，全是男的。招生时没意识到这是个事儿，但事实一旦形成，却成了问题，曾有女生当面问我是否重男轻女，是否有性别歧视倾向。这时我才意识到：问题严重了！其实，我并不是重男轻女，更非性别歧视，在此之前也带过女生，只是因为觉得男生好对付，女生难伺候，为省心省力，就更愿意与男生相处。这也许是我的偏见，却也来自经验，男生可以随便教训，劈头盖脸说一顿，无需考虑方式方法；女生就不同了，家乡有句古语：“男孩子是打着长大的，女孩子是捧着长大的。”捧着长大的女孩子，自然经不住打击，所以说话要注意措辞，注意语调，否则，几句批评的话就掉泪了。我很怕女孩子掉泪，她们一掉泪，我就束手无策，什么要求，什么怒气，都会顿时烟消云散，与此同时，培养计划之类，也就谈不到了。

我的自我历来不够强大，尊世俗，畏人言，自然不愿落个性别歧视的名声。于是，95级招生，我选了两个女生，一个就是李美皆。按照当下中国社会流行的标准，美皆的基础大概不算好，中小学并非出自名校，她的个性，也使她很难成为所谓全面发展的好孩子，更未必有耐心去做班干部之类。学习成绩好，能考上大学，靠的全是天赋。我个人很重视写字，招生看卷也习惯于先看字写得怎样。这倒不是相信“字如其人”，而是有一种顽固的想法：字是长期训练的结果，一个人写了十几年的字，如果还写得很难看，说明他对日常的事并不用心。杰出人物当然不一定需要关注日常修为，只要在机会到来时敢于一搏也就够了，但做学问，恰恰不是片刻定终生的英雄事业。我深信旧时皇家科举取士的标准中隐含的道理：一张卷子从头到尾，端正清晰，笔力均匀，至少可见气力和心态；中途变体或潦草从事，甚至错乱而涂改，则意味着气躁心浮，谁敢对其委以重任？说真的，我对李美皆的字很不满意，一般情况下，写那样一笔字的考生我是不取的，但犹豫再三，还是不舍她的灵气。

至于她那不知收敛的尖锐，我从来不曾纵容，内心却也真的喜欢。因为我也常常想：为什么一定要伪装？坦率一些，有什么说什么，有什么不好？它所以不好，是因为在中国环境中，作伪和说谎已经是正常，那个说穿皇帝新衣的孩子反而成了不正常。与中国学生相比，来自美国的留学生总是显得太傻、太天真，所折射出的，事实上是他们成长的环境太好了。中国孩子很小就学会装乖，学会看人的脸色说话，其实很可怜。在这种情况下，有人同样经过了摸爬滚打，仍然不懂世故，不会圆滑，不是很难得吗？何况，在我们这样的环境中，那一切，是迟早要学会的。

当然，我也想看一看，这样的学生到底怎么样。

二

怎么样呢？美皆带给我的，首先是失望。

那时我还比较认真，也还抱有一些幻想，所以对学生期望甚高，要求甚严。现在想来，一些苛刻的要求大概没有多少意义，但在90年代初叶，我却尚不明白这些。为了让他们受到更多的训练，不仅为他们开出长长的书单，而且怕他们偷懒，要他们做读书卡片。我说：我的要求不高，每天五百字，一张卡片反正面都写满，就足够了。别看一天五百字，一年下来，就是十几万字的积累。同时，我还要求他们每月写一篇文章，可长可短，但一学期必需写五篇。也就是说，在写毕业论文之前的两年，要有二十篇文章的训练。我的想法是：写文章也是熟能生巧，必须多写多练。读书过程中的感触和心得，应该及时抓住，记下来，否则，思想的火花往往一闪即逝，过后往往无法找回来。而且，书刊上写的，老师们讲的，说到底是别人的东西，不是你的，只有自己阅读和思考中产生的那些思想火花，才是你的财富，要善于抓住它，丰富它，把它积累起来。我讲这些，美皆无不点头，并且觉得任务不重，一切都不在话下。但到了学期末，当我要他们把文章和笔记拿给我看时，她却一拖再拖，迟迟不交。追着要，才知道她根本没写几篇。平时不做，期末抓紧补，大概是很苦的。

今天的老师们带研究生，尤其是文学硕士，大概很少有人再在专业上严格要求，因为大多数学生毕业后注定找不到专业岗位，要去干别的，逼着他们进行专业训练，往往是多此一举。但在李美皆读研究生的时候，情况却还不是这样。那时人们认为，只要考上研究生，就意味着走上了专业道路，要成为专家。范伯群先生有句话曾经广泛流传：博士生相当于国家队。那么硕士呢，即使是省队、市队，也仍然是专业队伍成员。既然要做专家，当然是专业基础越雄厚越好，训练越充分越好。90年代中期，学界流行色已经是后现代主义、新殖民理论、新历史主义等，我却告诫他们不要只读这些，而是同时要读别、车、杜，去读勃兰兑斯的《十九世纪文学主流》，读那些经过了历史淘汰的理论和批评名著。同时，还试图让他们对各种文学批评流派都有所了解，对现实主义批评、心理学批评、原型批评、结构主义批评等各种方法都有所尝试……

终于有一天，美皆忍无可忍了，她说：我是一个俗人，您不要把我当大批评家培养！

那一次我真的很生气。我说：看你这点出息！你是一个俗人，那就应该早点回家抱孩子，来读什么研究生？既然上大学，又读研究生，说到底你是想超凡脱俗。我们都是俗人，但真的甘于平庸吗？努力，尚且未必有所成就；不求进取，结果不是明摆着吗？李美皆说："我就是那个不想当将军的士兵！"那一天，我的日记留下了这样的文字："上课。这个李美皆，满足于无知，满足于平庸，竟然声称她是俗人，希望我不要把她当大批评家培养！如果真的是庸才一个，倒也罢了，她有才华，却不肯用功。"

此后的日记中连续出现了这样一些话："应该与李美皆好好谈一谈了。应该让她知道：不好好学习专业知识，不好好认识社会和人生，最终是不行的。""应该让她知道：她的素质很好，应该懂得珍惜，才算对得起造物，才算对得起自己。""还要让她知道，什么我都可以容忍，但不能容忍以俗人自居而不思进取。”

当时的我大概很沮丧，因为一直觉得美皆的素质是一流的，只要肯努力，完全可以有所作为。她却以俗人自居，对我无疑是当头一棒。今天重翻日记，仍能看出自己是如何被一种失败感所笼罩。

沉静下来之后，自然要反省：是否要求有点过分，使她觉得太累？望而生畏，所以却步？这想法让我觉得问题很严重，因为一些望子成龙的家长恰恰导致孩子厌学。于是，到下一个学期，我的那些要求事实上已经不复存在。就这一点而言，美皆那些同学都该感谢她，因为是她的抗议为他们赢得了轻松和自由。

不过，在相当长的一段时间里，我与美皆似乎较上了劲：她总强调她是俗人，成不了大器。我则非要拧过这个劲来，说她不是俗人。她说她是没有理想没有追求的那一类人，我则说她这是说谎，是自己欺骗自己、自己安慰自己的谎言……有时自己也觉得可笑：为什么逼着人承认自己不凡？

1996年，我给他们开了一门课，目的是训练他们写文章。上课时首先分析他们的作业，然后讨论某类文章应该怎么写。李美皆的作业总是有点特别，散文化，常常不合规范，不过，却都是有感而发，有见解，语言也很灵动，不乏尖锐和俏皮。而且，论题常在专业之外。这一点引起我的注意，因为这也是我自己的一个问题。当时，我的主要精力已经不放在专业之内，很少写专业论文和文学批评文章，而是持续地与鲁迅对话，与胡适对话，与陈独秀对话，写文坛观察笔记，写学界观察笔记。稍后完成的《愧对鲁迅》《走近胡适》《叩问陈独秀》《走过荒原》《穿越迷雾》等几本书，都是那时候写的，都是散文体。所以，在是否纠正李美皆的问题上，我曾经很矛盾。我想：美皆如果写我那样的东西，大概很顺手；让她按规范写学术论文，大概比较费力。事实上，人也未必非得在一棵树上吊死。可是，我知道自己的那些尝试是没有出路的，要在体制内寻饭碗，需要练好专业内的活儿，做出合乎规范而且四平八稳的论文。做老师的，应该让学生明白这些。所以，我对美皆批评甚多，希望她加强专业意识，明确研究方向，不要把精力浪费在没用的地方，等等。

美皆很聪明，只要用心，文章就能写周正。尤其是对作家作品的解读，常常出人意料，发现新的东西，提出新的见解。她很直率，课堂讨论也好，一起闲聊也好，说话总是噼里啪啦，一串接一串。有时也许是盲人摸象，甚至是丢了西瓜抓芝麻，但那抓住一点不放，非要弄出个青红皂白的精神，真的让我很高兴。因为它是一个优秀的批评家必备的素质。美皆得理不让人，没理争三分，这对批评家来说，也是一种长处。试想，一个批评家如果连争辩的激情都没有，能写出好文章吗？在我们这个时代，抚摸式的文章太多了，东拼西凑掉书袋的文章太多了，没感觉没激情为写而写的文章太多了，那样的文章让人厌恶，让人打盹儿。李美皆的发言不会让人打盹儿。她不说是不说，一说就滔滔不绝，遇到争议，更是咄咄逼人。所以，她的发言不会没人听，文章也不会没人读。

三

李美皆是一个女性主义者，这是她很早就自我标榜的。她有鲜明的女权意识，这帮助她找到了一种批评的立场。不过，她不是偏执的女权主义者，甚至不愿使用女权主义这个概念。因为在她看来，倡导女权，不能过了头。我虽然对女权主义批评不甚了解，却很关注女权运动。因为在我看来，性别、民族（种族）、阶级（阶层），这三种意识将要长期伴随人类文明发展的历史，因为它源自人类生活最基本的一些矛盾。这些意识必然要在文学创作和批评中有所反映，但文学批评家与社会活动家一样，为某一方奋斗，也应有基本的道德。面对性别、民族、阶级，面对差别和矛盾，解决的办法历来有两种：一种是斗争，一种是调和。试想，看到人家两口子有矛盾，就煽动斗争，鼓动夺权，非让一方压倒另一方不可，那是什么德性？在这一点上，我很赞赏美皆的态度，她是性别斗争中的调和论者，不是利用差别和矛盾去挑动斗争，而是抱定互利和双赢的目的。

而且，美皆对女性主义还有一些特别的见解。她不仅不认为女性主义是天翻地覆慨而慷的翻身和夺权运动，而且认为女性主义常常是一种撒娇和自恋，问题并不那么严重，所以没必要过分当真。撒娇和自恋，当然与女权相关，但即便是在男女完全平等之后，在女权保障问题完全解决之后，女人也还是要撒娇，还是要自恋。也就是说，两性斗争是永远不会熄灭的，却不是你死我活的斗争。因为一些女权主义者把斗争弄到了翻身夺权的地步，美皆就干脆远离女权主义。

对于文学，她看重的是性情，是真。在现代作家中，她读得最透的，大概是徐志摩和张爱玲，因为张爱玲，还喜欢上了胡兰成。她不会因为汉奸之类问题而排斥那些好文章。她的好恶标准其实简单，就是真性情，有真性情，作家就可爱，作品就能吸引她。

面对作家作品，她常常并不刻意去把握根本，也不喜欢大处着眼，而是喜欢从很小的局部谈起，却能分析得入情入理。有时候，她可能是笔走偏锋，有时候也可能吹毛求疵，但说起来却是有理有据，头头是道。每一次作业，每一次发言，她所谈的，都是她自己的感受。开始时纯粹是主观感受，后来也知道了什么时候需要展示证据，什么时候需要请出个理论靠山，什么时候需要找人来为自己帮腔。有条不紊地摆事实，本来就是她的长项，再加上“某某说过”之类，就很像那么回事了。

时间过得很快，转眼要写毕业论文了。美皆选的题目是：80年代中期以来女性文学的自恋情结。在她看来，80年代中期，随着主流意识形态写作一统局面的打破，女作家们开始了女性的自我言说，经过张洁、张辛欣、残雪、翟永明等，迎来了陈染、林白等人的时代。这时候，女性终于有了一间“自己的屋子”，但与之相伴随的，却是女性创作的私人化、身体化、娇弱化、自怜性、幽闭性等，一些人提到这些问题，却没有人进行深入的研究，她的论文要对此进行系统而全面的研究。

然而，写论文的过程两次显示了美皆的个性。我的要求是春节前交草稿，她却不急不慢，晃晃悠悠，过完元旦，马上就放假了，才迟迟送来提纲。提纲太乱，跳跃式的，发散式的，中心论点何在，逻辑关系如何，似乎完全不需要想。于是令其重写。不多不少，整整一个星期的时间，拿回来了，却不是提纲，在一个星期的时间里，她干脆完成了三万多字的论文草稿。

有点生气，但也高兴。因为只要有几万字的草稿，裁剪拼接加补充，就不难弄出一篇论文。问题仍然是思路有点乱，所以春节开学回来之后，首先让她做的，是写提要，根据草稿提取要点。之所以让她做这些，目的是通过写提要，明白自己到底写了些什么，弄清自己究竟要写什么，明确论题，理清逻辑。否则，她可能会信马由缰，不知跑到哪里去。

提要第二天就送了来，显然未经思考。于是，语气重重地给她写了一封信：

美皆：

所写“提要”看了，但这不是提纲，也不是提要，而是一个不完整的说明。请重新写一下，真正把论文的“纲”写出来，把“要”提出来。请注意检查以下内容：

1. 各部分的论点；
2. 各论点的论据；
3. 各部分的论证方式和逻辑关系；
4. 各部分论点与全文中心论点的关系。

论文可以有多种写法，但无论怎样写，其内在构成都应该有一系列“因为”和“所以”，构成证明和推论。论证形式可以是多样的……但无论如何，学位论文不能没有整体性和逻辑性。

所以，希望你清理一下全文的逻辑关系，把要点抽取出来。

可能有些地方抽不出来，有些地方无物可抽，无要可提，这正是需要讨论解决的问题。这个工作必须认真做，如果自己都不清楚自己要表达的观点，就难免下笔千言而不知所云了。

尽快清理出来，我们再讨论一次，修改出一个提纲，然后根据提纲修改论文。

写这封信的时间是1998年的3月10日，这时候，好多同学论文已经写完，她的论文却还处于这种状态。

美皆的长处是反应敏捷，笔头快，所以我并不着急。果然，不过几天，论文的又一稿就送来了。我的日记留下了阅读时的感受：

一直为她不用功而不满，但论文匆匆草就，写得还不错。

她有灵气，感悟力强，作品解读细致而准确，语言表达通畅而灵动，可惜抽象概括能力差，缺少必要的深度。此皆不学不练之过。如果多读点理论书，读点哲学和历史，论文将更厚重。美皆的素质是一流的，感觉敏锐，尖刻和俏皮也非一般人所能够具有。

但愿她能明白，知道珍惜自己。一些在文坛和学界混的人，没感觉没见解亦没才气，实在入错了行，找不到写文章的感觉，注定写不出好文章。这就像一些老师教了一辈子书，却只觉得讲课累，没找到讲课的感觉，更没觉得讲课是一种享受。美皆有感觉、有见解、亦有才气，需要的只是技术武装，这是稍微用力就行的。

于是，重重地写下一些批语：调整，补充，删除，重写，等等。一遍又一遍，那阵子美皆大概很累，但潜力却也表现了出来：只要她愿意干，就能干好。

答辩结果不出所料，美皆的论文获得一致好评。那年请的答辩委员是山东大学的孔范今、山东师范大学的宋遂良、蒋心焕等。大家一致认为美皆的论文是最好的，纷纷赞美她的才气、灵气、感悟能力。我不能跟着捧，谦虚一下，说有不足之处，孔范今先生说：老师眼里就没有完美的论文，这个样，你还想要多么好？这些，美皆就未必知道了。

她毕业离去，我才知道她已经在给一些报刊写文章。毕业前寄出的稿子，发表之后，刊物仍然寄到学校来，于是由我代收，再给她寄去。做这工作，烦琐而快乐。可是，再后来就没有了。她似乎并不急于成名，认真经营她的家庭生活去了：生孩子，养孩子，使自己的生命完整了起来。她是对的，因为这才是人生的重中之重；文坛影响，社会声誉，说到底不过是锦上添花的事。

四

文章写到这里，才想到应该有个题目。题中用了“娇女”，并非随意而为，而是美皆真的很娇气。

我这样说，美皆也许不服，但这是她留给我的印象。印象不一定客观，却也不是凭空而来。比如，在我的印象中，她老是抱怨这，抱怨那，好像从学校到社会，从商店到食堂，从亲人到路人，都该宠着她。事实上，她的娇气并无基础，因为在家里并非那种掌上明珠式的独女，结婚后也未见宗刚怎么娇惯她，生于“文革”时期，经历过苦日子，这娇气从何而来？后来与她一起讨论女性主义，才明白娇气不一定是别人娇惯出来的，而是自己宠自己，自己娇惯自己。在我的印象中，她似乎从来不放弃娇惯自己的机会。而且，无论是谁，只要对她热情一点，她也会充分享受这热情，不把自己当外人。

她的这种娇气，在我这里却总是受到打击，甚至直到毕业之后。她毕业后去了南京中国人民解放军国际关系学院，参加工作，同时也是入伍。既然入伍，就要过新兵连的生活，被送往山西接受训练。不久，我就接到了她的来信，厚厚的一叠，许多地方皱了，仔细一看，是被泪水打湿过。新兵连的生活太辛苦，她受不了。但我理解新兵连的教官，他们或许像我一样，想把她造就成一个合格的好战士，你越是娇气，我就越想纠正你。然而，美皆觉得教官看她不顺眼，可能故意闹点别扭，所以日子就更难过了。和平年代的军营，不知犯的是什么病，也许真的是无所事事，就捡那些无关紧要的事来干，比如叠被子，非要叠出那笔直的棱角。我参观过军营，却不知那被子的棱角是怎么叠出来的。从李美皆的信中得知，她学会了，却是洒了水才叠出的，结果是夜里不得不盖冰凉的湿被子。我清楚地知道，她在最不好过的时候给我写信，一把鼻涕一把泪，事实上是在寻求安慰，可是，有什么办法呢？因此咱就不当兵了吗？回信只能是继续教训：别那么娇气！

文章写完，又想起一次与学生吃饭，有人提议我出版书信和日记。我说：“不行，那里面有你们的‘光屁股照相’，有人会受不了。”这次写李美皆，记不清之处就从书信和日记中信手拈来，不曾考虑拈来的是什么样的照相，如果美皆受不了，可以把相关内容删掉。

2013年10月　天津社会山

李应该和他的《公字寨》

李应该是著名的剧作家、书画家和雕塑家，当下人们所看重的那些头衔，他享有不少，比如，中国戏剧文学学会常务副会长，全国戏剧文化奖评委会副主任，中国宋庄画院院长，国家一级编剧，享受国务院政府特殊津贴的专家，等等。从20世纪80年代到21世纪，他写了《石龙湾》《借头》《貂蝉遗恨》《兰陵笑笑生》《状元师傅》《王祥卧鱼》等大小三十多个剧本，其中有的很有影响，仅《石龙湾》一剧，就先后获过全国“五个一”工程奖、文华奖、飞天奖、田汉剧作奖等多种国家级奖项。他的画朴素简约，别有意趣，深得文人画之三昧。他的雕塑别具一格，用泥巴捏出来的人物真可谓土得掉渣，却每一件都活灵活现，肢体和表情都极为夸张，却恰到好处地突出了人物的性格特征。同时致力于这诸多方面，已经够他忙活，然而，他却对小说难以忘情，长期悄悄构思和写作，终于为我们捧出了长篇《公字寨》。

这些年来，我已经很少读小说，但拿到《公字寨》之后，却用一个白天和一个晚上读完了它。掩卷之际，沉重而又兴奋。我想说，这是新世纪中国大陆文坛难得的小说之一，也是极有分量的小说之一。作者拒绝遗忘，保卫记忆，直面生活，为我们写出了一段沉重的历史，再现了中国人曾经经历的苦难，揭示了人性被扭曲的惨状，既是记录，又是追问，显示了文学家应有的人道情怀和历史担当。这种小说，正是当前中国文坛所缺少的。

一

众所周知，20世纪的中国与许多国家一起，追随苏联进行过一场所谓“公有”制度的大实验。这场实验曾经轰轰烈烈，却使人民饱受苦难，最后不得不以失败告终，就连惨淡经营几十年的辉煌成果“人民公社”，也在“文革”结束不久即在改革开放的潮流中消失。就在那场大实验中，为了让人们能够适应那种与经济发展和人性要求都严重相悖的体制，同时进行过一个思想改造和人性再造的浩大工程。具体地说，就是在收缴个人土地等私有财产的同时，还试图消灭人们的私情、私欲和一切个人权利意识。因此，在那个浩大工程中，“破私立公”是一个重要课题。经过一番改造，中国人曾经热衷于高喊“大公无私”的口号，以个人发家致富为罪，以顾念个人利益为耻，时时处处“斗私批修”，“狠斗私字一闪念”，物质上极度贫困，精神上却极度亢奋，认定自己是世界上最先进、最幸福的一群，而且要时刻准备拯救“世界四分之三”的“处于水深火热之中”的人们……这场大实验的高潮在“文革”时期。

在李应该的家乡，当时就出现了一个“先进单位”，以“公”著称，似乎消灭了所有的“私”，连商店都成了“无人商店”，因而被誉为“共产主义第一村”，被《人民日报》等权威媒体所报道，成为全国各地学习的榜样，曾经吸引上百万人前去参观，村子也红极一时，轰动一时。然而，李应该却知道，在那虚假的辉煌背后，是种种野蛮和荒谬，是父老乡亲们的血泪。四十年过去了，面对历史上曾经发生的苦难，聪明的中国作家大都选择了遗忘。原因众所周知，因为苦难似乎已经过去，悲剧似乎难再重演，旧事重提会破坏人们的好心情，也会使自己心情沉重，所以，遗忘才是明智的选择。更为重要的是，苦难并非无缘无故，悲剧都有它的成因，一切的血与泪，往往都会牵扯出一只罪恶的手，所以，回顾苦难，展示血泪，难免危及某种势力、某些人，于是就有人要千方百计遮蔽历史，要费尽心机让人们遗忘。在这种情况下，文学直面历史，直面记忆，就有点不合时宜，磕磕碰碰在所难免。众所周知，当代中国作家的人格是无法高估的，何况，趋利避害是人的本性，一方面是胡萝卜，一方面是大棒，更多的人选择什么？所以，文坛的某些现状，是必然的。

然而，就在这样的时刻，李应该却做出了完全不同的选择。从个人名利而言，他已经功成名就，不必做得更多，更不必开辟新路。可是，他却放着轻车熟路不走，放着剧本不写，要去写长篇小说。因为他知道，一个尚未走到尽头的民族，应该懂得捍卫记忆，而健忘的民族是没希望的。因为他觉得，戏剧舞台的限制很多，无法把他的记忆完整呈现，更无法把那些一次次使他长夜难眠的情感表达出来。所以，为了自己，为了父老乡亲，为了那片土地，他要写小说。作为生长于那个年代的孩子，一些记忆是挥之不去的，越是走向老年，那些记忆越是因发酵而不停地冒泡。而且，年纪大了，父母已经去世，作为儿子，即使仅仅是为了母亲，为了父亲，为了那些曾在饥饿和困苦中挣扎的亲人，也必须把它写出来。

于是，李应该做出了他的选择：拒绝遗忘，捍卫记忆，以自己的笔为历史留一份证词。终于，在他的心中酝酿发酵几十年的那段历史生活，就成了长篇小说《公字寨》。

二

就写法而论，这部小说写得很老实，传统的全知视角和写实手法，注重人物形象的刻画，通过行为和心理彰显人物个性，这一切都不时髦。小说没有迭起的悬念，没有复杂的情感纠葛，更没有多角恋之类当前文坛流行的吸引读者眼球的惯伎。什么现代主义、后现代主义的艺术手法，李应该似乎也不屑一顾。因为他不需要那些，他目的明确，只是要把沉积在他记忆中的往事讲出来，讲得读者爱听，并且能听明白。至于他所讲的，也不过是平平常常一群人，做着简简单单的一些事，既无英雄壮举，亦无神怪梦幻。然而，这一切在小说中呈现出来，却有一种朴素的力量，让你一旦走近，即被吸引，读完之后，流连忘返，反复思索，欲罢不能。因为它写出了一段历史，写出了中国农民在那段历史上经受的一切。李应该用他故乡那种原生态的语言，通过山村各色人物的命运，还原了那段历史，再现了一个处于狂欢状态的人间地狱。

小说最显著的特点是真实，是直面历史、直面社会人生，不动声色地戳穿纸糊油漆的辉煌，走近历史的真相，把父老乡亲们的不幸命运呈现给人们。翻开小说不过几页，我们就看到了山上寨的贫穷。学大寨，要建大寨村，“大寨村有十多项指标，前几条什么‘三忠于，四无限，政治挂帅，思想领先’都不愁人，就是第九条‘每个工日要达到一毛五分钱’最愁人。”这一条之所以最愁人，因为社员的每天劳动所得，很难像思想觉悟那样提高。“眼下大多数村寨一个工日只合五六分、七八分，只有很少几个村寨过了毛。吕官庄一个工日才合九厘七，连一分钱都不到……毛主席号召农业学大寨，吕官庄广大贫下中农们鼓起了一包劲，他们的口号是：‘大干苦干拼命干，两年超过一分半。’类似吕官庄这样的穷村寨还有好几个，他们的奋斗目标是两年超过一分半，而今要求两年就要达到一毛五，一下子翻了十倍，能不愁?”

要过年了，这是供销社的年货供应指标：“每口人二两煤油二两酱油二两红糖二两本县酒厂出产的瓜干儿散酒。每户还有两盒火柴一盒葵花牌香烟一方青松牌肥皂。另外，全村里还分了三挂鞭炮。”大桂桂从供销社把年货拉回来，不待卸车各家各户就把所分的年货拿走了，却剩下三挂鞭炮没人要。原因是一挂鞭炮两角钱，几乎能买三斤盐。谁值得花钱去买那玩意儿?最后，鞭炮只好由集体买下，大年夜放给全体贫下中农听。

按照传统，过年是要杀猪的。在一片“毛主席万岁”的欢呼声中，村里要杀猪了。全村几百人，杀一头猪，那头猪被说成“大肥猪”，“一百零二斤还大老高的，眼看着快要一百零三斤了。别看脊梁骨干瘦干瘦的，一摸肚子，透肥。”猪被杀掉之后，猪肉按人头分的，每人三两净肉，外加三两猪血。之所以能分那么多猪血，是因为杀猪有手段，要多少血就有多少血。“他先把大盆里盛上多半盆水，再放上一把盐，猪血一边流，他一边用刀搅，猪血一凉，就结成了血个子。”当然，“地富反坏右”是不给肉的，只给三两猪血。剩下一副骨架子，还是按多年前的老办法，煮成骨头汤分给每家每户。“煮骨头汤还有一条不成文的规矩，深更半夜煮，怕的是让一些馋鬼三尝两尝尝没了。即令半夜煮，还是有不要脸的粘着熬半夜。……老簸箕长了心眼儿，凡是围着看热闹的，都不准戴帽子，尤其不准戴三开瓦棉帽子。那种帽子硬邦邦的，就像个大瓢头子。”……就是这样一些细节，足以把人们带入一个极度贫困的世界。

在这个世界里，人们睡的是“地屋子”，穿的是“刷筒子袄”，无论男女老幼，“棉袄一脱就是肉”。之所以不穿内衣，一是因为没布票，二是因为没有钱。在这里，“鸡腚是银行”，打油买盐零花钱，家家盯着鸡屁股。“既然鸡屁股能生钱，各家各户多养些不行吗？不行，上级有规定，贫下中农一口人只准养一只鸡，超过了规定就是资本主义。‘黑五类’无论多少人口，不许超过两只鸡……山上寨合满村没有一只公鸡，公鸡不会下蛋，谁养个老流氓干啥?”

这一切都决非杜撰，而是李应该故乡在20世纪那个“火红的年代”和“激情燃烧的岁月”实实在在的事实。这些事实活在李应该的心里，使他不满于文学作品和影视作品总是致力于解说辉煌多少年而遗忘真实的生活，所以，他亲自动笔，把他自己和父老乡亲们经历的生活写了出来。

小说不仅真实再现了物质生活的极度贫困，而且深入揭示了人们的精神状态：与物质的极度贫困相伴随，人们的精神状态却处于极度亢奋状态。这一现象似乎难以理解，但小说正是通过这一现象，揭示了文明被破坏、人性被扭曲的种种惨状。

小说所反映的时代内容无疑是丰富的，它浓缩了那个时代的主要生活场景，集中了那个时代政治文化的大部分符码。所以，“公字寨”是一个象征，极大地概括了那个时代中国人的生存状态和精神状态。不过，小说并没有对生活的各个层面进行全景式的描绘，而是选取了一个特别的切入点：“公”。围绕这个点，写了各种人和事，透过堂皇的包装，揭示了“公”字之下的历史实质，对那段历史上“公有”“破私立公”“大公无私”等词语之下的一切进行了深入的审视。同时，又由所谓“公”进入到阶级和阶级斗争领域，比较全面地再现了那个时代的时代文化。小说涉及“文革”时期的一系列情景：学大寨、忠字舞、赛诗会、批判会、忆苦思甜、割资本主义尾巴……但显然无意于对这些事件进行书写，而是在此背景上展示人物命运，揭示这些运动对人们的精神产生的影响，以及这种影响之下的人们在运动中的种种表演。小说中的老簸箕、大桂桂、卜立言、囤子、大茶壶、大碾台、筐头子……一个个人物都有充分的表演，但读者很容易看出，他们的表演并非自主的，而是被一只看不见的巨手所操控，因此，他们无论怎样挣扎，最后都一样可悲。小说正是通过这一系列人物的命运对那只罪恶的手进行了追问和控诉。

三

人类的伟大之处，在于每一个个体都可能有自己的思考、选择和创造。正因为这样，人类文明才不是僵死的，而是不断发展进步的，人类才创造了从器物到制度以至精神文明的种种辉煌。然而，对于专制统治而言，对于试图建立整齐划一世界的设计而言，这却是一种严重的威胁。所以，要造就一个整齐划一的大一统社会，就必然要进行两方面的工作：一、消除个人独立的条件；二、消除自由思想的能力。这两方面的工作，最终又集中表现为两个相互关联的工程：一是对付人的饭碗；二是对付人的头脑。全部的人类历史证明，个人只要拥有饭碗和头脑，就不好对付；只有失掉饭碗和头脑，才能唯命是从。所以，控制这两样东西，就成了一些人的梦想，成了实现一呼百应、万众一心、步调一致听指挥的极权梦想的必经之途。

然而，完成这两个工程并不容易，因为有一个难以克服的重要障碍，就是与人性俱来的私心。因此，无论是那些试图无偿占有别人财富的人，还是那些试图绝对支配别人精神的人，都不能不拿出极大的力量来对付人们的私心。对于前者，最有效的办法就是剥夺人们的私有财产和自由择业机会，也就是收缴社会的一切饭碗，然后视不同个体的驯服程度而发放之，不驯服者不得食。这是可靠的制度保障，做起来虽然也不容易，但只要有足够强大的暴力，不同民族在前现代历史上都曾有过成功者。后者的解决就更难，因为人类尚未发明一种办法让人像机器人一样只接受指令而无私心杂念，所以，需要宣传和教育的力量，对人的大脑进行清洗，去除私心。而去除私心的过程，也必然是一个去除个人主体性、去除思想能力和源自人性的个人情感的过程。这个过程，还必须不断地灌输活着就是为了服从，为了听指挥，为了无私奉献的种种理念。只有这样，才可以使被动变成主动，使被迫变成自愿，使人兴高采烈地阉割自己，斗志昂扬地充当机器。

我之所以想到以上这些，得益于《公字寨》的启发。在李应该的笔下，那个人群的人情、人性、人欲都被改造了。在“公”字大旗之下，“政治挂帅”“思想领先”“破私立公”，人完全失掉了自己的头脑，人的价值、尊严和权利都被剥夺，陷入苦难而不自知。在这里，人们整天被运动，被纳入一个马戏场，忙忙碌碌，流血流汗，意气风发，斗志昂扬，却就是不能创造出美好生活。相反，而是天天在破坏着美好生活，人们的力量用于破坏自然，破坏环境，伤害别人，也伤害自己。他们是被动的一群，是时代大潮中的浪花朵朵，不能自主，无力自拔，随波逐流，没有观察和思考的能力，更没有自我反思的能力。而这一切，都是时代宣传和教育的结果。“改造思想”，“造就新人”，是人们耳熟能详的词汇，李应该笔下的山上寨人，多是成功的产品，显示着时代的成就。

改造人性，制造新人，实现所谓“公”之理想，手段之一是阶级斗争。通过阶级斗争，可以消灭敌对阶级，也可以造就立场坚定的战士。《公字寨》中的阶级斗争描写不算集中，渗透于各个细节，却形成了一种强烈的氛围。比如：过新年了，贫下中农贴红色的对联，看上去喜气洋洋；“黑五类”贴白色对联，看上去像办丧事。村里杀猪分肉，贫下中农分的是肉；“黑五类”家庭只能分三两猪血。至于斗争的强度和结果，从“地主婆”五哑巴的表现即可看到，他们的确已经习惯了一种新生活，或者是生活的一种新状态。多少年来，每天收工都是支书老簸箕特别给五哑巴下达收工令，可是有一天，支书的事太多太急，把她给忘了。本来，一个地主婆，“冻死也就是冻死了，无所谓。”但年轻的根原却偏偏可怜她，不愿让她冻死，走过去让她回家。五哑巴听见了，看一眼根原，却一动不动。根原又说：“你回家吧，不然会冻死的。”五哑巴仍然一动不动。根原明白了，于是厉声喝道：“老簸箕命令，叫你立马回家！……不回家就砸烂你的狗头！”五哑巴听到呵斥声，就磕磕绊绊回家去了。这样一个细节，已经胜过千言万语的改造过程描写。

那是一个以阶级斗争为纲的年代，阶级斗争是“年年讲，月月讲，天天讲”的。一些格言家喻户晓，比如：河深海深不如阶级友爱深；对阶级敌人要像寒冬一样严酷无情。因为这种观念，支书老簸箕对筐头子真可谓严酷无情，每一次批斗会都把他折磨得死去活来。因为这种观念，亲密无间的二锅和根原转眼成了敌人，友情化为仇恨。因为这种观念，热恋中的大锅和囤子无法走到一起，无论囤子多么漂亮、多么聪明可爱，大锅也不能娶她，而让她嫁给又老又瘸野蛮粗暴的老贫农老陈愣子，最后受尽煎熬而自杀。

与阶级斗争相伴随的，是“提高政治觉悟”。一般农民本来纯朴，所以觉悟不够高，爱憎不够分明，不知道该爱谁，也不知道该恨谁。这就需要教育他们，帮助他们提高觉悟，教他们去爱应该爱的人，比如爱党爱国爱领袖，教他们去恨应该恨的人，比如恨地主恨富农恨反革命右派。通过李应该的描写可见，那个年代的这种教育很成功，尤其是没多少知识的年轻人，很容易就提高了觉悟。觉悟提高了，就有了坚定的立场和坚强的斗志。小说中有一些特别的语言，比如“坚决了”“誓死了”等，“学大寨……坚决了……”，“执行，那是坚决一个决”，“誓死了……坚决一个决”。那并非李应该的杜撰，而是沂蒙山区这个红色根据地在那个年代曾经流行的语言。它是人们觉悟提高之后表示态度的常用词汇。然而，在李应该的笔下，觉悟提高了，做出的却是正常人看来难以理解的事，比如，批斗会上，囤子终于喊出了“打倒俺爹和俺弟弟”的口号，根原也给他爹贴了大字报，出身不好的年轻人，提高觉悟，首先是“大义灭亲”。再比如，大桂桂很能干，能吃苦，这本是农民的本色，但她被领导发现了，被培养，最后终于成了“齐鲁第一大傻”，再也无法过正常生活。她和根原男女欢爱一阵子，却马上去告发了他，把他送进了监狱。因为大桂桂的觉悟高，所以，可以与自己喜欢的男人做爱，却不会因为情欲而忘记了斗争。

不分昼夜的劳动，忍寒交迫的生活，却有热火朝天的斗志。李应该笔下的人们，真的是朝气蓬勃，意气风发，斗志昂扬。这是历史的真实。直到今天，一些人回忆起来，还在怀念那个有“朝气”有“昂扬斗志”的年代。这“朝气”和“斗志”到底是怎么回事？它当然与觉悟有关，而这觉悟之所以提高，人们之所以不知疲倦，却还有更深层的奥秘。在这一点上，《公字寨》的揭示是值得称道的。为什么过春节也不准农民休息？为什么一定要“干到腊月二十九，吃了饺子就下手”？为什么干活那么累，晚上还要开大会？王之高对支书老簸箕说的一段话泄露了天机：“人闲着懒，兵闲着散，瞎汉闲着翻白眼。闲心出杂念，休息时间也不能闲着。不开批斗大会就开诉苦大会，你不进攻，资产阶级就进攻。伟大领袖毛主席教导我们说，阶级斗争，一抓就灵。无论干啥，千万不能忘记抓住阶级斗争这根弦，决不能叫资产阶级占领了思想阵地。”

具体的做法是“大批判开路”，也就是批斗。那个年代的生活实际告诉我们，无论要干什么，无论是修梯田还是修水库，也无论是挖河、修路、征地还是征收爱国粮，都要先开批斗会，找几个“活靶子”绑起来，押上台去跪着，或者吊起来，一切阻力就不存在了。忆苦会的力量也很大。从《公字寨》中可见，“一场诉苦大会开下来，满会场的人一个个两眼就像猴子腚。眼泪一抹，浑身又增添了力量。”批斗大会的效果更加明显：“当拳头高高举过头顶，立刻就会热血沸腾，随着一声大喊在喉管爆炸，浑身就有使不完的力量。口号能使人振奋，口号能使人奋不顾身赴汤蹈火视死如归。”小说使我们看到，正是在这样的氛围中，善良的人们变得疯狂，变得残暴，为了表示忠心，为了证明自己的觉悟，可以制造出一个个悲剧。

在小说中，孟瞎子曾经这样说过：“一张张荒蛮的脸，别看大眼睛忽闪忽闪，除了能够感觉饥寒痛痒之外，好像什么也感觉不到。如果说一张两张荒蛮的脸还能透出淳朴的美，那么，成千上万张荒蛮的脸，就犹如洪水猛兽般可怖了。”作家写道：“从公字寨万众一心的吼声里，他，看到了这种荒蛮的可怖。”其实，孟瞎子的话，也是李应该的话，是李应该看到了这种荒蛮的恐怖。

在《公字寨》首发式上，曾献平先生说：“李先生用一枝饱蘸血泪的椽笔，把这一群赤裸裸的‘人’蓦地推到了我们的面前，使我一时不知所措。我如梦如幻地辨认着、求索着、寻觅着，漫无目的地想寻找出一个真正完整的人。但是，我失望了，我发现这群‘人’中，个个都缺少一个重要的部件，这就是，颈上之头。”曾先生由此想到了李应该的戏剧《借头》。熟悉这个剧的人们都知道，该剧写的是《三国演义》中曹操借王垕头颅的故事。戏的结尾是，面对着言行不一、反复无常的曹操，王垕的灵魂和一群被曹操无辜杀害的灵魂一齐冲上舞台，向曹操高喊“还我头来”。面对成群的索命冤魂，曹操却只是轻蔑地一笑：“九州万众，皆我子民。万颗头颅，俯仰在我。哼哼！你们哪个有自己的头颅?”《公字寨》为我们展示的，正是这样一群失掉了头颅的人们。那是领袖的话“一句顶一万句”，“理解的要执行，不理解的也要执行”的年代。小说的重要贡献，正在于集中表现了中国人失掉头颅的时代悲剧。

人的生存和发展，离不开相应的环境。在这样的背景之下，要想生存，就必须与疯狂者一起疯狂，与残暴者一起残暴，与野蛮者一起野蛮，毁坏文明，践踏人道。而且必须彻底放弃自我，丢掉知识，丢掉思想能力。面对大好河山和古迹文物被破坏，马姓地质学家心痛至极，苦苦沉思，写了万言书提出自己的见解，因而被押走，再也没有回来，“听说，因为反对农业学大寨已经被从快从严了。”孟瞎子审时度势，努力忘掉自己的全部知识，掩盖掉自己的所有聪明，让自己变成“瞎子”和“傻子”，才勉强能够活下来。根原太年轻，不知道有知有识是多么可怕，非要指出别人的错误，所以厄运不断。大桂桂是最没有头脑的姑娘，不动脑子，习惯于盲从，自然是当干部的好材料，而且进城当了大官。

这是大队支书老簸箕教训右派分子孟瞎子的话：“喝了一肚子墨水，连个地屋子也不会搭，干熊的？还他娘的留洋，留个屌毛灰。在美国留洋就没学过搭地屋子？啊？没见过羊吃，还没见过羊走？废物，真他娘的废物，吃虱子也抓不住个带爪的。”由此，李应该向我们展示的，是那个时代与文明的关系。从中，也可以看到有关知识分子改造的一些奥秘。

四

在当下中国文坛，作家们大都学会了轻松写作，不动感情、不动声色、“零度介入”成为时髦。因为众所周知，只要感情保持零度状态，就无所谓悲痛，无所谓愤怒，作家的思想倾向就可以深深隐藏，或者干脆化为乌有。这种创作不会刺痛谁，不会犯忌，不会给作者带来麻烦。然而，李应该不屑于那样，他心中有痛，有感情如波涛汹涌，甚至无法抑制。所以，他不仅无法“零度写作”，甚至在写作的过程中常常抑制不住内心的激动，鼻子酸痛，双手颤抖，以至写不下去，不得不停下来点燃一根烟，使自己平静下来。作家满怀悲愤地面对历史，合着泪写他的小说，这样的小说有温度，可以直接显示艺术家的良知。

李应该告诉人们：“今天看，我的《公字寨》的亲人们是那样的愚昧那样的癫狂那样的荒唐那样的不像人，可在那个特殊的时间段里，我也是同样的愚昧癫狂荒唐不像人过。从那个时间段里走来的人们啊，哪个敢说自己没有愚昧癫狂荒唐不像人过？同在一辆颠簸的闷罐车厢里，哪一个能够保持身不摇头不晃稳如泰山？我不敢有半点儿看客的轻蔑嘲笑之心描写我的亲人，他们是多么善良多么勤劳多么可爱，他们所受的苦难太多了，他们的勤劳善良不该再受到不公的蔑视与嘲笑，我只想老老实实描写他们的生活状态。我满面泪痕与《公字寨》的亲人们回忆着旧事，满面泪痕写完了这部书稿。只希望我替亲人们把泪流尽，再也不要愚昧癫狂荒唐不像人了。”（《公字寨》跋语）从这段话中，我们可以看到作家的自省，也可以看到作家的深情。其实，即使作家自己不说，读者在阅读过程中也容易发现，他的写作过程中心情是无法平静的。面对亲历的苦难岁月，置身于活得不像人的人群，一个真正的作家能无动于衷吗？尽管《公字寨》经过删改，一些精彩内容可能早已被删掉（作者在《公字寨》跋语中说，为了能够出版，他曾做过一遍又一遍的删改，“删一节，删一节……好像割了我的肉”），但留存的文字仍然带有非同寻常的热度，仍然有血的奔涌和肉的颤抖。从某种意义上说，正是这种痛感成就了这部小说，它是历史剧痛在作家心里结成的珍珠。

文学可以有多种风格，但眼下中国文坛最缺少的，是由血泪凝成的珍珠。

我的朋友张厚刚说：“如果我们把《公字寨》跟《古船》和《芙蓉镇》做一下比较的话，就能很清楚地看到一点：《公字寨》全篇没有一个坏人，找不到谁是施害者。不像《古船》中有一个流氓无产者形象赵多多以及他的幕后指挥者‘四爷爷’赵炳；也不像《芙蓉镇》中有一个恶的集大成者王秋赦，在《公字寨》中找不到这样一个恶的化身可以承载道义的责任，小说的作者在这一点上做了更可贵的更有价值的探索。”（见《公字寨》第一部，中国戏剧出版社2009年版推荐语）这是一个值得探讨的问题：《公字寨》里没坏人，大家都是受害者。如果仅仅如此，也许并不值得称道。因为面对一桩历史的罪案，作家在其作品中的展示却只有受害者而无施害者，读者只见被害者的尸体和满地鲜血，却找不到罪犯的踪影，那算不上好作品。事实无法否认，无论在哪个民族，也无论在哪个地区，人的道德水准是存在差距的，这就有了所谓好人和坏人。而且，即使人性恶与人性善一样普遍存在于人的内心深处，人性恶的膨胀也必然有其诱发力量。在这一点上，《芙蓉镇》和《古船》虽然由于种种制约而不能直接指认罪魁，但王秋赦、李国香、赵炳、赵多多等形象却承担着一种功能，指示着犯罪集团之所在。哪怕画面中呈现的只是喽啰，也是恶势力的社会基础。遗憾的是，后来的同类作品未能沿着这个路径深入发展。在《公字寨》中，李应该的构思的确有所不同，也许是对乡亲们的深情，也许是时风影响，使他常常锋芒不露，努力温和化，因而没有把镜头聚焦于邪恶的基层执行者。这就使得他的小说中似乎没有坏人。但是，仔细考察这部小说，却可以发现，作者不写恶人，却不是为肇事者开脱，更不是把一切罪恶归于那个不能承担任何责任的空洞的“时代”或“历史”。他不把人们寻找罪犯的目光引向基层，是因为他有这样的考虑：历史的罪行不是那些普通人能够负责的，像老簸箕、大桂桂、卜立言那样的人物，尽管给别人制造苦难，但自己也是苦难的承受者。一个人群都处于贫困和饥饿之中，却又像中了魔法，精神处于高度亢奋状态，大干苦干，一不怕苦二不怕死，把乡亲们和自己一起送入深渊，这背后必有大邪大恶。这种思路透露着一种大悲悯，原谅了历史舞台上疯狂舞蹈的芸芸众生，却并未放弃对悲剧制造者的追问。

在当下中国，这部小说的意义不仅在于帮助读者认识这个民族在20世纪走过的苦难之路，而且在于提醒人们不被新的骗术诱引再次走入同样的迷途。

2013年12月　天津社会山

为一个新兴阶层留影

——序商昌宝编《接吻长安街》

一

本书所收入的，是一些描写农村进城打工者生活的小说。

就当代中国而言，农村劳动力进城打工，是改革开放的成果，是当代农民获得解放的程度性标志，其进步意义不可低估。因为在改革开放之前的人民公社体制下，这一切是不可能的。那时的农民被牢牢捆绑在土地上，没有迁徙的自由，也没有择业的自由，如果哪个农民私自外出居留，就是“盲流”，要被抓捕遣返；如果哪个农民胆敢私自出卖自己的劳动，就被视作“资本主义尾巴”，受到严厉惩处；甚至遇到三年困难时期，也不准外出逃荒、讨饭。从《焦裕禄》等电影、《犯人李铜钟的故事》等著名小说，以及大量回忆材料和社会学、经济学研究专著，都可以看到三年困难时期到来时干部在车站、路口堵截逃荒人群的场景。从这个意义上说，我们那可怜的农民父老兄弟，今天终于可以进城自寻活路，是一个多么了不起的进步啊！

这种进步之可喜可贺，也许西方人难以理解，但中国读者是应该理解的。

从报刊，到广播电视，当下中国的各种媒体常常报道“三农问题”。关于问题的成因，虽然主流理论家可以解释得滴水不漏，一路走来都是辉煌，苦难和浩劫都似乎不曾发生，它所遗留的一切也就必然有了所谓历史的合理性，但尚有记忆的中国人却都知道，所谓“三农问题”，是某种强制留给农村和农民的后果。事实很清楚，如果市场不被强行破坏，如果没有那场违背经济规律也违背人性的制度实验，工农之间、城乡之间的差距就不会成为严重问题。此中道理众所周知：只要有正常的市场调节，从事工业劳动如果比从事农业劳动获得的报酬更丰厚，劳动者就会弃农而务工；劳动力向工业的聚集如果过度，就会导致农产品价格猛增，又必将带来农业劳动力的回流，甚至城市人也会纷纷下乡务农。工农、城乡之间本来就是在这样的自然调节之下保持一种动态的平衡，只要没有强大的权力之手干预，差距永远不会太大。然而，中国人却遇到了一场实验，如今那场实验虽然已经停止，其标志性成果“人民公社”也已被取消，但遗留的一系列问题却一直难以解决，不得不让农民继续背负，也让一代又一代有志改革的领导人颇为头疼。

仔细想来，中国最早的产业工人大军，无产阶级，其实就是今天我们所说的农村进城打工者。他们与当代打工者的不同在于：当年的他们既可以当农民，也可以当工人或商人，既可以选择住在城市做城市人，也可以选择回到乡村做乡下人。那些在城市住下来的，就成了工人阶级或别的什么阶级，成了市民；那些选择回乡的，就成了贫下中农或地主富农，仍然是农民。20世纪50年代之后，情况变了，人们的职业和阶级身份都被固化，国家以各种方式把农民固定在土地上，使他们失掉了择业的自由，也失掉了迁徙的自由。由此开始，城乡、工农之间被画上了一条鸿沟。城市人被送到乡下，意味着一种惩罚；农村人能够进城工作，是一种难得的幸运，而这一切，都不是人们能够自主的。80年代，改革开放开始，给农民松绑，不再要求“以粮为纲”，而允许他们从事非农业生产，但农民却仍然不能随意进城，当时倡导的出路是“离土不离乡，进厂不进城”。

农村劳动力进城打工是90年代发展起来的新潮流。邓小平南行谈话之后，改革再次发动并加速，市场经济得以发展，先发达的城市需要大量劳动力。于是，农村劳动力开始向城市流动，政府则从承认到鼓励，政策一步步放宽，铺平了农村劳动力进城打工之路。由于半个多世纪造成的差别，务工远比务农报酬丰厚，城市远比农村生活优越，当捆绑的绳索松开，谁不向往美好生活？所以，成群的农村劳动力放下锄头，抛妻别子，背井离乡，怀抱梦想涌入城市，企望淘得一桶金，给父母治病，供子女上学，甚至改变自己的命运。二十多年来，这支队伍不断壮大，时至今日，据国家统计局发布的资料显示，2012年，全国农民工总量已达到2.6亿多人，进城打工者1.63亿人，而且仍在以每年4%左右的速度增长。（见国家统计局《2012年全国农民工监测调查报告》，中国新闻网2013年5月27日；《财经界》2013年第7期）

进城打工的农村劳动力已经为城市建设做出了重要贡献，为国家的经济发展做出了重要贡献，可以说，他们已经是今日中国城市生活和建设的重要支撑者。当下中国的城市化建设异常迅速，配合着房价的持续上升，一片片高楼在四面八方拔地而起，比雨后春笋还要繁茂，尽管建起来的房子未必有人居住，全国各地都出现了不少“鬼城”，但它显示着发展和繁荣，支撑着持续增长的GDP，但我想，如果农村劳动力同时宣布撤出，那轰轰烈烈的建筑工地将成为什么情景？改革开放几十年，中国的一些城市已经很繁华，市民生活也相对比较舒适，但众所周知，每到春节期间，北京等地的保姆和勤杂工价格都会大幅度增长，使得一些市民叫苦连天，原因仅仅是一部分进城打工者要回家过年。那么，如果农村劳动力同时返乡，许多大城市会不会瘫痪？

社会无论如何，都有它已经形成的秩序。财富可以往自己腰包里揣的信号弹升起之际，在田间耕耘人与管理面包的人、看守金库的人，自然不在同一条起跑线上，方便条件也大不相同。在城乡之间，城市人显然占有各种政策的优势，农民虽被允许进城打工，也必然要受种种限制。从各地城市留给农村劳动力的位置看，显然都是工资低、劳动强度大、不卫生、不体面、城市人不愿干的一些工作。这就构成了他们的基本情况：拿的是最低的工资，从事的是最苦、最累、最脏、最无安全保障的劳动。而且，进城打工为的是赚钱，他们的薪水却常被拖欠。从媒体报道可以看到，每年春节，都会出现一个打工者讨薪的高潮。国家机关和企事业单位的职工需要讨薪吗？他们的薪水却常常要苦苦地讨，打持久战，甚至拿性命去讨。根据国家规定，为保障劳动者的权益，劳资双方应该签订劳动合同，但是，据国家统计局统计，2012年建筑业的75.1%，服务业的60.8%，住宿餐饮业的62.4%都未与打工者签订劳动合同。原因众所周知，找工作并不容易，在劳动者供大于求的情况下，雇佣者不签合同，照样可以找到为他干活的人。如此情况，劳动者的权益如何保障？何况，二元的城乡体制让进城的农村劳动力享受不到城市的各种福利，受伤没有保险，失业没有保障，子女入学没有本地户口，要交数额惊人的“赞助费”……

而且，这是一个被歧视的群体。

说到歧视，一些人大概不愿承认。不过，想验证并不困难，办法有三：1. 与城市人谈谈农民工，看他们眼里是否露出不屑和鄙夷；2. 给城市朋友的儿女介绍个农民工对象，看看他们有什么反应；3. 查一查北京、上海这样的城市到底有多少本市女孩子嫁了农民工，又有多少本市男孩子娶了打工妹。

其实，“农民工”这个称谓本身就带有歧视色彩。这个词已经约定俗成，就连各级政府的文件中都在使用，但它不是从进城打工者自己嘴里说出来的，也不是农村人说出来的，而是城里人对他们的称谓。有专家早就指出，“农民工”这一概念显示着源自等级观念而产生的歧视，而这等级观念，又源自城乡二元体制。河南省委书记卢展工也说：“工农商学兵，本是职业的划分，为什么唯独‘农民’永远要被加上特定的标签呢？……哪有生出来就是工人的？哪有生出来就是商人的？结果偏偏农民生出来就是农民，他还没干活儿呢，就农民了。我提了好几次，尽量不要用‘农民工’，工人就是工人，就是从农村到城市当工人就是工人。要不你干脆都是这样，农民干部，当了常务副省长了也是农民干部，农村出来的嘛。……‘农民工’这一称呼的背后隐藏的是一系列的歧视。”（见《大河报》，2011年12月21日）

这位书记说得不错。本来，农民种地，工人做工，种地的就是农民，做工的就是工人。这群人的“工”字前面却加了“农民”这一身份识别码。之所以如此，就因为他们户口在农村，国家给定的身份是农民，所以，虽然身在城市，却不被接纳为城市人，干着工人的工作，却不被承认是工人。被定义为农民，这显然不合实际。他们中的一部分已经失掉了土地，没有土地，在城市从事非农业劳动，世间有这样的农民吗？他们有的是中学毕业直接成了打工仔，没有干过农活，也不会干农活，只因为他们的父母是农民，他们就是农民吗？

如果往深处想，问题还不止于此。二十年前，随着城市建设对劳动力需求的增长，一种户籍制度从东南沿海开始，相继在全国各城市出台，具体的做法，就是将城市中的人口区分为常住人口和暂住人口。它显示着一种进步：农村人即使不是探亲访友，也可以进城暂住了。但是，它却同时意味着农村打工者在城市只是“暂住”，而不属于城市，因此，政府就无须承担住房、劳保以及其他福利。这种办法与劳动力控制相结合，使农村劳动力能够在需要时“招之即来”，一旦不再需要，可以“挥之而去”。它告诉我们，城市的发展虽然需要农村劳动力，却没有考虑真正接纳他们。

面对这个特殊人群的生活和命运，文学家没有理由视而不见。所以，反映这个人群的小说很早就出现了。这里所选的，只是21世纪以来的部分中短篇。

二

关于农村进城打工者的文学，出现已经很久。理论批评界对这类作品的讨论也已经很久。然而，二十多年来，却一直没有一个统一的称谓。

之所以如此，首先是因为命名不易。文坛对某类作品的命名，一般不外从几个角度：一是从作者的角度，比如，女性文学、知青文学、“80后”写作、老干部诗词等；二是从美学风格的角度，如唯美诗歌、写实小说、抒情散文等；三是从题材内容角度，如军事文学、校园诗歌、家庭伦理剧等。写农村进城打工者的这类小说，究竟应该怎样命名？事实证明，无论从哪个角度，都难找到恰当的概念。

据我所知，批评界对这类作品的关注和命名已经有二十多年，最先，人们称它为“打工文学”。名称通俗易懂，而且响亮，所以很快就流行开来，有报刊开辟了“打工文学”的专栏，有出版社出版了“打工文学”的专集，还有人出版过名为《打工诗歌》的报纸，至于以此命名的小说，光是长篇就出版过多部，如《打工世界》《打工妹》等。然而，认真考量，“打工”一词的范围却比较宽泛。所以有人提出：某些城市白领，外资公司的高级职员，也是在为人打工，他们的境遇与农村进城打工者可以同日而语吗？的确不错，不仅是外企白领，还有号称“为政府打工”的官员，号称“为老婆打工”的家庭公司职员，更有“为导师打工”的博士生，他们也许真的都是“打工者”，却与农村进城打工者境遇完全不同。

那么，新的命名自然要强调其阶级或阶层的属性。所以就出现了“无产者写作”“底层写作”“新左翼文学”等一系列命名。这些名词至今仍然常被使用，但仔细想，却也存在种种问题。

比如“无产者写作”，无论小说家还是诗人、散文作者，有几个算得上无产者？当然，本身不是无产者，也可以站在无产者立场上写作，这是从20世纪30年代的无产阶级革命文学运动中就有的，但更严重的问题在于：在公有制的国家里，国有的一切都属于全体公民，即使那些失掉了土地的农民，也仍然不是无产者。因为凡是公有的东西，在理论上都有他们一份。关于他们的文学，称作无产者文学，自然不合适。所以，当年孟繁华提出这个概念时，让我横打一炮，就没人再用了。很抱歉，让繁华失掉了一个创作现象的名称所有权。

于是又出现了“底层”这个概念。“底层”，事实上也包括了太多的人群，他们可以是无权无势的普通市民，可以是下岗工人，可以是各种处于低下位置的人群，但处于城市社会底层的人们，处于官场底层的人们，与来自农村的打工者仍然不一样。所以，用“底层文学”这个概念，可以包含反映农村进城打工者生活的作品，却无法用它专门指称这类作品。

还有一个称谓是“新左翼”。关注底层，关注受苦受难的人群，的确是左翼文学的传统。可是，有批评家提出质疑：新左翼文学在中国当代文坛是否真正存在？其理由是，当下中国的作家们写底层，呈现的主要是两种倾向：一是道德化倾向，即所谓“底层秀”，把关注底层和廉价挥洒同情心作为道德脂粉往自己脸上涂抹。二是所谓审美化倾向，把底层的苦难与艰辛化为某种普泛性的纯文学品格，将具体时空中的命运抽象化、内心化，甚至去表现普遍而永恒的人性。这一切，都与左翼传统相去甚远。

客观地说，文学面对底层，面对进城的农村劳动力，写打工仔与打工妹，写他们的苦难生活，大都显示着作家的人道精神。不过，如果用较高的标准来看，当下中国的此类作品又的确很难取得大成就。“无产者写作”也罢，“底层写作”也罢，“新左翼文学”也罢，最终的出路都无法令人乐观。因为它无法逃避轻飘飘和滑溜溜，其同情心也无法逃避“廉价”和“浅薄”。只要回顾一下20世纪20年代和30年代的那些反映农民破产或描写社会底层的作品，同时看看相关评论，人们就会看到，左翼文学批评界对于那些作品常常给予彻底的否定，理由是那些作家描写劳苦大众的生活，给予的只是浅薄的人道主义同情。在那个时代，这类作品在左翼批评家眼里几乎一钱不值，因为在他们看来，眼泪和同情都不能改变劳苦大众的命运。怎样才是好作品呢？按照当年左翼批评家的见解，好作品不仅要描写苦难，不仅只是同情，而是要指明出路，帮助劳苦大众翻身求解放。相比之下，当下中国那些同情劳苦大众的作家，哪一个能给他们指明出路？哪一个又能激励他们去为寻求解放而斗争？在我们这个时代，作家们所能够给予的，只能是浅薄的人道主义同情，而他们命运的改变，只能是等待、等待、再等待。

所以，尽管20世纪30年代的左翼作家许多方面都无足称道，但在他们面前，当代作家却没几人称得上“新左翼”。

三

因为平时阅读范围有限，我不知道本书所选作品是否具有代表性，也不知道是否已把此类作品中那些优秀的、有特色的作品选了进来，但值得高兴的是，仅就这些作品，我们已经能够看到许多。

《接吻长安街》是全书中最具浪漫气息的一篇，却也反映着我们的现实。主人公迷恋城市，不愿回到乡下，原因就在于城市给了他太多的诱惑，“它离间了我和乡村的关系，像一只无形的针管，毫无知觉地抽干了我乡村的绿色血液，注入了城市的热烈的躁动的红色血液，城市真是一个魔鬼，它连你的灵魂、你的血液、你的骨髓也能悄悄换去，但它换去你的灵魂、你的血液和骨髓之后他又不接纳你”。面对命运的安排，这位年轻人没有反抗的能力，能做的只是精神上的自我安慰。他的不平最后集中于一点：“城里人能在大街上接吻，我为什么不能？”到长安街接吻有什么意义？接吻之后，打工者仍然是打工者，并不能改变什么，但是，这却成为主人公安慰自己的唯一途径。小说不仅写了实现这梦想的一波三折，而且写了工友们对此举的热烈支持：那一天，工友们竟然全体请假，宁愿被扣三天的工资，穿了西装，到长安街去为接吻助阵。小说的结尾很提神，打工的哥们儿也很义气，但仔细想来，也许作者像他笔下的主人公一样，仍然是自我安慰。真正值得注意的，是他除了此举之外，的确没有可做的事。

在这些小说中，除了范小青的一篇之外，让人轻松的的确不多。这也许是农村进城打工者的生活本身所决定的。从李锐的《扁担——农具系列之六》可见，青年农民金堂带着梦想进城打工，却被汽车压了，膝盖之下粉碎性骨折，只好锯掉。肇事者张老板倒很善良，决定养他一辈子。可是，从十几层高楼上掉下一个螺栓，恰恰落在张老板的头上，使他当场就死掉了。金堂最后只好以扁担为支撑，用双手走路，历尽艰辛回到老家。李师江的《廊桥遗梦之民工版》所写的故事则更加残酷。二十多岁的农村青年刘福利，带着许多梦想走上了打工路，最后却从高高的脚手架上跌落，被浇铸进了大桥的第九根桥墩，再也不见了踪迹。“工程队原来计划以牺牲少于五个民工的代价把这座桥搞定，但是断断续续修到一半的时候，已经死了六个人。”字里行间可见，为施工而把人命视若草芥的故事，在这片土地上还在不断上演。

王祥夫的《端午》、席建蜀的《虫子回家》等，触及我们的社会文化现状。《端午》使我们看到，即使在打工的土地上，也依然是中国式生活秩序，端午节要改善生活，但收拾好的那些鸡，却是炖前先挑好的送礼，炖后再挑好的盛给有权者，民工最后吃骨头。从《虫子回家》可见，工地上过年不准请假，虫子有事要回家，就需要掏钱孝敬工头，小班长也可以由此为自己捞到一条烟。它告诉我们，中国社会的腐败已经伴随权力而到达各个角落，“底层”无法幸免。

王十月的《烂尾楼》写到打工者找工作的艰难，使我们看到了他们在劳动市场上的某种状态。孙惠芬的《民工》则告诉我们，工钱要到年底才给，如果在此之前离去，一年就算白干了。罗伟章的《我们的路》写到，打工者竟然五年没有回家，春节临近终于买到一张车票，但最后还是让给了更可怜的春妹——一个十六岁的女孩子，出来打工，却怀孕生下一个男孩。这个小说提供的信息是丰富的，比如，“贺兵是陕西籍民工，跟我关系最好，可他去年从脚手架上掉下来摔死了。出事的前一个钟头，他跟老板吵了一架，因为老板扣了我们三个月工资，贺兵说：‘你怎么能扣我们的工资呢，中央不是说不准扣农民工的工资吗？’老板是个大汉子，站在瘦瘦小小的贺兵面前就像一堵山墙，他很看不起贺兵的样子，吐着烟圈，眯着眼说：‘中央还不准官员腐败呢！’”“老板把包括我在内的十二个人的工钱扣押了两个月，说春节过后，我们按时回来上班就补上。他的意思很明确，没按时回来的，那一千多块就不给了。”长年在外打工，孩子们见不到爸爸，堆雪人就成了“造爸爸”的游戏。打工归来的爸爸为此伤心，但该走还得走，因为生存更重要。

讨薪是打工者的大事，这里有多篇小说涉及，其中表现最集中的，还是许春樵的《不许抢劫》。杨树根与梅花的爱情，本身就是一个不错的故事。但在这里，爱情故事并不重要，小说着力表现的是杨树根这个朴实的农村青年因此走上了打工路，他的成功与失败。因为贫穷，无力给老婆买摩托车，曾经狂热地追求过自己的老婆梅花终于坐上一个土产贩子的摩托车跑掉了。杨树根从此外出打工，经过千辛万苦，似乎苦尽甘来，不仅找到了工作，而且受到老板的信任，回乡为老板招了几十个工人。然而，老板却是一个骗子，工人只发生活费，其余的工钱欠着，开始说是年底结算，到了年底却不准回家，说第二年年底结算，到了第二年年底，还是不给钱。没有人替他们做主，当地政府也没办法。最后，他们不得不强行进驻老板的别墅，掐断与外界的往来，没有使用暴力，只是大家一起挨饿，就终于讨回了两年的工钱。不过，在他们胜利回村之际，杨树根还是因“涉嫌非法拘禁、暴力绑架、非法侵占他人财物”而被逮捕。这是一篇很好的小说，写出了打工者的艰难和他们面临的各种困境。要捍卫自己的权益，就不得不使用违法的手段；欠薪讨回了，却必须有人为此付出代价；它所揭示的，是更为复杂的深层问题。

在这个集子中，我更喜欢的还是阎连科的《柳乡长》和白连春的《抢劫》。

我早就知道，一些人进城打工是被迫的，试想，如果守着自己的土地就能生活得幸福美满，谁愿意抛妻别子去打工？如果不是城乡两重天，谁愿意为城市而舍弃故园？关于农民进城打工的动因，阎连科的《柳乡长》为我们呈现了另一情景：椿树村的一车青年男女，被乡长亲自押车送到了几百里外的城里，在火车站旁的一个角落下车，乡长给每人发了一张盖有公章的空白介绍信，并且告诉他们：“男的去给盖楼的搬砖提灰，女的去饭店端盘子洗碗；年龄大的可以在这城里捡垃圾，卖纸箱，扫大街，清厕所，年纪小的可以去哪儿当保安、当保姆，去当宾馆服务员，总而言之哦，哪怕女的做了鸡，男的当了鸭，哪怕用自家舌头去帮着人家城里的人擦屁股，也不准回到村里去。”而且，“发现谁在市里待不够半年就回村里的，乡里罚他家三千元，待不够三个月回到村里的，罚款四千元，待不够一月回到村里的，罚款五千元。若谁敢一转眼就买票回到村里去，那就不光是罚款了，是要和计划生育超生一样待着的。”

椿树村的人没有逃回村里，可是，城里工作不容易找，有人开始偷盗。被警察抓住押回，柳乡长把他们臭骂一顿，最后说的却是：“都给我滚回到市里、省会，广州、上海、北京那些地方去。做了贼我不罚你们，可二年内你们几个必须在村里办出几个小工厂，要办不出几个厂，再被押回来我就让你们在全乡戴着高帽子游街去。”女孩子进城干什么？无路可走，只能从事特殊服务。公安机关一抓一群，通知乡长到市里领人。在公安机关，柳乡长拍着胸脯做保证，回去要让她们挂着破鞋游大街，让她们没脸在世上做人。然而，从局里出来，走出很远，“柳乡长一回头，她们一个个都还列队跟在他身后，柳乡长便也眼盯着她们看，说你们还跟着我干啥呀，跟着我有饭吃还是有钱花？”柳乡长的训话很有意思：“有能耐你们自个儿当老板，让外乡、外县的姑娘跟着你们当鸡儿；有能耐你们去把那在我面前吐痰的警察整一整，让他妻离子散，家破人亡，你们去做那警察的老婆去，让他一辈子没有好日子过。……都给我滚去吧。一年、二年，你们谁要不能把自家的草房变成大瓦房，不能把土瓦房变成小楼房，那你们才真是婊子哩，才真是野鸡哩，才真的给椿树村和柏树乡的父老丢了脸，才真的没脸回家见你们的父母、爷奶哩。”

柳乡长把椿树村的人赶鸭一样赶到城里去，三年后村里就变了样，有了电，有了路，有了自来水，还有面粉厂、铁丝厂、铁钉厂、机砖厂和石灰窑。各家都盖起了新瓦房，“从村街上望过去，街岸上的瓦房、楼房齐齐崭崭着，各家都是高门楼，石磙儿狮子，门前有着三层五层的石台阶。”小说重点写的是槐花姑娘。三年前，槐花被乡里的汽车扔进了城市，半年后她就把她的大妹接到了城里，一年后又把她的二妹接到了城里，二年后她姊妹三个就在城里开了一个叫逍遥游的美容美发店，三年后就包下一个娱乐城。柳乡长想：“咋就不能在槐花家里开上一个全乡村干部的现场会，再在村头给槐花竖上一块楷模碑儿呢。”新的市委书记上任，等着他去汇报工作，他苦苦准备了好几天，但在去市里的路上，却突然改变了主意：不去汇报，先回去给槐花立碑。他说："我作为柏树乡的一乡之长，没别的报答槐花姑娘哩，我只能给槐花姑娘树这么一块碑。"那碑上刻的是"学习槐花好榜样"！这个乡长，让人恨也恨不起来，让人爱也爱不起来，却让人感动。作家似乎不动声色，却使我们看到了他的内心，他的无奈，止不住要为他流泪。

白连春的《抢劫》写的是这样一个故事：他打了整整一年工，一分钱工钱也没有拿到，无法生存，开始计划抢劫。最初，他想抢劫的是他为之打工的老板，但老板来去坐车，一个司机，两个保镖，一般人近不了身。那么抢谁呢？想了几天，发现老人好抢。说来也巧，他想抢劫，就遇到了一个善良的老人，在大年夜把他带回了家里。老人孤身一人在家，却对他毫无戒备，像母亲对儿子一样关怀备至。小说构思巧妙，对人性的挖掘也有深度。准备抢劫的青年面对一个善良的老太太，尤其是在抽屉里发现钱之后，那种把钱揣到怀里又放回抽屉，放回抽屉又揣回怀里，反反复复的过程，生动地再现了青年内心深处善与恶的较量。小说就在这种较量中结束，没有写出结果。这更真实，因为在我们的现实生活中，答案的确仍属未知，要做出选择，还需要时间。

王金昌的《好人岳先生》和尤凤伟的《替妹妹柳枝报仇》，虽然角度不同，展示的却是生活中的同一现象。岳先生七十岁了，却在"努力花钱，及时行乐，把与年轻姑娘的性福生活进行到死"。在我们的传统观念中，这无疑是一个流氓，但岳先生却自认为是好人，是在助人为乐。他的理由让你不得不考虑：他没有强迫，没有欺骗，一切都是自觉自愿。他有足够的钱，是那些年轻女孩需要的。岳先生的女人小娜也说："谁让我生在农村呢，你说的青春，我们农村的孩子有几个有？我们哪知道什么叫青春！我们的青春，就是上不起学，辍学在家打猪草，出来打工被说成打工妹受欺负……岳先生不但以我小娜的名义在北京给我买房子，还把我的父母带出农村，在深圳安家，把我的妹妹送进大学……"在尤凤伟的《替妹妹柳枝报仇》中，柳条咬牙切齿要找到欺负他妹妹的恶棍，为她报仇，因为妹妹进城打工，却成了老板的婚外女人。在居留城市寻找报仇机会的日子里，因为送水，他发现有一个男人同时生活在两个家庭，给一老一少两个女人做着丈夫。他要主持公道，先是找了年长的女人，女人说一切她都知道，不要他来管；然后他去找年轻的女人，她同样一切都知道，这种身份是她自愿的。最后，柳条终于放弃为妹妹报仇，回家去了。小说写的，是当下中国已经司空见惯的事，二奶也罢，三奶四奶也罢，都是自愿的，不涉婚姻，重婚罪也扯不上。人们当然可以从道德等方面对小娜们进行说教，但我想，在说教之前，如果不先给予她们想要的一切，一切都是白费，而且苍白而又空洞。

面对此类作品，有批评家热衷于从中寻找“无产者写作”“新左翼文学”或实在不新鲜的左翼因素，以弘扬“左翼文学”或“普罗文艺”的遗产。我读商昌宝选编的这部小说集，却觉得它的确是“打工文学”中的一个部分，也是“底层文学”中的一个板块，却没有看到左翼文学传统的多少痕迹。因为左翼文学最突出的标志，就是阶级意识和斗争精神，而且斗争不能是为工薪为利益的小斗争，而是着眼于远大目标。这一切，当代作家都离得很远很远。此中长短得失，无需我来多说，还是读者自己的阅读和思考更为可靠。

2013年12月　天津

关于性爱诗歌的一封信

——致稚夫

稚夫兄：

您好！

几个月过去了，答应的事却迟迟未能完成，一直拖到现在。原因是四五月间总是太忙，看学生论文看得昏昏沉沉，实在不想再读什么，更不想写什么；而我又想把诗选看完，以免完全无的放矢，所以就拖了几个月，还请见谅！

如今终于坐下来，考虑关于性爱诗歌的问题，觉得有些想法也许应该写出来向您请教。下面就想到一点写一点，拉拉杂杂写在这里——

一

首先应该感谢您寄书，感谢您做了一件很有意义的事。因为编一部性爱诗选，是应该做而一直没有人来做的，吾兄所做的，是一件填补空白的事。不知别人怎么看，我是很喜欢有人面对当下诗坛和文坛，编一些专集的，从性爱专集，一直到上访专集、强拆专集，自由梦专集之类，都很有意义。因为诗人个人的集子，特别是博客、微信中的诗，是一般人所难以全面把握的，只有依仗专家，才能一册在手，了解全局之大概。

仔细想来，性爱入诗本属天经地义。因为写性或者为性而写，本是诗歌的题内之义。我曾不止一次想过：如果人类没有性爱，也许不一定会有诗歌。众所周知，关于文艺的起源历来有多种说法，而且发生过一些争论，但事实上也许无需争论，因为起源未必单一，而且不同的艺术样式来路大不相同。比如，戏剧或许源于模仿，而诗歌却肯定与模仿没多少关系，即使“杭唷杭唷”也是诗歌源头之一，也不排斥更多的诗歌源自性爱。这是动物世界可以证明的：春季来临，猫叫猫，驴靠槽，那些平时不喜欢发声的动物也叫得很欢（或者很苦）。它们之所以突然有了“创作冲动”，并非有了什么灵感，而是发情期到了，需要寻找配偶。鸟儿四季都会唱，但什么时候唱得最卖力又最动听？无疑也是寻求配偶的季节。

飞禽的歌唱，走兽的嚎叫，相当于人类的诗歌。大多数人都承认诗是用来抒情的，而所谓情，还是两性之情更普遍也更强烈。所以，诗歌写性，是自然而然的事，历朝历代都少不了所谓“淫词艳曲”，正是它源自人类本性的一个证明。有些东西有禁即止，有些东西屡禁不止，凡屡禁不止的东西，大概都与人性有关，也许就是不应禁止的。

从另一方面说，诗歌既然是文学，文学既然是人学，性爱既然是人类生活的重要内容之一，自然会在文学中有所表现，也应该在文学中有所表现。对于人生而言，除了“食”之外，最重要的是什么？无疑就是性爱。没有食，就不能维持生命；没有性，就不能延续生命。造物主想得很周到，在创造人类时为了让它自行繁衍，赋予它性欲和满足性欲时所享有的快乐。如果没有这一点，如果孕育后代只是一种苦差，能有多少人愿意去为人类或族群无私奉献，实在是个疑问。而有了这一点，就无需号召，无需督促，甚至依靠权力禁止也常常无效。文化有很大的欺骗性，它由某些本能衍生出来，但在发展的过程中，人们却常常抓住了那些衍生出来的东西，而忘了根本。比如谈情说爱的整套文化，包括情诗和情书，说穿了，起因不过是诱异性上钩，以完成延续自身生命之目的。但文明的发展却使许多人更熟悉这套文化，而忘了它的根本。一些人谈论人生的目的和意义，常常说得不着边际。其实，人生的目的是什么？活一辈子，价值何在？答案当然很多，甚至为什么主义而奋斗，都可以成为人生目的的标准答案，但是，那种目的的合理性是需要复杂的多重推论才能得出的。如果去掉装饰物和衍生物，人生的目的其实与所有生命的目的一样简单：活着，繁衍后代。这是短暂的生命在历史长河中最基本的意义。

大多数植物的生命终点就是开花结果，除留下自己的种子之外别无目的。许多雄性动物是在完成交配之后就死去的；许多雌性动物是在生育之后就死去的。生育，繁衍后代，是其生命的全部目的，也是上天赋予它的全部使命。人是动物的一类，虽然创造了文明，但造物主赋予的最基本的使命却永远不会改变。在这一点上，古人、乡下人的认识比较准确，而当代城市人则常常忘本，常常本末倒置、舍本逐末甚至买椟还珠。

实现繁衍这一目的，当然离不开性活动。人类如果没有了性欲，没有了追求性满足的活动，仅仅依靠医学，大概很快就会灭绝。所以，人类重视性爱，诗歌涉及性爱，本是天经地义的事。

二

不过，性爱虽然重要，却不是人的生活中唯一或至尊的内容。

比如，吃饭就比性爱更重要。道理很简单，一个活生生的人，绝食一星期，差不多就死掉了；禁绝性生活，却是几年也死不了。所以，如果有人说性爱比吃饭更重要，那一定是说谎，要么是未过脑子，要么是别有用心。正常情况应该是“饱暖生淫欲”，性欲的产生及其满足，都是吃饱肚子之后的事。这层关系应该很明白，但一些生来就能饱食终日却唯独没有思考能力的人，却常常摆不正这二者的关系。

性生活在人的生活中占有怎样的地位？当然因人而异，有人也许需求甚少，甚至可有可无。有人则像性爱诗选中的一些诗作所说的，重要到可以什么都不要，只要性的满足。对一般人而言，它的地位如何呢？我想提出这样一个问题：你想嫁一个什么样的丈夫？你想娶一个什么样的妻子？

在对理想丈夫与理想妻子的设想中，一般人大概都不会忽视性的内容，因为谁都不会愿意找一个没有性能力的配偶。可是，对一般人而言，性能力固然重要，却肯定不是唯一或至上的条件。我曾设想，如果做问卷调查，把不同身份的人放在一起，然后请人们来做选择。这些不同身份的人可以包括性交大师、厨师、服装师、流行歌手、诗人、富豪、总统、部长、将军等，如果社会实行的是多妻或多夫制，可以做多项选择，肯定有人会选若干项，甚至干脆全选，但在一夫一妻制的情况下，只能做单项选择，一般人会如何选择，大概不难料想。不排除有人会选择性交大师，但无论在西方还是东方，这一项都不会得票最多。享受性高潮是一种幸福，但任何人都不可能一年三百六十天日日夜夜在床上。人生的幸福是由多方面合成的，需要吃饭，需要穿暖，需要安全感，需要得到社会认可，哪方面缺了都可能影响幸福感。所以，性交冠军如果是穷光蛋，想要他的人大概就需要先找一个富豪结婚。人生的各方面都完美无缺，对绝大多数人来说只能是梦想。所以，哪些重要，哪些不重要，哪些是必须抓住的日常生活，哪些是可有可无的浪漫享受，换句话说，什么是雪中炭，什么是锦上花，什么是水，什么是酒，想明白这些，就成为人生的重要课题。也只有想明白了这些，才不至于因青春激情或一时冲动而葬送自己的全部人生。

就此而言，在诗中把性爱说得至高无上，或者眼里只有性爱而不顾及别的，就实在是自欺欺人。如果只是骗骗自己，倒也没什么，对不起养育自己的父母而已；如果因此而使少男少女误入歧途，为性欲的满足而不顾一切，真的不要名誉和地位，不考大学不工作，就是不可原谅的罪过。

三

诗歌中的性表现，应该也有优劣高下之别。在我看来，标准主要有三：一是健康，二是自然，三是新颖独到。健康的，就不是病态的，不是被扭曲的；自然的，就不是做作的，不是虚张声势或刻意遮掩的；新颖独到，就不是说一些人人皆知的事，更不是人云亦云的说法。

写性爱，最容易暴露作者是否健康，也最容易看出趣味和境界。其实，这也是一些人不写性爱作品或不发表性爱作品的一个原因。也许因为压抑太久，也许因为知识和观念的局限，一些人笔下的性生活常常不是健康的状态，而是夸张的、变形的、被扭曲的。比如局部放大、反复渲染、佯装淫棍或荡妇、刻意选用粗鄙词语……都不是值得赞美的健康状态。性冷淡不是健康状态，但过于亢奋、过于敏感也不是健康状态。正常人在这方面应该有足够的能力，而不该有过剩的兴趣。兴趣过剩，常常是与能力欠缺并行的。在比较开放的地方，色情电影是少有人看的。去看色情电影的人常常不甚体面。这里说的体面，不是身份、地位和尊严，而是从相貌和神态就表现出来的某种负面，不阳光，不亮丽，不大方，面色灰暗，举止猥琐，善良的人们当然不会歧视他们，却也很难心存敬意和爱戴。

在当代中国，像你我这一代人，以及比我们年长的一代，大多存在一个问题：青春时代被剥夺得太多，欠缺太多，所以到了一定的时候，就有一种寻求补偿的心理。因此，在一些人身上，就有了对欲望的极度痴迷，对钱如此，对性亦如此。面对一些痴迷于金钱和性的人，我常常感到很困惑：是真的穷怕了吗？以至于如此病态地赚钱？完全忘了钱的价值和功能！是对自己的婚姻生活严重不满吗？是对男女真情极度厌倦吗？脸色灰暗，行色匆匆，热衷于与不同的肉体摩擦和消耗，到底是为了什么？一些人尚在盛年，看上去却已行将就木，拖着疲惫的躯体，急不可待地去糟蹋自己的余生，从早忙到晚，把自己折磨得精疲力竭。那就是幸福吗？其实，那是一种病，精神上和心理上的病。在这种病态下写出的作品，很难是健康的。

还有一种情况，似乎也值得思考。在我的记忆里，故乡把因性压抑而起的一种精神疾病叫“淫疯”。它近似于我们常说的“花痴”，但比花痴严重得多。患者男女都有，症状是喜欢露阴，脱光了满街跑，哪里异性多就到哪里去，大喊大叫，满嘴都是性器官名词和性行为动词。这种病容易治，如果是男的，只要给他娶个老婆，马上就好；如果是女的，解决的办法也是马上把她嫁出去。因为只要有了正常的性生活，那种状态就会消失，一般没有后遗症。

在阅读某些性爱诗的时候，我几次想到了这种病。让我疑惑的是：在我们这个时代，还会有人因为性压抑而在文字中寻求补偿吗？

健康和自然是相关的，如果生理或心理不健康，就很难写出自然舒展的美好诗篇。什么叫自然，我想，如果能像对待其他器官一样对待性器官，像对待吃饭、睡觉、走路、劳作一样对待性行为，不遮遮掩掩，不显微渲染，总之不存特别心思，表现出来，大概就能大方一些，自然一些，少一些下水道的潮湿霉味，多一些阳光下的原野气息。

更重要的是新颖和独到。写性很难免俗。我这里所说的俗，并不是“不雅”或“难登大雅之堂”的意思，而是它太普遍，太普通，人人在做，却不知何处有传奇、何处可超凡——这是真正意义上的“俗”。

认真想来，性爱，古往今来许多人都写过。历代的“淫词”不必说，就是供在大雅之堂上的著名诗人，也大多写过。一般人不大了解，主要原因有二：一是文学史不讲，把它遮蔽掉了；二是诗人自己在编集子的时候，已经筛选或删改掉了。于是，一些曾经存在过的床上写实诗不见了，调情煽情诗也不见了。这不难理解，因为人是社会动物，需要维护方方面面，需要面对自己的妻子、儿女、情人、友人，别人的脸面，自己的形象，都不能不有所顾虑。但是，这并非诗人们不珍惜此类诗作的全部原因。还有一个重要原因是：这类作品的确很难写。性爱在人的生活中的确很重要，但重要并不一定适宜在诗中表现。吃饭也是重要的，甚至比性爱还重要，但翻遍古今中外名著，详详细细写一日三餐的诗歌却很难见到。小说亦是如此，《红楼梦》写过一些吃的细节，但如果扳着指头数一日三餐，大观园里的女孩子大概早就饿死了。之所以如此，并不是曹雪芹对吃没有兴趣，而是一般性地写吃饭，肯定是出力不讨好。从食物的差别到吃法的差别，肯定是有的，但可写之处实在并不太多。如何把食物送入口中，如何咀嚼，如何吞咽，如果大家都这样写，自然远离了艺术的要求。所以，一些东西人们不写，并不是因为不敢写，而是因为无须写。一日三餐，人人皆知，吃的方式，大同小异，略过不写，倒是明智的选择。

性爱也是如此，生活中大家都在做，但在诗中怎样才能免俗，才能让读者耳目一新，是需要认真思考的。

四

有人把写性看作一种挑战。面对当下，我总觉得这说法有点夸大其词。

对于中国当代文学而言，写性的确曾经是挑战，是对生活的反抗，也是对文学禁区的突破。但那是三十年前的事，张贤亮、王安忆、伊蕾等人都曾是先锋战士。当伊蕾高呼自己是一片干裂的土地而呼唤“野性的风暴摔到我身上”的时候，当她说“我是深深的岩洞，渴望你野性之光的照耀”的时候，当她在组诗《单身女人的卧室》的每一首最后都写下一句“你不来与我同居”的时候，的确是挑战，是哀叹也是呼唤，因为生活中禁锢太多，文学的禁锢也太多。但在他们之后，禁区已经突破，性描写挑战的对象是什么？的确有涉性作品被禁，但从20世纪末的《上海宝贝》，到21世纪的《为人民服务》等，被禁的原因并不是因为写性爱，而是写性的同时亵渎了所谓神圣，或算不上神圣的什么脸面。告别80年代以来，中国文学的性描写事实上没有多少进展，但究其原因，并不是像自由、民主等主题的停顿那样遇到了外部障碍，而是文学自身没有提供多少新东西。具体地说，就是诗人们对性的认识和表现都没有大的拓展。

我的粗浅之见是，诗歌写性天经地义，探索和拓展值得充分肯定，但此处不应成为意志薄弱者的逃避之地。清醒者应该拒绝催眠，拒绝沉迷，拒绝让自己成为一堆肉。

五

读《中国性爱诗选》，常有惊喜，比如你的《卖淫女情歌》，比如楚子的《行为艺术展演》，以及何路的《十八次高潮》等，都有一些新奇独到的想象，有一些让人眼前一亮的句子。包括希望自己身体上能有十八个温柔的小洞洞，能同时接纳十八个男人，也让人不得不佩服超凡的想象力。当然，因此就呼唤贪官和政客都到自己身上来，并且以为这样就可以使他们恢复人性，却是异想天开。

我过去读尹丽川的《为什么不舒服一点》，知道她是妙手。这次读到她的《爱情故事》，也觉得很不一般。让男人留在自己身体里，开始很不习惯，于是一夜失眠；但在他清晨离去之后，却又不习惯那“多余的东西”失去之后造成的空缺。尤其是诗的结尾，“此后，我空空荡荡，直到老去”，足以让人动情。那个男人如果有情，读这样的诗，应该爱她一辈子。这样的诗的确是在写性，而且是在写别人未曾写过的性经验，但已经不只是性。

巫女琴丝的几首诗给我留下了不错的印象，因为它别出心裁，拓展出一片新天地。比如《一个少女对刑场的感性认识》，尽管那小乳房未必娇艳，被判死刑的二十二个男人也未必对小乳房多么感兴趣，但一个少女面对刑场，想献出自己的小乳房，大概任何人都不能不承认这想法和情怀都是独到的。再比如《一个小女孩对公共浴室的印象》，小女孩欣赏一个漂亮的女体，被母亲制止，回头看见的却是母亲那“烂茄子似的胸肉”，它很真实，也有深度。《四张毕业照》以另类的想象见长，那样的毕业照，大概生活中是没有的，但所写的内容却在情理之中。

不过，阅读的过程中也常有不好的感觉：一些作品太俗气、太无聊，不仅毫无诗的元素，而且透露着知识的欠缺。尽管有了近几十年的性开放，但诗人们的相关知识却依然可怜。比如，以为荡妇是稀罕物，以为淫棍是凤毛麟角，以为中国人真的禁欲或者性无知，这显然是对中国传统缺乏了解所致。只要读过一点书的人都应该知道，中国是性技术的先发达国家，房中术留下了众多典籍。一些有名有姓的历史人物，“夜御百女”之类的记载虽然令人生疑，但壮伟的男子在集市上表演坚硬和耐磨，却是并不罕见的史实。直到1921年，北京大学收集民间歌谣，得到的也不乏充满“污言秽语”的黄段子。其实，要谈民间艺术，最高超最精彩的部分，往往就在泛黄之处。

至于耍荤口，当代诗人大概无论如何都赶不上传统的民间说唱。说一个例子吧，今日中国人都熟悉《水浒传》，因为它是所谓“四大名著”之一，可是，在百年之前，甚至在半个世纪之前，山东百姓最熟悉的却不是《水浒传》，而是《武二郎》。说书人中除了“说西湖打鼓的”之外，还有一种“说武二郎的”。说武二郎的，若论艺术形式，应该是山东快书，但它不是一般的山东快书，因为它有特别之处：处处“脏口”，极尽性事之夸张和渲染。比如一段“孙二娘开店十字坡”就可以天天晚上说三小时，一个冬天说不完。说书人也有一些规矩，比如晚饭后刚刚开场，有许多女人和孩子，所以说的是雅段子。一个多小时之后，说书人就开始轰女人。女人们知道往下将要说什么，想听也不好意思往下听，于是相约离场。这时候“武二郎”正式开始。它的荤，我至今在文艺作品中没见过。东北的二人转，未经净化的我看过，但更多的是男女挑逗和打情骂俏，无法与“武二郎”相比。比如说孙二娘对武松用过蒙汗药之后，要把他背进厨房剁成包子馅，意外却发生了：“孙二娘背着武松走，忽觉得腚沟里硬棒棒，奇怪奇怪真奇怪，怎么人死它还活?! ……”接下来就是武松与孙二娘的性爱戏，翻天覆地，没完没了，不可信，因为男人女人都没有那本事，描写极为细致生动。直到武松离开十字坡，说书人还不放过，“武二郎急急往外走，那行货还在孙二娘的炕沿上……”

我说这些，只是要说，一些性爱诗的荤活儿，离民间说唱还差得远，所谓荡妇们的宣言或淫棍的广告，也远不如村妇骂街来得生动。诗人们如果要走那条路，也要考虑如何超越。否则，比民间说唱和泼妇骂街等而下之，就不值了。

本来简要说几句，没想到一下子说了这么多，不知吾兄以为然否？

顺颂

夏祺！

李新宇

2015年7月31日

序荒田《父亲的圣经》

荒田是我的学生。当老师的有个毛病，看学生的作品，会像批作业一样挑剔。

我就是用那样一种挑剔的目光看这部书稿的，结果读着读着，却忘记了挑剔，因为我被打动了，而且流下了眼泪。荒田对他父亲的那份深情，那份理解，让我动情。

父亲连带着故园乡土，在荒田的心里显然很重，甚至成为一种情结。因为这种情结，使荒田有根，使他的文字有根。当代中国人，包括多数作家，大多是无根的，漂浮于被运动的时代泡沫间，自然会随波逐流，挤来挤去，看上去忙忙碌碌，是在奋斗，最终却往往是一无所获，两手空空。我想，荒田大概不会这样，因为他植根于生他养他的那片故土，与他的父亲——不仅父亲，还包括爷爷奶奶、历代祖先化入那片土地的血肉凝结在一起。

在这本书中，大多数篇什都有他的父亲，专门写父亲的《人在隔壁》《我父亲住的地方》等不必说，即使在那些并不专门写父亲的篇章，也到处晃动着他父亲的影子。最能打动人的，是他作为一个儿子对父亲的思念，对父亲的理解，以及对父亲一生苦熬的深切同情。

这是我一边阅读一边抄来的句子：

“此时我正在威海的家中，逸乐逍遥，没法想象此时节父亲身在何方，魂归何处，状况如何。外面冷风呼啸，此时父亲是像在荒草间瑟缩的冬虫，还是像在冻土里涓滴的阴水？是黄泉游鱼，还是旷野孤魂？是茹冰啮雪，还是食人间谷气？是悲戚哭告，还是大笑狂歌？谁能告诉我？……”

“外面菊花正好，我在赏菊。这时候，父亲赶着马车从菊花丛中走了出来，不疾不徐，在时光里走。……真不知道忧郁的马车和忧郁的赶车人还要走多久。他们已经从这个世界上消失了，却在一个人的心上走着，没有尽头……”

“父亲走得决绝，衣冠用具全带走了。他清苦的一生也没有留下任何音像或文字资料……有时真想使自己变成一个白痴，连日有所思也没有，自然也不会夜有所梦。有时又怕变成白痴，父亲一生留存，只有儿子的记忆，若儿无记忆，又到哪里去找寻老父呢?”

这些文字，都是情之所至的产物，不是依靠艺术技巧所能生成的。荒田对父亲的这种感情，大概由于父亲的早逝，因为父亲早逝，荒田的心里留下了永远无法磨灭的愧痛；大概还因为父亲吃了太多的苦，因为种种原因，也是时代的赐予。儿子本想要孝敬和报答父亲，给父亲的人生些许补偿，但父亲匆匆走了，使儿子永远失掉了机会。这种伤痛不是一场号啕大哭就能了结的，它进入灵魂深处，凝结成粒粒珍珠，不经意间，就要在笔墨中流露出来。笔墨之所以动人，历来不在技巧，而是在于掺入执笔者的血或泪。

荒田的文字，不仅为父亲留影，为父亲存档，而且也为农民留影，为一代父亲存档。他们被掠夺、被欺凌、忍辱负重、委屈生存的历史，从这里可以看到一斑。

除此之外，我所喜欢的，还有荒田笔下的风俗和景物，还有未被普通话和主流文化所覆盖的乡土语言和文化。如今的中国正在大讲文化，而且似乎非常尊重传统，但只要仔细打量，被尊重的却只是几千年主流的体制与规范，老百姓真正生活于其中的那些文化，正在被无情扫荡。有一句话叫“文化侵略”，当下中国乡间，正在面临着一场可怕的城市文化侵略；还有一句话叫“话语霸权”，当下中国乡间，早已无法抵抗由主流媒体构成的话语霸权。这一切的后果，已经毁灭了传统的乡土文化，使乡民忘掉了自己的语言，使年轻一代不再会说前辈所熟悉的那些话。从这个意义上说，荒田这本书很有价值，因为它保留了许多乡间的文化和语言。比如：“苦酱碟子”“面曲曲”“扁竹草”“灶心土”“鲫瓜子”“鲤羔子”“麦穗鱼”“媳妇头”……不知荒田故乡学校里的孩子，还有几人能认识它们。不认识不要紧，可以去查词典，可惜的是，词典里也往往找不到，原因众所周知，当今的教育，要让孩子们只记住一个标准答案，所以不要那些所谓土语和方言构成的诸多别名。所以，面对一些事物的乡间名称，我们往往已经听其音而不知道是哪几个字，所以写不出来；有的我们能写出文字，却只会用普通话读它，而读不出它本来的正确发音。我们的母语在哪里？荒田散文就保留了一些他的母语，尽管只是点点滴滴。

从涸河里逮到几斤重的泥鳅，这是讲科学的生物学家敢相信的吗？因为根据教科书，泥鳅长不了那么大。“堪”字的正确写法应该是繁体“讲”字换上土字旁；“岚”字的繁体字有一首顺口溜：

一点一横长，
二点扣四方，
两个绞丝来打仗，
左一长，右一长，
中间夹个马娘娘，
心字底，月字旁，
担杖钩儿晒衣裳，
一晒晒在山顶上。

什么是文化？这就是文化。在它无可挽回的败落之际，记下它的点点滴滴，也是好的。不知别人怎么样，只说我自己，我读文章，一旦读到自己熟悉的“方言土语”，总是感到特别亲切。

如果走向深层，一些段落也非常动人：

一个有几百年历史的村庄，在1960年5月25日彻底解体。当天迁往辽宁营口的乡亲走到烟台，其余的乡亲投亲靠友，星散于涝口、凤凰崖、哨里等村。家庙毁弃，家槐枯倒，聚族而居的家园也沦为宅口。宅口之得名，在于家宅房上梁瓦被强行拆除，残垣断壁如口之象形。家宅如口，它呼告着乡村的悲情命运。

所幸村庄依赖一个乡村医生的一张纸而存活。

写逝去的村庄，在当下中国，应该是大事。因为如今的强行拆迁，使千年古镇化为废墟，建成高楼小区，强迫农民上楼，大江南北都不罕见。现在那些忙碌着的年轻人，也许还没有功夫怀旧，但在不远的将来，可能就要寻找自己的家园，再次像荒田那样苦苦寻找，并久久叹息。所以，有心人应该把一切记下来，留给后人。

荒田说，他对写作没有多大信心。我想告诉他，应该更有信心，因为这是在守护一种文化，是在履行知识者的神圣职责。它的意义不亚于守护正体字，而且本身就是在捍卫民间记忆。荒田又说，他不怕打上农民的烙印。我要说，怕打上农民的烙印，这心理本来就不该有。父亲是农民，自己是农民的儿子，这永远值得骄傲，因为它是天底下最正派的出身，最正当的职业。在当下中国，农民地位的确低，甚至出现了连过去被视为“下九流”的人也看不起农民的怪现象。但这不是自然现象，而是社会被扰乱的结果，是半个多世纪权力对社会强行安排的结果。一旦社会步入正轨，一切都会改变，作为农民的儿子，更应该有信心。

2014年1月　天津社会山寓所

林贤治的鲁迅研究

考察鲁迅研究的现状，大概不难发现几种不同的情况：第一种是所谓学院派的“纯学术”，无所谓精神立场，也无所谓价值取向，只是根据某些考核指标，敷衍成文。那是为稻粱谋的学术，涉及生存，无可多责，而对学术发展和精神建设而言，它的作用大多可以忽略不计。第二种情况被称之为“贬鲁派”或“倒鲁派”，他们有鲜明的立场，也有明确的目标，无论手法是曲是直，宗旨就是要挑鲁迅的毛病，把鲁迅贬得越低就越痛快。这一派的情况事实上比较复杂，不可一概而论。第三种情况构成了所谓“尊鲁派”或“挺鲁派”，顾名思义，是尊崇或力挺鲁迅的。当然，这一派又有两种情况：一是盲目尊崇，甚至尊崇的仍然是过去神坛上那个偶像；二是真正了解鲁迅，在深入研究和理解的基础上尊崇鲁迅、弘扬鲁迅真价值。林贤治属于后者，而且是重要的代表人物。

林贤治不在学院，所以，他的研究并非谋生手段，更不是为了多出成果以便评什么专家、什么学者之类的名衔，多拿一笔津贴。他研究鲁迅，主要是因为个人的兴趣和精神需求。认真想来，学院派的许多人之所以研究鲁迅，往往是由于专业要求，或者由于学位论文的选题，而学院之外的一些人，当然也有学院内的少部分人，之所以走向鲁迅，往往与人生体验有关，与精神上的某种挫败感和压迫感有关。林贤治当然属于后者。由于这样一种起点，他就很难像学院派的一些学者那样只是把鲁迅当作一个研究对象，而是带着强烈的思想和感情上的共鸣，一方面寻求精神上的支持，一方面寻找自我抒发和宣泄的渠道。这种言说当然不可能像一些学院派学者所标榜的那样价值中立，而是表露着研究者的思想感情和种种倾向性。

林贤治不喜欢学院派，似乎已是众所周知的事实。据说，他是反对学院派、反对学术规范、反对大学体制的，而一些学院派的学者自然也对他大摇其头，但是，这实在是林贤治的可贵之处。因为学院派也罢，学术规范也罢，大学体制也罢，堕落到今天这种地步，如果没人反一反，这个民族的知识分子就更让人失望了。当然，从道理上讲，进行学术研究，学院派是应该有优势的，重要成果也应该出在学院中，但现在的情况却并非如此，因为种种项目、规范、评价体系的制约，体制内的学术大多成了内卷形的包头白或卷心菜，四周很圆，枝叶紧缩，既无知识发散，也无思想伸展。这当然不是林贤治所满意的状态，因为他是鲁迅精神的传人，难以欣赏那种把鲁迅放在手术台上进行冷静解剖的技术表演，所以他不会那样做。他的突出之处，就在于他是带着自己的人生体验而走近鲁迅的，是带着自己的激情，带着自己的痛苦和梦想而走近鲁迅的，从来不掩饰自己的精神立场和价值追求。

就我个人而言，最先开始关注林贤治，是因为他的《人间鲁迅》。我喜欢这个书名，在书店第一次看到这本书，第一反应就是：鲁迅应该回到人间了。之所以有这种感觉，是因为在过去相当长的一段时间里，鲁迅被高高捧上了神坛，成了不食人间烟火的神。因为披上了红色袈裟，不仅不可非议，甚至成了打人的棍子。他的某些只言片语，也常被拿来作为反人道暴行的理论依据。那种神化，本意是让他更加伟大和神圣，但就像上帝是根据人的形象塑造的一样，造神者所依据的，只能是自己的形象或自己理想中的形象，结果，就把鲁迅弄得青面獠牙，不仅让人望而生畏，而且有点面目可憎。今日中国有许多人反感鲁迅，正是那样造神的结果。如此情况下，林贤治要把鲁迅从那样的神坛和战车上请下来，让他回到人间，恢复本来面目，这无疑是对鲁迅的一种解救。而且，这种解救事实上已经显示了后来他与一些人争论的基本出发点：提醒人们不要因为鲁迅曾被绑架而让他去做绑架者的陪葬。

在过去的教科书和一般研究著作中，常见的做法往往是先从某种政治立场出发，把鲁迅划入某个阵营，并由此划分出他的“敌人”和“战友”。对此，林贤治显然不以为然。他有他的清醒，能够超越政治壁垒造成的遮蔽，也就不难看到一些所谓战友的面目，看清他们与鲁迅的真实关系。在这一点上，《鲁迅的最后十年》是值得称道的。在作者笔下，鲁迅与创造社、太阳社、左联领导人的关系得到了清理，矛盾、分歧、对立和斗争得到了展示，让人们看到了过去教科书和主流叙述中的许多谬误。在此之前，没有哪一位学者进行过这样的清理。

在广西师范大学出版社新版的四本书中，《反抗者鲁迅》写得生动活泼，学术性不强，很像一本普及性的书。但是，它的命名却体现着作者对鲁迅的一种认识，具有很大的学术价值。林贤治研究过加谬。加谬曾经如此比较过反抗与革命：一、革命从思想开始，将思想注入历史经验中，而反抗只是从个人经验走向思想的运动。二、反抗对结果不做承诺，既不建立政府，也不阐明理由，事实上是目的模糊的抗议行动；而革命，却是以思想规定行为，用理论改造世界。三、反抗不一定杀人，革命却往往不可避免要流血。加谬甚至认为，法国的1793年之前是反抗的时代，而此后是革命时代，其标志就是断头台。他还认为，在20世纪，斯大林、墨索里尼、希特勒等人所显示的革命，都导致了国家权力的强大，与反抗精神格格不入。根据加谬的这种划分，鲁迅自然不是革命者，而是一个反抗者，一个反抗的思想家和文学家。林贤治对鲁迅的这种定位，应该是准确的，也是对过去结论的某种颠覆。

林贤治不掩饰对鲁迅的偏爱。在这个世纪之交，由于现实的复杂作用，鲁迅与胡适，面临着重新选择，鲁迅面临严峻的挑战。在这个过程中，林贤治成了鲁迅捍卫者。我不赞同在鲁迅与胡适之间进行非此即彼的选择，不赞同因为鲁迅曾经被利用，就让他去为利用他的力量殉葬；也不赞同以鲁迅的是非为是非，像鲁迅晚年那样对待胡适。但我赞同林贤治为鲁迅所做的一系列辩护。是他指出人们对于鲁迅存在种种偏见，那些否定鲁迅的人们心目中的鲁迅并不是真实的鲁迅，而是“文革”文化所塑造的那个鲁迅。对此，林贤治无法接受，因为他知道只是把鲁迅与恨、斗争哲学联系在一起是不公正的，知道鲁迅有大爱，有大悲悯。他认为爱与憎是无法分开的，一个人如果对人类怀有大爱，面对人类遭受的种种摧残和扭曲，就不能没有憎恶。不憎恶邪恶，就谈不到对人类的爱。人被压迫的时候，为什么不可以斗争？消解一切斗争，后果将是什么？

90年代以来，理解和宽容成为时尚，一些人批评鲁迅不宽容。林贤治指出："从伏尔泰、洛克以来，'宽容'一词，都是针对政治和宗教迫害而发的，而且主要是针对国家权力和集团势力而发的。"对于无权者个人，如何谈得上宽容别人？根据他的观点，如果是学术之争、笔墨之争，谁也没有权力封杀对方，自然不存在谁宽容谁的问题；如果是强权压迫，就只有是否宽容被压迫者的问题，而不存在被压迫者宽容压迫者、被施暴者宽容施暴者的问题。

林贤治坚守知识分子的批判精神，显示着鲜明的道德立场，在这个不谈道德的时代，不可避免地被一些人指责为"道德理想主义"。不知道从什么时候开始，道德理想也变得不受欢迎，大家都不讲，或许多半是因为长期置身于下滑的文化之坡，大多数人都经不住道德追问。可是，因为大多数人的屁股都不干净，丑就可以变成美、臭就可以变成香、无耻就可以被原谅吗？精神标高和道德底线就可以不要吗？其实，这正是这个时代的悲剧。从这个意义上说，多几个林贤治，倒可以成为精神和道德下滑路上的绊脚石。

序高原诗集《沃野》

我与高原至今没有见过面，之所以知道她，完全是因为她的诗。

最先她来我的博客，留言说她是青州人，我的同乡，而且是桑恒昌的弟子，桑老师推荐她读我的文章。我有很深的故乡情结，老乡见老乡，虽然不至于两眼泪汪汪，却也会立即感觉亲近许多。桑恒昌是我敬重的诗人，我们之间虽然来往不多，但从80年代到如今，也算老朋友了。我是信任师承的，既然是桑兄弟子，自然不能与一般文青等量观。待到有闲去她的博客，读了她的一些诗，心中很是惊喜：我的故乡真的升起了一颗诗星?!

说真的，近二十多年来，我对“诗人”的印象不是很好，而且越来越不好。究其原因，也许是对诗人的期望还是太高，而眼下的一般所谓诗人，又实在太不争气。没有呼号，没有歌哭，不再愤怒，不再呐喊，不再是反抗者与挑战者倒也罢了，连美的寻找者与发现者也不多见，既然如此，诗人自然不再值得关注。事实上，我们这个时代的诗人，大多已经成为一群没人理睬的孩子，尽管总是有人在自己的小圈子里折腾，却就是不能引起人们的关注。

还有一个现象是：在这个时代，还有谁不能成为诗人？我是认真想过这个问题的，结果真的想不出。因为根据时髦的理论，诗人并不需要知识，也不需要思想，也不需要高度，也不需要深度，所以，白痴自然可以写出白痴的诗，花痴自然可以写出花痴的诗，都是不能歧视的，否则就是万恶的贵族倾向。而且，口语至上，自然不必讲究遣词造句，错别字可以是一种特色，网络语言不就是在特定情况下写一些错别字吗？病句更是独特之处，何况，所谓病句，标准应该由谁确定？这样一来，诗就无所谓优劣，也就没有人不能成为诗人。

所以，这个时代的诗人几乎遍地都是。有一次我要去某省，有朋友提醒我千万不要在那里发表关于诗歌的言论，我问为什么，他说，“那里诗人太多，别不小心踩着一窝。”其实，又何止是某省，别处诗人也不少。一些人似乎没有别的事情可做，于是就成了诗人，但除了哼哼唧唧之外，基本写不出什么东西。不过，越是这样的人，常常越是自命不凡，拉帮结伙，这一伙看不起那一伙，那一帮瞧不上这一帮，关起门来评奖、排座次，自己就似乎真的成了江湖老大。一些人几乎不读书，也不思考，而且相信天才不需要读书和思考，只要有美酒与美色，灵感自然降临。这种状态下写出的作品，能为读者提供什么？诗歌失去读者，不能只是埋怨读者、埋怨社会，自身的时代病也是重要原因。所以，就连我这样的本来对诗歌充满感情的读者，也渐渐懒得读诗歌了。

然而，当我进入高原的博客，却一下子就读了进去，一直读到她很久之前发的帖子。高原不疯不狂，而且很谦卑，未脱吾乡吾土的某些稚气和土气，却又不乏灵气，这都是我喜欢的。她也许没有多少高深的东西，也没有多少奇特的手法，但她决不虚张声势，决不故作高深，不装模作样，不炫奇作怪，而是实实在在地写自己的感情、感想和感悟。做老老实实的手工活，一些诗却的确写得不凡。

她自称是一个从山里走出来的女子，喜欢用一颗纯净的心去码字，不为成绩，不与人争，只为不虚度自己的人生。我一下子就被她的这些话打动了。说真的，抱着这样的态度写诗，才是真诗人。如果写诗是为了谋名谋利谋地位，当然也可以，而且是任何人都无权干预，但那诗就会和它的作者一样，最终是俗而又俗。高原清楚地知道，因为知识结构和思想准备方面的原因，她大概暂时无力去追求丰富和深刻。然而，诗一定要丰富吗？单纯也是一种美。诗一定要深刻吗？深刻就必定来自思想而不可以来自感受吗？显然未必。高原码出来的诗行一点儿也不复杂，一点儿也不深奥，却能打动人心。能打动人心的东西，自有其深刻之处。她的诗大多短小凝练，很柔软也很纯净，也很有味。尤其是那些情诗，总是让人看到一个眼中含泪、深情无限的抒情主人公，爱得那样热烈，爱得那样痴迷，爱得令人为之心痛。

云是高高在上的，也是来去不定的。谁如果爱上了云，真是幸也不幸。而《看云》中的主人公为了等待，“不敢错过一场雨”。爱就爱得痛快淋漓，固然是一种美，但爱得刻骨铭心而得不到阳光照耀，也是一种残缺的美。没有得到，就已经怕失去，也是一种美。“不敢说出那个字／怕乱了季节／／再也听不到／绿色的声音”（《想》）。“天使的翅膀／是羽毛／还是雪花”？之所以有这样的疑问，是因为总想抓住天使，而留在掌心的却只是泪水（《你》）。“错把你的微笑／嫁接在心里／用沉默／雕塑一生的时光”（《错》）。“捡起你剥落的鳞片／做我掌心的月亮”（《今夜星光灿烂》）因为这样一份感情，雨花石也自然是因爱而成，“在泪水里洗刷自己”（《雨花石》）。《给我一朵花开的时间》表达的是一种美丽的祈求，并不要求太多，只要“一朵花开的时间”，“做一回／你的梦中情人”“听我的脚步／是怎样／浮动于／你的弦上”……

爱上一个人，却得不到回应，或者因为种种原因而有梦难圆，于是充满渴望，为此而祈求。这是爱情中常有的情态，但诗人们写到这里却常常难免虚伪，为了自尊，为了面子，常常要把真实的情态掩藏起来，代之以高傲的公主模样。高原的诗不是这样，而是真诚地写出了这份情，这种情态，尽管是淡淡的，却是一种隐隐的痛：“真的／不再看你的眼睛／／可我／怎摁得住萤火／在——游”；“我站成一株／最远的芦苇／／哪怕你／永远／视而不见”。爱你，你却视而不见，我只能站在远处，像一株芦苇，远远地看着你……这份深情，在当代诗歌中已经久违了。因为一些所谓现代青年，已经是想得开，拿得起，放得下，习惯于逢场作戏，不再那样折磨自己。但是，我想请人们不要忘了，那是情诗中最珍贵的元素。如果没有刻骨铭心的真情，就写不了情诗。高原的诗，最动人的就是那些深情的文字所携带的那份思念、渴望和等待，以及那个过程中深深的苦与痛。正是这一切，加上那欲说还休的内心故事，给人以美的享受和足够的想象空间。这种多情才女的感情抒写是独特的，因为无论是“五四”时期的还是30年代，它都没有得到充分表现。石评梅因为置身于现代经典爱情之中，所以留下了一些，萧红的诗也多有这种苦味，但她们毕竟写得太少。而50年代以后，这种诗就没人再写。80年代爱情在诗中复苏之后，更多的是林子和舒婷式的，再后来则走向了性，拐弯进入另一方向，直至满篇都是性器官名词和性行为动词。然而，情，爱的渴望和痛苦，对于爱情和爱情诗来说，都是不可或缺的美。

这就是高原的诗留给我的印象。我所熟悉的大多数诗作，已被收入她的第一本诗集《在路上》。现在，高原又捧出了这本《沃野》。在这部诗集中，高原的精巧仍然显示着，而且更加成熟。比如《思乡》，“枕着家乡的几片花草入眠／不小心／把蝉衣落在童年”，文字的组合很有独到之处。再如《芦苇》，写秋天的芦苇，用“把青丝熬成了白发”，自然引出一种情绪，是因为禁不住“秋怨声声／雁鸣催人急”，从意象的择取到语句的锤炼，都见功力。她的诗依然以深情见长。因为一份情，菩提树在诗人的眼里，每一片叶子都“饱含泪的目光”，“你呀你！／多少残风晓月／都换不回／一个嫣然吗？”（《菩提》）因为一份情，我们看到的是“花开半朵／留一半与你／续前世未了的情缘”，“无缘的你啊！偏偏成为有缘人”（《缘》）。《青烟》《打坐》等诗写的仍然是一份不了情。心与心之间，真的是相通的吗？那为什么我的心越过千山万水，来到你的身边，“却不能在你心里／立地成佛”。爱，就想永远住进他的心里，在他的心里立地成佛，想象和用语都极为精到。

高原的成绩是值得祝贺的，但在为她而高兴的同时，我想说句也许有点扫兴的话：写诗容易，也不容易，诗神对于她的追求者，开始往往很宽容，越到后来越苛刻。这是众所周知的事实：一般文学青年在最初尝试写作之际大多写过诗，但在十年二十年之后却大多不再写诗，原因是写诗成功率极低。千里一道坎，爬上去就是一个更高的平台，可是，许多人走了九百九十九里，就再也走不动了。从这个意义上讲，高原是幸运的，她的诗已经引人注目，在诗坛有了一定影响。也就是说，她已经爬过了第一道坎。下面仍然是众所周知的事实：许多诗人写了一辈子诗，但真正好的往往不过几首，而且大多写于年轻时代。能够在诗歌创作的路上一步一个台阶越走越高的，人数极少。有句话叫“江郎才尽”，任何有才华的人都可能有才尽之时，一个更高的台阶没有登上去，诗情、诗思已经枯竭，这是常见的事。一旦诗情诗思枯竭，就往往需要对自身进补，进行调理。否则，已经掏空，却硬是要写，写出来的东西就是干枯的，不滋润的。所以，写诗不能勉强，不能定指标、赶任务。一切顺其自然，决不降低标准，无论面对多少约稿信，也决不粗制滥造，最终还是合算的。

与此同时，当前诗坛的风气是越写越空，一是空洞，二是悬空。一些评论家也是拼命向着空中提拔，好像越抽象就越好，越超越就越好。而事实上，诗人应该是首先属于他所生活的时空，与之向内相连，然后再考虑是否可以超越他的时空。写出自己眼前实实在在的生活，写出这生活所给予的感受，才是写作的最初动因。在这一点上，高原有优势，因为她从大山中走来，从底层走来，但愿这优势不要因为走近诗坛而丢失。

愿高原扎扎实实，一步一个台阶，写出更多更美的诗篇。

2015年7月　天津社会山花园

诗人孙瑞和他的诗

我虽然出版过几本关于诗歌的书，却很少写诗评，尤其是针对个人的诗评。几十年过来，只记得80年代前期写过一篇，是关于舒婷的；80年代后期写过一篇，是关于孔孚的；都是因为友情。告别80年代之后，我很少再关心诗界的事，所以写得更少，除了为几种诗集和丛书写过几篇序言之外，二十多年就写过一篇《作为诗人的袁世凯》。

然而，接到诗人孙瑞的电话，我却没有犹豫，打定主意放下别的事，先来写这篇文章。因为孙瑞不仅是我的同乡，而且是我文学创作路上的兄长，想起他，我就一下子想起许多往事。

第一次见到孙瑞，算起来已有四十多年，最后一次通信，也已经过去二十年。然而，疏于问讯，并不影响他在我心中的位置，更不影响我无论在什么报刊上，只要看到他的名字，就感到非常亲切。

我是1973年开始写诗的。众所周知，无论进入哪个行当，都要了解那个行内的人物。既然要写诗，自然是除了千方百计弄到几本普希金、雪莱、拜伦等人的诗集之外，还知道了一些诗人的名字。那时还没有机会读到徐志摩、戴望舒或者穆旦，对于活跃的当代诗人，当然首先是张永枚，他在诗界的地位，就像小说界的浩然，是当时那种红色诗歌的样板，所以，西沙之战爆发时，奉命亲临战场写作的，就是张永枚和浩然。全国顶尖级的样板人物离我们太远，所以必然要关注当地人物，于是，我就首先知道了两个名字：一个是张冠钦，另一个就是孙瑞。跟张冠钦的交往多一些，因为他在文化馆创作室，而那时的所谓创作室，似乎并无别的人，因为我一次次到那里去，都是只见张冠钦一人。见到孙瑞略晚一些，应该是1974年，记得春节过后不久，县里举办一个文艺创作学习班。二十几个人，地点已经忘了是在一中还是党校，只记得在一个很大的房间，同时住了十几个人，我是年龄最小的一个，而与我挨在一起的是刘保富（可惜已经去世了，愿他安息），另一位是朱崖中学的任校长——原谅我已经想不起他的名字，同时参加那次学习班的，多数已经记不起名字。

在那个学习班上，我见到了当时益都县几乎所有的笔杆子。张冠钦是学习班的组织者，也是指导老师，自然不必说。除此之外，著名人物就是写诗的孙瑞、写杂文的刘保富、写通讯的刘传功（柳学青）。他们是我们的榜样。大家都说，写工业就学张冠钦；写乡村就学孙瑞；要水平应该学习刘保富，因为他是唯一正经大学中文系毕业的；要努力奋斗，需要学习刘传功，因为他基础虽然并不好，但努力拼搏终于成功。记得当时有个歌谣："点了灯，熬了油，受了辛苦白了头。"说的就是刘传功。这歌谣稍微有点讽刺意味，但无论如何，凭着苦打硬拼，把自己造就成了大报的通讯员，作品从《大众日报》一直发到《人民日报》，让人不得不佩服。《人民日报》通讯员刘传功没参加那次学习班，诗人孙瑞也没有参加，倒是公认水平最高的刘保富参加了学习班，在那里与我们一起学习。不过，孙瑞和刘传功都到会上去了，而且不止一次，去了就与大家一起聊天。我在学习班上年龄最小，真的什么也不懂，所以只有带着仰慕倾听。因为知道孙瑞从1957年就开始发表作品，而那时他还是一个初中生，所以就觉得很了不起。有的人也许像我一样好奇吧，说着说着，就有人问起了孙瑞的创作历程，并且说起了"文革"之前发表作品有稿费的事。有人问孙瑞拿过多少稿费，他很谦虚，说没多少，有人就问：能买辆自行车吧？能买台缝纫机吧？想到的都是当时的所谓"三大件"。孙瑞笑笑说：买辆自行车，够了。于是一片羡慕的目光。因为在当时，你无论在哪里发表作品，都是没有稿费的。不过，那时也有一些方便，比如你往报社或杂志社投稿，是不需要贴邮票的，把稿子装入信封粘好，然后把信封剪掉一角就是了。人们都知道那是投稿的邮件，而且邮局的人会特别热情。

聊一阵子，诗人孙瑞离开之后，人们自然要对他进行议论，内容很丰富，从"神童"开始，到他的不幸遭遇，再到他的所谓艳遇，真的假的，各种传闻汇集。不过，随着后来的了解，知道当时的信息基本属实，比如，他的确是初中开始发表作品的神童。再比如，他的确是很不幸的——辛辛苦苦考上了大学（昌潍师专），上了一年，学校却停办了。按照正常情况，学校停办，学生总要有个安置，而孙瑞的命运，却是回家当了农民。1974年的孙瑞，好像是在哪个学校代课，忘记了。所谓艳遇也是有根据的，后来知道，的确是干娘的女儿成为他的妻子。祝福孙瑞老兄！难得如此终身伴侣！

从那开始，对孙瑞有了更多的了解，也就有了更多的关注。记得读过他歌颂公社秋收的诗，读过他写红小兵的诗，还读过他写宋江走后门的快书。1977年，我在仁河水库工地做政治宣传工作，曾经在《山东文艺》上看到他歌唱锄头的诗，曾经马上抄了下来，拿去给同事王兆来看，然后送到广播站请播音员广播。当时的播音员李艳华，一口标准的普通话，音色极好，曾经多次广播我那些假大空而且粗糙的诗歌和散文，使得政委几次对我大加赞扬，甚至曾经想让我专门搞创作。孙瑞的诗经过李艳华字正腔圆的朗诵，我们几个写诗的，都感觉特别好。

当然，那样的作品如果放在今天，我们未必感觉好。因为当时的孙瑞与我们一样，拿出去发表的作品必然是能够配合政治的作品，或者歌舞升平的作品。我和几个朋友，当时都写着两种完全不同的诗：一种是准备发表的，沿袭着从50年代到70年代的颂歌模式；另一种是为自己写的，可能很叛逆，所以不可能发表，甚至不能给外人看。当时许多人都写着这样两种完全不同的作品，就是后来成为朦胧诗代表诗人的顾城，在那一年，也发表过违心的颂歌。我不知道孙瑞是否也有私藏的作品，就他公开发表的那些作品看，他好像走的是张志民和严阵等人的路子。这路子与郭小川、贺敬之等人的热烈呼唤和放声歌唱不同，不是号角，不是鼓点，对政治运动有点疏离，而是致力于到生活中去寻找美、寻找情趣，化为某种诗意。然而，1963年之后，张志民、严阵等人都变了，开始“吹响战斗的号角”，不知为什么，孙瑞却没有变。不过，这条路子事实上也不是通途，因为无论《倔老婆子》那样的生活情趣，还是《江南曲》那样的意境，“十里桃花，十里杨柳……江南春，浓似酒”，美则美矣，在饿殍遍野的生活背景上，如此歌舞升平，如此为病态的社会和沉重的生活做修饰和点缀，就像杨朔那些看上去极美的散文一样，不会得到历史的原谅。

“文革”结束之后，孙瑞很快开始了自己的探索。很显然，他要寻找自己的路子，要找到真正属于他自己的东西。80年代中期，我收到他的第一本诗集《村风》，惊喜地看到了他的许多变化。语言技巧和意境营造的方式或许不易改变，却显示了新的认识和追求；作为乡土诗人，通俗易懂和明白晓畅的追求无需告别，但题材和主题却随着时代的潮流而改变了。从此之后，他一步步朝前走，一步步发现自我，重铸自我，终于走出了一条自己的路。当我在《星星》《诗刊》《人民文学》等权威刊物看到他的名字时，当我在一些诗歌选本上看到他的诗作时，作为同乡老友，我为他高兴，也为故乡骄傲。同时，心里真佩服孙瑞的坚持，对诗，如此忠贞，一写几十年，不离不弃，那是一种韧性，一种顽强。这种精神，无论是追求诗，还是追求爱情，都应受到命运的奖赏！

孙瑞的诗路很宽，歌唱农村改革，也写过讽刺诗，甚至写过反腐败的诗，但在我看来，那只是显示着他对现实生活的广泛关注，却并不显示他的优长，真能显示孙瑞优势的，是他的乡土情诗。说起情诗，它应该是诗歌之正宗。文学艺术，也许并非来自同一源头，但诗的诞生肯定源自表情。这从一般动物都可以看到，一些动物只有在求偶时才会歌唱，一些鸟儿只有在求偶时才会唱得动听。其实，那就是他们的诗，只是我们听不懂而已。爱情是诗歌永恒的动力，也是诗歌永恒的主题。然而，情诗并不好写。首先一个问题是，初恋的激动，追求的焦灼，失恋的痛苦，对于生命个体而言，的确是新鲜的，能够成为创作的动力，足以催生情诗。然而，那份让自己激动不已的感受，如果放在诗歌的历史长河中，是否还有地位？是否还有价值？结论往往令人沮丧：它已被反复写过了，你有什么拓展和深化？你为读者带来了什么新东西？艺术贵独特，重复别人，就不会有自己的位置。

从这个意义上说，孙瑞得益于他的执着，得益于他对乡土的钟情，得益于他找到了乡土爱情。历史的发展总是为不同的人提供不同的机缘。变与不变，就在于对机缘的认识；成功与失败，就在于对这机缘的把握。众所周知，乡间爱情一直以它鲜活的形态存在着。即使是火红的年代，无论高喊什么样的政治口号，男女之间照样会产生爱慕，高粱地里也照样会上演男欢女爱的永恒剧目。遗憾的是，在很长的一段时间里，这一切是被禁止的，文坛上没有它存在的空间。在样板戏中的人物全是鳏寡孤独的时代，在阿庆嫂的丈夫一定要被剧作家派到上海跑单帮的时候，在江水英必须是独身一人在家的军属大嫂的时候，别说青纱帐里的男欢女爱，即使是读自己的老婆这本“厚厚的书”，也只能在家偷偷读，而不可以到报刊上张扬。那个年代写诗的青年人，谁没写下过几首发自肺腑的爱情诗呢？但谁都知道，那是只能给恋人看的，却不可能拿去发表。只有到“文革”结束之后，进入80年代，禁欲的时代结束，这种作品才终于浮出水面。可是，爱情可以写了，诗歌创作却出现了新的情况：当小说作家成群结队集结于乡土的时候，诗人们的兴趣却大转移，几乎所有的开拓和创新都集结于都市，乡村成了被遗忘的角落。在这样一个背景上，执着于乡土的孙瑞，却开始大写特写爱情，给诗坛留下了独特的一笔。

据说，孙瑞发表的诗歌上千首，爱情诗约占五分之一。我没有读那么多，但一些影响较大的作品，却看过，并且留下了很深的印象。比如，《一本厚厚的书》《寻找初恋》等。《一本厚厚的书》为什么被读者喜爱？为什么受选家青睐？因为它的确有独到之处，而且可以动人。它首先成功于一个比喻，但根本之处还是那份夫妻深情。古今中外，献给妻子的诗数不胜数，翻出新意绝非容易事。孙瑞把老妻说成“一本厚厚的书”，让人一见之下觉得新奇，仔细思索觉得贴切。作为丈夫，与妻子相伴一生，其实就是在读一本书。当然，这书与书也是不一样的，有的可能一览无余，很快让人厌倦；有的可能高深莫测，怎么也读不懂，所以让人弃之而去。孙瑞诗中的这本书，却是一本厚厚的书，“从青年读到中年”，每一页都读出新的内容，越读越爱，甚至是“如果人生还有来世／我想再读你的续篇……”这样的夫妻感情，来自乡土，又超越乡土，具有普遍的艺术魅力。

“我的初恋在村前小溪畔”，“我的初恋在三月的田间”，“我的初恋在打谷场边”……这是孙瑞《寻找初恋》提供的场景，也是他的爱情诗中恋人们的活动场景。凡是从那个年代的乡间走来的读者，大概都会像我一样，看到这场景就感到亲切。至于爱的内容和方式，孙瑞所展示的更是地道的乡土味：“我帮她锄完一垄垄麦苗／她为我揩去满脸的热汗”“她掏个洞儿钻进谷垛／我找来找去急得打转”……其实，钻谷垛大概不是理想的选择，因为谷秸很涩，也不柔软，乡间热恋的情侣们更喜欢钻的，应该是麦秸垛，铁凝写过的。那种经碌碡碾压过的麦秸洁白而柔软，被称作麦穰，麦穰垛才是情侣们的天堂。姑娘自己掏个洞钻进去，虽然让小伙子急得团团打转，但那却是幸福的预兆，因为小伙子一旦找到洞口钻进去，自然会成双成对了。孙瑞所写的，虽是初恋，却是已经成功的初恋。情趣，风俗，乡野文化，以及作者回望式的寻找，都为诗歌增加了魅力。

《是的，我们老了》也是一首出自肺腑的感人诗篇，“是的，我们老了／体力委实有些不支／但爱情的温度依然不减／你搀我扶／走好人生的每时每天……”故乡有句俗语：“少年夫妻老来伴。”理想的夫妻，就是少年浪漫，中年撑持一个家，老年相互搀扶看夕阳。这一切，都被诗人写了出来。而且，从诗中可见，诗人对爱是多么执着，多么坚韧，那是对爱的深刻理解。面对爱情的挫折，诗人说：“一经把心窗打开／就要耐心地等待。”不管等来的是“梅雨”还是“寒流”，“坚信爱情的花蕾／定然会向我绽开”（《心窗》）这大概是经验之谈，因为他的另一首诗透露，为了那个幸福的时刻，他就等了三年。同时，对年轻人也不乏启示意义。

在他的爱情诗中，还有一首《错失的爱》，写的是一位孤独的老人，当年因为自己的过失，错过了爱情，到了老年，想去找回那支爱神的箭，却是“弓弦已断／箭亦生锈”。众所周知，诗人也罢，学者也罢，思想家也罢，能够写出的，都是自己心中所有。如果心中没有，自然想不出，即使碰个满怀，也会视而不见。这老人的悔意，倒是具有更丰富的内容。人到暮年回首往事，发现一些东西不该错过，尤其是那浓浓的情。《红楼梦》的经验，忏悔永远比教导更动人，也更有意义。

感谢诗人孙瑞，让我通过他的诗，能够重温乡间爱情。尽管孙瑞没有使用故乡原汁原味的语言，常把乡音写成普通话，但词语的殖民和侵略也许是没办法的事，方言无力抵抗普通话的霸权。尽管如此，孙瑞的诗还是让我看到了高粱地里的爱情，玉米地里的爱情，乡间的朴素和热烈、执着和真挚，以及乡间女性永恒的魅力。

愿孙瑞健康长寿，写出更多更好的诗！

2015年5月　天津社会山花园

我的朋友宋兴国

我的诗选集《梦旧情未了》收了一首题为《致宋兴国》的诗，有朋友问：宋兴国是谁？《致叶文福》《戏问顾城》没人问，因为他们是著名诗人，而宋兴国却是一个陌生的名字，除了故乡青州的几位老友，大概没人知道他。由此，忽然想到我该写篇短文，一来解疑答问，二来也算对宋兴国的一点纪念。他故去已经多年了。

一

写下上面的文字，算是开头，满脑子却丢不下那个问句：宋兴国是谁？回答可以很简单：我年轻时的一代朋友，70年代一个很特别的文学青年。然而，却又忽然想到，如果到故乡去问那些认识他的人，那答案却差不多会是："宋兴国？就是'草包'啊！"

"草包"是宋兴国的绰号。所以，我这篇文章一开始写下的题目，本是《"草包"宋兴国》，只是转念一想，这题目用于活着的友人未尝不可，用于一个作古的朋友，似乎有点不敬，也不合我对他的这份感情。然而，这个绰号却是无法回避的。之所以得到这样一个绰号，是因为根据周围人一致的见解，他的确是好高骛远、眼高手低、不务正业，什么事都做不了，而且一辈子无所成就。根据众议，这样的人，还不是"草包"吗？无论什么包，只要里面包的是金银，包的是权力和官位，那是无人不识的，但如果一个大皮囊里包的是草，那草的质地就没人愿意问了。我是他的朋友，按照物以类聚的原理，也是因为与他差不多，无用到什么事都做不了，只是没获得“草包”的称号而已。

兴国年龄比我大，但究竟大多少，我却一直不清楚。我与他相识于1973年，那时他已经结婚生子，而且似乎已有两个孩子。我们的相识其实有点迟，因为两个村距离很近，不足2公里，一刻钟即可走到，而且从父辈就有来往。

是一个炎热的中午，他到我家来了。本来是父亲和哥哥陪他说话，而我在正房的西间窗下读书。但忘了是什么原因，他走进了我的房间，一边翻看桌子上的几本书，一边问我在做什么。我说没做什么。他说：听说你在画画？我说：只是胡乱抹几笔。他又说：我看你在读小说，自己写小说吗？我说没写小说，只是偶尔写写诗。他的兴致高涨起来，要我拿诗给他看。于是，几天后他给我送来几本刚刚试刊的《山东文艺》，另外还有几本县文化馆专用的稿纸，并且告诉我说，无论是诗还是小说，写了就抄在稿纸上寄往文化馆，不用贴邮票，在信封上剪掉一角就是了。我最先寄往文化馆去的是什么稿子，现在已经完全忘记，但没忘记的是很快就收到了诗人张冠钦的信，而且从此之后就定期收到文化馆编印的《工农兵文艺》，还有当时流行的一些出版物。稍晚一些，还陆续收到过几册人民文学出版社的鲁迅著作单行本。这一切，使我走近了文学。

那时的宋兴国已经是老资格的“业余作者”，全县进行文艺会演，他是坐在评委席上的，然而，许多人都因为舞文弄墨而改变了自己的命运，而兴国却没有，直到十几年后他去世，他的身份仍然是农民。

可是，身为农民，他却没有一点儿农民的样子，也从来不以农民自居。他的一举一动都是文化人，有时也像官员。无论置身于什么样的干部队伍中，都很容易让接待者误以为他是最大的领导。他的头发却总是整齐油亮，浑身上下一尘不染。因为他根本就不下地，拒绝参加生产队的劳动，更让许多人纳闷的是，从大队干部到公社干部，竟然都拿他没办法。为了让宋兴国下地干活，干部们可谓软硬兼施，但无一不是失败的。记得有一年春节刚过，大喇叭里突然响起了公社的广播：宋兴国下地干活儿了！正在高柳村南给麦地施氨水！广播员播完之后，革委会主任还特别发表了讲话，在一串“这个这个”之后，意思倒是能听明白：连宋兴国都下地了，我们就应该掀起一个农业学大寨的新高潮！

那一次，宋兴国真是在全公社家喻户晓了。然而，广播刚刚完毕，他就回家了。此后是几年不再下地。

在那段日子里，他常常在城里工作，这证据就是他星期一早上骑自行车进城，星期六傍晚才回来。据说，这个馆那个馆，这个所那个所，他不知干过多少个，据我所知，是连“度量衡管理所”都干过的。他干的可是真正的“临时工”，因为没哪个单位能干长久。我想，无论什么样的单位，大概都不欢迎他，而他也不会对哪一个单位满意。所以到了后来，在家里喝茶读书，就成了他的专职工作。大家都说他有一个好妻子，不辞辛劳养着一个只会喝茶读书的“草包”！

后来干部们不再找他下地干活，据说是他从医院开来一张证明：宋兴国同志患有严重的××疾病，需要好好休养。

这导致许多人都想效法，却没有一个成功者。

二

大约在1976年前后，在兴国的家里，曾经形成一个定期聚会的小群体。比较固定的成员，除了他和我之外，还有高柳街小学的语文老师李旋、公社文教组的负责人王廷绪。除此之外，偶尔前来的还有从南京下放到西石塔村的冯友琴。高柳街是千年古村，五天有一个大集。似乎谁也不曾相约，只是去赶集，先到兴国家报个到，赶完集回去就坐下喝酒聊天，饭后继续喝茶聊天。那时候生活很困难，但宋家嫂子总能弄出几个菜。四个人一瓶酒，偶尔也喝两瓶。吃饭总是吃煎包，因为嫂子就在门外摆着摊子卖煎包。

1976年麦收之后，我被派往青州西南山区的仁河水库工地。临走前兴国为我送行，也是借了赶集的那一天，把老师和朋友们都留了下来，结果真是一醉方休。我大约两个月从水库工地回家休假一次，在家里的时间一般都要超过五天，能遇到一个集，所以，只要我从水库工地回来，我们就要聚一次。

高柳集是个大集，集市是一个十字市场，以“桥头”为中心，向西是真正的高柳街，我们称之为“街筒子”，兴国家就住“街筒子”。从他家门口向东不远就是“桥头”，那是一座古老的石桥。不过，桥下从来没有水，而是一条大沟，沟底就是大路。以桥为界，桥北称作北沟，是青菜市；桥南称作南沟，是牛马猪羊鸡鸭市，供销社的肉铺也在那里。桥东本是一条路，却也叫“东沟”，挨近“桥头”的路北是“庙台子”，顾名思义，那里原来应该是庙，但在1958年之前就没了，原址上建起了“益都县高柳人民公社供销社”，赶集的顺便逛逛供销社，所以庙台子就成了集市的中心。沿着东沟向东走几百米，就是阳河桥，过桥之后，路南是医院和卫校，路北就是益都县第六中学。王廷绪老师当时虽然是公社革委会文教组的负责人，但他不在公社大院办公，而是在中学办公。所以他在高柳集的最东头。李旋老师当时在高柳街联中任教，学校就在南沟的南头。

我之所以对此记忆犹新，是因为注意过兴国的地理优势。他家就住在桥头西侧，只要走出家门，以他那1米9的个子往桥头上一站，南沟、北沟、东沟，千百个头顶一目了然，要找人是容易的；何况不用去找，只要站在桥头等，赶集的人早晚都会经过他的身边。我只要来赶集，更是无法绕过他的家门，何况，赶集之前我总要在他家放下自行车。正是这个发现，使我知道每一次聚会都是他有意召集。

那是一个秋天，我把自行车放在他家之后就到集上闲逛去了。当我从北沟回来之际，听到兴国在桥上与尚在南沟的李旋老师说话，请他赶完集到家里去，李老师说不去了，他说：“一定要来，新宇从山里回来了。”跟李旋老师约定之后，他又在桥头等王廷绪老师。于是，中午大家都到了，还来了轻易不见的冯友琴。从那一天我才知道，他把我们的聚会看得很重，每一次聚会都不像表面上那样是因为赶集而偶然相遇。

也是那一天，我们喝完之后又去李旋老师家吃他刚做的茄子酱。一件事之所以记得清楚，往往因为另一件事。那天从李旋老师家中出来，我见到了相识的一位青岛知青。我与她相识于农业学大寨的一次会战，因为我是那次会战施工方案的制订者，所以要守在指挥部，而她是指挥部的广播员，于是我们相识并有了来往。闲聊几句告别之后，在从李家庄回高柳街的路上，兴国说：“这个知青对你不是一般的关心，是真好！你看那眼睛！是不是一幕悲剧又要上演?”我说：“没有悲剧也没有喜剧，因为根本没有戏。”嘴上虽然这样说，心里却佩服兴国的细心，佩服他的观察力。那几年，我和青岛知青似乎有缘，一个又一个，尽管都是无疾而终。兴国说：“人家看不上你，未尝不是好事；如果人家动了心，你就该知道如何才能不辜负。”我们很少谈到此类内容，而这一次不但谈了许多，而且涉及做人的一些原则，涉及正派人与流氓的根本区别。

三

我要特别感谢兴国的，是他在读书方面对我的引导。

一个偶然的机会，我有了一个县图书馆的借书证。于是，我很快读了1958年版的《鲁迅全集》中全部的小说诗歌和杂文。当我高兴地把此事告诉兴国，他却建议我去读“后10卷”，并且说：“那更值得读。”其实，所谓“后10卷”是图书馆刚刚进的。据说是某位领导人为适应送外国来宾的需要，指示有关部门根据1938年版的《鲁迅全集》所收入的译文重印的。

对我而言，那无疑是进入了一个眼花缭乱的世界。我不仅读到了《工人绥惠略夫》《一个青年的梦》《爱罗先珂童话集》《桃色的云》等，不仅读到了《毁灭》《竖琴》《十月》《死魂灵》等，还读到了《苦闷的象征》《出了象牙之塔》《近代美术史潮论》……在此之前，我没有读过多少外国作品，因为当我开始读书的时候，“破四旧”的焚书运动已经发生过，外国作品很难找到，是鲁迅的10卷译文，为我打开了一个新的天地。包括那些插图，特别是《近代美术史潮论》中那大量的插图，各种形态的裸体，各种风格的女士画像，对只熟悉《芥子园画谱》的我来说，几乎每一页都是强烈的冲击。武者小路实笃的《一个青年的梦》对我的影响是巨大的，而且从此记住了一句话：“人人都是人类的相待，而不是国家的相待，才得永久和平。”爱罗先珂的《桃色的云》以及他的童话集，对我的影响也是巨大的。置身于阶级斗争年年讲、月月讲、天天讲的氛围中，面对报刊上那些演绎阶级斗争和路线斗争的所谓文学作品，打开《桃色的云》，似乎听见那个盲诗人对爱的热切呼唤，他笔下那些花卉的议论、鸟虫的抒情，展示的是一种陌生的精神世界。于是，“桃色的云”“虹的桥”也成了自己笔下常见的词汇。“为一切弱的和美的东西而战斗”，是我从《桃色的云》中获得的一种基本立场。这立场从1975年开始，不曾再改变过。读着这些作品，我曾完全忘了自己所处的现实，也知道了什么是真正的文学艺术，什么是真正的作家。尽管许多东西都是模糊的，但一种比较却很容易形成：当时走红的那些作品，算文学吗?

仔细想来，我的个人主义、人道情怀、文学的责任伦理，无疑都源自鲁迅的译作。而它的扎根生长，却有赖于与兴国的反复讨论。有时饭菜早已凉透，再热一热，却仍然是忘了吃；有时是争论，面红耳赤，赌气推车离去。只是一个《工人绥惠略夫》，就曾争吵若干次，关于“无治的个人主义”是否可以成为人类的出路，关于绥惠略夫对社会的复仇，由此又延伸到托尔斯泰，以及他的无抵抗主义等等，如今想来，当时我们离中国现实太远了。这样的讨论与思考，注定没有破土萌芽的空间。想到这里，我才更清楚地知道宋兴国的作品为什么很难变成铅字。

分歧当然是不可避免的。比如，我根据《桃色的云》中春子的话，把“为一切弱的和美的东西而战斗”作为自己的努力方向，而且进一步把自己的文学活动归结为“致力于人类的解放和人性的完善”时，他提出一系列质疑，让我无力回答。他则认定文学应该写理想，应该提供希望之光，因而应该写英雄。我说：李玉和、杨子荣、郭建光……还少吗?他说：故意胡搅蛮缠，应该要的是真正的英雄。什么是真正的英雄，他说了一串名字，我只记得第一个是普罗米修斯。他还说到了荆轲，让我趁机反攻了一阵：荆轲算个什么?吃人一顿饭，就把命送上，你想，他是个好儿子吗?是个好丈夫吗?是个好爸爸吗?这三者都做不到，算什么英雄?事实上，他不过是另一类奴才。中国不缺这样的奴才。因为他一时无话可说，我便很得意，以为自己的话说得很精彩。回家后还记进了日记。而他批驳我的话，竟然没有记。这也许是年轻气盛之弱点的一种显示吧!

1978年之后，他仍然在写，却仍然没有作品拿出来。记得那已经是80年代初，我大学毕业前夕，他从青州到曲阜来看我，谈起伤痕文学，谈起对历史的反思，他有多处肯定，却也有种种的不满。不满主要是因为“不到位”，而之所以不到位，主要因为“他们还是站在某种派别的立场上写的”。越到后来，我越是觉得他的这种否定性评价真可谓一语中的。

写到这里，我的思路似乎已经卡壳，剩下的只有一句话：即使噩梦醒来是早晨，也并非所有在深夜里探索的人都曾亮过歌喉。有人不合潮流，是因为脚步太慢；有人不合潮流，是因为已经走得更远。

序夏健民《在那个年代里》

这是一本非虚构散文作品，每章独立成篇，合起来则是一部长篇。

它所记录的是作者自己的经历，从50年代初期作者初有记忆开始，到1977年接到大学录取通知书，这二十多年间充满苦难和屈辱的年华。它是地地道道的私人记忆，与文坛上流行的作品大不相同。

我与作者夏健民先生素不相识，但天津师范大学的范伟博士是他教过的学生，而范伟后来又做了我的学生。这就有了某种关联，这关联就成了缘分，使我能够较早地读到了这部书稿。范伟要我为它作序，我欣然应了下来，因为我觉得这个序值得做，也应该做。

本书作者不是名人，没有显赫的社会地位，也没有惊天动地的传奇，书中所写的那个年轻时代的他，更是地地道道的小人物。但正因为这样，它的价值更加不可忽视。因为我们所了解的历史，往往是“大人物+大事件”的历史，普通的芸芸众生没有位置；而对历史的叙述和解释，更是占据话语权力的大嗓门的特权。沉默的大多数有自己的历史记忆吗？社会的边缘群体有自己的记忆吗？应该肯定是有的，但众所周知，他们常常被代表，他们的记忆也往往要被无情地覆盖。我们的所谓历史叙述，包括历史教科书，就是这样形成的。在这种情况下，在社会的边缘，在沉默的大多数的某个板块中，如果有人拒绝遗忘、抗拒被覆盖，把自己的个人记忆写下来，无疑是对历史的一种补充，对于我们全面认识历史，无疑是有益的。尤其是那些来自特别地域、特殊人群的个人记忆。

本书就来自一个特殊的人群——“黑五类子弟”。众所周知，1949年之后，中国社会有了这样一个人群，开始是叫“四类分子”，即所谓“地、富、反、坏”。1957年之后，“右派分子”被归入这个群体，形成了“地、富、反、坏、右”构成的“黑五类”。这五类人加起来到底是多少，我一直未见到具体的统计数字。至于他们的子女，无疑是一个更加庞大的群体。然而，这个群体却是中国当代历史上的失语者，翻遍各种报刊，很难找到他们的声音。即使在“文革”结束之后，伴随着“伤痕文学”“反思文学”之类，人们看到的各种控诉和反思的文本，其叙事人也大多来自红色阵营，是冤假错案的蒙受者。在“黑五类”中，大多数的“右派”和一部分“反革命”是冤假错案，而“地、富”和多数的“反、坏”并不属于冤假错案，所以不在平反之列，对伤痕的诉说也就轮不到他们。但事实显而易见，无论“文革”十年，还是之前的十七年，被压在社会最底层，受苦受难最多的，还应该是这些老牌的“黑四类”。他们没有发出声音，原因不难解释：一是他们已经习惯了沉默；二是环境还没有为他们提供发声的空间。这一切，导致多少年过去之后，他们都不能理直气壮地诉说自己所受的苦难。

夏健民就来自这个群体，用他自己反复使用过的称谓，是一个“富农羔子”。在远离那种生活近四十年之后，人到老年，心中的一些记忆越发清晰，越发折磨着他，使他终于冲破某些思想和心理的羁绊，挥笔写下了自己的遭遇，为我们提供了历史的某个侧面的生动细节，这是很值得称道的。

关于本书的内容，我只是匆匆读过一遍，但已有目不暇接之感，因为它提供了太多的新知，写出了许多前人未曾涉及之处。

比如，开篇写了一件大褂，让我们看到了土改中已经存在的干部贪腐，而且是极为卑劣的索贿。那是一件绸子大褂，作者父亲的，只在结婚时穿过一次，平时舍不得穿，土改当中，掌握权力的二麻子却让人捎信：只要把那件大褂送给他，就可以不划入富农。遗憾的是，作者的父亲觉得自己的贫富程度还够不上富农，所以拒绝奉献大褂，结果就付出了惨重的代价，不仅自己成了富农分子，连同子女，也在苦难的深渊中挣扎了几十年。再比如，小学招收一年级新生，竟然有通知拒招“地富反坏子女”。而最后的结果，富农子弟夏健民却入学了，原因是他家给村干部送了一棵大杨树。近些年来，有人在强调干部的贪腐是新病，是改革开放带来的；夏健民的回忆使我们看到，其实它是老病，娘胎里就有的。

至于权力的力量和由此培养的权力崇拜，本书也常有触及。比如，只有几个教师的村小学，不设校长，只有负责人。但为了争夺这个负责人的职位，人们却费尽心机。孙老师当上了负责人，人们就不能再喊他“孙老师”，而必须称职别，喊“孙负责”。反右运动中，为了让孩子们揭发老师反党反社会主义的罪行，竟然以开除学籍相威胁；几个十来岁的孩子在墙根撒尿，比赛看谁尿得高，结果有一个尿到了墙上的标语“毛主席万岁”，这就要关起来，而且要连同他的父亲一起关起来，因为他的父亲是地主分子，所以这撒尿的行为就成了有动机、有目的……这一切，都很生动地揭示了一个时代的文化。

一些历史事件的描写，是已有作品中少见的。1958年的“大跃进”已经被作家们反复描写，“公社化”也已经众所周知，但是，与此相伴随的，在许多地方出现过的“大搬家”，却一直很少有人提及。我是最近才从一个刊物上看到我的老同学张树亭写的曲阜县当年的大搬家，才知道公社化的同时还有那么一个重要环节。而在夏健民的这本书中，不仅可以看到搬家的情景，而且可以看到当年的大队支书对为什么要搬家的解释，看到“一大二公”“一平二调”的具体描写，看到“大搬家”对人民的严重危害，以及它与后来的三年困难时期存在的必然联系。农民的日子虽然穷苦，但破家值万贯，破家难舍，瓜果青菜，鸡鸭猪羊，衣服被褥，坛坛罐罐，种种杂物，那是过日子的必需品。人民公社却要百姓大搬家，东村搬到西村，西村搬到东村，距离并不遥远，却有一个要求，这一切都不能带走。于是，史无前例的景象出现了：家家户户杀鸡宰鸭，杀猪杀羊，平时那么馋肉，这时却吃得恶心；准备好嫁妆的姑娘，舍不得把嫁妆丢掉，就含泪把它全都撕碎；坛坛罐罐不准带，就干脆砸掉……若干天后，一声令下搬回原处，却是家家户户一贫如洗。此外，对于乡村大鸣大放、大字报、大辩论的描写，对于大炼钢铁中全公社小学生聚集在一条河里淘铁砂的描写，对于“大跃进”、深翻土地以及大批判开路的描写，三年困难时期中捞“烂芋头粉”的描写，许多描写都生动而精彩，拓展了历史画面，让读者大开眼界。

在《文明哥》中，可以读到一种长工与地主的特别关系。李文明是地主夏云焕的长工，按照某种理论，是对立的两个阶级，斗争应该是你死我活，所以，土改开始之后，工作队竭力动员李文明起来揭发和斗争。可是，无论怎么启发，长工李文明却就是不觉悟，终于没成为土改积极分子。更有意思的是，在后来的日子里，地主分子被斗争和改造，李文明却还像过去一样伺候他的旧主人，不但脏活、累活全包，而且为地主分子抓药熬药、洗头洗脚。人们批评他丧失阶级立场，他却只知道做人应该知道“报恩”，因为他从小给地主当长工，地主就是他的恩人。

笔墨独到，而且饱含情感的，还要数描写自己恋爱和婚姻的那些篇章。那是一个时代“黑五类子女”爱情和婚姻的一个缩影，从那些描写，可以看到当年的“黑五类子女”的婚恋是多么艰难。夏健民一表人才，而且有文化，但因为家庭的富农成分，婚姻就成了老大难。为了自己的前途和命运，为了将来孩子们的前途和命运，姑娘们不愿明珠暗投，这是时代造就的风尚，一切都不难理解。国家没有规定不准这个人群结婚，但事实上却以各种手法在人口上缩小着这个群体。从夏健民的描写可以看到，从大队干部，到公社干部，面对“黑五类”的婚姻，都不是促成，而是竭力拆散。夏健民好不容易经人介绍成了一个对象，到公社去登记，却让负责登记的干部给彻底搅黄了。公社干部先是反复问女孩子：“你知道他是富农子弟吗?”“是真知道还是假知道?”然后进行提醒：“跟一个富农子弟结婚可要考虑好了，这可不是儿戏。你家虽然是老中农，但跟富农区别大了，老中农是团结的对象，富农是孤立的对象；老中农是人民内部矛盾，富农是敌我矛盾；你今天把这‘记’一‘登’，你就是富农家庭中的一员了，就成了富农的儿媳妇了，就有可能承受富农成分给你带来的一切，你将来的孩子可就是富农出身了……”然后，是让女孩子再好好考虑一下。结果自然是不必再认真考虑，女孩子就撕毁了结婚登记介绍信。这样的细节，在当代文学作品中，我是第一次读到。没有切肤之痛的作者，自然写不出这样的细节。

最后我想说一点与此类作品相关的想法。写回忆文章，当然无法排除作者的主观，更无法回避必要的阐释，但是，恰恰是在这一点上，却需要特别谨慎。首先，负责任的作者应该知道，涉及史实，真实是第一要义，所以要努力还原现场，力求每一个细节都尽可能地接近历史的原生态，而来不得半点想象和夸张。那些所谓“妙笔生花”的文字，应在告别之列，避免所谓“文学性”对“史实”的伤害。其次，作者对历史的理解和解释，写出时也应该特别慎重。因为我们处于一个变革的时代，一个逐渐觉醒和不断再认识的时代，一个从观念到词语都在不断更新的时代。在这样的时代，对事物的理解和解释常常不到位，表达也常常不能到位。不到位的解释，不恰当的概念和词语，有时会造成新的遮蔽，这也是应该警惕的。

2015年10月　天津社会山花园

如何面对这片乡土的前世今生

——就“乡土三部曲”致叶炜

叶炜你好！

长篇小说《富矿》《后土》和《福地》，引起了广泛的关注和好评，这让我非常高兴，所以，不用你提起，我就想说点什么。不过，在已经是好评如潮之际，我大概没必要再说些一般的肯定和赞美的话。如果那样，你也许会很失望，因为你已经不缺少那些，而寄希望于我的，更不会是一般的肯定与赞美。我一直认为，对于年轻作家，在其刚刚破土萌芽之际，应该更多地给予鼓励；而在他们被鲜花和掌声所簇拥的时候，应该适当泼点冷水。可是，给你泼冷水的事，我临时还不想做，因此，就决定写这封信，来与你探讨几个与乡土文学创作相关的问题。

地域的选择与“麻庄”的建构

你的三部长篇，写的都是苏北鲁南，那里的一个叫麻庄的村子。前者是你的取材之地，后者是你的艺术建构。关于这一点，许多文章已经论及。但在我看来，这种地域的选择及其带来的特色，虽然不值得大惊小怪，却也是一种明智之举。因为任何作家都有属于自己的生活，都有自己熟悉的题材领域。一些作家朝秦暮楚，打一枪换一个地方，其实很不合算。因为那种打游击式的写作，使得自己没了根，就像随风飘荡的浮萍，远远不如建立一块根据地，哪怕是“邮票大小的一个地方”，在那里精心设计，精心建设，更容易完成独到的建构。当然，这根据地的选择必然是自己熟悉的地方。你的老家在枣庄，是地道的鲁南，那是从小生活的地方；而工作在徐州，是地道的苏北，那是种种现实感受的直接来源。无论什么样的作家，在题材上的超越性都是很有限的，所谓想象力也是很有限的。作家在创作的时候，从自己掌握的生活素材中删减一些东西是容易的，而要凭空增加出一些东西，却并不容易。就你的生活而言，要写小说，写什么呢？当然，从宫廷政变到妖魔斗法，什么都未尝不能写，但更得心应手的，大概还是两个方面：一是乡村农民；二是大学师生。这就是作家的条件，这种条件决定了一个作家的自留地在哪里，看家本领在哪里。如果不承认这种条件，而硬是要以“深入生活”的方式去表现自己并不熟悉的生活，虽然未必不可以，但肯定是要多出力而未必讨好的。这道理其实很简单：铁匠的儿子更容易成为铁匠，裁缝的女儿更容易成为裁缝，铁匠的儿子未尝不能成为好裁缝，但那学习的过程和成功的速度肯定是不一样的。所以，当你经过一段时间的试笔和摸索之后，就向着乡土大步行进了，我为你由衷地高兴，因为这显然是一种正确选择，是一种自我发现，是对自身具有的财富的一种发现和珍惜。

但是，进一步想，你选择的地域并不是一个易于成功的地方，而是带有一些难题。原因在于：苏北鲁南的地域特色并不鲜明，作为乡土，没有多少可以炫奇之处；深掘文化，多属中华大路货。所以，若要炫奇，这选择不算精明，远不如去写深山老林、草原大漠或权贵斗法、宫廷吃醋更容易吸引读者。不过，正因为鲁南苏北在乡土中国没有多少特异之处，它又有了一个长处：具有某种普遍性，更多地包含了华夏民族几千年的历史文化密码。所以，要解剖出更为普遍的东西，它比深山老林、草原大漠和边远地区更具有标本意义。这样一来，你的选择又是得天独厚的，虽然不算新奇，却很丰富。

可是，丰富需要挖掘，挖掘需要发现，发现需要眼睛。换句话说，面对宝藏，挖掘者需具备一定的条件：迷恋金子的人，自然会寻找金子；认识宝石的人，自然会寻找宝石；如果不具备这些认识能力，即使面对满地金银珠宝，也会随便踢踏而过，最后捡回的，只能是电视广告里介绍过的流行货色。所以，作家的创作虽然需要有自己熟悉的题材领域，但对高水平作家而言，成败的关键却不在这里，而在于创作主体的眼光和思想境界，在于他对生活的认识、理解和把握。从这个意义上说，叶炜，你的成功不容易！值得庆幸的是，你成功了，你发现了许多，为读者呈现了许多。你的收获，证明你是识货的，而且常常独具慧眼。

这眼光来自何处？大概还是来自人类主流文明的高处。它可以帮助作家挣脱各种狭隘的思想束缚，站到古往今来的大师肩上，来看中国乡土，来写普遍而又不能不受地域和时代制约的人性。众所周知，一百年来的中国文学虽然一度异常封闭，但最终趋向却必然是走向世界的。在这个走向世界的过程中，尽管有人一厢情愿地说什么越是民族的就越是世界的，但如果不具备世界性的眼光，那些民族的东西却不可能成为世界的，那些被意识形态病毒污染的东西更难走向世界。如果没有更高的视角，而只是用麻庄人的眼光看麻庄，就像用未庄人的眼光看未庄一样，自然看不到阿Q头顶上的秃斑。所以，凡真有出息的作家，都必然是贴近现实而在精神上又能俯瞰现实的。我很高兴你能自觉地培养这种眼光。这次爱荷华之旅，相信对你更有益处。

你说过，你的小说是向家乡致敬的，这大概是真心话。因为你反映的是你所深爱的热土，是父老乡亲们的生活。在我看来，这种感情是很可贵的，因为虽然文坛上来自乡土的作家甚多，但对故土和乡亲们一往情深的却是越来越少。尤其是年轻一代，明明是刚刚离开家乡不久，脑袋上还不时抖落高粱花子，拿起笔来，却一定要装起城市人的架势，不写他所熟悉的狗旦和二妮钻玉米地的故事，偏写官三代和富二代的生日派对。这也许是我的一种同样来自出身的偏好和偏见，但没办法，改不了，所以还是喜欢你的选择。

而且，向家乡致敬，也往往伴随着一些问题。比如，因为感情，往往或不愿正视家乡和父老们的某些问题。这就像一般人写“我的母亲”这样的题目一样，即使母亲并不勤劳，也不善良，一般人也常常会隐恶而扬善，不忍写出其丑陋和暴戾——哪怕自己从小就受其虐待。这是情理之中的事，可以理解，但作品的真实性却可能要因此而受到伤害。在这一点上，你的表现很出色，没有把麻庄写成理想之境，没有隐瞒村民的丑陋，而是真实地写出了苏北鲁南乡土世界的样貌。比如，无论男人还是女人，都更多地听从本能的召唤，在本能的驾驭之下生活，什么理性、良知、道德，不是没有，却往往是奢侈品。人物中少有理念的化身，少有道德的化身。面对情，面对性，面对金钱，面对权力，他们往往管不了自己，结果就难免走向堕落，也难免把麻庄弄得乱七八糟，甚至性关系和血统也被搞乱。李麻子、高翔那样的人渣、败类，村里有，矿上有，教师队伍中也有。正是这样一幅令人哀叹不已的乡土丑态图景，使得你笔下的这片乡土带着它活的原貌，立体地呈现了出来。这就是当下乡土的现实，如果将其净化，那就不再是艺术，而成了准备评选模范村而上报的材料。你还展示了非常重要的一面：麻庄人常常没有是非观念和善恶观念，甚至颠倒。何以如此？也许是因为对罪恶已经司空见惯，也许是因为对丑陋已经见怪不怪，剖析起来，大概很有意味。

能够以冷静的笔触写出这些，证明你面对这片乡土，事实上站到了一个适当的位置。热爱它，用心去贴近它，感受它，却并不是像一些人所主张的那样融进去，更没有像当年曾经强迫知识分子作家去做的那样“在思想感情上保持一致”。因为你知道它的丑陋，知道自己与它在精神上的距离。这是很值得称道的，因为人们的实际生活从来就与道德理想相去甚远，而优秀作家的使命之一就是引导人们的精神上升。尊重生活的原生态，不提纯，不净化，心中却清楚地知道哪些是美的，哪些是丑的。当下中国文学艺术界有一种可悲的现象：一些作家写贪官，写着写着，你贪我贪他也贪，贪就成了正常，于是作家就成了贪官的辩护士；一些作家写人性之恶，写着写着，那恶似乎就成了正常，于是作家的精神境界也就与笔下的恶棍同流合污了。贴近，无论贴近什么对象，都有这种危险。让我高兴的是你的脚站得还算稳当。这很不容易，因为当下的风气和流行的理论都在努力教人同流合污。

回过头来再说你的“麻庄”。建构一个村庄，集中表现苏北鲁南的乡土，我以为是一个极好的事，也是一件很值得认真去做的事。现在看来，关于麻庄的建构显然在最初的设计上缺少统筹考虑。读完三部长篇之后，我曾非常困惑：为什么要这样处理？三部小说写的都是苏北鲁南的一个叫“麻庄”的村子，设计成一个不好吗？为什么要让它成为三个互不相干的村子？《富矿》《后土》《福地》，三部小说的故事都在麻庄，地点是相同的；时间上前两部写的都是当下年代，后一部时间跨度虽长，但最后几章也写到了当下，也就是说，时间大部分是相同的；可是，在相同的地点，大致相同的时间，活动于这里的人物却互不相识，是没有关系的陌生人。他们面对的麻庄的环境，他们所做的事，也完全不同：《富矿》中麻庄的中心事件是发现了煤矿；《后土》中麻庄的问题却是砖厂；《福地》写到1996年，却既没有煤矿又不见砖厂。这样一来，所谓“麻庄”就不是一个，此麻庄非彼麻庄，成了三个同名的村子。小说这样写有什么好处呢？我没有想出。也许这样写未尝不可，但对于建构属于自己那个“邮票大小的地方”，完成自己的文化地理标志，却是一个伤害。原因是：如果是三个不同的村子，都叫“麻庄”还有什么意思呢！

所以，读完之后我就想：为什么不让人物和事件都统一起来呢？写《富矿》和《后土》时让万家人露露面，《后土》中仍然用喜贵当书记，等等，统筹安排一下，互相铺垫一些，就不会出现这样的问题。即使在出版第一部时还没有考虑到其他两部，这也仍然不难做的，只要写后两部时考虑到第一部中已经活跃在那里的人物，安排一下就是了，大概问题不难解决。比如，《富矿》中的喜贵改为王远，或《后土》中的王远改为喜贵，《富矿》中有个砖窑，《后土》中仍有煤矿，大概都只有好处而没坏处。与煤矿的关系，可以使王远的腐败更有机会。《后土》中的鱼塘，未尝不可以既有烧砖的后果，又有塌陷的矿坑。麻姑梦中那一片汪洋，在其他两部中完全可以成为现实。万禄和万秋回来投资，也完全可以与刘青松们结合到一起。如果统筹安排好了，“麻庄”就成了一个无可挑剔的建构。把它做精致，才能永久地闪光于文学艺术的长廊。

面对乡土之殇

乡土三部带来了什么？在我看来，你首先关心的，还是这片乡土之殇。《富矿》所写的，正是这片乡土的再度沉沦。它的展示并不全面，却富于象征意味，是一曲挽歌。

因为发现了煤，于是有了一个煤矿。煤矿的出现打乱了这里本来的生活秩序，改变了麻姑、六小、笨妮们的生活，使他们多了许多喜怒哀乐。小说中的麻姑美丽纯朴而浪漫多情，她与六小青梅竹马，长到一定的年龄，就在草垛里完成了灵魂和肉体的交融。这种描写很符合农村青年爱情生活的实际，写出来也别有一番美。然而，麻姑对六小的感情并不强烈，所以也不会成为爱情至上主义者，因此，当他们的爱情遇到阻碍时，她不会成为朱丽叶，也不会成为林黛玉。为了爱情，她也曾反抗父母之命，但最后还是离开六小而嫁给了矿上的蒋飞通，而且是在六小家中遇到困难的时候。我觉得你的这一笔写得极好，因为这才是乡村女孩未被诗化的爱情故事。许多作家喜欢把自己熟悉的爱情模式强加到农村女孩身上，结果是把村姑写成了洋学生。农村女孩儿的大多数都像麻姑那样走了过来，既浪漫又现实，有情有义却认命。她婚后的生活并不幸福，所以并未把六小完全放下，所以就难免发生让他们身败名裂的事。折腾来折腾去，麻姑终于成了“大洋马”。她的悲剧由何而来？你写得很含蓄，却也非常明确。

另一个代表性的人物是笨妮。她看上去很幸运，煤矿第一次在麻庄招工，她就被选中了。但是，等待她的是什么呢？你的描写仍然含而不露，我却从中读出了某种义愤：一个煤矿建立起来，自然需要各种服务，不仅饮食供应之类，而且有一个“娱乐部”。站在煤矿的角度想，它或许是人性化的，那么多单身矿工远离家乡来采煤，不需要“娱乐”吗？可是，麻庄女孩子何辜，却要成为娱乐品！麻庄何辜，道德的塌陷和民风的堕落将再度无法避免！乡土中国，就是这样塌陷的。为了国家的GDP，为了地方政府的所谓发展计划，多少美好的东西都做了牺牲。与之相伴随的，是文化侵略无孔不入。当下中国乡土，无力抵挡背靠权力的所谓城市文明的入侵，因而农村青年被愚弄也就成为无法避免的普遍现象。在迷人眼的舆论和实利引领之下，年轻的笨妮们无力辨别方向，只能适应需要而被设计，于是，她们的观念变了：鄙视炊事员而向往娱乐部的工作。为了实现这一从“低”到“高”的变换，她需要交出自己的肉体，先是惨遭顾光的蹂躏，后又被技术员胡列强奸……一个本来纯朴的乡村女孩儿，甚至成了两个男人打赌的玩物，完全失掉了尊严。在已经输得精光之际，笨妮身心疲惫地回到村里，嫁给了六小。可是，不幸的命运并没有完结，刚刚几岁的女儿被矿上人强奸了，六小愤而杀人获罪被关押。笨妮也因报复当年强奸自己的恶棍而与恶棍一起入狱。总之，笨妮的生活，也是再也无法做出好的安排。

一处宝藏的发现，给麻庄人带来的竟是如此结果！从道理上说，乡土中国的变革，必然要从古老的农耕文明向现代工业文明转变，麻庄似乎进行着这种转变，楼房拔地而起，生活有所改善，可是，麻姑、笨妮、六小、菊花等人的内心却是千疮百孔，满腹苍凉。一个煤矿，从发现到开采完，前后不过十几年。对于麻庄人而言，就像做了一场梦，但有一点是实在的：好好的土地没有了，村庄再也回不到原来的样子，世道人心都难以修复。这是经济发展必需的代价吗？绝对不是，它只是病态社会里病态发展的一种。

你对此没有多做议论，却在《富矿》的最后让麻姑做了一个梦：

她看见麻庄突然之间就变成了一片汪洋大海，眼看着海水吞没了整个矿区，吞没了整个麻庄，大地只剩下一片翻着白沫的深蓝！她绝望地站在屋顶，看见老来在水中举着他们的豆子，大声朝她呼喊，可她什么也听不见。麻姑眼看着海水吞没了他们，她拼命地抓住一棵白杨树，号啕大哭……

有这个梦，就足够了。这是一个象征，一个乡土沉沦的象征。

《富矿》这个长篇，故事格局并不大，但涉及内容不少。看上去写的都是经济引发的生活变动。甚至无论麻庄的支部书记，还是煤矿的党委书记，都退到了次要的地位，而占据前台的是麻姑、笨妮、六小等芸芸众生。小说没有涉及什么重大事件，没写四个现代化的号召，没写让一部分人先富起来的战略，没写几十年前的化私为公和几十年后化公为私的财富占有过程，甚至没有写日益严重的官场腐败，而是只写一些生活琐事，却写出了时代生活的面影，具有极大的概括性。

说起这片乡土的不幸，无法回避所谓三农问题。

农村很穷，农民很苦，农业问题很严重，作为心怀乡土的作家，你大概无法对此视而不见。可是，对于一般作家而言，写出这穷和苦是容易的，呐喊和请命也是容易的，甚至为此而义愤填膺、泪流满面，也是常见的写作状态。可是，农民为什么这样苦？农村的问题在哪里？如何解决这些问题？在回答这些问题时，多数作家往往都要露出他们的局限。因为这涉及农村改革的现实，也涉及大半个世纪中国农村的历史。

三十多年来的所谓农村改革，说到底不过是“松绑”：在一场大试验终于弄到农民吃不饱肚子、穿不上裤子的境地之后，把耕作的自主权还给了农民（土地所有权并未归还），农民可以想种什么就种什么，想何时下地就何时下地，国家不管了；农民也不一定非要种地，可以进行工商业活动，可以外出打工，国家也不管了。对于当代中国农民而言，这是多么伟大的解放呵！可是，与一百年前的农民比，这算什么呢？“松绑”固然好，“捆上”的教训就不该总结一下吗？我们的许多作家却在像泥瓦匠一样涂抹那些有损辉煌的断裂之处。直到今天，农民仍然在承包土地，而未能在自己的土地上劳动。产权明晰，是改革中的一件大事，农村的土地问题却至今没能提到议事日程。这个问题导致了许多次生问题，包括《后土》中宅基地交易中干部贪污和腐败问题。

涉及中国农民大半个世纪以来的艰难和痛苦，历来有几种不同的态度，有人视而不见，有人刻意回避，甚至面对铁的事实也不承认曾经有过的灾难，或者一定要把“人祸”解释为“天灾”；有人拒绝反省罪恶，甚至认定残酷的斗争和灭绝人性的屠杀都是必要的，总之，自觉或不自觉地为罪恶洗地的做法是当代文学中常见的。即使那些有反省意识和批判意识的作家，在面对乡土之殇进行反思时，也往往像行走在崎岖的山路，不是在这里被绊住，就是在那里自行止步。对乡土之殇根源的探索至今很不到位。你知道，“文革”结束之后，伴随着改革开放，出现过一个被称为“反思文学”的创作潮流，其中多有乡土作品，但那时的作家们往往把问题归于“林彪、‘四人帮’”，归于所谓“极‘左’路线”，所以那控诉和反思也就很容易浅尝辄止。众所周知的是，50年代的中国农民曾经被迫走上一条“金光大道”，当时的当红作家不顾农民的喜怒哀乐，写下了许多劝诫和诱导的作品，用“幸福天堂”把农民引向了深深的苦难。这罪责当然不在作家，但作家抵制了吗？历史没有留下以真相抵制谎言的作品，哪怕是地下创作，相反，许多作家都曾参与和配合了把农民推入深渊的工作。这是一代作家的耻辱，我们却至今缺少反省。这些问题不反省，就至今严重影响着当代作家。当下农村的问题，有新生的问题，也有历史遗留的问题，真可谓旧病未好又添新病。我们的父老乡亲啊！真被折腾苦了！无论是四十年前那看得见的鞭子，还是三十年内那看不见和看得见的手，思考和总结起来，都极不容易。

如果进一步思考，还有一个层面无法回避：农民的确遭遇了太多的苦难，但从某种意义上说，苦难也是自己选择的，或者说，是自己的选择所导致的结果。当然应该首先谴责骗子，因为是他们的种种谎言，是他们所描绘的天堂，把人们引诱到这个坑里来了；我们也可以像“反思文学”中某些比较深刻的作品那样谴责骗子们的过河拆桥和忘恩负义，但是，我们的父老乡亲为什么总是上当受骗？这又是一个无法回避的问题。

从这个意义上说，《福地》中的老万有很大的认识价值。他既承载着中国农民的几乎全部的美德，同时也体现着乡土精英们身上的某些问题。在大是大非面前，在各种不同的道路面前，他事实上并没有选择的能力，所以才使得四个孩子走上了不同的路。这看上去很稳妥，显示着一种智慧，因为无论哪一派力量获胜，也无论哪一派力量失败，老万家都不会陷入灭顶之灾。事实上，老万之所以能够平安度过从土改到“文革”的漫长三十年，主要就靠着这一点，他虽然是地主分子，却有一个老资格的革命干部的儿子，有一个做支部书记的儿媳妇，否则，他大概很难长寿地活到九十八岁。可是，如果站在历史发展的角度看，他的这种选择却等于放弃选择，对历史进程投的是弃权票，最终却是归依于强势。

所以，尽管我们在感情上更愿意接受“欺骗”“愚弄”这样的结论，但从根本上说，苦难之所以来临，却无不源自关键时刻的选择。所以，对于通往奴役之路上的人们的描写，对于自掘坟墓的人们的描写，尽管自掘坟墓的人们可能一边干活一边兴高采烈，通往奴役之路上的人们也斗志昂扬，但作为作家，如果已经看到他们的未来，看到他们的兴高采烈的选择与他们即将到来的不幸命运的联系，应该用什么样的笔调，就需要考虑了。面对苦难，追溯苦难之源，揭示一个个岔路口上所犯下的过错。写出这些错误，才算对得起这片乡土。

三十多年前，一个老人对我讲过一个真实的故事：胶东土改，一个像你写的老万那样的人物，土地被分了，房屋和浮财也被分了，然后被镇压。固然有人在深夜把分得的浮财悄悄给他送回去，许多人都念他的好，批斗会上不说话，甚至有人在深夜把分得的浮财送了回去，但在公审宣布立即执行枪决时，虽然高喊着拥护者只是极少数几个人，但大多数却没有发声。我想，那欢呼者大概就是陆小虎们吧？可是，这个胶东的“老万”本是指望有人为他主持公道的，因为他自信没有亏待过村民，以为人们会感恩戴德，以为都是乡里乡亲，不会把事做绝，结果，他的希望落空了。临死之际，这位历来温和的“善人”一反常态，厉声高叫了两句狠话：“你们不得好死！你们断子绝孙！”有意思的是，几年之后，那位决定把他枪毙的土改工作队长，也在肃反运动中被处决了。他也觉得冤枉，所以最后也留下了同样的两句诅咒。在中国，这是最狠的诅咒。讲这故事的老人说：这诅咒多么灵啊！后来在那么多人身上应了，被屈死的，被饿死的，被打死的，被斗死的，都是“不得好死”。

报应之说或许不可取，但这片土地，这个人群，却的确有许多“自作孽”之处。一些作家有紧贴大地的美好感情，却往往满足于谴责“林彪、‘四人帮’”或“贪官污吏”，却看不到体制的问题和父老乡亲们自身的问题。

在这一点上，你的做法是可贵的，你没有回避现实生活中的问题，也没有忽略历史上的灾难，为我们展示了一幅包罗万象的全景图，使我们能够从中窥见这片乡土的前世今生。所以，“三部曲”中，《福地》很重要。有了它，三部小说同时厚重了起来。

乡土权力与政治

如果说《富矿》主要着眼于经济层面的变化带来的生活波动，《后土》写的主要是政治。看上去你讲述的故事仍然不大，没有多少传奇性，官员的级别也只是村官和乡镇官员，笔墨温和，不事夸张，却写出了当代中国乡村政治的方方面面，写出了它的某些普遍状态。

《后土》里的麻庄依然是当代中国农村的一个缩影。只是那里不再有煤矿，而是出现了一个砖厂。人们仍然被经济发展这条狂犬所追赶，挣钱，致富，奔小康。这里出现了两个描写重点：一是干部们费尽心机，以经济增长获取民众；二是村里的青壮劳力纷纷外出打工，给村里带来许多问题。对于外面的世界，村民们并不了解，但舆论告诉他们，外面的世界很精彩，与乡村有天壤之别，于是，就像笨妮投奔娱乐业时一样纷纷外出了。小说没有写留守儿童、留守老人之类已经引起社会普遍关注的问题，而是别开生面，写了留守女人的问题。麻庄女人们的生命力本来就特别旺盛，不像城市人那样面黄肌瘦胸脯平平，不存在性冷淡，也不可能整天瞎忙活而鼓捣不出孩子。男人走了，长夜难熬，于是她们纷纷出轨，不仅权势者猎色极容易，就是一个堪称人渣的小学老师，竟然引来那么多女人献身……就在这样一个背景上，你展开了乡村权力的描写。

小说写了三代村干部（如果算上那个前来挂职并且代表着未来的，就是四代）。第一代老村长只是一个影子，你似乎并未追究他的功过是非，读完留给我的印象，主要是他对苹果园的看守，以及深夜见鬼的故事，以及他那明哲保身的处世哲学。这使他似乎不大像一个斗争年代的权力斗争胜出者。

第二代支书王远遇到的是带领一部分人致富的年代，他为村里做过许多事，同时也成为一个巧妙的剥削者和掠夺者。第三代是曹东风和刘青松。支书曹东风，透露了新时期某类新村官的特点：他颇多权欲和私心，但作为先富起来的农民企业家，却无需像一般干部那样致力于贪污事业，而是真想为麻村做点事。如果说历史上的清官和贪官区别在于求名与求利的话，曹东风入官场是为求名而来。这种类型的官员，是值得关注的。你显然比较钟情于刘青松，赋予他许多良好的品质，比如正派、厚道、义气、包容、有思路，有能力，有责任心，等等，但如果这样写下去，可能会把他写成梁生宝之类的虚假形象，也许你意识到了这一点，所以没把他写得十全十美，却又不忍心让他贪污腐败，因而写了他偷生二胎，写了他与翠香的尴尬关系。在我们那片乡土上，超生或偷生本来就无损人物的光彩；而他与翠香的关系，却包含了太多的内容：刘青松到砖厂做了厂长，调翠香到砖厂工作，两人很快就发生了关系。然后刘青松却把翠香嫁给了王傻子，两人却继续着性关系，并且生下了一个儿子。不知你是有意还是无意，在这个人物身上，你也写了一个问题：刘青松与翠香到底是纯粹的两情相悦，还是隐性的权色交易？如果是后者，刘青松的行为与那些贪官广泛占有女人的行为，距离还有多远？是好官还是贪官，也许取决于叙述者的角度。

像半个多世纪以来小说创作遇到的情况一样，正面人物往往很难写好。相比之下，还是王远的形象比较成功。关于王远，你写得很巧，也很深，给他的笔墨并不特别多，却往往是笔笔入木，令人过目难忘。在这个人物身上，你写出了成功的农村干部最典型的特征，并且由此揭示了当下中国农村政治生活的某些奥秘。从公开的形象看，王远是一个好干部：做事公正，不贪不腐，尊重老干部，爱护年轻干部，乐于助人，一片公心为村民服务，而且能够克己忍让，自己的儿子与别人打架，不分青红皂白先扇儿子的耳光。哪家遇到丧事，他代表村里送花圈；谁家孩子结婚办喜事，他也去随喜礼。村里的事不少，时时处处都要关心，“王远这些年干下来，光抢救喝农药自杀的妇女就有七八个了，还有上吊的、投河的。”但在事实上，这又是极为狡猾的贪官，道德败坏的恶棍。他利用权势贪污村民的血汗钱，并以手中的权力作为诱饵或交换物，与多名妇女发生性关系。他奸污了村里最漂亮的女孩儿孟美丽，使她成了疯子；他占有了会计刘建设的女人；他为如意把丈夫从派出所救了出来，却使如意成了他的泄欲工具。更为重要的是，像王远这样的贪腐分子，群众并非不知道他的恶行，却始终扳不倒他。一个村长，一个校长，两人费尽九牛二虎之力，本想把他弄倒，但最后的结果却仍然是眼睁睁看着他平安着陆，退休养老，无伤一根毫毛。这一切的确写得太好了，无需太多笔墨，就写出了一种政治现实。

我更为你高兴的是，通过王远这一形象的塑造，你写出了权力与性关系，写出了当代乡村政治中一直存在的性特权。其实，这是乡土道德沦陷的根本。仔细考量麻庄的男女之事，大都并非源自本能，少有麻姑与六小在麦秸垛里的那份单纯，而是具有丰富的社会政治内涵，与权力紧密地连在一起。你对乡土政治已有比较深刻的观察，所以能够看到权力对女性身体和欲望的支配。麻庄有那么多女人愿意把自己的身体奉献给权力，这是文化，也是政治，是长期的教化之功。支书王远与麻庄女人们之间的关系，并不建立在两情相悦，也不建立于双方的性欲，而是建立于权力关系。有句名言是有权就有一切，丢掉了权力也就丢掉了一切。这一切，当然包括女人。与王远有肉体关系的女人，无不处于弱势。她们为了生存，为了发展，为了获得更多的利益，选择了迎合或屈从王远，事实上是迎合与屈从王远手中的权力。孟美丽原本是一个阳光女孩儿，为了哥哥结婚去向王远争取宅基地，因而被迫失身。从某种意义上说，在孟美丽面前，王远还不算十足的恶棍，他不是强暴，不是以强力掠夺，而是与她完成了一笔交易：她想要宅基地，他想要她少女的肉体，最终王远没有失信，完成了这种交换，孟美丽以处女身为哥哥换得了宅基地。如果是在市场上，如果当事人不是支书而是个体老板，人们对此大概无话可说。但问题在于，王远用于交换的资本来自何处？究竟属于谁？公权力成为私人资本，正是当下中国政治的一大症结。继续分析下去，将是关于中国政治的大问题，也正是你这种描写的意义之所在。因此，孟美丽的人生悲剧，就像《富矿》中花鼓的悲剧一样，其实是一种政治控诉。

关于权与色的交易，《后土》的描写是出色的。李玉花是麻庄的妇联主任，她献身于王远，而且始终忠实于王远，首先是因为她这个妇女主任头衔和它伴随的利益都是王远给的，其次是因为王远一直是她的领导，仍然能够影响她的命运。畏惧王远手中的权力，迷恋王远所给予的好处，她就只有长期与王远保持着性的关系，事实上不过是做了权势者的性奴。桂花是村会计刘建设的妻子，王远却趁着刘建设喝醉而与她上了床。桂花迎合了他的要求，没有反抗，原因也是王远的书记身份，为了丈夫的工作和前途，她除了心甘情愿，剩下的也只有忍气吞声。翠香接受王远，是因为丈夫去世之后，她自己带着孩子，想迁到麻庄来，只有王远能够帮她在麻庄落户。这些女人，事实上都是失身于权力。王远以手中的权力占有了那么多女人，但在总结自己的人生经历时，却仍有如此感慨："有最厉害的，真真是过着'天天夜里当新郎，到处都有丈母娘'的神仙日子。和他们比，他王远做过的那点事算什么?""天天夜里当新郎，到处都有丈母娘"，凭借的是什么？是手中的权力。

更有意思的是你的如此设计：王远对部下进行性掠夺，而他自己也曾是被掠夺者。李是凡调戏过他的老婆，他知道之后非常愤恨，却仍然装作李是凡的忠实追随者，不断去福利院看望他，送这送那，拼命讨好。他这样做的全部目的，不过是换取手眼通天的李是凡对他的指点和保护。置身权力场，老婆被上级调戏，也许的确算不了什么，甚至是可以利用的资本。

王远这个人物的确有点复杂，很真实，有深度，不是概念化的产物。他能够意识到："名声也罢，钱财也罢，还有女人，都是俗物。自己忙活了一辈子，被这些东西诱惑来诱惑去，到头来还不都是一场空?"对于许多事，他都想得很明白。他经常去看李是凡，表现得那么亲近，那样关心。但是，"每一次去看李是凡，他都盼望着他快点死。他是去看他吗？他是看他什么时候能死！这个'两袖清风'的镇党委书记摸过多少女人？猥亵过多少风华正茂的少女？他那一副忧国忧民的嘴脸，是多么可憎可怖！"而在李是凡的眼里，王远又是什么形象呢？"和这个叫王远的男人打了几十年的交道，李是凡很了解他的为人。一个为了当上村支书连老婆都愿意叫人摸的人，一个连工资都不领无偿捐给福利院的人，是不会那么轻易地丢下自己这把可以利用的老骨头的。"原来大家心里都明白，只是互相利用而已。

除此之外，小说的一些关于乡村政治的描写也是值得注意的。比如，关于村长选举的描写："刘青松几个忙选举的人跟疯了圈的猪似的，抱着个大红的木质投票箱挨家挨户地跑，磨破嘴皮子动员大家填选票。但大部分人似乎并不关心谁来当这个村长，他们说谁来当村长都是一个样，都一样的贪污，一样不为百姓做事。再说他们选了谁不重要，重要的是上面想让谁来干。”还有一些看似并不重要的闲笔，比如村里失火烧了麦秸垛，一个叫花子被严重烧伤，人们看到他从火堆里滚出来喊救命，却没有人关心。镇上的民警和秘书来询问失火的情况，那叫花子摇摇晃晃扑向吉普车，吉普车却迅速开走，“叫花子跑了两步，倒在路边，又挣扎了一会儿，终于不见动静了。”

中国农村正在经历一场变革，这个变革被称作城市化和现代化。这个过程究竟如何？农民陷入怎样的命运？困境是什么？出路何在？客观的事实是，土地承包和允许一部分人先富起来之后不久，农村的变革就遇到了瓶颈，从此徘徊不前，农民的主要出路就是进城打工，所以出现了近三亿所谓“农民工”。这一点你注意到了，写了，而且写得相当出色。但是，出路何在？你在《后土》中勾勒的图景，却让我觉得像某些权威设计师所给出的新农村美好前景一样令人生疑。因为一些设计显然只是“画饼”，却注定不能充饥。

从事农业生产，越来越没有出路。高投入，低回报，回报常常低于投入。这导致农民纷纷进城打工，导致土地被撂荒，导致乡土的进一步沦陷。农村怎么办？农业怎么办？许多问题都有待回答。怎样留住农民？最简单的答案就是提高农业劳动的收入。这也是当下农村改革的设计师们能够拿出的唯一方案。但是，怎样提高农业劳动的收入？由于市场以价格调节城乡、工农劳动力流向的功能失效，农民被强硬地限制在低收入阶层。由权力之手带来的是农业劳动者的损失，绝不是依靠取消农业税之类所能够补偿，更不是进一步向农村挖潜所能够解决的。

面对这些问题，我觉得你在《后土》中的解决显得太容易了。曹东风和刘青松关闭了砖厂，将砖厂挖土留下的坑洼改造为鱼塘，鼓励村民们以入股的方式投资，由农业转向水产养殖。我觉得这一点写得不错，因地制宜，弄好了会有不低于土地价值的收入。《富矿》中那塌陷的矿坑亦可如此处理。在小说中，这一方案大见成效，使村民们获得了更多的收入。然而，曹东风的大手笔却必然伴随着一系列问题。因为盖小康楼首先需要征地。这是当下中国带有普遍性的一个大事件：各地政府与房地产商联手，借助权力从农民那里征地，然后以房地产收入拉高地方经济的GDP，为了算计农民的土地，一些地方政府费尽心机，因此而出现了几乎遍及全国的“骗农民买房”和“逼农民上楼”的现象。与此同时，各地强征、强拆的现象层出不穷，受害的农民上访受阻，哭诉无门。这一切，你应该都看到了，或许比我知道得更多。所以，你似乎没让曹东风们与开发商联手。但是，《后土》中仍然出现了村民上访的事。遗憾的是，你对这件事的处理简单化了，把村民的上访写成是受王远煽动而给刘青松等新领导班子捣乱。我想，王远作为下台干部，利用这种机会是可信的，但村民为维护自身利益而进行的反抗和斗争也是不容忽视的。那是由荒山开出的良田，费了多年的时间，突然要被征走建设干部们的政绩工程，而且征地价格由村干部制定，原先三千，后来是五千，就再也没有商量余地了，这种霸道，如果没有暴力支持，农民当然无法接受。然而，在小说中，镇党委书记一席话，反抗者即土崩瓦解，矛盾轻而易举地解决了。当下这片乡土所存在激烈的矛盾冲突，村民的希望与体制的制约，干部的胡作非为和百姓的无可奈何，在面对曹东风和王远的冲突时，你写得很好，但在村民与曹东风和刘青松之间，这些矛盾显然被淡化了。

另一个值得怀疑的问题是：建小康楼的资金如何解决？小说中的交代是：因为上面开会总是强调要建好全县的南大门，麻庄正是县里的南大门。曹东风说：“咱们就以这个由头，打上建设新农村的大旗，申请国家和省里的低息贷款，用这笔钱做盖楼的启动资金。同时面向全村，开始预售这些楼，收一部分定金，这盖楼的钱基本就差不多了。”如果是房地产开发商，这么做是肯定行得通的。但麻庄的问题是，本来要解决的问题就是农民收入低和农业生产剩余价值太少的问题，那么，农民用什么来预付购房款？如果真这么容易，农村就都建起小康楼了。

麻庄的问题是没有资金，找不到致富之路。在人们束手无策之际，来了大学生村官刘非平，提出了“开发农家乐，发展旅游业，以观光旅游带动麻庄的经济发展，带动麻庄乡亲共同致富”构想。从小说中看，似乎这条路将给麻庄人的生活带来改善，似乎这样就可以留住人们不再进城打工，似乎麻庄由此可以奔向美好未来。其实，全国农村旅游业的事实证明，那本身就是一个梦，依靠城里人周末来转一转，吃一顿，无法解决农村经济的出路问题。有经济学家计算，一些农村的所谓“山庄”之类，如果不是另有占地之类的图谋，一般是六十年内收不回投资。你的小说一直是努力去政治化的，但从《后土》看，还是离现实政治太近了，从废除农业税，到建设小康楼，再到发展马鞍山农家游，似乎不自觉地贴近了主旋律，而你自己的思考就无形中受到了干扰。因为我想，凭你的认识能力，那些显然靠不住的致富忽悠，骗得了麻庄人，却是骗不了你的。

《福地》与麻庄文化历史

相比之下，写《富矿》，写《后土》，对你来说都是相对容易的，因为你熟悉那个时代的生活；写《福地》，却是对自己的一种挑战，事实上是给自己出了个难题，让自己面临严峻的考验。

首先是历史知识方面，从辛亥革命到当下，时间跨越百年，发生过那么多事，这就要求作者对小说涉及的事件都要了解。在一般情况下，这或许不是问题，因为有史书在，不清楚的翻翻查查就是了；但就当代中国作家而言，这却实在是一个难题，因为我们所掌握的历史知识是极不可靠的，一个负责任的作家，要让自己的作品能够经受得住历史的检验，自然不能把作品建立在那种不可靠的历史知识之上。所以，就往往需要一切都从头学起。更严重的问题还在于，如果我们对历史真的一无所知，头脑里一片空白，情况可能还好些，因为那样我们就会知道自己的残缺，然后努力去弥补。可是，当代中国作家的问题在于自己所掌握的历史知识极不可靠，以那样的历史概念去理解历史和演绎历史，结果就使作品成为虚假历史的形象演绎。这样的作品，当然经不住历史检验，而且在明眼人眼里一钱不值。有的作家情况好一些，因为他们超越了教科书的遮蔽，获得了一定的真知，因而能够回到历史现场，去了解相关的生活，这样的作品就能够为我们带来某些历史真相。

这一切你是清楚的，而且具有了穿越历史遮蔽的能力，所以，你能带领读者看到许多根据教科书来看似乎是不可思议的事，包括老万那样的地主分子，包括麻庄的贫下中农，包括革命者，包括长工与地主的关系，你都是根据自己对生活的考察和理解来写的，而不是根据教科书所给予的概念写的。不过，即使你有这样的优势，也仍然面临着许多困难，因为历史知识的全面更新是困难的，人们往往是在某个知识点上完成了更新，而在另一些知识点上没有完成更新；在某些层面完成了超越，而在另一些层面未能自觉去超越。事实上，我们这个时代的作家和学人差不多都是这种情况，完全相信教科书的已经不是太多，但完成了知识更新的也不多，差别在于更新的程度。值得庆幸的是，你很知道扬长避短，笔墨多用于自己熟知的事件。

我喜欢《福地》，尽管它有明显的不足。这不足包括结构，包括历史知识方面不应有的小错误。关于结构方面，我觉得你用干支纪年的方式分卷是好的，这大概是《后土》用二十四节气分章的一种延伸。它的确有许多好处，但实在不必写那么多年份。开头与结尾的处理方式是不错的，第一卷写1911年，第二卷即写1919年；第五十九卷写1985年，第六十卷就写1996年；但中间却是从1920年开始几乎逐年写，五十八年中只略过了三个年头，而1937年到1970年的三十四年竟然一年不缺。我觉得这样处理效果不好，使叙述重点不突出，成了流水账。在我看来，应该大胆舍弃一些年份，只选有重大意义的年份写，把小说的六十卷变成二十卷左右就足够了。即使一些故事的过程需要交代，行文中追溯一下即可。那样，你的叙述会更集中，更容易把重要环节写好。

所谓历史知识方面的小错误，也许算不了什么，因为就中国当代文学而言，历史知识方面的大错误都是常见的，人们早已见怪不怪。但是，我们如果要让自己的作品经得住时间的淘汰和历史的检验，就应该精益求精，尽量消除错误，哪怕是知识上的小错。我说的小错主要是把我们这个时代的流行语言不恰当地加到历史人物身上所致。一些后来中国人嘴里的话，用于历史人物的描写，常常是不合适的，比如，“癸亥卷”中孙美瑶说自己“受北洋军阀的迫害”，扒铁道劫洋人是要“惩治军阀”等等，这很符合1928年之后中国人的语言习惯，说起那个年代，当然是教科书所教给人们的“北洋军阀”“北洋军阀政府”之类，但在小说所描写的1923年，这些词却还没有流行，所以也不应该从孙美瑶口中说出。再比如，“戊辰卷”中青皮纵论天下大势，说到东北的形势和张作霖父子的处境，多次提到“蒋总统”，“南京蒋总统又不驰援”，“现在六公子张将军虽已改旗易帜，服从蒋总统”……后面也有几处出现“蒋总统”。这一卷写的是1928年的事，你应该想想，蒋介石做总统是哪一年？1928年也罢，后面的1930年也罢，中国哪有“蒋总统”？作为一个山中道士论说天下大势，多么荒谬的道听途说都不是问题，但当时没有的称谓是不该出现的。再比如，“甲寅卷”写到推荐上大学："眼看着高中就要毕业了，如果能得到学校和公社的推荐，金枝就能顺利上大学了。"甲寅，即1974年，当时上大学的确是要通过推荐，但是，那几年全国各地都从来没有从中学招过任何学生，因为根据当时的规定，无论城市学生还是农村学生，毕业后都必需经过两年以上的"再教育"，才有资格被推荐上大学。当然有人未经过上山下乡或回村劳动就直接被送入了大学，但那是极个别情况，源自最高权力，并非来自学校的推荐。对小说来说，这些问题虽然是小问题，却是历史知识的硬伤，再版时应该改一改。

《福地》最可贵的贡献，是写出了这片乡土的苦难历史，写出了乡土沦陷的全过程。我很喜欢你的这种努力，因为长篇小说，本来就应该有一个职责：捍卫记忆，修复记忆。《福地》以老万一生的故事为线索，串连起中国农村从辛亥革命到改革开放之后这一百年的历史，展示了宏大背景上的风云激荡，写出了这个过程中麻庄人的生存状态，以及人情和世态的变化。

老万这个人物是你的一大贡献。作为传统乡土中国不可缺少的乡绅，他在麻庄举足轻重，是麻庄的灵魂，麻庄的主心骨，同时也是麻庄实际上的统治者。在他的身上蕴含了许多中国历史的密码。通过这个人物，小说触及了中国乡土的根本，也写出了它在这一百年中中国的变迁。如果以阶级论的观点看，乡绅自然是地主，是农村的剥削阶级，是1949年之后必然要被打倒的阶级敌人。但你的设计很有意思，老万具有某些普遍性，却又有他的特殊性，他的命运与一般的乡绅不同，虽然失掉了昔日的地位，却并没有完全被打倒。原因是他并没有把自己绑在哪个政治集团的身上，而是使众多儿女跟随了不同的势力，既有国民党又有共产党，又有当地的土匪武装。这使得他在历史的风云变幻中没有陷入灭顶之灾。

作为70年代出生的年轻一代作家，你的优势之一是不会再囿于阶级的视角，所以没再把乡绅写成万恶的剥削者，而是走近历史，还原乡土真相，写出了他的方方面面，写出了乡绅对于乡土中国的几乎全部的丰富性与复杂性。在传统中国，的确是天高皇帝远，帝国政权建制到县为止，县以下的乡村处于自治状态，而承担起这种自治职责的，就是乡绅。在清帝国亡国之前，任何一个村庄都有这样的人物，他们不仅要协助官府征粮纳税，还要负责教化，负责村庄的保安和救灾。他们责任重大，责任心也很强，比如，即使对于过路的叫花子，也必须保证不让他们饿死在自己村头。他们是乡村社会的中心，是组织者与维系者，所以承载着历史发展过程中自然形成的种种经验，既有维系一个社会所必需的权威，又有息事宁人的种种温和手段。要研究中国传统文化，乡绅是不可缺少的标本。因为他们既承载了孔孟老庄等经典理念，又继承着几千年中国的统治术。

在《福地》中，你通过老万形象的描写，把这一切表现得相当充分。作为麻庄的地主，附近盘龙道观的存在自然主要靠他维持，村里的私塾也要靠他支撑；作为麻庄的守护者，他要与土匪周旋，每当土匪来袭，如果是小股，他就要组织抵抗，保卫村庄，如果是大股队伍，他也要组织村民上山避难。为了给村民提供保障，从他的父辈开始，就在马鞍山上修起了土围子，建起了山寨，并且常年在山寨备有足够的粮食。同时，他有文化，有见地，遇事有主张，因而必然成了麻庄人的主心骨和精神领袖。为了麻庄，他也常有种种无奈，需要做出牺牲。比如，为了与土匪相安无事，他甚至不惜把小女儿万喜送给匪首孙大炮做干女儿，后来又同意她嫁给无恶不作的土匪刘老黑。麦子刚刚收到场上，夜里就被刘老黑派人浇了，眼看就要入仓的粮食化为乌有，麻庄百姓怎么活？他需要拿出办法。土匪把村里的女人抢上了山，他需要想法救回来。为了重新组建民团，他不得不与铁路上的洪爷打交道，洪爷却首先要求陪他一起去逛窑子。万仁义没有做过这样的事，本想到妓女屋里坐一会儿喝杯茶算完，却偏偏遇到了被迫进入妓院的十三岁的冬菊，最后只好为她赎身带回家，成了自己的女人。日本人打来了，国家军队兵败而撤，老万和乡亲们却不可能跟随政府一起去重庆，他们只能守在这片乡土，以种种办法守护麻庄。

作为过去年代的富人和麻庄的权威，1949年之后，万仁义这样的人是必然要被打倒的。这不仅因为他是地主，属于剥削阶级，还因为他在村里的地位和威望。时代要天翻地覆，自然不能容许昔日的权威继续成为权威。当陆小虎成为麻庄的掌权者，老万自然要被审判、批斗，再也没有昔日的尊严。但即使如此，到了庚子年（也就是1960年）来临之时，他仍然为了乡亲们而拿出了自家的保命粮……这就是作为麻庄灵魂和保护神的老万。

正如他早已死去的绣香对老万所说，赶走了日本人，万家的磨难才刚刚开始。“农抗会”变为“农会”，陆小虎成为领导人，一心与万家作对。开始，老万无法忍受，所以，尽管他已经是被改造的地主分子，仍然无法压抑他的血性，面对陆小虎的挑衅，把半碗糊糊狠狠地扔到了他的脸上。他之所以没有完全倒下，与全国的地主大不一样，依靠的是他的特殊性：一是因为他有一个很早就参加革命的儿子万寿，因此又有一个当村支书的儿媳妇欢喜；二是因为陆小虎一直喜欢他的二儿媳嫣红，二儿子从1949年后活不见人死不见尸，所以老万对他们的来往睁一眼闭一只眼。也就是说，他是以儿媳与陆小虎私通为代价，才换得陆小虎对他手下留情的。仔细想来，这也是一份莫大的耻辱。

如何面对这片乡土的历史？如何面对这片土地上层层淤积的血泪？作家们的态度极不相同。面对张炜的《古船》和莫言的《丰乳肥臀》中已经揭开一角的历史惨状，面对种种厮杀和撕咬，一些作家总是绕道而行，有意无意地为罪恶洗地。你写《福地》，又把自己逼到了这条路上，绕不开，你的良心也不允许你绕道而行。所以，就有了小说家们从未写过的一些场景。读着那些场景，我不能不为你叫好，同时也庆幸那些文字没有被出版者所删除。当下中国文学，一部好作品出现，不仅需要有好的作者，而且需要遇到好的出版者。否则，越是有价值的东西，可能越是要被统统删除掉。

《福地》中关于1958年人民公社和大食堂的描写是极好的："陆小虎这边在大喇叭里一喊，再过两天麻庄公社就要成立了！共产主义就要实现了！那边各家各户都赶紧杀鸡宰羊，生怕白白上缴了去。顿时，麻庄上空飘荡着一层又一层的肉香……"家家户户杀鸡宰羊，老万正在愁"这么多的鸡，还有一只羊，啥时候能吃完"，秋生从大门进来了，又端来一大筛子驴肉。嫣红把筛子接过来倒出驴肉，给秋生装了一筛子羊肉。"那两天，麻庄人感觉就像过年一样，家家户户都在杀鸡宰羊……老万虽然作为麻庄的地主，一辈子不缺吃少喝，但能像这样放开了吃肉的时候还真是不多。"这种历史场景，是生活的真实，但无论在历史的叙述中，还是文学作品中，却一直很少出现。此外，大食堂刚刚成立时的"放开肚皮吃饭"，"麻庄人个个都油光满面，仿佛胖了一整圈"。接下来是大炼钢铁，为了"赶上美国，超过英国"，"一时间，麻庄所有和铁沾边的东西都被送进了小高炉，就连铁锁头都没放过。"

权力强制之下瞎折腾的结果，必然是一场大灾难。

这时候，老万仍然不自觉地就要承担起守护麻庄的责任，习惯性地把全村人的事放在心上。这也是一种文化，或许就是中国某些好一些的文化没有完全灭绝的原因。当人民公社的大食堂在陆小虎的领导下穷吃海喝的时候，老万知道那是撑不了几天的。他没有权力管村里的事，却把自己家里的粮食运到了马鞍山上。在村里许多人都被饿死的时候，老万家不但没有饿死人，而且用他们的粮食两次救了全村，“给乡亲们分粮食的时候，大家都给老万跪下了”。这不是麻庄人的阶级斗争觉悟低，而是生死线上看到生存希望的一种感恩。从老万身上，可以看到什么是乡土之魂，什么是村庄的守护者。尽管万仁义是被打翻在地的地主分子，却比那些干部们更为麻庄操心。饥荒过去了，麻庄的土地里又长出了庄稼，但刚出土的玉米苗却马上就有旱死的危险。当老万让陆小虎在大喇叭上喊大家赶紧抗旱保苗的时候，陆小虎说：“恐怕在大喇叭里喊了也没用，自打公社成立以后，没几个人对田里的庄稼像你这样上心了。”这样短短的一句话，透露了那个年代乡土的许多奥秘。而万仁义与陆小虎对话的这个情景，也是中国乡土历史上的典型情景，从名义和身份而言，陆小虎是麻村的领导人，面对干旱却是无所用心；万仁义是一个地主分子，是人民的敌人，是麻庄专政的对象，但在此时，却是他提醒陆小虎组织人们抗旱。抗旱是困难的，因为小龙河的水已经干了，村民吃水已经成了问题，又是老万提出打井。他依靠自己藏下的一点粮食，硬是变戏法一样给参加打井的人每天发一个馒头。如果放在1958年，他偷藏粮食的罪恶会被折磨得死去活来，但此时的麻庄人却不会揭发他。麻庄因此有了一口甜水井。说真的，当读到老万把孙女从单位带回来孝敬他的馒头放进给打井者送饭的篮子时，我被这个地主再次感动了。他为了什么？这是一种什么感情？所有的宏大话语大概都不准确，我们只能说，他爱麻庄，爱那片乡土。

小说结尾对老万的议论意味深长。事实的确如老槐树所看到的：“他守护麻庄一辈子，守护的是个啥？是麻庄的命脉？还是老万家的骨血？可以说，这两样他都没能守住。从第一个方面来说，麻庄的许多东西都已经或正在失去，再也没有了以前的安宁。从第二个层面上来说，他还不知道王和是目前老万家唯一的骨血。”是的，万家的血缘已经完全被搅乱，他身边的孩子都是形形色色的杂种，而且那“唯一的骨血”也很快罪有应得死去了。可是，小说的最后一章却让人看到万仁义并未绝后：万禄回来了，而且带回了老万的孙子万秋。尽管他是在老万死去十年之后才回来的，但那却是万家的血脉之所在。叶炜，不知你是否不忍心让老万绝后，才有了最后的神来之笔？这一笔，给小说带来了亮色。

拉拉杂杂，刹不住车了，结果写了这么多，请原谅！

关于叶炜小说中的神秘文化

叶炜的三部长篇，开头都写得极好，可以引人入胜。进一步考察其原因，显然得益于神秘色彩。《富矿》开头官婆的出生、祈雪以及那三天三夜的黑雪，《后土》开头麻庄先人与土地爷的对话以及修建土地庙的过程，《福地》开头绣香的生产和死，以及青皮道长的征兆之说，都极为新奇，显然为小说增添了魅力。

《福地》的第一卷写绣香出殡时万仁义看到的情景：

> ……老万看到一阵冷风打着旋儿，从西北角往老万家的祖坟飘去，一会儿又打着卷儿飘向麻庄的土地庙，最后落进老万家的院子。地上的碎雪末儿被冷风吹起来，四散开去。院子里的人怕被迷了眼，纷纷捂住眼睛。
>
> 新亡人的魂魄要走了。
>
> 只见一群奇装异服的鬼魂从门外大摇大摆地进来，皆是老万死去多年的先人，她们列队迎接新鬼来了。走在最前面的是老万的祖奶，她颤巍巍地张开双臂，口中念念有词：新人绣香于老万家有功，老妇等率众前来迎接。那边已经筑好新家，新人绣香快随我来。阴间路途遥远，去路漫漫，亡人需步步紧跟！
>
> 此时，棺木微微摇晃，亡人魂魄慢慢飘出，随着众鬼魂步出灵堂。她边走边不舍地回头望着棺木，一步三回头地走出了万家大院……[①]

①叶炜：《福地》，青岛出版社2015年，第8页。

对于当代小说而言，这种描写是一种久违的东西，但它的确很美，很有意味。叶炜的小说中，有许许多多这样的描写，人与鬼的对话，人与神的对话，在《后土》《福地》等作品中是常见的。

只要真正面对乡土，面对民间文化，有两个内容其实是无法回避的：一是色情，二是鬼神。研究民间艺术的人们都会承认，真正的民间艺术，精彩往往在涉黄之处。如果像把《金瓶梅》删节成洁本那样整理民间文艺，必然使其精华大失，究竟是对文化的整理还是破坏，实在很难说。至于鬼神，虽然当代中国高度政治化，以强大的行政力量拆毁庙宇、掘墓平坟、禁止神巫、破除迷信，但真正的乡土民间仍然保存了大量唯物论者无法理解也无力解释的神秘现象。

叶炜说过，他在《后土》的创作中借鉴了人类学小说的写作方式，所以引入了土地庙这一具有本土特色的文学形象。并且在构思中试图使天地万物交合，所以在小说中让麻庄人与苹果园里的鬼魂、村头的土地神等对话，目的是以此建构一个混沌的、神秘的、原始的乡村世界，并且以此表现新时期农民的信仰危机等等。他还说过，他之所以要在作品中写到鬼神，是想让这些鬼神叙事来稀释一下太“现实”的东西，并试图打通天、地、人、鬼、神，建构一个混沌的、神秘的、原始的、富有巫文化色彩的乡村世界。

其实，叶炜大可不必做过多的解释，因为作家只要忠实于生活，直面完整的乡土世界，就无法回避神灵和妖魔鬼怪之类。

叶炜说：“有人说中国人是没有信仰的，很少有人信仰某个神，中国人不怕下地狱，不信仰上帝。但我认为中国人特别是农民是有信仰的……”我很赞成叶炜的说法，怎么能说中国人没信仰呢？没信仰的只是如今城市的少部分人，而大多数的中国人，尤其是农民，历来是有信仰的。因为有信仰，他们有所敬畏。至于这信仰是好还是不好，是另一回事。

不过，叶炜说农民崇拜土地神，说土地神就是农民的信仰，我倒是第一次听说。据我所知，鲁南苏北与中原大部分地区一样，农村的确都有土地神，一个村子无论大小，可以没有别的庙，但不能没有土地庙。但是，一个不容忽视的事实是，在中国传统信仰的神位谱系中，土地神的级别是最低的，因为他管的只是一个村子，相当于今日村支书。所以，在我家乡的许多地方，人们常把村支书称作“土地爷”。《西游记》中孙悟空每到一处，如果地理不熟，就要用棍子在地上捣几下，把土地神或山神唤出来询问情况。由此可见他的地位实在不高。

“土地”“城隍”等这些神出自道教，而中国道教的神系中居于最高地位的是“玉皇大帝”，也就是“天老爷”或“老天爷”。中原一带农民过年过节所供奉的，也是玉皇大帝。各种庙宇，无论关帝庙还是别的什么庙，都不能与玉皇庙比肩。

“土地爷”在农村之所以特别重要，是因为按照传统的说法，人死了是首先要被押往土地庙的。所以，办丧事时的“送纸”“送浆水”“送盘缠”等一系列环节，也都是送往本村的土地庙。

在《福地》中，死去多年的绣香一再出现，关心着她的儿女，也关心着她的丈夫老万。对于这种神秘元素的介入，批评界已经习惯于将其称之为“魔幻现实主义”，把它看作作家的一种艺术手段。其实，它并不一定是魔幻现实主义，也无需模仿马尔克斯，而是只要忠实于乡土，不净化、不提纯，原汤原汁地反映生活，就必然要写出这些元素。

当代中国人的大脑是经过唯物论格式化的，很难容纳与唯物论不相容的东西。所以，《聊斋志异》被专业人士称之为小说，甚至大谈“蒲松龄的创作”之类，其实，蒲松龄何曾“创作”？他不过是据实记录民间故事罢了。在当下中国文坛，谁如果说《聊斋》是写实的，大概会让人觉得匪夷所思，但在蒲松龄当年，人们却知道他并未创作，而只是记录，是写实而非虚构。鬼也罢，狐也罢，花妖树精也罢，都是人的生活的一部分。当代作家和他们的读者之所以做出“魔幻”的解读，只是因为头脑中有了一些框子，凡是装不进这框子的东西，就往往要被排斥，或者说成是想象的。

至于死去的绣香对丈夫和孩子们的关心，其生活根据大概无需向人神鬼妖杂处的远古追溯，即使在现代，像严复、梁启超、章太炎那样的现代思想家，也仍然常与鬼神交集。他们倡导科学，却并不排斥神秘世界。严复至死都相信鬼与神的存在，相信扶乩和占卜。梁启超则从小生活在两个世界中，与李白、杜甫论诗，与王维谈禅，与千年前的宫女谈情，让当代人觉得匪夷所思，而梁启超自己却并不觉得奇怪。他不仅与千百年前的老鬼打交道，而且与自己死去的夫人打交道。他的夫人李蕙仙去世的头三年中，家里无论遇到什么事情，包括孩子病了，也是首先请夫人回来解决。1927年6月15日，梁启超给女儿令娴写信，主要报告的是王国维自杀等事，谈及家事，写下了这样一段："我一个月来常常和王姨谈起，担心思成的身子。昨日忽接该件，王姨惊慌失其常度。王姨急得去扶乩问你妈，谁知请了半点钟，竟请不来，从前不是说过三年后便不来吗？恐怕真的哩！但前三个月老白鼻病时，还请来过一次，请不到的实以此次为始。"这里的王姨，是梁其超夫人的陪嫁丫鬟，后来收房为妾，就成了姨娘。梁启超是主张一夫一妻制的，觉得纳妾并不光彩，所以很少对外人提到她。但是，王姨在梁家很重要，梁思成等都是喊李蕙仙"妈"，喊王姨"娘"，而且姨娘往往比妈还亲。因为梁启超屡说思成身体不好，使得王姨很担心，恰恰就在这时，寄给梁思成的邮包被退了回来，就把王姨吓坏了。慌乱之中去请已经去世三年的李蕙仙，结果却再也请不回来。这时梁启超才想起，夫人是说过三年之后就不再回家的。

这些事，梁启超不与外人道，但在给孩子们的信中却透露了出来。我们大概没有理由认为梁启超存心欺骗儿女。

至于章太炎到阴间去做判官的事，在当时也曾广为流传。从他自己写给宗仰大师的信中看，至少他自己对此深信不疑。

就此看来，叶炜的描写亦可有多种解读。在关于《后土》的讨论会上，我注意到韩春燕说过这样一段话："可能从文学理论层面上讲，这是魔幻现实主义的东西，但我们很多作家其实从心里就认定我们本来就生活在这样一种现实之中，这不是迷信，它是我们本土文化的一个真实的表现。我相信叶炜由于被这种故土文化的长期浸润和塑造，他在书写这些事物时虽然有着叙事策略上的考虑，但基本还是一种内心中信奉这种文化的真实流露。"我想补充说，如果这神秘性只是一种叙事策略，那是无需称道的，而涉及另一种文化，却是对乡土的重大修补，功德无量。